मेरे सपनों की लड़की

मेरे सपनों की लड़की

दुर्जोय दत्ता

प्रभात
पेपरबैक्स
www.prabhatbooks.com

प्रकाशक

प्रभात पेपरबैक्स

4/19 आसफ अली रोड, नई दिल्ली-110002

फोन : 23289777 • हेल्पलाइन नं. : 7827007777

इ-मेल : prabhatbooks@gmail.com ❖ वेब ठिकाना : www.prabhatbooks.com

संस्करण

प्रथम, 2019

अनुवाद

परितोष मालवीय

मूल्य

दो सौ पचास रुपए

अ.मा.पु.स. 978-93-5322-502-5

मुद्रक

आर-टेक ऑफसेट प्रिंटर्स, दिल्ली

———— ★ ————

MERE SAPNON KI LADKI
by Durjoy Datta
(Hindi translation of 'THE GIRL OF MY DREAMS')

Published by **PRABHAT PAPERBACKS**
4/19 Asaf Ali Road, New Delhi-110002
by arrangement with Penguin Random House India (P) Ltd.

ISBN 978-93-5322-502-5

₹250.00

1

सबकुछ एक पल में ही घटित हुआ, फिर भी, ऐसा लगता है जैसे इसका कोई अंत नहीं है।

एक पल मैं उसे देख रहा हूँ—वह फीका-सा, सफेद चेहरा, आधा बालों से ढका हुआ, जो स्वयं अँधेरी रात की तरह काले हैं और दूसरे ही पल मैं उसे सड़क की ओर देखने को कह रहा हूँ। हमारे चेहरों की मुसकान गायब हो गई है। बहुत देर हो चुकी है। एक टैक्सी सामने से तेजी से हमारी ओर आ रही है। वह टैक्सी गलत दिशा में चल रही है। उसने हमारी कार को बचाने के लिए दाहिनी ओर मोड़ा और डिवाइडर की रेलिंग की ओर ले गई। टैक्सी भी दाहिनी ओर मुड़ गई। उसने रास्ता बदलने की कोशिश की, पर तब तक बहुत देर हो चुकी थी। कार एक तेज आवाज के साथ रुकती है। कुछ टूटा है। वह कार में आगे की तरफ टकरा गई है। उसकी गति धीमी करने के लिए कोई सीट बेल्ट नहीं है और सीट बेल्ट से टकराकर उसका चेहरा चिकनी मिट्टी के मुखौटे की तरह चकनाचूर हो जाता है। उसका चेहरा चटक जाता है, जबड़ा टेढ़ा हो जाता है। उसके दाँत टूट जाते हैं। उसकी आँखें भयावह तरीके से बाहर आ गई हैं। खून पूरे वेग से बहने लगता है। ऐसा लगता है कि मैं आगे बढ़कर उसका चेहरा अपने हाथों में ले लूँ; पर मेरे हाथ धीरे-धीरे आगे बढ़ते हैं। सीट बेल्ट के कारण मुझे मेरी पसलियाँ सूखी टहनियों की तरह चटकती हुई सुनाई देती हैं। सीने में एक तेज दर्द उठता है, जब कार की सीट बेल्ट मुझे पीछे की ओर धकेलती है। कार के काँच से बाहर की दुनिया गोल घूमती दिखती है। एक बार, एक बार और। वह अभी भी मुझे देखकर मुसकरा रही है। उसका चेहरा गरदन से एक अजीब से कोण में मुड़ा हुआ है।

उसके होंठ कटकर लहूलुहान हो गए हैं। अचानक कार रेलिंग के ऊपर से पलट जाती है और सड़क के दूसरी ओर से आते हुए ट्रक से टकरा जाती है। मृत्यु के जैसा सन्नाटा छा गया था। समय स्थिर हो गया था। काँच, ऊतक एवं दाँतों के टुकड़े बीच हवा में लटके हुए हैं—स्थिर। इसी दर्द के बीच मैं उसके कभी खूबसूरत चेहरे को देखता हूँ—वही, जिससे मुझे प्यार हो गया था और अब जो चेहरा खून, खिंचे हुए ऊतकों,

हड्डियों के टुकड़ों एवं टूटे हुए दाँतों के स्वरूप में है। मैं उसके चेहरे की ओर बढ़ता हूँ। इसमें जैसे सदियों का समय लगता है। इसके बाद एक बेचैन कर देनेवाली चरमराहट की आवाज पूरे माहौल में भर जाती है। धातु धातु से, हड्डियाँ मांस से और मांस धातु से। मैं एक बार आगे और दूसरी बार पीछे की ओर फिंक जाता हूँ। मेरे पैर मुड़कर आपस में उलझ गए हैं। अस्थि-बंधन और हड्डियाँ टूट जाती हैं। धातु का एक दाँतेदार टुकड़ा मेरी जाँघ में प्रवेश करता है, जहाँ से मैं उसे देख नहीं सकता। काँच टूटता है और उसके टुकड़े मेरे चेहरे में घुस जाते हैं। मेरी त्वचा जल जाती है। जलते रबर की गंध हमें लपेट लेती है। नारंगी लाल लपटें सबकुछ नष्ट कर देती हैं। मैं अपनी आँखें खोलने की कोशिश करता हूँ, जो अब मेरे माथे से बहते हुए खून से भर गई हैं। वह चिथड़े की एक गुड़िया की तरह गाड़ी के सेल केज में फिंकती जा रही है। उसकी आँखें खुली हैं और वह मेरी ओर देख रही है। मैं उसके जीवित होने के संकेत ढूँढ़ता हूँ, पर उसकी आँखों में मुझे केवल अपना रक्तमय प्रतिबिंब दिखता है। उसकी आँखों में जीवन के संकेत नहीं हैं, पर उसके चेहरे पर एक मुसकान है—एक शांत, स्थिर, मृत मुसकान। धातु का एक छिटपुट टुकड़ा मेरे कंधे की हड्डी को ऐसे काटता है, जैसे कुल्हाड़ी मक्खन को, और मैं सीट में धँस जाता हूँ। कार दोबारा पलटती है और वह विंडशील्ड से बाहर फिंक जाती है। मैं उसकी ओर अपना टूटा हुआ हाथ बढ़ाता हूँ, पर वह नजर नहीं आती है।

कार फिर से जमीन पर गिरती है। मैं सीट बेल्ट में से बाहर निकलता हूँ और कार की छत से टकरा जाता हूँ। मैं बेहोशी की हालत में जा रहा हूँ। मैं चीखकर उसका नाम बुलाता हूँ, पर मेरे होंठों से एक कमजोर आवाज निकलती है—

''श्रेयसी''' !

श्रेयसी''' ''

□

दमन चौंककर उठ गया। उसने अपना बिस्तर फिर से गीला कर दिया था। मूत्र और पसीना उसके शरीर से चिपक गए थे, जिनकी दुर्गंध कमरे में फैल गई थी। वह काँपने लगा। उसके कंधों और जाँघों में स्पंदन होने लगा। उसने अपने दाहिने कंधे पर हुए एक गहरे दर्रे पर उँगलियाँ फेरीं—खाल की जगह एक हलके गुलाबी चोट का निशान था। अलार्म घड़ी पृष्ठभूमि में चीख रही थी। काँपते हाथों से उसने अलार्म बंद किया। उसने पलंग के पास की दराज से खँगाल के अपनी दवाएँ निकालीं और बिना पानी के निगल लीं।

इस दुर्घटना को हुए 18 महीने हो गए थे, लेकिन उसके दुःस्वप्न बंद नहीं हुए थे। दवाएँ असर करती थीं, पर कुछ सीमा तक ही। इससे पहले कि उसकी माँ देखती, वह उठा और उसने खुद को साफ किया। उसने बिस्तर का बिछौना बदला और गंदी चादर

वॉशिंग मशीन में डाल दी। आदतन उसने फोन के सर्च इंजन में 'श्रेयसी' लिखा, लेकिन उनमें से कोई भी लड़की उसके स्वप्न की लड़की जैसी नहीं लगी। उसने सारे टैब बंद कर दिए। कम-से-कम आज के दुःस्वप्न में लड़की गाड़ी चला रही थी। उसकी मृत्यु इसलिए हुई, क्योंकि वह गाड़ी चला रही थी, उसकी वजह से नहीं।

नाश्ते की मेज पर दमन की माँ ने उसकी बेचैनी देखी। उन्होंने पूछा, "शोपनो देखली अबार?" (वह स्वप्न फिर से देखा क्या?)

दमन ने सिर हिलाया, "वो गाड़ी चला रही थी। वो मर गई। मैं बच गया। अभी भी मुझे उसका चेहरा अच्छे से याद नहीं।"

"दादा, आप अपनी दवाइयाँ समय से ले रहे हैं न?" दमन की छोटी बहन पुचकू ने पूछ।

"हाँ, पुचकू।"

"पुचकू मत बुलाओ मुझे। मेरा नाम ऋतु है, ऋतु बुलाओ।"

"तुम कितनी भी कोशिश कर लो, तुम पुचकू ही हो।"

"किंतु आई भी ता जीबित आछे (वो लड़की अभी भी जिंदा है), ये तुम्हें पता है न। मुझे नहीं पता, तुम क्यों ये सपने देख रहे हो।" उसकी माँ ने कड़वाहट भरी आवाज में कहा।

"मुझे पता है।"

"सुबह के सपने हकीकत के बिल्कुल विपरीत होते हैं।"

"तोर ओर शोंगे गाड़ीते छोड़ा ही भुलहोएचे। (तुम्हें किसी अनजान लड़की से लिफ्ट लेनी ही नहीं चाहिए थी)। वह गलती थी।" उसकी माँ ने गुस्से से काँपती आवाज में कहा, जैसे यह कल की ही बात हो कि दमन ने किसी ऐसे अजनबी से लिफ्ट ली थी, जिसने लगभग उसे मौत के घाट उतार ही दिया था।

"माँ, अब छोड़ भी दो न!" पुचकू बोली।

"हाँ, जाहिर है, मैं इसे छोड़ ही दूँगी; पर तुम्हें नहीं पता कि उस लड़की की वजह से हमें क्या झेलना पड़ा!" माँ बड़बड़ाई।

दमन के माता-पिता ने दुर्घटना के अगले छह महीने तक बेचैनी से उसके उठने का इंतजार किया था और अगले तीन माह दुर्घटना उपरांत अवसाद व्याधि (पी.टी.एस.डी.) के उपचार में। यदि उसकी माँ की चलती तो दमन के दुःस्वप्न की तरह वह लड़की कभी की मर चुकी होती; लेकिन वह लड़की सही-सलामत बच गई और तभी से वह देश छोड़कर चली गई। उस दुर्घटना की रात से पहले और बाद में दमन उस लड़की से कभी नहीं मिला था। वह नहीं जानता कि वह लड़की कौन थी, कहाँ की थी और वह कैसे उसकी कार में आ गया था और उस छोटी सी यात्रा के दौरान उन्होंने आपस

में क्या बातचीत की! उसे बमुश्किल उसका चेहरा याद है। उसकी याददाश्त में सिर्फ उसकी पीली सी त्वचा, डरावनी मुसकान और आँखें ही हैं—बाकी विवरण दो दुःस्वप्नों के बीच गुम हो जाते हैं। उसके नाम के अलावा वह सबकुछ भूल चुका है। दुर्घटना के बाद उसे डिसोसिएटिव एम्नेसिया (हालाँकि उसे 'मनोवैज्ञानिक एम्नेसिया' कहा जाना पसंद है) की समस्या हो गई थी, जिसमें दुर्घटना के वक्त की स्मृति लोप हो जाती है तथा उसके पहले और बाद की स्मृति सुरक्षित रहती है। यह मस्तिष्क की अपनी विशिष्ट कार्य-प्रणाली है। उसकी दशा ऐसी थी कि उसके अवचेतन मन में दुर्घटना की यादें दफन हो गई थीं। एक रिक्त स्थान था, जिसमें उसकी गोवा यात्रा की स्मृति होनी चाहिए थी। केवल एक नाम बचा था। यह एक कठोर मजाक की तरह था। उसे अपने कॉलेज के दोस्तों के साथ यात्रा की योजना बनाना, फ्लाइट में बैठना, होटल में चेक-इन करना, लेकिन इसके अलावा बाकी बातें···अगली बात, जो उसे याद है, वो यह कि वह नींद से जागा है और उसका इलाज हो रहा है।

"यह कोई गलती नहीं थी।" दमन बोला।

उसने अपनी घड़ी की ओर देखा। उसे देर हो रही थी। उसकी गर्लफ्रेंड 'अवनि' अब तक उसके मोबाइल फोन पर तीन संदेश भेज चुकी थी। उसे इस बात की फिक्र थी कि सबकुछ ठीक तो है, क्योंकि दमन ने सुबह से कोई उत्तर नहीं दिया था। पिछले आठ माह के परिचय के बावजूद दमन ने उसे श्रेयसी और दुःस्वप्न के बारे में कुछ नहीं बताया था। वह हमेशा सोचता, 'क्या जरूरत है बताने की? वह तो महज एक छाया मात्र है।' उसने जल्दी-जल्दी नाश्ता किया और निकल पड़ा। रास्ते में उसे अपार्टमेंट के लेटर बॉक्स से कुछ लिफाफे झाँकते हुए दिखे। उसने पाया कि क्रेडिट कार्ड बिल, टेलीफोन बिल इत्यादि के उन सभी लिफाफों को किसी ने सावधानीपूर्वक खोलकर पढ़ा और फिर से बंद कर दिया था। उसने एक लिफाफे, जिस पर 'बुकहाउंड पब्लिशर्स इंडिया' की मुहर बनी थी, को छोड़कर बाकी सभी लिफाफे उसी बॉक्स में रख दिए। जाते-जाते उसने सोसाइटी के वॉचमैन से यह शिकायत भी की कि सबकुछ जानते हुए भी दूसरों के पत्रों को चोरी-छुपे पढ़नेवाले पड़ोसियों के खिलाफ कोई काररवाई नहीं की जाती। कार में बैठने के बाद उसने लिफाफे को खोला। बुकहाउंड पब्लिशर्स द्वारा लिखे गए उस पत्र में लेखक के रूप में दमन का स्वागत किया गया था। मुसकराते हुए उसने दो बार उस पत्र को पढ़ा और वापस उसी लिफाफे में डाल दिया।

उसके बाद उसकी निगाह लिफाफे पर बने लिपस्टिक के निशान पर गई।

जैसे किसी ने चुंबन लिया हो।

□

2

यह पहली बार नहीं था कि साउथ एक्स, दिल्ली के कॉफी शॉप में कोई बहस छिड़ी हो। दमन अपनी कुरसी पर पीछे की ओर सरक गया और उसने निराशा में अपना सिर हिलाया। उसकी कॉफी ठंडी हो चुकी थी। आसपास कुछ ही लोग थे और उनमें से भी ज्यादातर की आँखों में नींद थी। दमन और अवनि की नोक-झोंक उनके कानों तक नहीं पहुँची थी, हालाँकि वे वहाँ अपने खाने के पार्सल का इंतजार कर रहे थे।

"तुम्हें मेरी बात समझ नहीं आती क्या?" अवनि ने पूछा।

"इसमें बहस की कोई गुंजाइश नहीं है। मैं छोड़ रहा हूँ। मुझे अपने लेखन पर ध्यान देने की आवश्यकता है।" दमन ने उत्तर दिया। उसने सिगरेट जलाई और जल्दी-जल्दी कश मारने लगा।

"लेकिन तुम…"

"नहीं, मुझसे नहीं होगा। यह बात मुझे पागल किए दे रही है कि मैं लिखना चाहता हूँ, पर उसे छोड़ मैं पावर प्लांट के ब्लू प्रिंट पर दिमाग लगा रहा हूँ। यह मुझसे और नहीं होगा।"

दमन से मुलाकात के पहले अवनि ने अच्छी तरह से तैयारी की थी और सारे तर्क एवं तथ्य याद रखे थे; लेकिन उपन्यास के मुखपृष्ठ पर अपना नाम देखने की दमन की ललक के आगे सब व्यर्थ साबित हुआ। एक बेहतरीन कॅरियर छोड़कर लेखन के क्षेत्र में अपना नाम कमाने की दमन की सनक को लेकर अवनि ने कई रातें बिना नींद के गुजारी हैं; लेकिन अब उसे लगने लगा कि उसका प्रयास निरर्थक है। वह आगे की ओर झुकी और दमन का हाथ थाम लिया।

"यदि यही तुम्हारी मरजी है, तो मैं तुम्हारे साथ हूँ।" उसने कहा, "हर गम और खुशी में मैं तुम्हारे साथ हूँ।"

दमन के चेहरे पर हलकी सी मुसकान दिखी और उसने अवनि का हाथ पकड़ लिया। "मुझे पता था कि तुम मेरा साथ दोगी।" उसकी आँखें खुशी के मारे चमकने लगी थीं और वह देर तक उसके बारे में बात करता रहा। "मैं कुछ ही दिनों में अनुबंध-पत्र पर

हस्ताक्षर कर दूँगा। जयंती रघुनाथ मेरी संपादक होगी। वह थोड़ी सी कमीनी है, पर अपने प्रोफेशन में उसका कोई जोड़ नहीं। इस समय बाजार में जितनी भी बेस्टसेलर किताबें दिखती हैं, उन सभी के पीछे वही है।"

अवनि ने औपचारिकतापूर्वक सिर हिलाया। आठ माह पूर्व जब से वह दमन से मिली थी और पहली ही नजर में उसके प्यार में गिरफ्त हो गई थी, उसके पहले वह लेखकों और लेखन के बारे में कुछ भी नहीं जानती थी। चार्टर्ड अकाउंटेंट, बैंकर और साहूकारों के घर में जन्म लेने के कारण उसका पाला अब तक सिर्फ पैसों और बैंक खातों से पड़ा था। खेलकूद, कलाएँ और अन्य रचनात्मक कार्य उसके लिए भ्रमित लोगों, जुआरियों और कम अक्लवालों के कार्य थे। एक लेखक के सफल होने में क्या कठिनाई थी या किसी चित्रकार के प्रसिद्ध और लोकप्रिय होने में क्या गलत है?

उसके माता-पिता भी दमन को दिल्ली टेक्नोलॉजिकल यूनिवर्सिटी से पढ़े-लिखे एक ऐसे मेकैनिकल इंजीनियर के रूप में जानते थे, जो सीमेंस पावर एंड इंजीनियरिंग लिमिटेड में डिजाइन इंजीनियर के रूप में काम करता है, न कि एक ऐसे उभरते लेखक के रूप में, जिसके पास पुस्तक लेखन का अनुबंध हो। उसके लिए यह बोल पाना ही कठिन था कि 'मेरा ब्वॉयफ्रेंड एक लेखक है। हाँ, उसके पास दिन भर यही काम है। नहीं, यह उसका शौक नहीं है। उसका काम ही यह है। वह जीवन से जुड़ी कहानियाँ लिखता है। वह ऐसा लेखक नहीं है, जो अखबार के लिए लिखता हो। वह एक ऐसा उपन्यासकार है, जिसके मन में एक बेस्टसेलर उपन्यास लिखने का स्वप्न है।'

"तुम्हारी किताब किस विषय पर है?" अवनि ने पूछा।

उसने सिगरेट का एक लंबा कश खींचा—"श्रेयसी।"

अवनि ने उसे घूरते हुए पूछा, "तुम यही नाम क्यों लेते रहते हो?"

"मुझे यह नाम पसंद है।" दमन ने उत्तर दिया।

अपने चेहरे पर जबरदस्ती मुसकान लाते हुए उसने कहा, "मुझे इस नाम से नफरत है। और किताब में उस व्यक्ति का नाम? क्या तुम अपने नाम का इस्तेमाल करोगे?" उसने पूछा।

"जयंती कहती है कि मुझे अपना नाम इस्तेमाल करना चाहिए; लेकिन अभी यह मुझे थोड़ी सी आत्ममुग्धता लगता है।" वह कुछ देर के लिए चुप हो गया। "लेकिन मैं इससे बच नहीं रहा हूँ। शायद इसीलिए उन्होंने मुझे साइन किया है, है न? जयंती कहती है कि मैं अपने सोशल मीडिया अकाउंट और अपने ब्लॉग पर इस कहानी के बारे में लिखता रहूँ। मेरे पास अपने पाठक हैं, इसलिए जब यह किताब बाजार में आएगी तो उसके विक्रय में यह सहायक हो।"

"लेकिन यदि श्रेयसी के नाम के साथ तुम अपने नाम का इस्तेमाल करोगे तो लोग

यह सोचेंगे कि श्रेयसी कोई वास्तविक व्यक्ति है।" अवनि ने कहा।

"उससे क्या फर्क पड़ता है? पुस्तक के कवर पर इसके काल्पनिक होने का डिस्क्लेमर होगा।" दमन ने उत्तर दिया।

अवनि अब तक जयंती रघुनाथ से नहीं मिली थी, लेकिन उसे इस बात से घृणा हुई थी कि दमन को उस पर कितना विश्वास है; बल्कि यह उसका ही आइडिया था कि दमन का नाम किताब पर दिखे। वह एक बेस्टसेलर होने के नाते कुछ दर्जन प्रतियों पर हस्ताक्षर करके रखे तथा साहित्यिक पुरस्कार के रूप में कुछ चयनित पाठकों को दे। कुछ सप्ताह पहले ही दमन बुकहाउंड पब्लिशर्स, जो कि भारत का सबसे बड़ा पब्लिशिंग घराना है, की एग्जीक्यूटिव संपादक जयंती रघुनाथ, उम्र 32 से मिलकर बेहद उत्साहित लौटा था। उसने उसे एक 'पाँच सितारा संपत्ति' कहा था और उसे पब्लिशिंग व वाणिज्य के बारे में तकनीकी बातें बताई थीं। उसने दमन को यह एहसास कराया था कि वह बहुत प्रतिभाशाली, महत्त्वपूर्ण और वांछित लेखक है।

जब जयंती ने दमन को इंटरनेट पर खोजा था, उस समय वह महज एक अपरिपक्व लेखक ही था। वह फेसबुक, टैबलेट, वर्डपैड अपने ब्लॉग पर 'दमन' नाम के एक अपरिचित लड़के और 'श्रेयसी' नामक लड़की के बारे में लघुकथाएँ लिखा करता था।

इंटरनेट पर दमन के सोशल मीडिया अकाउंट पर उनके पहले लंबे वार्त्तालाप के बाद अवनि इन लघुकथाओं के बारे मे लड़खड़ाकर बोली थी। वह उसके प्यार में पड़ गई थी, क्योंकि वह उन लघुकथाओं से बेहद प्रभावित थी। उसे वे कथाएँ वास्तविक लगती थीं। वह सोचती थी कि श्रेयसी कोई वास्तविक लड़की है और दमन की गर्लफ्रेंड व प्रेमिका है। जब तक दमन ने अपनी ओर से श्रेयसी के बारे में सबकुछ नहीं बताया, उसने उससे बात करना बंद कर दिया था।

"वह एक काल्पनिक चरित्र है। वह केवल मेरे मन की कल्पना है। मैं अपना नाम इसलिए इस्तेमाल करता हूँ, क्योंकि इससे मुझे चीजों को बेहतर तरीके से देखने में मदद मिलती है।" उसने कहा।

"तो कोई श्रेयसी नहीं है?"

"नहीं, बिल्कुल नहीं। कम-से-कम मेरे जीवन में तो नहीं।" उसने उसे आश्वस्त करते हुए कहा, "मुझे बस, श्रेयसी नाम पसंद है।"

"पक्का, तुम ठीक कह रहे हो? मेरे दोस्त कहते हैं कि लेखक झूठे होते हैं। वे कहानी गढ़ने में उस्ताद होते हैं।" उसने मुसकराते हुए कहा।

दमन ने इसे मजाक में उड़ा दिया।

लेकिन जैसे-जैसे वे अधिक मिलने लगे, उसने यह उम्मीद रखनी शुरू कर दी कि दमन श्रेयसी की जगह उसके नाम का इस्तेमाल करेगा; लेकिन ऐसा नहीं हुआ। श्रेयसी

नामक काल्पनिक चरित्र उसकी कहानियों में बना रहा। उसने इस बारे में यद्यपि कुछ कहा नहीं। वह कह भी क्या सकती थी? श्रेयसी कल्पना थी और वह वास्तविकता। वह अपने आपको यह कहकर दिलासा देती कि वही तो है, जिसका दमन हाथ पकड़ता है, उसी से प्यार का इजहार करता है। वह मैं ही हूँ, श्रेयसी नहीं।

उसके कुछ ऑनलाइन पाठकों को लगता था कि श्रेयसी काल्पनिक चरित्र है; परंतु कुछ अन्य पाठकों को लगता था कि वह वास्तविक चरित्र है, जिसे थोड़ी सी कल्पनाशीलता के साथ प्रस्तुत किया गया है। दमन की कहानी के पहली बार वायरल होने और सौ से अधिक बार शेयर होने पर अवनि एवं दमन ने साथ ही पेस्ट्री काटकर जश्न मनाया था। उस दिन अवनि को झेलना पड़ा था। दमन ने यह बात नोटिस भी की, क्योंकि कुछ दिन बाद दमन ने अवनि नामक महिला चरित्र को लेकर एक कहानी लिखी। वह बेहद खुश थी, लेकिन जल्द ही उसकी खुशी काफूर हो गई। कहानी पर आए कमेंट्स बहुत तीखे थे। कोई भी इस नए पात्र 'अवनि' के बारे में पढ़ना नहीं चाहता था। वे 'श्रेयसी' को ही पढ़ना चाहते थे। उन्होंने 'अवनि' को दरकिनार कर दिया था।

'क्यों, क्यों? आखिर क्यों? श्रेयसी क्यों? मैं क्यों नहीं? वह तो वास्तविक भी नहीं है, जबकि मैं वास्तविक हूँ!' अवनि सोचती रही।

हालाँकि दमन ने कमेंट डिलीट कर दिए, लेकिन फिर भी अवनि को 'हमें श्रेयसी वापस चाहिए' कमेंट बार-बार याद आता। वह रोती हुई नींद के आगोश में चली जाती। लेकिन समय के साथ वह सामान्य हो गई।

"तो तुम क्या सोचती हो?"

अवनि अपने विचार में मग्न थी। वह सुन नहीं रही थी।

"हूँ! यह भयंकर है। मैं बहुत खुश हूँ। तो तुम अपने माता-पिता को कब बताने जा रहे हो?"

दमन की त्योरियाँ चढ़ गईं, "मेरा वश चले तो कभी नहीं। तुम्हें पता है, मेरे डैड इसे किस तरह लेंगे? वे यही चाहते हैं कि मैं उसी नौकरी में उलझा रहकर अगले तीस सालों तक दु:खी होता रहूँ।"

"तुमने कोई शीर्षक तय किया?"

दमन मुसकरा दिया। उसने अपनी सिगरेट दूर की और अवनि की ओर झुकते हुए कहा, " 'मेरे सपनों की लड़की।' इस सीरिज की पहली किताब का नाम यही होगा।"

"क्या एक से अधिक किताबें होंगी?"

"जयंती का ऐसा सोचना है कि मुझे अपने द्वारा गढ़े गए चरित्र का पूरा लाभ उठाना चाहिए। वह कुछ बदलाव करना चाहती है; किंतु मैं शायद ही उसे ऐसा करने दूँ। इसके अलावा, एक पात्र के रूप में 'श्रेयसी' परिपूर्ण है।"

'नहीं, ऐसा बिल्कुल नहीं है। वह तुम्हारी प्रेमिका भर है।' अवनि ने सोचा; लेकिन उसने दमन से कुछ नहीं कहा।

कुछ देर बाद दमन शौचालय जाने के लिए उठा। वह उसे देखती रही। जैसे ही वह अंदर गया, अवनि ने देखा कि कॉफी शॉप के दूर के छोर पर बैठी एक लड़की शौचालय के बंद दरवाजे की ओर टकटकी लगाए देख रही थी। कुछ सेकंड गुजर जाने पर भी वह लड़की यथावत् ताकती रही। अवनि के मन में भयानक भाव हिलोरें मारने लगे। वह लड़की लगातार दरवाजे की ओर देखे जा रही थी और कुछ बुदबुदा रही थी, जैसे किसी से बात कर रही हो। अवनि ने उसके होंठों को देखकर अनुमान लगाया कि वह 'दमन' बोल रही थी। पर अवनि सुनिश्चित नहीं थी। वह लड़की दोबारा बोली, 'दमन।' उसका चेहरा उसके कमर तक लटकते हुए बालों के पीछे छुपा हुआ था। अचानक उस लड़की की निगाह अवनि पर पड़ी। उसका चेहरा पीला पड़ गया और उसके काले व घने बाल अँधेरे में खो गए। अवनि से उसकी आँखें चार हुईं। उसकी आँखें भयंकर रूप से अपारदर्शी थीं। वह सुंदर थी, लेकिन उसकी सुंदरता में कुछ बहुत भयानक था—कुछ अपशकुनी और सम्मोहित करने वाला। वह लड़की अवनि को देखकर मुसकरा दी। अवनि का दिल धक से रह गया। उसके हाथ रोमांच से भर गए। अवनि ने समय बिताने के लिए मोबाइल पर संदेश भेजने का बहाना किया। वह उस विचित्र लड़की की आँखों को अब भी उसे घूरते हुए महसूस कर सकती थी। उसकी टकटकी भरी आँखों को देख अवनि को ऐसा एहसास हुआ, जैसे उसके कपड़ों के अंदर मकड़ी घुस गई हो। 'दमन को इतना वक्त क्यों लग रहा है?' समय धीरे-धीरे गुजर रहा था। वह अब भी उस लड़की की बुदबुदाहट को सुन पा रही थी। परंतु एक शब्द को छोड़ कोई अन्य शब्द उसकी समझ में नहीं आ रहा था—'कुतिया, कुतिया, कुतिया, कुतिया!'

"हे?"

"हूँ?"

"कहाँ खोई हो?"

अवनि ने ध्यान दिया कि वह पसीने-पसीने हो रही थी। दमन अपनी सीट पर बैठ गया और वह लड़की उसकी नजर से हट गई। उसने राहत की साँस ली।

"मुझे लगता है कि हमें शाम को कहीं बाहर जाकर सेलिब्रेट करना चाहिए।" अवनि ने कहा।

दमन ने अँगूठे से इशारा करते हुए कहा, "पक्का! मैं तुम्हें कॉल कर लूँगा। तुम्हें देर तो नहीं हो रही?"

अवनि ने सिर हिलाया और दमन ने बिल मँगवा लिया। वेटर ने पहले ही उनकी मेज पर बिल पहुँचा दिया था। पैसे वापस लेने के बाद जैसे ही दमन उठा, अवनि की

नजर ट्रे में रखे एक कागज की ओर गई। उसने वह कागज उठा लिया।

"क्या है ?" कहते हुए दमन ने उसके हाथ से कागज ले लिया।

कागज पर एक सुंदर सी राइटिंग में एक संदेश था। दमन ने पढ़ा—"किताब के लिए शुभकामनाएँ। मुझे पता है कि यह एक बेहतरीन किताब होगी।"

—श्रेयसी, तुम्हारे सपनों की लड़की।

तभी एक जोर की घंटी बजी। अवनि आवाज की ओर मुड़ी और उसने देखा कि वह लड़की दरवाजे से बाहर आ रही थी। वह घंटी दरवाजे के साथ जुड़ी हुई थी। जब वह पीछे मुड़ी तो उसने दमन को हँसते हुए पाया। उसे यह लगा कि वह संदेश किसी और का नहीं, बल्कि अवनि का था। अवनि हलके से मुसकराई और उसके बाद उसका ध्यान कागज पर बने लिपस्टिक के निशान पर गया।

लिपस्टिक का निशान गहरा, चटक एवं कुछ अनिष्टसूचक था।

□

3

एक गंदे व धुँधले से दर्पण में दमन ने स्वयं को निहारा। विशेष रूप से आज के मौके के लिए खरीदी गई उसकी सफेद शर्ट ट्यूब लाइट की मद्धिम रोशनी में पीली-सी लग रही थी। वह पिछले दो माह से ट्यूब लाइट बदलने के बारे में सोच रहा था, परंतु उसे फुरसत ही नहीं मिली थी। यदि वह अपने माता-पिता के साथ रह रहा होता तो न तो उसे पीली ट्यूब लाइट के बदलने के बारे में सोचने की जरूरत होती, न ही स्टोव को सही कराने के बारे में और न ही लीक हो रहे नल के बारे में, लेकिन···

उसने दर्पण के नीचे बनी शेल्फ पर रखी गोलियाँ मुँह में रखीं और चबाने लगा। उसे यह उम्मीद थी कि गोली चबाने के बाद उसके मुँह का बिगड़ा जायका उसे यह याद दिलाएगा कि आज उसे शराब नहीं पीनी है। किसी भी हालत में ये गोलियाँ मदिरा के साथ सेवन के लिए नहीं थीं। उसे हमेशा यही एहसास हुआ कि इन गोलियों के साथ मदिरापान से उसका सिर भारी हो जाता था।

उसने दो बार दाढ़ी बनाई और हड़बड़ी में तीन जगह काट भी बैठा। उसने एक दिन पहले ही खरीदकर लाया आफ्टर शेव लोशन लगाया। उसे जाने में अभी काफी वक्त था। वह कुछ व्यग्र-सा इधर-उधर टहलने लगा। अपनी व्यग्रता को कम करने के लिए उसने सिगरेट पी। जयंती ने उससे कहा था कि ये पार्टियाँ कभी-कभार ही समय पर शुरू हो पाती हैं और यह कोई पार्टी न होकर एक तरह का उन लोगों का आपसी मेल-मिलाप था, जिन्होंने इस किताब 'मेरे सपनों की लड़की' पर मेहनत की थी। पिछले छह माह की दिन-रात की मेहनत, अपनी नौकरी छोड़ने एवं एक कमरे व किचन के मकान में शिफ्ट होने, हजारों कप कॉफी गटकने, जयंती के साथ किताब की बारीकियों पर घंटों तक वाद-विवाद, जो कई बार गाली-गलौज तक पहुँचते-पहुँचते बचा, के बाद अंततः अगले दो सप्ताह में वह किताब बाजार में आने को तैयार थी और आज उसकी पहली प्रति उसके हाथ में आने वाली थी।

सड़क पर ट्रैफिक ज्यादा नहीं था, लेकिन वह तेज लेन और एस.यू.वी. से बचते हुए धीरे ही चला रहा था। उसकी कार नई थी। इस किताब की एडवांस राशि में से एक

बड़ा हिस्सा उस कार को खरीदने में खर्च हो गया था। उसे कार की स्टीयरिंग के उच्च गुणवत्तावाले चमड़े को स्पर्श करते ही स्वयं के अमीर होने का एहसास हुआ। उसके पिता उसके खर्चीले स्वभाव से प्राय: नाराज रहा करते थे और उसे बेवकूफ कहते हुए झिड़कते रहते थे। वह राजौरी गार्डन और नारायणा विहार से आगे निकल आया था। वह धौला कुआँ के सर्पाकार फ्लाईओवर पर पहुँचा ही था कि बारिश शुरू हो गई। पहले बारिश हलकी थी, बाद में तेज हो गई। उसने गाड़ी और धीमी कर ली और कार के ब्लिंकर चालू कर लिये। वह मुश्किल से एक कि.मी. ही चला होगा कि उसके बाईं ओर से एक बाइक वाला उसकी कार से हलके से रगड़ते हुए निकल गया। दमन के होंठों पर गाली आ गई। दमन ने कार की रफ्तार बढ़ा दी। कार के इंजन की आवाज तेज हो गई। दमन गुस्से से भर गया था। कुछ ही सेकंड में वह उस बाइक के बगल में था। दमन ने कार की खिड़की का काँच नीचे किया। उस बाइक वाले ने दमन को इशारा करते हुए पाया। उसने बाइक की रफ्तार बढ़ा दी और ज्यादा ट्रैफिक में समा गया। दमन ने उसका पीछा करना नहीं छोड़ा। लगभग 10 कि.मी. तक उस बाइक वाले का पीछा किया। उसकी बाइक के आगे कार अड़ाकर वह गुस्से से भरा हुआ कार से बाहर निकला। बाइक सवार बमुश्किल अपना हेलमेट उतार पाया था कि दमन ने उसके जबड़े पर एक घूँसा जड़ दिया। वह कराह उठा। इसके पहले कि वह बाइक सवार सँभल पाता, दमन ने दो-तीन घूँसे और जड़ दिए। वह आदमी लड़खड़ाकर गिर गया। दमन उससे दूर हट गया, पर उसका दिल अभी भी तेजी से धड़क रहा था।

उसे बेहतर महसूस हुआ।

उसने कार स्टार्ट की और उस लड़खड़ाते हुए आदमी से दूर चला गया। 'मैं अपनी किताब से छेड़छाड़ और उसे तबाह करने के लिए आज जयंती से भी लड़ सकता हूँ।' उसने रियर मिरर में देखा। उसने मुसकराने का प्रयास किया। 'वह बरबाद नहीं हुई। वह जानती है कि वह क्या कर रही है।' वह गाड़ी चलाता रहा। शांत! शांत! जयंती और वह अनुबंध पर हस्ताक्षर करने के बाद से अब तक एक लंबा सफर तय कर चुके थे, जो कि काँटों से भरा था।

दमन ने अपनी कार 'ऑलिव बार एंड किचन' की पार्किंग में खड़ी कर दी। उस व्यक्ति को सबक सिखाए हुए आधे घंटे से अधिक का समय बीत चुका था, लेकिन वह अब भी उत्तेजित था। उसने दूर से जयंती को अपनी ऑडी क्यू 5 कार से उतरते हुए और निजी सेवक को कार की चाबी सौंपते हुए देखा। अपनी चमकीली सिल्वर ड्रेस में वह एकदम शाही घराने की लग रही थी। वह सीधे तनी हुई ऑलिव के प्रवेश द्वार की ओर बढ़ी। उसकी सुडौल जाँघें उसकी ड्रेस से झलक रही थीं। वह अपने हाथ में एक छोटा सा कत्थई रंग का पर्स लिये हुए थी।

'मेरे सपनों की लड़की'! लेखक की प्रतियाँ! मेरी प्रतियाँ! मेरी किताब! यह उसका साम्राज्य होगा और वह प्रसन्नता से भर गया। वह कार से उतरा, अपने बालों को सँवारा और साइड मिरर में देखकर मुसकराया। उसे अवनि की कमी खल रही थी। यदि वह यहाँ होती तो उसे ज्यादा आसानी होती। उसने उसका गुस्सा शांत कर दिया होता।

मुसकराने का अभ्यास करते-करते दमन प्रवेश द्वार की ओर बढ़ा।

जब दमन ने प्रवेश किया, तब लोग अपने हाथों में वाइन के गिलास को ऊपर उठाते हुए उसका नाम पुकार रहे थे। जयंती रघुनाथ ने आगे बढ़कर उसका स्वागत किया, उसे गले से लगाया और उसके हाथों में वाइन का गिलास थमा दिया। दमन की ना-नुकुर उस समय व्यर्थ हो गई, जब सभी ने उससे पीने का आग्रह किया। उसने सोचा, एक पेग तो ले ही लेता हूँ।

उसने सभी से दमन का परिचय करवाया। ज्यादातर के साथ उसकी तसवीर ली गई और वे सभी पुस्तक से बहुत खुश थे। वे थोड़ा पिए हुए भी थे। छोटे कद के मोटे और मजाकिया स्वभाववाले ऋत्विक ने उसकी किताब का कवर डिजाइन किया था। श्रावणी, जो कि गेहुएँ रंग और दृढ़ आवाजवाली एक सुंदर-सी लड़की थी, ने अंतिम संपादन कार्य किया था। लंबा और गोरे रंग का सुंदर-सा लड़का फरहद मार्केटिंग हेड था। इनके अलावा, प्रोडक्शन व सेल्स टीम के कुछ और लोग भी थे, जिनके नाम दमन को याद नहीं रहे। वेटर ने उसके खाली गिलास को फिर से भर दिया। मदिरा बहुत महँगी और स्वादिष्ट थी। इससे पहले उसने इतनी बेहतरीन मदिरा नहीं पी थी। आज मेरा दिन है! स्वयं को यह याद दिलाते हुए उसने सोचा कि वह कैब बुलवा लेगा।

कुछ देर बाद एक केक काटा गया और दमन को 'मेरे सपनों की लड़की' की पहली प्रतियाँ सौंपी गईं। यह लगभग 350 पेज की लाल-काले कवर की किताब थी। हॉल तालियों की गड़गड़ाहट से भर गया। उन्होंने मुझे किताब की प्रतियों के साथ आनंदित होने के लिए अकेला छोड़ दिया। दमन ने एक प्रति अपने हाथ में ली, उसे सूँघा और पेज पलटते हुए कवर पर हाथ फेरा। वह उतना आनंदित महसूस नहीं कर रहा था, जितना उसने कुछ माह पूर्व अनुबंध पर हस्ताक्षर करते समय कल्पना की थी। जयंती उसके पास आई और उसके गले में हाथ डाल दिया। उसके मुँह से मदिरा की महक आ रही थी।

"पसंद आई?"

"नहीं।" दमन ने सिर हिलाया।

"मैंने तुमसे कहा था न, कि जब किताब हाथ में आएगी तो सब ठीक हो जाएगा। छोटी-छोटी बातों पर तुम्हारा चिंता करना व्यर्थ था।"

"छोटी-छोटी बातें? श्रेयसी छोटी चीज नहीं थी।"

जयंती ने त्योरियाँ चढ़ा लीं—"अब फिर से शुरू मत हो जाओ। वे बदलाव जरूरी थे। अब उन पर बात करना व्यर्थ है। आज तुम्हारा दिन है। इसका आनंद लो, दमन। यह किसी आश्चर्यजनक चीज की शुरुआत होगी।"

दमन किताब पर नजर डालने लगा और जयंती ने अन्य लोगों की ओर एक नजर डाली। वह जितना पढ़ता जा रहा था, उसे उतने ही बदलाव दिख रहे थे। किताब में जगह-जगह पर जयंती के शब्द उसे पत्थरों की तरह ऊबड़-खाबड़ लग रहे थे। जयंती ने किताब का संपादन नहीं, बल्कि नए सिरे से लेखन ही कर दिया था। उसने कई पेज खुद ही लिख डाले थे। वह जोर से चिल्लाना चाहता था, पर इसके बजाय उसने मदिरापान करना उचित समझा।

"हुम्म।"

"ओके! रुको! मैं तुम्हारे डर को दूर करती हूँ।" जयंती ने श्रावणी को बैठाते हुए कहा। श्रावणी पहले से ही नशे में थी। दमन और जयंती के सामने आने के पहले वह दो बार लड़खड़ा चुकी थी।

"श्रावणी, तुम्हारा पसंदीदा पात्र कौन सा है?"

"श्रेयसी। वह बेजोड़ है!" श्रावणी ने आँखें दिखाते हुए हवा में गिलास लहराते हुए कहा, "वू…हू…"

दमन ने झिड़कते हुए उत्तर दिया, "यह मेरी श्रेयसी नहीं है। यह जयंती की श्रेयसी है। तुम्हें इसके लिए जयंती को बधाई देनी चाहिए। मेरी श्रेयसी अलग थी।"

"ऐसा मत कहो!" जयंती ने बीच में टोकते हुए कहा।

"तो मेरे लिए कहने को बचा ही क्या है?"

"श्रेयसी! वू…!" श्रावणी ने चिल्लाते हुए कहा।

दूसरी टेबल पर बैठे लोगों ने उसकी ओर अचरज से देखा। जयंती ने ऋत्विक से श्रावणी को वहाँ से ले जाने को कहा, उसके चले जाने के बाद उसने दमन से कहा, "देखा? मैंने तुमसे कहा था न! एक बार किताब प्रकाशित तो होने दो! सभी को यह नई श्रेयसी पसंद आएगी। यदि ऐसा नहीं हुआ तो तुम जो कहोगे, मैं मान लूँगी और इसकी सारी जिम्मेदारी मेरी होगी।"

वेटर ने दमन से पूछा कि क्या उसे एक और पेग चाहिए? वह जानता था कि उसे और नहीं पीना चाहिए। वह पहले भी कई बार नशे में धुत हो चुका था। लेकिन सबकुछ भूलने के लिए उसे और पीने की आवश्यकता थी। उसने सहमति में सिर हिला दिया। वेटर ने उसका गिलास ऊपर तक भर दिया। श्रेयसी के बारे में और बात करने का कोई लाभ नहीं था। जो हो गया, सो हो गया। जयंती ने किताब में अपनी मंशा पूरी कर ली थी और उसने दमन के स्वप्नों की श्रेयसी की छवि को हटा दिया था। इस किताब में दिखाई

गई श्रेयसी दमन के स्वप्नों की श्रेयसी से बिल्कुल अलग थी। पीले-से चेहरेवाली उसकी श्रेयसी गणित में स्नातक थी और सर्च इंजन के लिए प्रमेय बनानेवाली स्टार्टअप कंपनी में कार्यरत थी। खाली समय में वह कार्बनिक रसायन, प्राचीन इतिहास और मृत धर्मों के बारे में पढ़ना पसंद करती थी। उसे म्यूजियम, कैफीन, आग, एकाधिक चरम यौन संतृप्ति, दमन (पात्र), विभिन्न सेक्स मुद्राओं और हलके-फुलके चुटकुलों में रुचि थी। नई श्रेयसी—जिसे जयंती ने रचा था और दमन पर थोप दिया था—एक सीधी-सादी, मिल्स एंड बून की किताबों में वर्णित लड़की की तरह थी। वह शरमीली व विनम्र थी और अंग्रेजी में स्नातक होने के साथ-साथ एक ऑनलाइन न्यूज पोर्टल में इंटर्नशिप कर रही थी। वह हर तरह से बोर और कचरा थी।

"यही चलेगी। यही बिकेगी। दमन, तुम लिख लो! मैं अपना काम अच्छी तरह से जानती हूँ! मेरी बात सुनो, वरना यह किताब नहीं चलेगी।" जब भी दमन उससे बहस करता, वह यही कहती।

कई डेडलाइंस गुजरने और लंबे विलंब के उपरांत दमन ने बहस छोड़ दी थी।

उस शाम दमन पीता ही रहा। धीरे-धीरे सभी लोग चले गए। जयंती सबसे आखिर में गई। उसने दमन से कहा कि यदि वह चाहे तो वह रुक सकती है। उसके जाने के बाद दमन फिर सोफे पर बैठ गया और उसके बाद कई पेग पिए। उसके बाद वह नशे में धुत्त था। उसने किताब पढ़नी शुरू कर दी। किताब के बाहर लिखे जयंती के वाक्य उसे गले में लिपटते और उसका दम घोंटते-से प्रतीत हुए। उसकी छाती कस गई। उसने एक और पेग का आदेश दिया। उसके तुरंत बाद वह नींद के आगोश में चला गया और सपने में देखा कि लोग बड़ी संख्या में उसकी किताब जला रहे हैं।

सब श्रेयसी से नफरत करेंगे।

जब उसकी आँखें खुलीं तो उसने वेटर को घूरते हुए और वहाँ से जाने को कहते हुए पाया। वह शैंपेन की आधी बोतल के साथ लड़खड़ाता हुआ ऑलिव से बाहर निकला और अपनी कार की ओर बढ़ा। उसने बोतल को अपने होंठों से लगाया। वह अपनी कार में बैठा और आँखें बंद कर लीं। उसने अपने लिए एक कैब बुलाने का प्रयास करना चाहा, पर उससे फोन ही नहीं सँभल रहा था। उसने जयंती के शिकंजे से मुक्त होने की कल्पना की। वह नींद के आगोश में था।

□

4

अगली बार जब उसकी आखें खुलीं तो उसने अपने बगल की ड्राइविंग सीट पर एक लड़की को मुसकराते हुए पाया। लड़की ने उसे 'हाय' बोला।

"क्या तुम सच में हो? या ये फिर एक सपना है?" उसने पूछा। "मुझे अपना चेहरा दिखाओ।" वह बुदबुदाया। उसने लड़की को मुसकराते हुए पाया। "मुझे तुम्हारा चेहरा याद रहेगा।" उसने कहा।

"मुझे आशा है, तुम याद रखोगे।" उस लड़की ने कहा, फिर उसने कुछ शब्द बुदबुदाए, मुसकराया और फिर नींद के आगोश में चला गया।

जब वह उठा तो खुद को पिछली सीट पर पाया।

"हम कहाँ जा रहे हैं?" उसने पूछा, "क्या तुम श्रेयसी हो?"

किसी ने उत्तर नहीं दिया।

उसका सिर घूम रहा था। उसके चारों ओर की दुनिया तेजी से घूम रही थी। उसने ड्राइवर सीट पर फिर से लड़की को बैठे हुए देखा। काले व घने बाल, सफेद रंग, काली गहरी आँखें, सुर्ख लाल होंठ, जैसे कि वह किताब 'मेरे सपनों की लड़की' से बाहर निकल आई हो! वह श्रेयसी है, निस्संदेह वही है। वह नशे में धुत्त मुसकरा रहा था। "क्या तुम श्रेयसी हो?" वह बुदबुदाया।

"नहीं, मैं सपना देख रहा हूँ। जयंती ने तुम्हें मार डाला है।" वह अविश्वास से बोला, "उसने तुम्हें तबाह कर दिया है। मैं नशे में हूँ और सपना देख रहा हूँ।" वह अपने आप से बोला, "मुझे अंतिम बोतल नहीं पीनी चाहिए थी।"

उसे यह सुनाई पड़ा कि वह लड़की कह रही है, "सो जाओ, तुम बहुत पिए हुए हो।"

और किसी बच्चे की तरह वह फिर से सो गया। उसकी नींद खुली। कार एक सुनसान जगह पर खड़ी थी। पूर्ण सन्नाटा था। उसने स्वयं को सँभालने की कोशिश की, पर संतुलन खो बैठा। आगे गिरने के कारण उसका निचला होंठ कट गया और खून निकलने लगा। लड़की उसकी किताब पढ़ रही है, 'मेरे सपनों की लड़की'। वह

उसकी ओर मुड़ी। उसके चेहरे से भोलापन नदारद हो गया था। वह आँखें तरेर रही थी—"क्यों?" उसने पूछा। उसने कार की टूल किट से पाना निकालकर कार की पिछली सीट पर रख दिया। फिर उसने लिपस्टिक निकाली और रियर व्यू मिरर में देखते हुए अपने होंठों को सुर्ख किया। लिपस्टिक वापस रखने के बाद उसने पाना हाथ में उठाया, जैसे वह उसका मुँह तोड़ने वाली हो।

"क्यों?" दमन चिल्लाया।

"यह मैं नहीं हूँ।" उसने लड़की को कहते हुए सुना।

"लेकिन···लेकिन तुमने मुझे छोड़ दिया।" दमन ने कहा।

"ये कोई किताब है···बकवास!" लड़की बुदबुदाई और पाना तेजी से नीचे की ओर लहराया।

□

एक झटके के साथ उसकी नींद खुली। उसने अपने चेहरे को टटोला—उसे चोट नहीं लगी थी, लेकिन होंठ के पास एक छोटे से जख्म से खून रिस रहा था। वह अपनी कार की ड्राइविंग सीट पर था। कार उसके अपार्टमेंट के बाहर ही खड़ी थी। वह जल्दी से कार से बाहर निकला और उलटी करने लगा। उसने गले में उँगली डाल-डालकर तब तक उलटी की, जब तक उसका पेट खाली नहीं हो गया। वह अगले टायर के नजदीक बैठ गया। वहाँ बैठे-बैठे वह नींद में आता-जाता रहा। तेज धूप में वह पसीना-पसीना हो रहा था। ऐसा दोपहर तक होता रहा। उसने स्वयं को कार के अंदर पाया और ए.सी. अपनी पूरी गति से चल रहा था। उसे ठंड लगने लगी थी। उसने ए.सी. बंदकर दिया। कार में बैठे-बैठे वह अपने आपको ज्यादा पी लेने के लिए कोसता रहा और याद करने की कोशिश करता रहा कि पिछली रात क्या हुआ था—वह मोटरसाइकिल चालक, पार्टी, जयंती, किताब, वेटर, स्वप्न, लड़की! एक और स्वप्न। उसने कार के ग्लोब बॉक्स के पड़े अपने फोन को देखा। अवनि की 20 मिस्ड कॉल्स पड़ी थीं और कुछ मिस्ड कॉल्स उसके माता-पिता की थीं।

उसने पहले अवनि को फोन किया—"हाय!"

"दमन, ये सब क्या हो रहा है? मैं कब से तुम्हें कॉल कर रही हूँ। मैं कितना डर गई थी!"

"मैं···मैंने रात को ज्यादा पी ली थी।" उसने कहा।

"मैं अभी-अभी घर लौटा हूँ।"

"मैंने ऑलिव में भी फोन किया था और बंद होने के पहले तुम वहाँ से जा चुके थे। फिर तुम कहाँ थे?"

"हाँ, हाँ! मैं कार चलाकर घर तक वापस आ गया और कार में ही सो गया। अभी-अभी नींद खुली है।" उसने अपना हाथ सिर में लगाया। उसका सिर दर्द से फटा जा रहा था। उसे क्रोसिन की गोली चाहिए थी।

"तुम नशे में कार चलाते हुए घर वापस आए? तुम्हारा दिमाग तो खराब नहीं है, दमन?" उसने डाँटते हुए कहा, "और तुमने मुझे जो एस.एम.एस. भेजा, वह क्या था?"

"क्या? कौन सा मेसेज? मैंने तुम्हें कोई संदेश नहीं भेजा।" उसने कहा, "…ये मुझे याद है।"

अवनि ने संदेश पढ़कर सुनाया, "कुतिया, तुम उसके लायक नहीं हो।"

"मैंने नहीं भेजा।" उसने कहा और थोड़ा रुककर बोला, "मैं जयंती को भेजने की कोशिश कर रहा होऊँगा।"

"उसे क्यों?"

"किताब, अवनि। मुझे अपनी किताब की प्रतियाँ मिल गई हैं और ये वैसी नहीं हैं, जैसी मैंने सोची थी। मैं तुमसे शाम को बात करूँगा। मुझे इस समय ऐसा लग रहा है, जैसे मैं मर जाऊँगा।"

"क्या मैं तुम्हारे पास आ जाऊँ?"

"नहीं, कोई जरूरत नहीं। मैं तुमसे शाम को मिलूँगा। ओके? मैं अभी तुमसे ज्यादा बात नहीं कर पाऊँगा।" कहते हुए उसने कॉल समाप्त कर दी।

उसे अपने सेंट बॉक्स में वह संदेश मिल गया, जो उसने अवनि को भेजा था। वह यह सोचकर खुश था कि चलो, अच्छा हुआ, यह संदेश उसने जयंती को नहीं भेजा। लेकिन उसे अचरज था कि उसने सारी बात थर्ड पर्सन के रूप में क्यों लिखी थी? 'मुझे पीना छोड़ देना चाहिए।' उसने कार में किताबों को ढूँढ़ा। उसने कार के हर कोने में किताबों की तलाश की, लेकिन उसे किताबें नहीं मिलीं। उसने सोचा कि शायद वह किताबों को रेस्टोरेंट में ही छोड़ आया है। निराशा में वह कार से बाहर निकला और वह जयंती से बात करके और किताबें मँगवाने की सोच रहा था। उसने नंबर मिलाया ही था कि उसे अपने किताबों के गट्ठर को जलाए जानेवाले स्वप्न की याद आ गई। वास्तव में उसकी कार के पास ही कुछ जलाया गया था। उसने कॉल काट दी। क्या ये वही किताबें हैं? जानने के लिए वह और नजदीक गया। वह राख के ढेर पर झुका। किताब की पाँच प्रतियाँ वहाँ जली हुई पड़ी थीं। उसने एक अधजली किताब उठा ली, जो सौभाग्य से जल नहीं पाई थी। 'मैंने ये कब किया?'

उसने जयंती को कुछ और किताबें भेजने का संदेश भेज दिया। किताबों के बारे में सोचते-सोचते वह अपने अपार्टमेंट में लौटा। श्रेयसी का परिचय देनेवाली प्रारंभिक पंक्तियाँ अब भी उसके दिमाग में थीं—1988 में पैदा हुई श्वेत रंग की श्रेयसी प्रत्येक

लड़के का सपना थी—वह सौम्य और मधुर स्वरवाली थी, खुशमिजाज और विनम्रता से भरी हुई। दमन के पेट में मरोड़ होने लगी।

जयंती के शब्द उसके दिमाग में घूम रहे थे—

'हर कोई नई श्रेयसी को पसंद करेगा।'

"हुँह!"

□

5

'मेरे सपनों की लड़की' के लेखक दमन राय के हाथों में जयंती रघुनाथ का गला था। उसने उसे बालों से पकड़कर उसके केबिन की काँच की दीवार पर जोर से दे मारा और तब तक मारता रहा, जब तक चटके हुए काँच की दीवारें खून से लथपथ नहीं हो गईं। उसका शरीर जमीन पर पड़ा था और हाथ-पैर काँप रहे थे। दमन उसके सिर पर तब तक मारता रहा, जब तक कि उसका चेहरा विकृत नहीं हो गया। उसकी किताब में बदलाव करने की यही सजा थी।

वह अपने दिवास्वप्न से बाहर निकला। वह जयंती के केबिन की टूटी हुई काँच की दीवारों को घूर रहा था। जयंती अपनी कुरसी पर बैठी मुसकरा रही थी और दमन के कुछ बोलने का इंतजार कर रही थी।

"इस रूम में दुर्गंध क्यों आ रही है?" दमन ने पूछा।

"हम सीधे मुद्‍दे पर आएँ? तुम···" जयंती ने उत्तर दिया।

"तुमने तो कहा था कि सभी लोग नई श्रेयसी को प्यार करेंगे, लेकिन वे तो उससे नफरत कर रहे हैं।" दमन गुर्राया।

"तुम क्या कह रहे हो, इसका तुम्हें कोई अंदाजा नहीं है, दमन! तुम मुझे सनका रहे हो।" जयंती ने आगे झुकते हुए कहा, उसके बँधे हुए हाथ किताब के प्रूफ के ऊपर थे, जिन्हें अभी प्रिंट में जाना था। उसकी मेज पर कॉफी के तीन खाली कप पड़े थे। उसकी मेज के चारों ओर सैकड़ों किताबें एक के ऊपर एक रखी हुई थीं। उसके चारों ओर ज्ञात व अज्ञात लेखकों के लाखों शब्द बिखरे हुए थे। जयंती ने अवनि की ओर देखा, "उससे थोड़ा शांत होने के लिए कहो।"

अवनि ने दमन की बाँह पर चिकोटी काटी। दमन बैठ गया। वह बोला, "जयंती, तुम मजाक कर रही हो! लोगों को मेरी किताब पसंद नहीं आ रही है। जाओ, जाकर ऑनलाइन समीक्षा देखो। तुमने जिस श्रेयसी को तैयार किया है, वे उससे नफरत कर रहे हैं। वह ऐसा चरित्र बनकर रह गई है, जिसे किताब का नायक प्रेम करता है और उसके साथ सहवास करना चाहता है। उसे इससे ज्यादा होना चाहिए था और मैं उत्तर देते-देते

थक गया हूँ, क्योंकि किताब का मुख्य पात्र मैं ही हूँ। मैंने तुमसे कहा भी था कि हमें किताब के नायक को कोई और नाम देना चाहिए था, मेरा नहीं।"

"हम इस पर आगे और कोई चर्चा नहीं करेंगे, क्योंकि हमने तुम्हारे नाम का इस्तेमाल किया। लोग ऐसा सोचेंगे कि यह सत्य घटना है और लोग सत्य घटना पर आधारित उपन्यास हाथोहाथ लेते हैं। तुम्हें यह पता होना चाहिए। है न? सत्य घटना पर आधारित फिल्मों के मामले में भी ऐसा होता है। क्या तुम ऐसा मानते हो कि वे फिल्में सच में सत्य घटना पर आधारित होती हैं? छोड़ो, यार!"

प्रिंट में जाने के पहले दमन ने किताब में कई परिवर्तन सुझाए थे, पर वह चतुर जयंती से पार न पा सका।

"मैं अभी तुम्हें समीक्षा पढ़कर सुनाती हूँ। ठहरो!" कहते हुए जयंती रघुनाथ इंटरनेट पर 'मेरे सपनों की लड़की' के समीक्षा खोजने लगी। वह पढ़कर सुनाने लगी, " 'यह किताब एक क्लासिकल रोमांस है।' 'मुझे किताब का अंत पसंद आया'। 'श्रेयसी के प्यार में डूबा हूँ', 'मैं किताब पढ़कर कई बार रोया', 'हार्ट इमोजी', 'क्राइंग इमोजी', 'कहानी मेरे दिल को छू गई'। तुम क्या बात कर रहे हो? ज्यादातर समीक्षा शानदार हैं।" कहते हुए उसने अपना लैपटॉप किनारे कर दिया।

दमन ने अपनी आँखें घुमाईं।

अवनि ने लैपटॉप अपने पास किया और समीक्षा पढ़ने लगी। समीक्षा जबरदस्त थे; लेकिन सिर्फ यही समीक्षा नहीं थे। पिछले कुछ दिनों से दमन अवनि को हर बुरे/औसत समीक्षा इ-मेल करता रहा था, विशेषकर वे समीक्षा, जिनमें श्रेयसी को रीढ़-विहीन, एकरस, कमजोर तथा दमन को औसत लेखक बताते हुए इस किताब को पुरानी बोतल में नई शराब बताया गया था। सबसे कटु आलोचक वे लोग थे, जिन्होंने फेसबुक पर दमन की श्रेयसी को पढ़ा और चाहा था। उस समय तक दमन ने किताब के अनुबंध पर हस्ताक्षर नहीं किए थे। उसने इस सारी असफलता का दोष जयंती के अतिरंजित संपादन को दिया। सिर्फ दमन ही जानता था कि जयंती के सुंदर शरीर और आकर्षक आँखों के पीछे एक अलग ही चेहरा था। दमन के गुस्से को सबसे ज्यादा अवनि ने ही झेला। वही थी, जो उसे बरबाद होने से रोके हुए थी।

जयंती ने बोलना जारी रखा, "देखो दमन, मुझे नहीं पता कि तुम इस किताब से क्या चाह रहे हो; लेकिन किसी नए लेखक की किताब की पहले तीन सप्ताह में 15,000 प्रतियाँ बिक जाना एक बड़ी सफलता है। तुम इस बात पर ध्यान देना बंद करो कि कुछ लोग श्रेयसी के बारे में क्या राय रखते हैं! अपना नजरिया बड़ा करो। यह किताब हिट है, बल्कि इसने 'टाइम्स बेस्टसेलर सूची' में अपना स्थान बना लिया है।"

"तो तुम अपने सिर पर एक तख्ती क्यों नहीं लगा लेतीं!" दमन ने झिड़का।

"मैं नहीं जानती कि तुम्हारी शिकायत किस बारे में है। अन्य नवोदित लेखक तुम्हारी जगह लेने के लिए मरे जा रहे हैं।"

"इनकी बात में दम है!" अवनि ने कहा।

दमन ने अवनि की ओर गुस्से से देखा। "क्या मैं तुम्हारे लिए ताली बजाऊँ, जयंती?" उसने उसका मजाक उड़ाया, "लोग मुझे दूसरा कार्तिक अय्यर कह रहे हैं, जो किसी काम का नहीं है।"

"सुनो, दमन। तुम उस समय फेसबुक नोट्स लिखा करते थे, जब मैंने तुम्हारी प्रतिभा को पहचानकर इस पुस्तक को लिखने का प्रस्ताव दिया। क्या तुम ऐसा कहना चाह रहे हो कि मैंने तुम्हारा कॅरियर बरबाद कर दिया? यदि तुम ध्यान से देखो तो पाओगे कि मैंने तुम्हारा कॅरियर बनाया है।"

"तुम्हें याद है कि तुमने मुझे खोजा था। तुम मेरे पास आई थीं। तुमने मुझे किताब लिखने का प्रस्ताव दिया था, क्योंकि तुम्हें ऐसा लगा था कि यह किताब हाथोहाथ बिकेगी। कोई एहसान नहीं किया था तुमने मुझ पर। तुम जानती थीं कि फेसबुक पर मेरे तमाम फॉलोवर्स हैं, जो किताब को हाथोहाथ खरीदते। तुम्हें पता था कि मेरी किताब में दम है।"

जयंती जोर से हँसती है। "पाठक? ऑनलाइन? लाइक्स? सच में? फेसबुक और ट्विटर पर फॉलोवर्स होने का कोई मतलब नहीं होता है, दमन। लाइक और शेयर करने में कोई पैसा नहीं लगता। किसी किताब को बेचने के लिए तुलनात्मक रूप से एक अच्छी किताब, मार्केटिंग प्लान, स्मार्ट संपादक, स्मार्ट प्रकाशक की आवश्यकता होती है। लोग फेसबुक पर गरीब लोगों की दुर्दशा को दिखाते हुए फोटो और वीडियो शेयर करते रहते हैं और यह जताते हैं कि यह दुनिया कितनी जालिम है; लेकिन वे उन गरीबों की दशा में सुधार करने के लिए एक भी रुपया खर्च करना नहीं चाहते। उन लोगों से अपनी किताब के लिए कैसे धन निकलवाते?"

"वे कर रहे हैं। डाटा फ्री नहीं है, जयंती।"

"हाँ-हाँ, तुम सच में बहुत मजाकिया हो, दमन। इसे तुम अपनी अगली पुस्तक में क्यों नहीं इस्तेमाल करते?"

अवनि किसी टेनिस मैच के दर्शक की तरह उन दोनों को एक-दूसरे का मजाक उड़ाते देख रही थी। अवनि इस केबिन में एक बार पहले भी आ चुकी थी। उस दिन दमन ने इस किताब के लिए अनुबंध पर हस्ताक्षर किए थे। उस अनुबंध से उसका जीवन बदलने वाला था। उस दिन उसने जयंती की बड़ी सी आरामदायक कुरसी के पीछे उन किताबों का ढेर देखा था, जिनका संपादन जयंती ने किया था। जयंती के एक दशक लंबे कॅरियर में उसने कई बेस्टसेलर किताबों का संपादन किया था—दस सालों

में लगभग तीस किताबें। सफलता के प्रतिशत को देखकर अवनि का दिमाग घूम गया था। अगर दमन की किताब इतनी लोकप्रिय नहीं हुई तो? लेकिन आज उसका बोर्ड सफेद चार्ट पेपर से पूरी तरह ढका हुआ था।

"मुझे यहाँ कुछ कराना है!" जयंती ने स्पष्ट करते हुए कहा, उसके केबिन में सिर्फ यही एक बदलाव नहीं था। उसका डेस्क नया लग रहा था। यहाँ तक कि प्रिंटर, लैपटॉप और कारपेट भी काफी हद तक अप्रयुक्त लग रहे थे। काँच की दीवार में स्क्रैच पड़े हुए थे और कमरे से विचित्र सी महक आ रही थी, जैसे किसी सड़े हुए चूहे की दुर्गंध को दबाने के लिए जोरदार स्प्रे किया गया हो।

बहस के दौरान ही अवनि की निगाह उसकी घड़ी पर गई। एवालॉन कंसल्टिंग के साथ उसकी बैठक आधे घंटे में शुरू होने वाली थी। अगर वह ट्रैफिक में फँस गई तो किसी कीमत पर समय पर नहीं पहुँच पाएगी।

"दमन, मैं रुकना चाह रही थी, पर मुझे अब जाना होगा।" उसने कहा। जबकि वह कहना चाहती थी, 'तुम्हारे और मेरे लिए अपने चारों ओर देखो, दमन। कितने सारे लेखक हैं और उनमें से कुछ ही उसके बोर्ड पर स्थान बना पाए हैं। जयंती की ओर से मिला एडवांस लगभग खर्च हो चुका है। अगर तुमने कार न खरीदी होती···अगर तुमने अपनी नौकरी नहीं छोड़ी होती···मुझे काम करना होगा, ताकि तुम लिख सको।'

जयंती और दमन दोनों ने उसकी ओर देखा। उसने घड़ी की ओर इशारा किया। दमन ने समझते हुए सिर हिलाया। अवनि उठ खड़ी हुई और उसे गले से लगाया। कान में धीरे से बोली, "शांत रहना!" और वहाँ से चल दी।

अवनि के जाने के बाद जयंती बोली, "इसमें कोई संदेह नहीं है कि तुम एक अच्छे लेखक हो; लेकिन तुम्हें अभी भी बहुत कुछ सीखना है। दमन, तुम्हें पता है कि तुम मेरे द्वारा किए गए सभी परिवर्तनों पर राजी क्यों हुए? ऐसा इसलिए, क्योंकि तुम डरे हुए थे। तुम्हें डर था कि कहीं पुस्तक न चली तो? इसीलिए तुमने मुझसे लड़ाई की, लेकिन ज्यादा नहीं। इसीलिए तुम असहमत थे, लेकिन ज्यादा नहीं; क्योंकि ऐसे संदेह के समय पर तुमने अपनी संपादक पर भरोसा किया, जो तुम्हारी तुलना में इस इंडस्ट्री में काफी लंबे समय से है।"

"हाँ, तुम पर भरोसा करना गलत था। तुमने मुझे बेवकूफ बनाया। मैंने अपनी नौकरी छोड़ दी और तुम्हारे अनुबंध के चलते अपने माता-पिता का घर भी छोड़ दिया; और इसके बदले में तुमने मुझे क्या दिया? एक जरा सा रॉयल्टी प्रतिशत और तुम जैसा संपादक?"

"किसी ने तुम पर अनुबंध करने के लिए दबाव नहीं डाला था। तुम श्रेयसी को लेकर अड़े रह सकते थे, लेकिन तुमने ऐसा नहीं किया; लेकिन बदले में तुम्हें पर्याप्त

धन और एक बेस्ट सेलिंग किताब मिली है। हो सकता है, यदि तुमने अपने लिए कार खरीदने में पैसा खर्च न किया होता तो तुम इतने नाराज न होते।"

"अच्छा, तो अब तुम मेरी वित्तीय सलाहकार बन रही हो! आगे क्या? अब तुम मुझे बताओगी कि मुझे क्या खाना चाहिए और क्या नहीं!" दमन ने उपहासपूर्वक कहा।

"बस, बहुत हुआ दमन, मुझे अपने लेखकों से बकवास सुनने की आदत नहीं है। अगर तुम प्रतिभावान् न होते तो मेरी सूची में न होते।…"

दमन ने उसके गुस्सैल स्वर पर ध्यान नहीं दिया और उसे बीच में ही टोककर बोला, "चाहे जो हो जाए जयंती, सच्चाई यह है कि मेरे नाम से एक किताब है, जिसमें एक सड़ियल सा चरित्र है, जिसका नाम श्रेयसी है। अब इस स्थिति में कोई परिवर्तन नहीं होने वाला।"

जयंती ने कंधे उचकाए, "तुम्हें मालूम है, क्या नहीं बदलने वाला। यह कि तुम एक लेखक हो सकते हो। यह कि तुम लंबे समय तक किताबें बेच सकते हो, यदि मुझे कुछ हस्तक्षेप करने दो! तुम्हें दोबारा अपने इंजीनियरिंग जॉब में जाने की जरूरत नहीं होगी और यह बात कई लोगों के लिए बहुत मायने रखती है।" जयंती ने कहा, "क्या तुम जानते हो कि भारत में ऐसे कितने लेखक हैं, जो सिर्फ लेखन से अपना जीवन-यापन कर सकते हैं? बहुत कम—कार्तिक अय्यर, अनुज भगत, करन तलवार, गुरप्रीत कौर…और मैं इस सूची में तुम्हें भी डाल सकती हूँ। यदि तुम एहसानमंद नहीं हो तो तुम दूर तक नहीं देख पा रहे हो। सुनो, यह काम मैं बहुत समय से कर रही हूँ। किताब को सुपरहिट करना…और यह काम मैं बहुत अच्छे से करती हूँ।"

तभी जयंती के केबिन के दरवाने पर ऑफिस ब्वॉय ने दस्तक दी और उसे मीटिंग के लिए याद दिलाया। उसने दमन की ओर देखा और कहा, "मैं अब चलूँगी। जब तुम घर वापस जाओ तो इस बारे में सोचना कि यह किताब तुम्हारे लिए क्या कर सकती है और जब तुम्हें यह एहसास हो जाए कि मैं तुम्हारे भले के बारे में सोच रही हूँ तो तुम दूसरी किताब लिखना शुरू कर देना और हम एक नई किताब के लिए अनुबंध करेंगे।"

दमन बोला, "कतई नहीं।"

"हम सभी पैसा कमाना चाहते हैं, दमन; और मैं जानती हूँ कि तुमने अपनी पहली किताब से हुई कमाई उड़ा दी है।"

"तुमने मेरे साथ यह किया…"

"पहले मेरी बात सुनो। तो तुम 'मेरे सपनों की लड़की' के लोकार्पण पर जाने से मना कर रहे हो? बिना प्रचार के कब तक यह किताब टिक पाएगी? इसलिए तार्किक रूप से सोचो, किसी बिगड़ैल बच्चे की तरह नहीं। एक-दो किताब लाकार्पण कार्यक्रमों में जाओ और उसके बाद नई किताब पर काम करना शुरू कर दो। यह मत भूलो दमन,

कि हम एक बेहतरीन टीम हैं। हम सभी तुम्हारे लिए काम कर रहे हैं। तुम्हें इससे सबसे ज्यादा फायदा होगा।"

"..................."

"दमन, मैं तुम्हें पसंद करती हूँ। तुममें जोश है, जो मुझे पसंद है; लेकिन तुम सहज रहा करो। अब मुझे जाना है।" उसने कहा और खड़ी हो गई, "मुझे तुम्हारे निर्णय का इंतजार रहेगा।" उसने हाथ मिलाने के लिए अपनी बाँहें खोलीं। जयंती से हाथ मिलाए बिना दमन चुपचाप वहाँ से चला गया। जयंती उसे जाते हुए देखती रही। जिस कारण से वह दमन को पसंद करती थी, उसी कारण से वह उससे नफरत करती थी। वह जोशीला था, लगभग पागलपन की सीमा तक और इसकी झलक उसके लेखन में भी मिलती है। निस्संदेह, उस किताब में झलके जोश को काबू में करना उसकी जिम्मेदारी थी। उसे दमन की गुस्से से भरी आँखें अब तक याद हैं, जिस दिन उसने उसे 'मेरे सपनों की लड़की' की लेखकीय प्रति सौंपी थी। एक पल के लिए वह डर गई थी। ऐसा लगा था जैसे वह मदिरा की बोतल उसके सिर पर दे मारेगा। सौभाग्य से ऐसा नहीं हुआ और पार्टी बिना किसी बाधा के चलती रही।

केवल उसकी गर्लफ्रैंड ही उसे नियंत्रण में रखती थी। जयंती को ऐसी आशा थी कि वह उसे थोड़ा संयत बनाएगी।

उसने आसपास देखा और राहत की साँस ली। किसी ने एक सप्ताह पूर्व उसका केबिन तोड़ दिया था। उस घुसपैठिए ने उसकी डेस्क, लैपटॉप, प्रिंटर और अन्य कई चीजों को क्षति पहुँचाई थी तथा उन पर स्प्रे पेंट कर दिया था। घुसपैठिए ने उसकी कुरसी भी काँच की दीवार से बाहर फेंकने की कोशिश की थी। उसे वे चीजें बदलनी थीं, लेकिन सबसे घृणास्पद थी वह दुर्गंध। कमरे की जमीन पर मानव मल बिखरा दिया गया था और पानी का छिड़काव कर दिया गया था। भयंकर दुर्गंध के कारण उसे पूरा ऑफिस दो दिन के लिए बंद करना पड़ा था। परफ्यूम छिड़कने के बावजूद जयंती को दुर्गंध महसूस होती रहती थी। जिसने भी यह घुसपैठ की थी, उसने किताबों पर सिर्फ स्प्रे ही नहीं किया था, उनमें से कुछ को जला भी दिया था और उनमें 'मेरे सपनों की लड़की' की जयंती की प्रति भी थी। सौभाग्य से पानी के छिड़काव के कारण आग पर फैलने के पूर्व नियंत्रण कर लिया गया। बुकहाउंड ऑफिस के सी.सी.टी.वी. कैमरे कई दिन पहले से खराब पड़े थे, इसलिए कुछ भी रिकॉर्ड नहीं हो सका। कुछ साल पहले कार्तिक अय्यर की किताब के एक दीवाने प्रशंसक ने भी घुसपैठ की थी और कार्तिक की किताब की एडवांस प्रति चुरा ले गया था। ऐसे दीवाने प्रशंसक इस इंडस्ट्री का एक हिस्सा हैं, पर यह जयंती भी स्वीकार करती है कि इस बार तो अति हो गई है।

उसने अपना लैपटॉप उठाया और समीक्षा पेजों को बंद किया। जैसे ही वह

निकलने को हुई, उसकी नजरें सफेद चार्ट पेपर की ओर गईं, जिससे उसने कपड़े के बोर्ड को ढका था। चार्ट पेपर के पीछे जयंती द्वारा इतने वर्षों में संपादित की गई किताबों के कवर पर लाल रंग के बड़े-बड़े अक्षरों में लिखा था—

"दमन को अकेला छोड़ दो। रंडी कहीं की! मल खाओ।"

□

6

दमन समर हाउस कैफे पहले ही पहुँच गया। उसकी मेज पर एक बड़े गिलास में कोल्ड कॉफी रखी थी। उसने बियर ऑर्डर करने की अपनी इच्छा को बड़ी मुश्किल से काबू में किया था। यह पहली बार नहीं था, जब वह इस पब में पी के टुन्न हुआ हो। वह उस समय के बारे में याद करके मुसकराने लगा, जब वह बार टेंडर के पीछे से चुपके से जैक डेनियल की बोतल चुराकर उसकी जगह पेशाब से भरी बियर बोतल रख दिया करता था। यह केवल तीन साल पहले की बात थी, लेकिन ऐसा लग रहा था जैसे किसी और जन्म की बात हो।

"ओह, सेलिब्रिटी पहले से यहाँ हैं।"

"तुम्हें देख लूँगा, भैया।" अपने ऊँचे से स्टूल से उतरते हुए दमन ने कहा। उसने एक हाथ से सुमित को गले लगाया।

"तुम्हारा मूड कुछ खराब लग रहा है।" सुमित ने कहा और दो बोतल बियर ऑर्डर की। उसका ध्यान कोल्ड कॉफी के गिलास की ओर गया और उसने दमन की बियर का ऑर्डर रद्द कर दिया।

"सही निर्णय।" उसने कहा, "मुझे धीरे-धीरे पीने की याद दिलाते रहना, क्योंकि आज रात मुझे डेट पर भी जाना है।"

"तुम्हें ?" सुमित की तोंद की ओर देखते हुए दमन ने कहा।

"बस, यूँ ही। मैं इन सीढ़ियों पर चढ़कर आया हूँ। मुझे अपने लिए एक लड़की मिल गई है।" सुमित ने कहा, सुमित अकसर समर हाउस कैफे की सीढ़ियों की शिकायत करता था। सीढ़ियाँ ऊँची और अलग-अलग नाप की थीं और पीने के बाद इनसे उतरना जोखिम भरा काम था।

"वो यहाँ आ रही है।"

"यहाँ ?"

"मैंने उससे कहा था कि मैं आज समर हाउस में रहूँगा और उसने मुझसे कहा कि वह आज रात अपनी सहेलियों के साथ मौज-मस्ती के लिए यहीं आ रही है। आज की

डेट के बारे में यह मेरी सबसे तेज बातचीत थी। मुझे लगता है कि मेरा काम बन रहा है।"

"मुझे उसकी तसवीर तो दिखाओ।" दमन ने कहा। उसे अब भी विश्वास नहीं था।

सुमित ने अपने फोन में उसकी तसवीर दमन को दिखाई। दमन ने खीसें निपोरते हुए कहा, "होंठ तो बड़े सुंदर हैं।"

"तुम्हारे कहने का मतलब—दुनिया के सबसे सेक्सी होंठ। जरा देखो तो!" सुमित ने उस लड़की के सुर्ख होंठों को क्लोज अप करते हुए उसकी ओर घुमाया।

"शुभकामनाएँ।" दमन ने कहा, "मुझे आशा है कि वह लड़की ही होगी या एक सीरियल किलर!"

"हमें अकसर मिलते रहना चाहिए। तुम मेरे लकी चार्म हो सकते हो।" दमन का कंधा दबाते हुए सुमित ने कहा।

दमन धीरे से मुसकराया। हालाँकि सुमित कॉलेज में दमन का सीनियर था, लेकिन फिर भी वे मित्र बन गए और उनकी मित्रता पिछले छह सालों में मजबूत होती गई। सुमित ने दमन की तरह न ही एक चमकदार कॅरियर का सपना देखा और न ही जयंती जैसी किसी लड़की के हाथ में अपना भाग्य सौंपा। वह इन दिनों 'अल्तमस इंजीनियरिंग' में काम कर रहा था। आज नहीं तो कल वह मध्य-पूर्व में शिफ्ट हो जाएगा, वहाँ का रेजीडेंस वीजा प्राप्त करेगा, जापान निर्मित एस.यू.वी. खरीदेगा और फिर पीछे मुड़कर नहीं देखेगा। सुमित अटपटे तरीके से ऊँचे से स्टूल पर चढ़ गया।

"तो, तुमने पढ़ी है, तुम क्या सोचते हो?" दमन ने पूछा।

सुमित ने बियर का एक लंबा घूँट पिया—"मैं इस मामले में जयंती रघुनाथ के साथ हूँ। मैंने कभी नहीं सोचा था कि मैं तुम्हारे द्वारा लिखा हुआ कुछ भी पसंद करूँगा। इस किताब को पठनीय बनाने में उसने कमाल का काम किया है।"

"तुम मजाक में न लो। क्या तुम्हें उसके द्वारा रची गई श्रेयसी सच में पसंद आई? छोड़ो, यार!" दमन ने झिड़का।

"मुझे पसंद आई। वह उस विचित्र श्रेयसी से कहीं बेहतर है, जिसे तुम अपनी फेसबुक पोस्ट पर लिखते आए हो।"

"वह विचित्र नहीं थी।" दमन ने विरोध किया।

"नहीं, वह विचित्र नहीं थी। 'विचित्र' भी सही शब्द नहीं है। फेसबुक पर तुम्हारी एक कहानी में वह अपनी बात साबित करने के लिए अपने मित्र को जला देती है, तो दूसरी कहानी में मित्र के व्यवहार का विरोध करने के लिए वह अपने बाल काट डालती है। ऐसा कौन बेवकूफ करता है? यह विचित्र नहीं है, यह पूर्ण पागलपन है!"

"यह प्यार है। यह कोई सामान्य प्यार नहीं है, जो आमतौर पर होता है। इसके

अलावा, उसके पास ऐसा करने के पर्याप्त कारण मौजूद थे। वह अपने संबंध को बचाने के लिए सबकुछ कर रही थी।"

"तुम फँस गए हो, दमन।" सुमित हँसता है। वह फिर बोलना शुरू करता है, "जो भी कहो दमन, नई श्रेयसी वास्तविक भी लगती है और अच्छी भी है। जयंती जानती है कि वह क्या कर रही है; लेकिन मुझे लगता है कि उसे श्रेयसी का नाम भी बदल देना चाहिए था। श्रेयसी अच्छा नाम नहीं है।"

दमन ने अपनी आँखें घुमाते हुए कहा, "भैया, तुम अब भी वहीं अटके हो?"

"हाँ, सही कह रहे हो। वह तुम्हीं हो, जो उसका नाम प्रयोग करते हुए पोस्ट लिखने में नहीं थकते थे और अब तो तुमने उसके नाम से किताब भी लिख दी है और मुझे कह रहे हो कि मैं वहीं अटका हूँ! बहुत बढ़िया! क्या कहने!" सुमित ने झिड़का।

"मैं केवल नाम ही तो इस्तेमाल करता हूँ। तुम जानते हो।"

"हूँ, क्या तुम्हें अब भी वे दु:स्वप्न आते हैं?"

"हाँ।"

"क्या वह दु:स्वप्नों में अब भी मरती है?"

"हाँ, प्राय:। कभी-कभी नहीं भी मरती।"

"क्या तुम्हें कुछ और भी याद है?"

"नहीं, कुछ भी नहीं। ड्राइव के पूर्व कुछ ही सेकंड। उसी स्वप्न के अलग संस्करण।" दमन ने कहा।

"तुम दवाएँ ले रहे हो?"

दमन ने सिर हिलाया। सुमित ने राहत की साँस ली और कहा, "अगली बार जब तुम्हें उस लड़की का नाम याद आए तो साथ ही यह भी याद कर लेना कि यह लड़की तुम्हें मृत्यु के नजदीक ले गई थी।"

"तुम यह सब कभी नहीं भूलोगे, है न?"

"निस्संदेह मैं कभी नहीं भूलूँगा। आखिर हम लोगों को ही छह माह तक अस्पताल के चक्कर लगाने पड़े, उस लड़की को नहीं। वह तो उस दुर्घटना के बाद भाग गई। मैं उससे और उसके नाम से नफरत करता हूँ। यदि तुमने उस कुतिया के नाम का इस्तेमाल न किया होता तो मुझे अच्छा लगता। इसके बजाय तुम अवनि का नाम इस्तेमाल कर सकते थे।" सुमित ने कहा।

दमन के पिता के साथ सुमित ने कई महीने तक एक डॉक्टर के बाद दूसरे डॉक्टर की राय लेने के लिए अस्पतालों के चक्कर काटे थे। बाद में उसके होश में आने के बाद वह उसे फिजियोथेरैपी और साइकोथेरैपी के लिए लेकर जाते थे। कोमा के कारण उसकी कुछ स्मृतियों का लोप हो गया, लेकिन दमन पर दोनों थेरैपियों का अच्छा और

सकारात्मक प्रभाव पड़ा। जब पहली बार वह होश में आया था, उस समय वह टहलना, शौचालय जाना और हाथ में पेन पकड़ना जैसी बातें भी भूल चुका था।

"कार वाली लड़की का किताब वाली लड़की से कोई लेना-देना नहीं है। मुझे तो यह भी याद नहीं है कि वह लगती कैसी थी? मैंने इस किताब के लिए सिर्फ उसके नाम का इस्तेमाल किया है।"

"सिर्फ नाम? तो फिर किताब की श्रेयसी कार वाली श्रेयसी की तरह ही क्यों लगती है? पीला चेहरा, काले लंबे बाल!"

दमन के पास इसका कोई उत्तर नहीं था। वह बोला, "भाड़ में जाने दो। क्या हम किसी और बारे में बात कर सकते हैं?"

"यदि मैं अवनि की जगह होता तो किसी और लड़की का नाम किताब में प्रयोग करने पर तुम्हारा गला दबा देता। मैं नहीं जानता कि वह तुम्हें कैसे बरदाश्त करती है! तुम्हें उससे अच्छी लड़की नहीं मिल सकती। मुझे बताओ, क्या तुमने उसे अपने दुःस्वप्नों के बारे में बताया है?"

"इसकी कोई जरूरत नहीं। वह वैसे ही मेरे बारे में बहुत चिंता करती है। मैं फिर कह रहा हूँ कि क्या हम किसी और बारे में बात कर सकते हैं?"

"लेकिन मुझसे वादा करो, यदि दुःस्वप्न और भयानक हो जाते हैं तो तुम मेरे पास जरूर आओगे। हम तुम्हें फिर से थेरैपी के लिए ले जाएँगे। पी.टी.एस.डी. को हलके में नहीं लेना चाहिए। और पी.टी.एस.डी. की वापसी…"

"जरूर भैया, मैं आपको बता दूँगा।"

सुमित ने बियर का एक और बड़ा घूँट पिया। वह बोला, "और किताब को लेकर इतना बदमिजाज होने की जरूरत नहीं है। यह तुम्हारे मानसिक स्वास्थ्य के लिए अच्छा नहीं है। यह खूब बिक रही है। तुम अपनी सफलता का आनंद लो।"

"मैं अगला कार्तिक अय्यर नहीं बनना चाहता।"

"अब ये कौन है?" सुमित ने पूछा और वेटर से एक और बियर लाने को कहा।

"वह एक लेखक है, जो ऐसी मूर्खतापूर्ण प्रेम कहानियाँ लिखता है। उसने लगभग 20 कहानियाँ लिखी होंगी और लगभग सभी एक जैसी हैं। हारा हुआ लड़का, सुंदर मोहक लड़की। वे प्यार में पड़ते हैं, कुछ हास्यास्पद दृश्य, एक त्रासदी और अंत भला तो सब भला! वह अपनी गर्लफ्रैंड वर्णिका के बारे में ही लिखता रहता है। वे एकदम उत्कृष्ट युगल माने जाते हैं, जिनके आधार पर आप अपने संबंधों को दिशा दे सकते हैं।"

"मैं उसे पढ़ना चाहूँगा। यही बात तो इस दुनिया से नदारद है—प्रेम। तुम्हें एक प्यारी सी प्रेम-कहानी लिखनी चाहिए।"

दमन ने विरोध में अपने हाथ झटके। "ऐसी-तैसी कर दो मेरी। यह मायाजाल है।

सभी एजेंट स्मिथ के पीछे पड़े हैं। तुम आश्वस्त हो कि तुम जयंती रघुनाथ का ही दूसरा रूप नहीं हो?"

"हाँ, हूँ।" कहते हुए उसने उसका बियर का गिलास भर दिया।

दमन ने उससे कहा कि यह भद्दा और बेतरतीब है। एक घंटे बाद दमन ने सुमित से विदा माँगी। अवनि आज ऑफिस से जल्दी फ्री हो गई थी। ऐसा यदा-कदा ही होता है और वे नई फिल्म देखने जाने वाले थे। दमन वहाँ से चला गया और सुमित रक्तिम लाल होंठोंवाली लड़की का इंतजार करने लगा।

□

7

सुमित ने पब में मौजूद अन्य लड़कियों को देखकर अपना समय व्यतीत किया। कुछ ही देर में एक लड़की, जिसे सुमित उस पब में कनखियों से देख रहा था, अपने दोस्तों के समूह को छोड़कर उसकी ओर बढ़ी। उसके चेहरे पर मुसकराहट थी। वह पीले रंग की ड्रेस पहने हुई थी और इस अँधेरे से पब में अलग ही नजर आ रही थी। उसकी नजरें बार-बार सुमित से चार हुईं और असामान्य रूप से उनकी नजरें देर तक एक-दूसरे पर टिकी रहीं। बिना कुछ कहे वह उस स्टूल पर चढ़कर बैठ गई, जिस पर कुछ देर पहले दमन बैठा हुआ था। उसने सुमित की ओर अपना हाथ बढ़ाया।

"हाय!" और उसने उसे नजदीक से देखते हुए कहा, "क्या तुम ?"

लड़की ने सहमति में सिर हिलाया।

"तो तुम लड़की नहीं हो ? और तुम सीरियल किलर नहीं हो ?"

"मैं सच में लड़की नहीं हूँ, पर तुम सीरियल किलर के बारे में सच में कुछ नहीं कह सकते हो। है न ? लेकिन अगर ऐसा है तो मैं एक हसीन कत्ल का मजा लूँगी।" लड़की ने मुसकराते हुए कहा, "मैं श्रेया हूँ।"

"सुमित।"

"मुझे तुम्हारी टाई पसंद आई।"

"और मुझे तुम्हारे बाल।" सुमित ने कहा।

"मैंने कल ही इन बालों को रँगा है। यह लाल रंग हलका सा धब्बेदार है। मुझे उम्मीद है कि यह ठीक हो जाएगा। मैं काले रंग से बोर हो गई थी।"

"पर अच्छे लग रहे हैं।" उसने कहा, "तुम कब से यहाँ हो ? मैंने तुम्हें अभी देखा…"

"मैं तुमसे पहले यहाँ आई थी। मैं अपने दोस्तों के साथ थी।" उसने अपने विविधतापूर्ण मित्र समूह की ओर इशारा किया। वे सभी औपचारिक ड्रेस पहने हुए थे और पी रहे थे।

"इस एप्प पर मैच होने के कुछ ही मिनट बाद मैंने तुम्हें यहाँ आते हुए देखा। मैं ज्यादा घुलने-मिलनेवाली लड़की नहीं हूँ। न तो मैं लंबे संबंध पसंद करनेवाली लड़की हूँ; लेकिन आज रात मैं थोड़ा उत्तेजित हूँ।" लड़की ने मुसकराते और आँखें मटकाते हुए कहा।

"सच में उत्तेजक!" सुमित ने सोचा, "जब हम मैच हुए तो तुम यहीं पर थीं। तुम उसी समय मुझे 'हाय' कहने क्यों नहीं आईं?"

"मैं तुम्हें डिस्टर्ब करना नहीं चाहती थी। उम्म¨ओके, मैं सच कहूँ तो मुझे तुम्हें और तुम्हारे मित्र को बातचीत करते देखना अच्छा लग रहा था। लेकिन तुम मुझे ऐसी लड़की मत समझना, जो लोगों का पीछा करती है और उनसे मिलने के पहले उनके बारे में सबकुछ जानने की इच्छा रखती है। मैं ऐसी बिल्कुल भी नहीं हूँ।" कहते हुए उसने अपना हाथ सुमित के हाथ पर रख दिया और मुसकराई।

"बिल्कुल नहीं। मैं ऐसा क्यों करूँगा? और यदि तुम पीछा कर भी रही होतीं तो भी मैं बुरा नहीं मानता।" सुमित ने आँखें मिचकाते हुए कहा।

"क्या तुम मुझे फ्लर्ट कर रहे हो?" उसने मटकते हुए पूछा, "हाँ, हालाँकि तुम सही हो। क्या हम पीछा करनेवाले अपने ही भार से नहीं दबे हैं? यदि हम उत्सुक न होंगे तो और कौन होगा?"

सुमित मुसकराया।

उसने बोलना जारी रखा—"तुम्हारे साथ जो व्यक्ति बैठे थे, क्या वे वही लेखक हैं, जिनकी किताब अभी हाल ही में बाजार में आई है?" लड़की ने पूछा। उसकी आँखें किसी रत्न की तरह चमक रही थीं—"दमन रॉय?"

"तुम उसे पहचानती हो? तुम्हें उससे मिलना चाहिए था। वह अचंभित रह जाता। क्या तुमने उसकी किताब पढ़ी है? या तुमने उसके द्वारा इंटरनेट पर डाली गई पोस्टें पढ़ी हैं? ओह, मैं तो भूल ही गया! तुम कुछ लोगी?"

लड़की ने मीठी सी मुसकान बिखेरते हुए ब्लडी मैरी पीने की इच्छा जताई।

सुमित ने मँगाने का आदेश दिया।

उसने बोलना जारी रखा—"मैंने तुम लोगों की बातचीत चोरी-छिपे सुनी। यह मेरी पुरानी आदत है। मैं इसका कुछ नहीं कर सकती। जब मैंने अपना नाम सुना तो मेरा ध्यान गया। तो मुझे लगा कि आप लोग आज शाम की डेट की बात कर रहे थे।"

"आपका नाम? ओह! श्रेया एवं श्रेयसी। नहीं-नहीं, हम लोग किसी और के बारे में बात कर रहे थे!"

ड्रिंक आ गई। सुमित ने श्रेया को गिलास देने के लिए हाथ आगे बढ़ाया, लेकिन उसने उसका हाथ दूर कर दिया।

"अरे!" सुमित बोला।

"केवल एहतियात के तौर पर।" लड़की बोली।

सुमित ने उसकी ओर उलझन भरी नजरों से देखा।

"रॉहीप्नॉल?" उसने कहा, "डेट रेप ड्रग? तुम्हें यह जानकर आश्चर्य होगा कि

तुम्हें कितनी आसानी से यह प्राप्त हो सकती है! तुम अच्छे से लड़के लगते हो; लेकिन मैं ध्यान रखती हूँ कि कोई और मेरे ड्रिंक को स्पर्श न करे। मैं यह नहीं चाहती कि ड्रिंक पीने के बाद मुझे चक्कर और मितली आए और बारह घंटे बाद मैं तुम्हारे बिस्तर पर नग्न अवस्था में पाई जाऊँ और मेरे साथ बलात्कार हो चुका हो।"

सुमित ने सिर हिलाया और उसे अपना गिलास स्वयं उठाने दिया।

"तो तुम और तुम्हारा मित्र किसके बारे में बात कर रहे थे?" लड़की ने पूछा, "तुम लोग किसी बात पर लड़ते हुए दिख रहे थे।"

"अरे, तुम जानना नहीं चाहोगी। अरे, कुछ नहीं।"

"मैं जानना चाहूँगी। बताओ। ओह, आश्चर्य में मत पड़ो। मैं मीन राशि हूँ। हम लोग बहुत जिज्ञासु होते हैं, विशेषकर जब पिए हुए हों।"

"ओह, कुछ भी नहीं था, सच में। वह एक लड़की को लेकर दीवाना है। वह लड़की भी नहीं है। वह सिर्फ एक नाम को लेकर दीवाना है। उसने उसके नाम का इस्तेमाल अपनी किताब में किया था, जो कि उसे नहीं करना चाहिए था। उसने···उसने तो उसे मार ही डाला था।"

लड़की धीरे से बोली, "क्या वह? कैसे?" उसका स्वर मादक था।

"अरे नहीं, ऐसा कुछ भी नहीं है।"

"तुम सिर्फ यही कहकर मुझे नहीं बदल सकते। तुम्हें मुझे पूरी कहानी सुनानी होगी।"

सुमित ने उसे बताया कि कुछ वर्ष पूर्व अपनी गोवा यात्रा के अंतिम दिन दमन ने एक लड़की से शराब की दुकान से लौटते समय लिफ्ट ली थी। उसने लड़की को कार दुर्घटना के बारे में बताया कि किस तरह वह बेहद जख्मी हालत में कार में मिला था और उसने कितना समय अस्पताल में जीवन के लिए जूझते हुए गुजारा।

"लड़की का क्या हुआ?"

सुमित ने कोई उत्तर नहीं दिया। एक लंबे विश्राम के बाद उसने कहा, "भाड़ में जाए वह लड़की।"

"तुम बहुत गुस्से में दिख रहे हो, लेकिन मुझे उसका कारण समझ नहीं आ रहा।" लड़की ने कहा, "क्या तुम्हें अपने मित्र के लिए खुश नहीं होना चाहिए? ऐसा लगता है कि तुम्हें यह बात पसंद नहीं है कि वह अब भी उस लड़की से प्यार करता है। जो व्यक्ति टिंडर पर है, उसे पता होना चाहिए कि किसी का सच्चा प्यार पाना कितना कठिन है। इसीलिए तो हम ऐसे एप्प की तलाश में रहते हैं—नजदीकी पाने के लिए, क्योंकि हमें प्यार नहीं मिलता! मेरे अनुसार तो वह भाग्यशाली है कि वह किसी को लेकर दीवाना है। तुम्हें तो उसका समर्थन करना चाहिए, विरोध नहीं।"

"क्या, तुम क्या कह रही हो?" सुमित ने पूछा। वह वहाँ से उठकर चला गया होता,

यदि वह लड़की इतनी सेक्सी न होती।

"वह उस लड़की की वजह से मरते-मरते बचा है और अब भी उस कुतिया को लेकर रोमांटिक है।"

"मुझे लगता है कि तुम्हें महिलाओं के प्रति और सम्मानपूर्ण होना चाहिए। और तुम उस लड़की को कैसे जानते हो, जिस पर आरोप मढ़ रहे हो? हो सकता है, दमन कार चला रहा हो! और इन सबके बावजूद तुम्हें उसे 'कुतिया' पुकारने का कोई अधिकार नहीं है।"

"छोड़ो इस विषय को।"

"क्यों? यह बड़ा रोचक है। मुझे भी अच्छी प्रेम कहानियाँ पसंद हैं। मैंने तुमसे कहा न कि मैं लंबे रिश्ते निभानेवाली लड़की हूँ।" सुमित का हाथ जोर से दबाते हुए उस लड़की ने कहा।

सुमित ने उसकी ओर देखा। वह उसकी लीग से बाहर थी; लेकिन यह साफ होता जा रहा था कि अब यही लड़की इस डेट की दिशा तय करेगी।

लड़की ने बोलना जारी रखा, "एक पल के लिए उस लड़की के प्रति अपने नजरिए को एक कोने में रखते हुए बताओ कि क्या तुम्हें ऐसा लगता है कि वह अब भी उस लड़की को प्यार करता है?"

"कतई नहीं। जो लड़की उस कार में थी, वह कोई और है, किताब वाली लड़की नहीं। वह केवल उसके नाम का इस्तेमाल करता है। उसकी पोस्ट में दिखाई देनेवाली लड़की महज उसकी कल्पना है। उसे उस दुर्घटनावाली लड़की के बारे में कुछ भी याद नहीं। तो यह असंभव है कि उसे ऐसी किसी लड़की से प्यार हो, जिसका अस्तित्व ही नहीं है।"

"अगर उसका अस्तित्व होता तो? क्या होता, अगर वह बिल्कुल वैसी ही हो, जैसी वह अपनी फेसबुक पोस्ट में लिखता है?"

सुमित हँसने लगा। "तो मैं दमन से सावधान रहने के लिए कहूँगा। फेसबुक पर जिस लड़की को उसने गढ़ा है, वह भयानक है। हाँ, जयंती द्वारा गढ़ी गई लड़की फिर भी बेहतर है। इसी बारे में हमारे बीच लड़ाई चल रही थी।" सुमित ने कहा, "क्या तुम इस डेट को जारी रखना चाहती हो, क्योंकि मैं लेखक नहीं हूँ। यदि तुम्हें चाहिए तो मैं तुम्हें उसका इ-मेल पता दे सकता हूँ।"

"मैं इस डेट को जारी रखना चाहूँगी, डियर। मैंने ही तुम्हें टिंडर पर मैच किया था, है न!" लड़की ने कहा।

सुमित नहीं जानता था कि वह सेक्सी अदा में ऐसा बोल रही है या व्यंग्य में। वह बोलना जारी रखती है, "दुर्घटना के बाद दमन ने अपनी 860 पोस्टों में जिस महिला पात्र को रचा था, जयंती ने उसे तबाह कर दिया; लेकिन दमन ने उसे ऐसा करने दिया। यह

अच्छी बात नहीं है, है न? किसी को अपनी कहानी को ऐसे बिगाड़ने देना; लेकिन न तुम समझोगे, न जयंती। तुम प्यार और लेखन के बारे में जानते ही कितना हो!"

"तुम प्रशंसक हो या कोई और?" सुमित ने पूछा।

उसने ध्यान दिया कि अब वह उसका हाथ पकड़े हुए नहीं थी।

"वह अब भी श्रेयसी को प्यार करता है। मैं जानती हूँ। उसे बस, याद दिलाने की जरूरत है। तुम्हें क्या लगता है कि यदि वह कार वाली लड़की सच में दमन के जीवन में वापस आ जाए तो दमन की क्या प्रतिक्रिया होगी?"

"वह कभी नहीं आएगी।"

"यदि आ गई तो?" आँखें मटकाते हुए उस लड़की ने पूछा।

"मैं उसे वहीं वापस भेज दूँगा, जहाँ से वह आई है।" सुमित बोला।

"क्या वह अपनी वर्तमान गर्लफ्रैंड अवनि को छोड़ देगा? मैंने उसके ट्वीट्स और अपडेट्स पढ़े हैं। वह उसका ज्यादा जिक्र नहीं करता। मैं दावे के साथ कह सकती हूँ कि यदि श्रेयसी चाहेगी तो वह उसे छोड़ देगा। वह उसे प्यार नहीं करता।"

"क्या?"

"यदि तुम बुरा न मानो तो मुझे बाथरूम जाना है। मैं जल्दी ही लौटूँगी। मैं सच में तुम्हें पसंद करती हूँ। हम लोगों को जल्दी-जल्दी मिलना चाहिए।" उसने उसके चेहरे पर उँगलियाँ फिराते हुए कहा।

सुमित कुछ कह पाता, इससे पहले ही वह वहाँ से चली गई। सुमित ने सोचा कि वह दीवानी सी लड़की है। उसका दिमाग कह रहा था कि यहाँ से भाग जाओ; पर उसका दिल कह रहा है कि वह हॉट है। इसलिए वह वहाँ बैठा रहा तथा एक और कॉकटेल का ऑर्डर दे दिया। शायद थोड़ी सी और एल्कोहल उसे झेलने लायक बना दे। उसने एक के बाद दूसरा पेग भी पिया, पर वह वापस नहीं आई। उसने बिल चुकाया और उसे वॉशरूम में ढूँढ़ा। उसके दोस्त जा चुके थे। उसने सभी फ्लोर पर उसे तलाश किया, भीड़ में उसका नाम भी पुकारा, पर वह कहीं नहीं मिली। थक-हारकर गुस्से में वह समर हाउस कैफे के मेन गेट से बाहर आ गया कि अचानक उसे चारों ओर की दुनिया घूमती हुई-सी लगी। स्वयं को लड़खड़ाने से बचाने के लिए उसने सीढ़ियों की रेलिंग को थाम लिया। वह अपनी आँखें खुली रखना चाहता था, पर उसकी पलकें बोझिल हुई जा रही थीं। आखिरकार वह अपनी चेतना खो बैठा। उसका पर्स और फोन गायब था। ऐसा एल्कोहल के कारण नहीं, रॉहिप्नॉल के कारण था, जो कि एक लोकप्रिय डेट रेप ड्रग है।

□

8

जयंती रघुनाथ ने एक ही सप्ताह में सभी तैयारियाँ कर लीं—सोशल मीडिया के लिए पोस्टर, मीडिया इंटरव्यू, कार्यक्रम स्थल पर बैनर और अखबार के लिए छोटे विज्ञापन। दमन ने अपनी जलती हुई आँखें बंद कीं और बिस्तर पर लेट गया। वह वहाँ पूरी रात रुका था और उसकी सुबह का एक बड़ा भाग पाठकों की निजी मेल का उत्तर देने में गुजरा। इस सप्ताह की शुरुआत में अवनि के कहने पर वह दिल्ली के ऑक्सफोर्ड बुक स्टोर पर 'मेरे सपनों की लड़की' पुस्तक के लोकार्पण कार्यक्रम में जाने के लिए तैयार हुआ था। अवनि ने कहा था, "तुम्हें वहाँ जरूर जाना चाहिए। लोगों को तुम्हारी किताब और तुम दोनों पसंद आए हो। केवल कुछ ही लोगों को पुरानी श्रेयसी पसंद है। जयंती कह रही थी कि पुस्तक लोकार्पण में जाने से किताब की बिक्री में सहायता होगी और तुम जानते हो···" अवनि ने उसकी पैसों की तंगी का जिक्र करने के बजाय अपने कोमल होंठों को उसके गले पर फिराया और चुंबन ले लिया।

"यदि कोई किताब को बुरा कहेगा तो उसे ठीक करने के लिए मैं वहाँ मौजूद रहूँगी। ठीक है, लेकिन इस समय तुम्हें थोड़ा आराम देती हूँ।" यह कहते हुए उसने अपना हाथ उसकी जीन्स के अंदर डाल दिया। इसके बाद उस रात के बारे में बताने को और क्या रह जाता है!

उसने कुछ देर अच्छी नींद ली। जब वह जागा, तब तक अवनि ऑफिस जा चुकी थी और उसके फोन पर उसकी माँ की तीन मिस्ड कॉल्स पड़ी थीं। उन्हें साथ ही लंच करना था। वह जल्दी से उठा और नहाने के बाद साफ टी-शर्ट पहनकर अपने घर की ओर रवाना हो गया। 'माता-पिता के घर···।' शब्द उसकी जुबान पर चढ़ गया था। सिर्फ छह माह पहले तक यह उसका भी घर था। उसका घर सिर्फ 10 मिनट की दूरी पर था। वह काफी देर तक दरवाजे के बाहर खड़ा रहा। उसकी माँ ने दरवाजा खोला। जैसे ही उसने घर में प्रवेश किया, वहाँ पकाए गए भोजन और पिता की असहमति की गंध उस तक पहुँच गई।

"ऐई तो, ऐसे गेचे!" (देखो, वह यहाँ है) उसकी माँ ने कहा और उसके गालों को

चूम लिया। "तुमने सुबह से कुछ नहीं खाया, है न?"

उसकी माँ ने पुचकू को पुकारा, जो कि दमन की बहन थी। उसकी उम्र 13 साल थी। वह दौड़ती हुई आई और दमन के गले से लग गई। उसने दमन से कहा कि घर में उसकी कमी खलती है और उसे उत्तर न देने के लिए झिड़का।

"मैं लिख रहा था, पुचकू।"

"ओ प्लीज, दादा। तुम्हारे कहने का मतलब यह है कि जे.के. रॉलिंग और जी.आर.आर. मार्टिन कई दिनों तक अपने फोन को हाथ नहीं लगाते?"

"ठीक है, बाबा! मुझे माफ कर दो।" कहते हुए उसने पुचकू के गाल खींचे और पुचकू ने उसके हाथों को हटा दिया। वह अब कोई बच्ची नहीं थी, जैसा कि दमन मानता था।

"क्या तुमने मेरी किताब पढ़ी?"

पुचकू ने अपना सिर हिलाया। "तुमने मुझे पढ़ने को मना किया था। मेरे कुछ मित्रों ने पढ़ी है। वे कह रहे थे कि किताब अच्छी है। उन्होंने तुम्हें फेसबुक पर मेसेज भी भेजे थे और ट्वीट किया था; लेकिन तुमने उन्हें अब तक उत्तर नहीं दिया।"

"मुझे समय ही नहीं मिला।"

"ओह। अब मेरा भाई बड़ा आदमी बन गया है। क्या तुम्हारे अनुयायी भी हैं?"

"अरे नहीं, नहीं।"

उसकी माँ ने उसे डाइनिंग टेबल पर बैठने को कहा, खाना ठंडा हो रहा था। दमन के पिता सोफे पर से उठे और डाइनिंग टेबल पर बैठ गए। उनकी नजरें अब भी अखबार पर ही टिकी थीं। पुचकू और दमन भी बैठ गए। अगले 10 मिनट तक वे लोग चुपचाप खाना खाते रहे।

"इस सप्ताह मेरी पुस्तक का लोकार्पण है। मैं चाहता हूँ कि आप सभी लोग भी आएँ।"

"मैं जानती हूँ।" पुचकू ने कहा, उसने अपनी माँ की ओर देखा—"मैं चली जाऊँ क्या? प्लीज! प्लीज! प्लीज! प्लीज!"

"हाँ-हाँ, जरूर जाओ। तुम्हें अच्छा लगेगा। अपने दोस्तों को भी लेते आओ।" दमन ने कहा।

पिताजी ने अखबार टेबल पर रख दिया। "कोई जरूरत नहीं है, और पुचकू, मंगलवार को तो तुम्हारी परीक्षा है। तुम्हें अपनी ट्यूशन नहीं छोड़नी चाहिए।"

"बाबा, सिर्फ एक दिन की ही तो बात है!" पुचकू ने विरोध किया।

दमन के पिता ने पहले पुचकू को घूरा, उसके बाद दमन को—"वह नहीं जाएगी।"

"ठीक है, जैसा आप चाहें।"

"सुनो! देखो, यह कैसे बात करता है! अपने पिता से बात करने का क्या यही तरीका है? आखिर हम सभी ने तुम्हारे लिए ही तो किताब पढ़ी!"

उसकी माँ के कंधे झुक गए। हताशा में वे भी प्लेट की ओर देखने लगीं और बातचीत के खत्म होने का इंतजार करने लगीं।

"केवल एक ही दिन की तो बात है। आप अतार्किक हो रहे हैं और आप यह बात अच्छी तरह जानते हैं।" दमन ने कहा।

"मैं कुतर्क कर रहा हूँ, यह तुम कह रहे हो? देखो, तुम्हारा लड़का क्या कह रहा है? इसी बकवास के लिए तुमने अपनी नौकरी छोड़ी थी। फिर तुमने महँगी कार खरीद ली, जिसकी तुम्हें कोई जरूरत नहीं थी और अब तुम इसमें अपनी बहन को खींच रहे हो और मुझे अतार्किक कह रहे हो! मैं तुम्हें ऐसा कतई नहीं करने दूँगा। किचु ती न।"

"आपको मेरी कार से क्या समस्या है?" दमन बोला।

दमन ने यह सुना था कि जिस दिन उसकी नई कार की डिलीवरी हुई थी, उस दिन बाबा अपनी वैगनआर कार की टायर रॉड लेकर उसकी नई कार को तोड़ने के लिए घर से निकल गए थे। पुचकू और उसकी माँ ने बड़ी मुश्किल से समझाया था। दुर्घटना के बावजूद पिता और पुत्र के बीच दूरियाँ बनी रहीं। उसके पिता का मानना था कि दमन को अपना नया जीवन संयमित और परंपरागत रूप से व्यतीत करना चाहिए; जबकि दमन अपने जीवन को बिल्कुल व्यर्थ नहीं जाने देना चाहता था। दुर्घटना और अंतहीन थैरैपी के बाद उसके पिता के कुछ अपने दुःस्वप्न थे।

"बाबा, मेरी किताब हिट है। हर जगह अखबारों में इसकी चर्चा है। अगर आपने अखबार में छपनेवाली बकवास के साथ इस किताब के बारे में छपा समाचार भी पढ़ा होता तो बेहतर होता।"

"तो, तो क्या? आज यह समाचार था, कल नहीं होगा। इन अखबारों को बैंक में जमा कर दो और उनसे पैसा देने को कहो। ठीक है? तुम्हें पता है कि तुम्हारी समस्या क्या है, यह कि तुम अपने जीवन को बहुत हलके में लेते हो। तुम्हारे कमरे में ए.सी. लगा है, खाने की कोई कमी नहीं है और पहनने के लिए एक से बढ़कर एक कपड़े हैं। इसीलिए तुम हर चीज को हलके में लेते हो। तुम अपने जीवन को ही हलके में लेते हो।"

दमन ने अपनी आँखें घुमाईं।

"देखा!" दमन की माँ की ओर देखते हुए उन्होंने कहा।

"यह ऐसा ही करता है। हम लोगों ने इसके लिए क्या-क्या नहीं किया और इसे देखो!"

दमन अपने मन-ही-मन में बुदबुदाया, 'मुझे उस दुर्घटना में मर ही जाना चाहिए था।'

दमन के पिता ने मेज पर जोर से हाथ पटका। इसके पहले कि दमन की माँ कुछ बीच-बचाव कर पातीं, दमन के पिता ने एक झापड़ रसीद कर दिया। कुरसी से गिरने के कारण उसके मुँह से खून आ गया। उसने अपने गाल पर हाथ फेरा। उसकी आँखों से आँसू बह निकले और कान लाल हो गए। उसके पिता उसे घूरते रहे। दमन उठा और कमरे से बाहर चला गया। यही एकमात्र तरीका था, जो उसे पिता के गुस्से से बचा सकता था। वह अपने पुराने कमरे में चला गया और बिस्तर पर लेटकर अपने आँसू पोंछने लगा।

'मुझे रोना नहीं चाहिए था। मेरे रोने में उनकी जीत है। आखिर मैं रोया ही क्यों?' पिछली बार उसके पिता ने उसे उस समय पीटा था, जब उसने बताया था कि लेखक बनने के लिए उसने नौकरी छोड़ दी है। बाबा ने उसे इस बेवकूफी के लिए घर से निकल जाने को कह दिया था। वह अगले सप्ताह ही घर छोड़कर चला गया था। किसी और वजह से नहीं, बल्कि इसी अक्खड़पन के चलते उसने महँगी सी कार खरीदी थी। उनके रिश्ते की यही सच्चाई थी—एक क्रोधी व आक्रामक पिता और एक जुनूनी व विद्रोही पुत्र।

"तुम्हें बाबा से ऐसे नहीं बोलना चाहिए था। तुम हमेशा उनसे इसी तरह क्यों बात करते हो?"

वह दरवाजे के पास खड़ी पुचकू को देखने के लिए मुड़ा। वह दरवाजा बंद करते हुए अंदर आ गई।

"मैं साला चूतिया हूँ।"

"अपनी जबान सँभालो।"

"पुचकू, वो सठिया गए हैं। वो खुद पर नियंत्रण क्यों नहीं रख पाते? वो ये क्यों नहीं समझते कि मैं वह जॉब नहीं करना चाहता। तुम जानती हो, मुझे क्या करना चाहिए? मुझे जाकर अपनी जॉब ज्वॉइन करनी चाहिए और एक सुसाइड नोट लिखना चाहिए कि तनाव और अप्रसन्नता की वजह से मैं मौत को गले लगा रहा हूँ और उसके बाद अपनी तेज रफ्तार कार किसी खंभे से टकरा देना चाहिए और मेरी कोशिश होनी चाहिए कि इस बार मैं सही-सलामत जिंदा न बचूँ। शायद तभी उन्हें सबक मिलेगा।"

"ऐसा दोबारा मत कहना।"

"मैं…"

"और तुम कोई पहली बार कार नहीं चला रहे थे।"

दमन ने उसकी बात काट दी। उसने त्योरियाँ चढ़ा लीं। "यह हमेशा याद रखना।" उसने गंभीरतापूर्वक कहा।

"मैं जानता हूँ। है न! मैं कार में ही था।"

"हाँ, तुम थे।"

"और यदि मैं कार चला रहा होता तो मैं पूरी कार ही तोड़ डालता! खैर, क्या तुम आज अपनी ट्यूशन नहीं छोड़ सकतीं? मैं तुम्हें पुस्तक लोकार्पण कार्यक्रम में ले जाऊँगा। बाबा को पता भी नहीं चलेगा।"

"बाबा को यदि पता चल जाएगा तो वह मेरी खाल ही खींच लेंगे। तुम्हारे जाने के बाद उन्होंने घर को कैदखाने में तब्दील कर दिया है। क्या तुम्हें मेरे पैरों में पड़ी बेड़ी नहीं दिखाई देती? अगर उन्हें पता चल गया कि मैं तुम्हारी कार में बैठी हूँ तो बहुत गुस्सा करेंगे।"

"साला, जैसे कोई मैं घटिया कार चला रहा हूँ।"

"जबान सँभालो, दादा!"

"ठीक है, ठीक है! मुझे माफ करो। मैं तुम्हें कार्यक्रम का वीडियो भेज दूँगा। ठीक है?"

वह मुसकराती है—"तुम मुझे वीडियो भेजोगे? तुम तो मुझे मेसेज तक नहीं भेजते! अब मुझे अपने बेस्टसेलर दादा से मिलने के लिए पहले से समय लेना पड़ेगा।"

"अरे, शर्मिंदा न करो।"

"सच कह रही हूँ, दादा। मेरे दोस्त इतने अचरज में हैं कि मैं तुम्हारी बहन हूँ। यहाँ तक कि मुझे मेट्रो में भी तुम्हारी एक फैन मिली थी। वह बहुत सुंदर थी। पर मुझे याद आया कि आजकल तुम अवनि को डेट कर रहे हो और मैंने उसका फोन नंबर भी नहीं लिया। वह पूरी तरह तुम्हारे प्रेम में पागल थी। तुम मुझे ऐसे क्यों देख रहे हो? मैं झूठ नहीं बोल रही। मैंने माँ को भी बताया था।"

"क्या तुमने उसे किताब के साथ देखा था?"

"नहीं। उसने मुझे पहचाना। मैं अपने दोस्तों के साथ थी और वह मेरे पास आकर बात करने लगी। उसने कहा कि वह मुझे इसलिए पहचानती है, क्योंकि तुमने हम लोगों की तसवीर पोस्ट की थी। कल्पना करो, मेरे सारे दोस्त कितना प्रभावित हुए यह सुनकर! वह सच में बहुत अच्छी थी। मैं तुम्हें पहले भी बता चुकी हूँ, है न? देखा, कैसे मुसकरा रहे हो।"

"मैं क्यों न मुसकराऊँ? जाओ, जाकर यह बात बाबा को बताओ कि उस लड़की ने किताब के बारे में क्या कहा?"

"अरर…"

"क्या? अब मुझसे यह मत कहो कि तुम झूठ बोल रही हो। मैंने सोचा…"

"मैं झूठ नहीं बोल रही। उसे…पुस्तक…पसंद नहीं थी।"

दमन ने त्योरियाँ चढ़ा लीं—"तो वह किसकी फैन थी? ओह, मेरे द्वारा लिखी गई पोस्टों की? ठीक है।"

"दिल छोटा मत करो, दादा। वह तुम्हारी बहुत बड़ी फैन थी। वह सिर्फ तुम्हारे बारे में ही बात करना चाहती थी। वह मेरे साथ घर तक आई थी। वह तो मुझसे यहाँ तक बोली कि वह तुम्हें इस पुस्तक के लिए माफ करने को तैयार है।"

"क्या? वह होती कौन है मुझे किसी बात के लिए माफ करनेवाली? उसने किताब खरीदी और पढ़ी, इसमें मेरी कोई गलती नहीं है।" दमन बोला।

पुचकू यह देखकर अचरज में थी कि दमन ने इस बात को दिल पर ले लिया था। वह उसके पास आकर बैठ गई। दमन ने उसे गले से लगा लिया। तब जाकर उसे महसूस हुआ कि वह अपनी झगड़ालू और बेअक्ल बहन की कितनी कमी महसूस करता है।

"उसका कोई नाम था?"

"ऊँ, मैंने पूछा नहीं। लेकिन वह कह रही थी कि वह तुम्हें जानती है।"

"मुझे जानती है! कैसे?"

"उसने बताया था कि तुम उसे गोवा में मिले थे।" पुचकू ने धीरे से कहा, क्योंकि वह गोवा की बात करने से बचना चाहती थी।

दमन के घर में इसके बारे में अ़कसर बात होती रहती थी। दमन ने त्योरियाँ चढ़ा लीं। गोवा के बारे में दमन की स्मृति कुछ धुँधली-सी थी।

"गोवा?"

"हाँ, उसने यही कहा था।"

"मुझे तो ऐसा याद नहीं आ रहा कि मैं वहाँ किसी लड़की से मिला था।" दमन ने कहा।

पुचकू ने दमन की बाँहों को अलग करते हुए कहा, "तुम किसी से तो मिले थे।"

"श्रेयसी के अलावा।"

"हम अपने घर में उसका नाम नहीं लेते।"

"अरे, अब तुम भी सब लोगों की तरह बात न करो।" दमन ने विरोध करते हुए कहा।

"चाहे जो भी कहो, मैं उसका नाम नहीं लूँगा; लेकिन मैं तुम्हें कुछ बताना चाहूँगा, पुचकू। तुम्हें याद है, मैं, बाबा और माँ तुम्हें रोज स्कूल जाते समय क्या कहा करते थे? अपरिचितों से मिठाई मत लेना। यदि कोई कहे कि उसे तुम्हारे मम्मी-पापा ने भेजा है तो उस पर यकीन मत करना। किसी के साथ चली मत जाना। उनकी आँखों में मत देखना। उनसे बात भी मत करना। मैं जानता हूँ कि तुम 13 साल की हो गई हो, लेकिन फिर भी मैं तुम्हें याद दिलाना चाहूँगा। यदि कोई उस लड़की की तरह तुम्हारे पास आए और बात करे तो उसके एक या दो वाक्य से अधिक बात मत करना। उसे धन्यवाद कहो और आगे बढ़ जाओ। तुम मेरी बात सुन रही हो न?"

"मैं कोई बच्ची नहीं हूँ।"

"हाँ, नहीं हो; लेकिन तुम काफी देर तक एक अजनबी से बात करती रही हो। तुम मेट्रो स्टेशन से यहाँ तक की दूरी जानती हो? कोई कुछ भी कर सकता था। मेरे कहने का मतलब यही है कि तुम्हें अजनबियों से बातें नहीं करनी चाहिए।"

"और तुम्हारी शंकाओं के बावजूद तुमने किसी अजनबी से लिफ्ट ली?"

दमन ने अपनी आँखें घुमाईं, "तो मुझसे सीखो और वैसा न करो जैसा मैंने किया।"

तभी दरवाजे पर दस्तक हुई और उनकी माँ अंदर आईं। उन्होंने पुचकू से खाना खाने को कहा और अगर पिताजी को कुछ चाहिए तो देने को कहा, पुचकू ने हामी भरी और चली गई। दमन ने आते समय अपनी माँ के पैरों को घूरकर देखा।

"तुम कब अपने पिता से बहस करना बंद करोगे, दमन?"

"ऐसा इसलिए···"

"मैं नहीं जानती कि किसकी गलती थी। क्या मैं इस घर में एक दिन भी शांति से नहीं रह सकती?"

"मुझे माफ कर दीजिए।"

उसकी माँ ने सिर हिलाया और साड़ी के छोर से अपने आँसू पोंछे। उसने बड़े प्यार से दमन के चेहरे पर हाथ फेरते हुए उसके माथे को चूमा। मुसकराते हुए उसने पूछा, "अवनि कैसी है? उसकी जॉब कैसी चल रही है?"

"वह ठीक है।"

"क्या तुम उसे हम लोगों से नहीं मिलवाओगे? यदि तुम और वो···अगर ऐसा है तो मुझे तुम्हारी चिंता कम होगी।"

"जब सही समय आएगा, तब तुम्हें अवश्य मिलवाऊँगा। वह अपने काम में व्यस्त रहती है।"

"तुम एक साल से उसके साथ रिलेशनशिप में हो और अब तक सही समय नहीं आया? यह क्या, बाबा?"

"माँ···"

"ठीक है, ठीक है। तुम ज्यादा सही जानते हो।"

"ठीक है। मैं उसे जल्द ही तुमसे मिलवाने लाऊँगा। ठीक है?"

उसकी माँ ने सिर हिलाया, "दमन!"

"हाँ, माँ?"

"क्या ऐसा नहीं हो सकता कि तुम अपनी पुराना जॉब भी करते रहो और लेखन भी करते रहो? तुम्हारे बाबा···"

दमन ने अपनी माँ को घूरकर देखा और उसकी माँ ने अपने शब्द वापस ले लिये।

दिन का बाकी समय दमन ने पुचकू के साथ ऊनो खेलते हुए और बैगन भाजा खाते हुए गुजारा। शाम को उसने पुचकू को उसकी कोचिंग पर छोड़ा और उसे पुस्तक लोकार्पण का वीडियो भेजने का वायदा किया। उसने घर के लिए रिक्शा लिया। तभी उसका फोन बज उठा।

उसने फोन उठाया।

"हैलो!"

कोई उत्तर नहीं आया। दस सेकंड के बाद उसने कॉल काट दी। फोन दोबारा बजा।

"हैलो!"

□

9

फोन के दूसरी ओर किसी ने गहरी साँस ली। फोन फिर से कट गया। दमन ने कॉल करनेवाले को कोसा। दोबारा घंटी बजी। दमन ने इस बार फोन साइलेंट मोड पर कर लिया और अपनी जेब में रख लिया। कुछ देर बाद जब दमन ने दोबारा फोन की ओर देखा तो पाया कि फोन पर अब भी कॉल आ रही थी। उसने कॉल करनेवाले को गाली देने के लिए फोन उठाया।

"हैलो···कोई भी हो···"

"हैलो, दमन!"

"हैलो!"

"तुम्हारी आवाज फिर से सुनकर अच्छा लगा।"

"कौन बोल रहा है?"

"पुस्तक लोकार्पण समारोह का निमंत्रण भेजने के लिए शुक्रिया। मुझे लगा था कि तुम मुझे अलग से निमंत्रण भेजोगे, इ-मेल नहीं; लेकिन मुझे लगता है कि हम लोग इन बातों से आगे निकल गए हैं। है न?"

"माफ कीजिए!"

"तुम्हारे निमंत्रण-पत्र पर छपे ग्राफिक्स इतने अच्छे नहीं हैं; लेकिन तुम कभी भी डिजाइनिंग में मजबूत नहीं रहे हो। तुम तो शब्दों के बादशाह हो।" फोन के उस ओर से किसी लड़की ने कर्कश-सी आवाज में कहा। उसका उच्चारण व भाषा लच्छेदार थी और स्वर में अधिकार-सा था।

"माफ कीजिए। कौन बोल रही हैं?"

"तुम मुझे जानते हो।"

"दरअसल मैं तुम्हें बिल्कुल भी नहीं जानता।"

"क्या हर प्रेमी उन जादुई शब्दों को नहीं सुनना चाहता?" लड़की ने कहा, उसकी आवाज में खनक थी।

"कौन सा प्रेमी?"

"तुम्हारी प्रेमिका, दमन! एकमात्र प्रेमिका, तुम्हारी एकमात्र प्रेमिका।"

"यह सब क्या बकवास है?"

"मैं तुम्हारी फैन और प्रेमिका हूँ, दमन!"

"मैं इस कॉल को तुरंत काट रहा हूँ।"

"क्या तुम सच में ऐसा करोगे?"

"हाँ! मेरा समय बरबाद करना बंद करो और दोबारा इस नंबर पर बात मत करना। मुझे लगता है, तुम्हारे लिए इतनी चेतावनी पर्याप्त है।" दमन ने कहा।

"ओह, तुम्हारे स्वर में कड़वाहट नजर आ रही है। पुस्तक के विमोचन ने क्या तुम्हें बदल दिया है? तुम्हारी बहन तो कह रही थी कि ऐसा कुछ भी नहीं है। वह बहुत सरल है। उस दिन हमने बहुत अच्छा समय साथ में गुजारा, हालाँकि वह बहुत समझदार लड़की है। फिर तुम उसे ट्यूशन क्यों भेजते हो? उसे ट्यूशन की जरूरत नहीं है। मैं दावे से कह सकती हूँ कि वह अपने टीचर से ज्यादा समझदार है। वह तुम्हारी ही तरह सुंदर भी है। तुम दोनों शक्ल-सूरत में अपनी माँ पर गए हो।"

दमन का मुँह खुला रह गया। "क्या? तुम किसके बारे में बात कर रही हो? कब? कैसे?"

"तुम डरे हुए लग रहे हो, दमन।"

"ओह, कृपया…"

"तुम जानते हो कि इससे मुझे क्या याद आ रहा है?"

"मैं फोन काट रहा हूँ।"

"दोबारा फिर कभी मुझे उस रंडी के नाम से मत पुकारना।"

एक पल को ठहरते हुए दमन गुस्से से फट पड़ा, "मैं बात खत्म करने जा रहा हूँ। कोई मजाक नहीं चल रहा यहाँ! आज के बाद यदि तुम मेरी बहन के आसपास भी दिखीं तो…"

लड़की खीसें निपोर देती है और फिर जोर से ठहाका लगाती है। कुछ देर बाद वे ठहाके सिसकियों में बदल गए। दमन फोन बंद करना चाहता था, पर न कर सका।

"कम-से-कम उस बारे में तो तुम बिल्कुल सही हो, दमन। यह कोई मजाक नहीं है। क्या तुम्हारे दु:स्वप्न एक मजाक हैं, दमन? और वह दु:स्वप्न, जिसमें मैं मर जाती हूँ।"

"कौन हो तुम, कौन हो?"

"क्या मुझे तुम्हें बताने की जरूरत है कि मैं कौन हूँ?"

उसकी आवाज गंभीर हो गई। फोन पर लड़की के रोने की आवाज आ रही थी। दमन को रोने की आवाज पर कोई संदेह नहीं था।

"मुझे यह कॉल तुरंत काट देनी चाहिए।" दमन ने कहा।

"तुम्हें पुस्तक लोकार्पण में नहीं जाना चाहिए। जितनी बार मैं उस घिनौनी किताब के बारे में सुनती हूँ, मेरा दिल तार-तार हो जाता है। मुझे नहीं पता कि मैं तुम्हें कभी इसके लिए माफ कर पाऊँगी या नहीं। तुमने ऐसा करने के लिए स्वयं को तैयार कैसे किया?"

"हे…"

"तुमने अपनी ही प्रेम-कहानी का अपमान किया। क्यों? मैंने तुमसे ऐसी अपेक्षा नहीं की थी; लेकिन मैं अब भी तुम्हें क्यों चाहती हूँ? मैं अब भी तुम्हारे साथ गुजारे समय को याद करती हूँ? मैं अब भी अपनी अंतिम कार-यात्रा के बारे में क्यों सोचती हूँ?"

"अपनी अंतिम कार-यात्रा?"

"मुझे भी तुम्हारी तरह दु:स्वप्न आते हैं, दमन।"

"मैं समझ नहीं पा रहा हूँ कि तुम किस बारे में बात कर रही हो?" दमन ने कहा।

"उस दु:स्वप्न के बारे में, जिसमें मैं मर जाती हूँ। काश कि ऐसा हुआ होता!"

"सुनो, बहुत हुआ!" दमन चिल्लाया।

"मैं तुम्हें पुस्तक लोकार्पण में मिलूँगी।" उसने कहा, "यदि तुम अब भी पुस्तक लोकार्पण में जा रहे हो तो! मैं तुम्हें बहुत प्यार करती हूँ।"

क्लिक! वह अपने फोन को घूरता रहा गया। अवाक्। काँपती हुई उँगलियों से उसने अवनि को फोन लगाया। तीसरी रिंग पर ही अवनि ने फोन उठा लिया।

"हे, तुम कहाँ हो?"

"मीटिंग में हूँ।" अवनि ने फोन पर फुसफुसाते हुए कहा।

"मैं तुम्हें एक घंटे में फोन करती हूँ।"

"हूँ।" दमन ने कहा और फोन काट दिया।

यदि वह अवनि नहीं थी तो फिर कौन थी?

क्या वह वापस आ गई है?

□

10

दमन ने अपनी पहली किताब का ज्यादातर हिस्सा ब्रिटिश काउंसिल लाइब्रेरी, जो कि कनॉट प्लेस के बाहरी घेरे में स्थित है, में बैठकर लिखा था। अब वह वहाँ आकर ब्लॉग और नई रिलीज हुई किताबें ढूँढ़ा करता है। सप्ताह के कार्य-दिवसों में ब्रिटिश काउंसिल लाइब्रेरी में इतना सन्नाटा पसरा रहता है कि किसी भी कोने में बैठकर लिखने या पढ़ने का कार्य आसानी से किया जा सकता है। यहाँ का वाई-फाई भी तेज गति से काम करता है। कॉफी डिस्पेंसर से अतिरिक्त मीठी कॉफी पिए हुए और कोक के साथ चिकन बर्गर खाए हुए उसे एक घंटे से अधिक समय हो चुका था, लेकिन फिर भी उसकी लिखने की इच्छा नहीं हुई थी। बार-बार वह उसी फोन कॉल के बारे में सोच रहा था। वह कॉल उसकी नहीं हो सकती! किसी भी सूरत में यह उसकी कॉल नहीं थी। उसको मुझसे कोई लेना-देना नहीं है। फोन पर उस लड़की ने कोरी बकवास की थी। उनके बीच कुछ नहीं हुआ था। मेरे लिंग पर उसके होंठ! क्या बकवास है! अगर ऐसा हुआ होता तो मुझे जरूर याद होता। वह अपने और श्रेयसी के बीच हुए पुराने इ-मेल वार्त्तालाप को सर्च करता है। श्रेयसी वह लड़की थी, जिससे सभी नफरत करते थे और उससे दूर रहने को कहते थे। लेकिन फिर भी—

From—damanroy111@gmail.com
To—shreyasibose07@gmail.com

"हाय!"

मैं ठीक हूँ! न पूछने के लिए शुक्रिया! पत्र की शुरुआत में ऐसा कहना बेहूदगी तो नहीं है न? लेकिन तुम्हें पता होना चाहिए कि अपने दोस्तों और इंद्रियों के मना करने के बावजूद मैं तुम्हें इ-मेल कर रहा हूँ। इंद्रियों के बारे में बात करना भी मेरे लिए विचित्र है। हाल ही में मैंने दोबारा ऐसा करना शुरू किया है। तुम्हारे साथ की गई उस कार-यात्रा के बाद मुझे छह माह अस्पताल में गुजारने पड़े और कुछ माह उसके बाद पुनर्वास चिकित्सा

में। इस दुर्घटना ने मेरे शरीर और दिमाग को तोड़कर रख दिया है। मैंने सोचा कि मैं तुम्हें इस बात से अवगत करा दूँ।

मुझे तुम्हारी इ-मेल आइडी कैसे मिली? तुम्हें बता दूँ कि यह उतना ही कठिन था, जितना कि मेरा इलाज।

और उस दुर्घटना में तुम कितनी घायल हुई थीं? मुझे बताया गया कि हलके फ्रैक्चर के बाद तुम्हें अस्पताल से छुट्टी मिल गई थी। ऐसा लगता है कि मुझे ही ज्यादा भुगतना पड़ा।

—तुम्हारा दमन

From—shreyasibose07@gmail.com

To—damanroy111@gmail.com

"अरे, जो भी हुआ, उसके लिए मुझे माफ कर दो। दुर्घटना के बाद मैं ठीक हो गई थी। धन्यवाद।"

From—damanroy111@gmail.com

To—shreyasibose07@gmail.com

"तुमने मुझे सड़क से हटाकर लगभग मार ही डाला था और तुमने सिर्फ इतना सा उत्तर दिया?"

—दमन

From—shreyasibose07@gmail.com

To—damanroy111@gmail.com

ऐसा मैंने जान-बूझकर नहीं किया था। सामने से जो टैक्सी आ रही थी, वो गलत साइड पर थी। दुर्घटना की रिपोर्ट पढ़ो।"

From—damanroy111@gmail.com

To—shreyasibose07@gmail.com

"तुम्हें क्या लगता है कि मैंने रिपोर्ट पढ़ी नहीं होगी? मैंने ठीक से पढ़ी है; लेकिन हम पिए हुए थे। है न? मुझे जो थोड़ा-बहुत उस रात के बारे में याद है, उसके अनुसार मैंने तुम्हारे साथ पी थी। खैर, मैंने तुम्हें दोष देने के लिए इ-मेल नहीं किया है। दोष उस टैक्सी ड्राइवर का है। पर वह मर चुका है।"

—दमन

From—shreyasibose07@gmail.com

To—damanroy111@gmail.com

"वोदका के एक-दो घूँट पीने से मुझे चढ़ नहीं गई थी! यह कहने का क्या तात्पर्य है?"

From—damanroy111@gmail.com
To—shreyasibose07@gmail.com
"मुझे लगता है, हमें मिलना चाहिए।"

—दमन

From—shreyasibose07@gmail.com
To—damanroy111@gmail.com
"क्यों?"
From—damanroy111@gmail.com
To—shreyasibose07@gmail.com
"तुम्हें सुनकर कुछ अजीब लगेगा, पर कभी-कभी मैं तुम्हारे बारे में ख्वाब देखता हूँ। कभी-कभी वे दुःस्वप्न होते हैं, जो उस दुर्घटना के बारे में होते हैं। क्या तुम्हें भी ऐसे सपने आते हैं? पी.टी.एस.डी. और हलका स्मृति-लोप है, हालाँकि मैं पर्याप्त ठीक हूँ। बस, मुझे दवाएँ खानी पड़ती हैं।"

—दमन

From—shreyasibose07@gmail.com
To—damanroy111@gmail.com
"नहीं।"
From—damanroy111@gmail.com
To—shreyasibose07@gmail.com
"सबसे हास्यास्पद बात यह है कि मुझे तुम्हारा चेहरा भी ठीक से याद नहीं है। बस, धुँधली-सी स्मृतियाँ हैं। मुझे तुम्हारे काले व घने बाल और धूप से जली हुई त्वचा याद है, पर हर सपने में चेहरा बदलता रहता है। मैंने इंटरनेट पर तुम्हारी तसवीर खोजने की बहुत कोशिश की, पर लगता है कि तुम्हें सोशल मीडिया कोई खास पसंद नहीं है।"

—दमन

From—shreyasibose07@gmail.com
To—damanroy111@gmail.com
"नहीं।"
From—damanroy111@gmail.com
To—shreyasibose07@gmail.com
"क्या तुम अब भी उसी स्टार्टअप कंपनी में काम करती हो?"
From—shreyasibose07@gmail.com
To—damanroy111@gmail.com
"मैंने कभी किसी स्टार्टअप कंपनी में काम नहीं किया।"

From—damanroy111@gmail.com
To—shreyasibose07@gmail.com
"ओह।"

—दमन

From—damanroy111@gmail.com
To—shreyasibose07@gmail.com
"क्या तुम अब भी रोमन साम्राज्य के बारे में किताबें पढ़ रही हो? या कोलंबिया के प्राचीन इतिहास के बारे में पढ़ रही हो?"

—दमन

From—damanroy111@gmail.com
To—shreyasibose07@gmail.com ?

—दमन

From—damanroy111@gmail.com
To—shreyasibose07@gmail.com
"कम-से-कम उत्तर तो दे दो?"

—दमन

From—shreyasibose07@gmail.com
To—damanroy111@gmail.com
"मैं इतिहास नहीं पढ़ती। यह सिर्फ तुम्हारी कल्पना मात्र है।"
From—damanroy111@gmail.com
To—shreyasibose07@gmail.com
"ओके। मेरी बदकिस्मती है। मुझे उस रात के बारे में बहुत धुँधली-सी याद है। वह कोई और रहा होगा। मेरे दिमाग में कई बातों का घालमेल हो गया है। मैंने कुछ दिन पहले 'ब्लैक हॉक डाउन' एवं 'वीला' फिल्म देखी थी और अगले ही स्वप्न में तुम मुझे बता रही थीं कि तुम ट्रेनी पायलट हो। मेरी बदकिस्मती!"

—दमन

From—damanroy111@gmail.com
To—shreyasibose07@gmail.com
"यदि तुम बुरा न मानो तो क्या तुम मुझे अपनी फोटो भेज सकती हो? मुझे हलकी सी याद है। हो सकता है कि मैंने गलत स्वप्न देखा हो कि कार में मैंने तुम्हारी तसवीर ली थी; पर कैमरा पूरी तरह टूट गया था।"

—दमन

From—shreyasibose07@gmail.com

To—damanroy111@gmail.com

"सुनो दमन। मुझे सुनकर अच्छा लगा कि तुम अब ठीक हो, लेकिन अब मैं उस दुर्घटना को पीछे छोड़ चुकी हूँ। हमें आपस में मित्रता रखने की जरूरत नहीं है, न ही करीब आने की जरूरत है। वह कार-यात्रा दुर्भाग्यपूर्ण साबित हुई। भविष्य में मुझे इ-मेल मत करना। अपना खयाल रखना और दवाएँ लेते रहना। इसके अलावा, मुझे माफ करना, अलविदा, शुभकामना।"

From—damanroy111@gmail.com

To—shreyasibose07@gmail.com

"मैंने कोशिश की कि तुम्हें इ-मेल न करूँ। तुम्हारे इ-मेल को आज छह माह हो गए हैं। यह मेरा आखिरी इ-मेल हो सकता है। मैं चाहता हूँ कि तुम इस लिंक को देखो—htts://bit.ly.rytm। मैंने कुछ माह पूर्व ही लिखना शुरू किया है और मेरी कुछ पोस्ट काफी चर्चित रही हैं। मैंने बिना तुम्हारी अनुमति लिये तुम्हारा और मेरा नाम इस पोस्ट में लिखा है। लेकिन कोई चिंता की बात नहीं, ये सब काल्पनिक हैं। यदि कोई पूछता भी है तो मैं उससे यही कहता हूँ कि ये पात्र काल्पनिक हैं। अगर तुम पढ़ना तो मुझे सूचित करना। बाय।"

उसने इस इ-मेल का कोई उत्तर नहीं दिया। इस मेल के बाद भी उसने कुछ और इ-मेल को डिलीट कर दिया, ताकि उसे दोबारा न पढ़ना पड़े। उसने अपने इ-मेल से लॉग ऑफ किया तथा इंटरनेट पर कुछ ब्लॉग खोजता और पढ़ता रहा, ताकि उसका दिमाग श्रेयसी से हट सके। वह एक लेख पढ़ रहा था, जिसमें बताया गया था कि टॉयलेट में फ्लश की गई गोल्डफिश खुली झील में बहुत विशालकाय हो सकती है, यहाँ तक कि पूरी झील पर ही कब्जा कर सकती है। तभी उसके कंधे को किसी ने हिलाया—

"हाय!"

मुड़ते हुए वह बोला, "हे!"

"दखल देने के लिए मुझे माफ करें। मैं पिछले एक घंटे से तुम्हें देख रही थी और सोच रही थी कि क्या तुम दमन हो, क्या तुम ही दमन हो? या नहीं हो?"

उसने सहमति देने के लिए एक पल का समय लिया। वह तय नहीं कर पा रहा था कि इस पर क्या प्रतिक्रिया दे—गर्व करे कि ध्यान ही न दे? उसे यह भी लगा कि कहीं यह कोई मजाक तो नहीं है। उसने उस लड़की को कॉफी डिस्पेंसर के पास लगभग 20 मिनट पहले देखा था।

"अगर आपको कोई एतराज न हो तो मैं यहाँ बैठ जाऊँ?"

"बैठिए।"

“क्या आप यहाँ अकसर आते हैं?”

“कभी-कभार।” उसने उत्तर दिया। वह समझ नहीं पा रहा था कि उन दोनों के बीच होनेवाली यह वार्त्ता लंबी होगी या अल्प!

“माफ कीजिए। कहीं मैं आपका समय तो नहीं बरबाद कर रही?”

“नहीं-नहीं, कोई बात नहीं। बताइए?” दमन ने अपने लैपटॉप को बंद करते हुए कहा।

“दरअसल, मैंने दो सप्ताह पूर्व आपकी किताब पढ़ी थी। काफी अच्छी है।”

“थैंक गॉड!” दमन मुसकराया।

“तुम्हारी किताब पढ़ने का परामर्श एक लड़की ने दिया था, जो फेसबुक पर तुम्हारी पोस्ट फॉलो करती है। उसे तुम्हारी पोस्ट्स बहुत पसंद हैं। उसने बताया था कि एक संपादक के कहने के बाद तुमने उन पोस्टों को एक साथ क्रमिक रूप से रखकर किताब के रूप में प्रकाशित कराया। यह काम तुमने बहुत अच्छा किया। ऐसा बहुत कम लोग कर पाते हैं।”

उसे स्वयं पर थोड़ा गर्व भी महसूस हुआ कि एक सुंदर सी लड़की उसकी पाठक है। लड़की ने बोलना जारी रखा, “थोड़ा-बहुत मैं भी लिख लेती हूँ; लेकिन मुझे नहीं पता कि मैं अपने आपको लेखक कह भी सकती हूँ या नहीं। मैं कविताएँ और ब्लॉग लिखती हूँ। मेरे दोस्त कहते हैं कि मैं अच्छा लिखती हूँ। अरे, चिंता मत करो, मैं तुमसे उन्हें पढ़ने और समीक्षा करने को नहीं कहूँगी। मैं जानती हूँ कि यह आपके लिए कितना उबाऊ काम हो सकता है! लेकिन मैं यह जानना चाहती हूँ कि आपने शुरुआत कैसे की थी? इसलिए मैंने आपकी किताब उठाई।”

“आपका शुक्रिया।” दमन ने कहा, उसे समझ ही नहीं आया कि वह और क्या कहे।

“ओह, नहीं। शुक्रिया तो मुझे आपको कहना चाहिए। लेकिन क्या मैं आपसे एक प्रश्न पूछ सकती हूँ, यदि आप बुरा न मानें तो?”

“जरूर पूछिए।”

“ऊँ···मेरी दोस्त ने मुझे आपकी कुछ फेसबुक पोस्ट्स भेजी हैं, जो उसके लैपटॉप में सुरक्षित थीं।”

डील पर हस्ताक्षर होने के बाद जयंती ने दमन से उन पोस्टों को डिलीट करने को कहा था, लेकिन इसके पहले कि वह डिलीट कर पाता, उन्हें लोगों ने कॉपी करके अलग-अलग प्लेटफॉर्म पर शेयर कर दिया था।

दमन ने कहा, “मुझे लगता है कि तुम्हें किताब से ज्यादा वे पोस्ट्स पसंद आईं?”

"आपसे किसी ने पहले भी कहा है क्या?" लड़की ने उत्सुकतावश पूछा।

"हाँ, मुझे बताया गया था। कई समीक्षाएँ यही बात कह रही हैं। जिन लोगों ने मेरी पोस्ट्स पढ़ी हैं, उन्हें किताब उतनी पसंद नहीं आई; लेकिन जिन लोगों ने पोस्ट नहीं पढ़ी, वे कोई अंतर नहीं पाते। कई लोगों को तो नई श्रेयसी पसंद आई।"

"लेकिन आप इस बात से खुश नजर नहीं आ रहे?"

"मैं कतई खुश नहीं हूँ। मैं अपनी किताब के पहले ड्राफ्ट को प्रकाशित कराने के लिए जलते हुए कोयले पर मैराथन दौड़ सकता हूँ। यह किताब आज जिस रूप में है, वह कुछ खास नहीं है; लेकिन किताब अच्छी तरह से बिक रही है, इसलिए लगता है कि ठीक-ठाक होगी। अगली किताब को लेकर मैं ज्यादा सावधान रहूँगा।" दमन ने ठंडी साँस लेते हुए कहा।

"लेकिन ऐसा क्या अकसर होता है?"

दमन गुस्से से भरकर बोला, "संपादक लोग लेखकों से उनके पात्रों को बदलने को कहते हैं!"

"नहीं।" हँसते हुए वह बोली, "अरे, मैं यह कह रही हूँ कि क्या ऐसा अकसर होता है कि लोग आपके पास आकर यह कहते हैं कि उन्होंने आपकी किताब पढ़ी है? ऐसा होता होगा, है न?"

"ऐसा पहले सिर्फ एक बार हुआ है।" उसने कहा।

थोड़ा नजदीक आते हुए वह बोली, "कैसा लगा था आपको?"

"वह पाठक मुझसे नहीं, बल्कि मेरी बहन से मिली थी।" दमन ने कहा, और उसने निश्चयपूर्वक कहा, "ठीक-ठाक था। उसने थोड़ा सा मेरी बहन का समय बरबाद किया। अत: मैं बता नहीं सकता कि मेरा अनुभव कैसा रहा!"

उस लड़की ने गुस्साते हुए कहा, "आपको अपने पाठकों के प्रति थोड़ा सम्मान का भाव रखना चाहिए। वह आपको और आपकी किताब को पसंद करती होगी और आपके नजदीक आना चाहती होगी। आपको तो उसके प्रति आभारी होना चाहिए।"

"हो सकता है।"

"अब ठीक है। जब कोई लेखक अपने पाठकों का मजाक उड़ाता है तो मैं जरूर विरोध दर्ज कराती हूँ।" उसने कहा।

"मेरा दुर्भाग्य।" अपने हाथ खड़े करते हुए दमन ने कहा, "माफ कीजिए, मैंने आपका नाम नहीं पूछा।"

वह रेया थी। हिंदू कॉलेज में प्रथम वर्ष की साहित्य की छात्रा। दमन ने दोबारा स्वयं का परिचय दिया। आपस में बात करते हुए वे कॉफी डिस्पेंसर तक गए।

"मैं नहीं जानती कि लेखन कोई ख्वाब है या हकीकत, पर लिखना मुझे बहुत पसंद है।" उसने कहा, "आप सच में भाग्यशाली हैं। ऊँ...भाग्यशाली नहीं, बल्कि 'प्रतिभावान्' सही शब्द है आपके लिए।" उसने दमन को कॉफी देते हुए कहा, दमन ने कॉफी लेने से इनकार किया। उसने कहना जारी रखा, "मैं एक बात जानने के लिए उत्सुक हूँ।"

"क्या?"

"आपकी किताब की मुख्य पात्र श्रेयसी क्या किसी वास्तविक चरित्र से प्रेरित है?"

दमन ने इनकार में सिर हिलाते हुए कहा, "किताब में दरशाई गई श्रेयसी और मेरे फेसबुक पोस्ट वाली श्रेयसी—दोनों काल्पनिक हैं। किताब में दरशाई गई श्रेयसी मेरी संपादक के दिमाग की उपज है, जो हर किताब को एक फॉर्मूलाबद्ध बेस्टसेलर में बदलना चाहती हैं। लेकिन मेरी पोस्टों में दिखनेवाली श्रेयसी पूरी तरह काल्पनिक है।"

"यदि आप बुरा न मानें तो मेरे मन में एक और प्रश्न है। आप किसे चुनेंगे, अपनी पुरानी श्रेयसी को और फ्लॉप किताब को या अपनी जयंती रघुनाथ की श्रेयसी और हिट किताब को?"

दमन उत्तर देने के पूर्व एक पल को ठहरा। उसकी चुप्पी ने उत्तर स्पष्ट कर दिया।

"आपको उत्तर देने की आवश्यकता नहीं है।" रेया ने कहा, "लगता है, अपनी पहली श्रेयसी को आप ज्यादा पसंद नहीं करते?"

"उम, मैं सच में पसंद करता हूँ।"

"ठीक है। चलो, ये मान लेते हैं कि जयंती रघुनाथ एक वेश्या है, ठीक है?"

दमन को समझ नहीं आया कि इस बात पर क्या कहे, लेकिन जल्द ही वे दोनों हँसने लगे। वे दोनों रीडिंग रूम के कोनेवाली मेज पर आमने-सामने बैठे थे, जिससे वे एक-दूसरे को ठीक से निहार पा रहे थे। दमन समझ पा रहा था कि उनकी मुलाकात किस दिशा में जा रही है। रेया सुंदर थी। उसके काले, घने व लंबे बाल और उसकी गेहुआँ चमकदार त्वचा उसे आकर्षक बना रही थी और वह लेखन की शौकीन भी थी। अगले आधे घंटे तक वे यह बात करते रहे कि क्या लेखन सिखाया जा सकता है और एक समय ऐसा भी आएगा, जब किताबें गुजरे जमाने की चीज होंगी और लेखकों को पूरी कहानी सिर्फ 140 अक्षरों में पूरी करनी होगी।

"दमन, आपसे मिलकर बहुत अच्छा लगा; लेकिन अब मुझे जाना होगा। क्या आप मुझे अपना नंबर देंगे, ताकि हम दोबारा मिल सकें?" अपनी किताबें बटोरती हुई वह बोली।

दमन ने सहमति में सिर हिलाया और अपना नंबर दिया। उसने भी रेया का नंबर लिया।

"पर ये तो सिर्फ नौ अंक हैं?" दमन ने कहा।

"उसने भी दमन के फोन में झाँका और आँखें मटकाते हुए कहा कि "अंत में 22 है।"

"ओह!" दमन ने अपनी गलती सुधारी और उसका नंबर सेव किया। वह उसके साथ लाइब्रेरी के दरवाजे तक गया। धीरे-धीरे वहाँ फिर से सन्नाटा पसर गया। उन दोनों के मध्य एक सुस्पष्ट शारीरिक आकर्षण उभर रहा था और वे दोनों समझ भी रहे थे। वह ऑटो में बैठने जा ही रही थी कि दमन उसकी ओर मुड़ा।

"अरे, सुनो, शनिवार को ऑक्सफोर्ड बुक स्टोर पर 'मेरे सपनों की लड़की' पुस्तक का लोकार्पण है। समय मिले तो आओ।"

"क्या तुम्हारी प्रेमिका भी आ रही है?" उसने मुसकराते हुए पूछा।

दमन भी उसे देखकर मुसकराया।

"अपनी इच्छा का ध्यान रखना। मैं आऊँगी और तुम्हारे ऑटोग्राफ भी लूँगी।" वह बोली।

वे आपस में गले लगे, एक-दूसरे को लेखन के लिए शुभकामनाएँ दीं। ऑटो चला गया। लड़की के बारे में सोचते हुए दमन अपनी मेज पर लौटा। उसने अपना लैपटॉप खोला और माइक्रोसॉफ्ट वर्ड खोला। उसके दिमाग में अब भी वह लड़की कौंध रही थी। वह उससे हुई बातचीत को याद करते-करते मुसकरा रहा था।

एकाएक वह ठिठक गया।

उसकी मुसकान गायब हो गई। उसे कैसे मालूम था? क्या मैंने उसे बताया? उसने अपने मस्तिष्क में पूरी बातचीत दोहराई। उसने रेया को बिल्कुल भी नहीं बताया था कि उसकी संपादक का नाम क्या है, लेकिन फिर भी वह जानती थी! क्या उसने अखबार में पढ़ा था? उत्सुकतावश दमन ने उस लड़की का नंबर डायल किया। दूसरी ओर से फोन पर यह आवाज सुनाई दी कि वह नंबर अस्तित्व में नहीं है। अगले 15 मिनट तक गूगल पर 'रेया, हिंदू कॉलेज, प्रथम वर्ष' सर्च करने पर भी कोई परिणाम हासिल नहीं हुआ। उलझन में उसने ब्रिटिश काउंसिल के रजिस्टर पर की गई एंट्री खँगाल डालीं। रजिस्टर में रेया के नाम से कोई एंट्री नहीं थी। रजिस्टर पर सुंदर सी कर्सिव हैंडराइटिंग में एक एंट्री थी, जो अलग से पहचान में आ रही थी—'श्रेयसी।'

अंतिम तीन किताबें, जो उसने पुस्तकालय से जारी कराई थीं, उनमें थी—'जेरूसलम : द बायोग्राफी', 'इंडियाज वार्स : ए मिलिट्री हिस्ट्री, 1947-71' और 'दि एलगोरिद्म डिजायन मैनुअल'। इससे कोई मतलब नहीं सिद्ध हुआ।

उसने काँपते हाथों से अपने फोन को खँगाला और श्रेयसी को एक मेल लिखा। उसने पिछले एक साल से श्रेयसी को मेल नहीं लिखना था।

From—damanroy111@gmail.com
To—shreyasibose07@gmail.com
"क्या तुम लौट आई हो??????"

—दमन

From—shreyasibose07@gmail.com
To—damanroy111@gmail.com
"हाँ। अब तुम्हें पता चल गया न कि मैं कैसी दिखती हूँ!···शुभरात्रि।"

□

11

छब्बीस वर्षीया श्रेयसी बोस ने ईस्ट ऑफ कैलाश स्थित अपने तीन बेडरूमवा फ्लैट के कमरे में बिखरी पड़ीं बियर की बोतलें, खाली गिलास और प्लेट् अभी-अभी साफ किए थे। बोतलों को उसने दरवाजे के किनारे एहतियात के साथ खड़ा कर दिया और बाकी चीजों को किचन के सिंक में बिना शोर किए हुए डाल दिया। वह नहीं चाहती थी कि पीकर गहरी नींद में सोए उसके पति की नींद में खलल पड़े। इसके बाद उसने कमरे में फैली शराब और खाने की गंध को दूर करने के लिए कुछ अगरबत्तियाँ जला दीं। बाथरूम में उसका बाथटब हलके कुनकुने पानी से भरा हुआ था। उसने बाथरूम का दरवाजा अटकाते हुए अपने कपड़े उतारे। जब भी उसके पति लौटते थे, बाथरूम ही उसकी आरामगाह हो जाता था। शीशे में अपनी छवि देखकर वह मुसकराई। उसके स्तन उन्नत व दृढ़ थे और उसकी जाँघें रोज सुबह व्यायाम करने के कारण सुडौल हो गई थीं। ज्यादा व्यायाम कर लेने के कारण उसकी हैमिस्ट्रिंग मांसपेशी अब भी दर्द कर रही थी। दवा की अलमारी से उसने पानी को सुगंधित करनेवाली गोलियाँ निकालीं, जो उसके पति जॉर्डन (या शायद चिली) से लाए थे। उसने कुछ गोलियों को पानी में मिला दिया। उसने अपनी एड़ी को पानी में यह जानने के लिए हलके से डाला कि कहीं पानी अधिक गरम तो नहीं है। फिर आहिस्ता से वह पानी में उतर गई। पानी उसकी उम्मीदों से कुछ अधिक गरम था। उसे अच्छा लगा। वह उस टब में आराम से आँखें बंद कर लेट गई। उसकी थकान मिटती हुई-सी लगी। यह एक लंबा दिन था। दो वर्ष पहले ही उसकी शादी हुई थी और उसके पति छह माह लंबे अपने कार्य-दायित्व को पूरा करके लौटे थे। उन्होंने बिना उससे पूछे ही अपने पाँच मित्रों को सपत्नीक अपने घर पर आई.पी.एल. मैच देखने के लिए निमंत्रण दे दिया था। हालाँकि मदिरा और भोजन बाहर से मँवा लिये गए थे, फिर भी श्रेयसी को उन्हें परोसने आदि में बहुत काम करना पड़ा, जबकि उसके पति सोफे पर पसरे हुए दोस्तों से गप्पें लगाते रहे। उसने उन्हें मदद के लिए सिर्फ एक बार पुकारा, लेकिन उसके एक मित्र की पत्नी बीच में टपकते हुए बोली, "अरे, वो बेचारे छह माह से समुद्र में काम पर थे, थोड़ा आराम करने दो उन्हें।"

श्रेयसी का मन हुआ कि शराब की बोतल उसके सिर पर दे मारे और टूटी हुई बोतल उसके गले में घुसेड़ दे और गले से रक्त के फव्वारे निकलते हुए देखे। 'तुझे क्या लगता है कि मैं इन छह महीनों में मटरगश्ती करती रही?' जब वह महिला वॉशरूम गई, तब श्रेयसी ने विद्वेष और अपनी पुरानी आदत के कारण उसके फोन में ओ.टी.जी. कनेक्टर लगाकर सारा डाटा अपने फोन में ट्रांसफर कर लिया। डाटा ट्रांसफर करते समय उसे उस महिला के मोबाइल में ऐसे बहुत से इ-मेल और तसवीरें नजर आई थीं, जो उसने अपने ब्वॉयफ्रेंड को भेजी थीं। श्रेयसी ने उन सभी को एक फोल्डर में सेव कर लिया और एक नाम दे दिया।

"तुम लोग बड़े प्यारे हो।" श्रेयसी ने उस महिला से कहा, "ईश्वर करे, तुम लोगों के बीच कुछ न आए।"

उसने अपने पति को बाँहों को जकड़ लिया और मुसकराई। अगर वह महिला पूरी पार्टी के दौरान उसके साथ तमीज से पेश न आई होती तो अब तक वह सारे इ-मेल और तसवीरें उसके पति को भेजकर उनका वैवाहिक जीवन बरबाद कर चुकी होती। श्रेयसी लोगों की कही बातों पर यकीन नहीं करती थी। उसका मानना था कि लोगों का सही चरित्र उन इ-मेल्स और संदेशों में सामने आता है, जिसे वे पासवर्ड के अंदर छुपाकर रखते हैं।

पार्टी के समाप्त होने तक उसके फोन के छोटे से फोल्डर में उन सभी मित्रों के बारे में जानकारियाँ एकत्र हो चुकी थीं, जो उस पार्टी में शामिल हुए थे। फोल्डर में सारी जानकारियाँ अक्षर और कालक्रम के अनुसार संयोजित की गई थीं। पार्टी में शामिल उन 8 लोगों को मिलाकर उस फोल्डर में कुल 643 नामों/व्यक्तियों के बारे में जानकारी एकत्र थी। लोग जितना नशे में धुत और थके हुए होते हैं, वे अपने फोन पासवर्ड को लेकर उतने ही लापरवाह हो जाते हैं। बस, एक बार उनका फोन आपके हाथ में आ जाए, ओ.टी.जी. कनेक्टर की सहायता से सारी जानकारी दूसरे फोन में पलक झपकते ही ट्रांसफर की जा सकती है। उनके सारे गोपनीय और व्यक्तिगत रहस्य, जिन्हें वे अपने चार अंक के पासवर्ड से चित्रों, फोन लॉग, संदेश आदान-प्रदान, ब्राउजर इतिहास में छुपाए रहते हैं, आपके पास आ जाते हैं। यह इतना सरल है जैसे किसी बच्चे से टॉफी लेना। जिस समय उसके पति के मित्र नशे की धुन में अपने जीवन के सुखमय होने का बखान कर रहे होते थे, वह जानती थी कि उनकी सच्चाई क्या है! कौन अपने पति या पत्नी को धोखा दे रहा है, किसने गर्भपात कराया है, किसने अपनी पत्नी से बँधे हाथों से सेक्स किया और किन सेक्स मुद्राओं का प्रयोग किया! वह सब जानती थी; वह सबके राज जानना जरूरी समझती थी, क्योंकि कौन जानता है, हो सकता है, ऐसा भी वक्त आए, जब उसे इस जानकारी की आवश्यकता महसूस हो? यह आश्चर्यजनक बात थी कि

इन दो वर्षों के वैवाहिक जीवन में उसके पास अपने प्रिय पति के बारे में कोई गोपनीय जानकारी मौजूद नहीं थी। अगर उसके पास अपने पति के बारे में कोई भी जानकारी होती तो वह उससे कभी शादी न करती। लेकिन उसका पति सावधान था…और उसके माता-पिता का धैर्य जवाब दे रहा था। कोई रास्ता नहीं सूझ रहा था। दमन के कोमा से बाहर निकलने के कोई भी संकेत डॉक्टरों ने नहीं दिए थे। इंतजार करने में कोई समझदारी नहीं थी। वह लगभग मर चुका था। इसलिए वह शादी के लिए तैयार हो गई। लेकिन दमन अपनी लंबी निद्रा (कोमा) से बाहर निकल आया। उसे सिर्फ नाम ही याद रहा… केवल उसका नाम—श्रेयसी!

उसने बाथटब के कोने में रखी जलती हुई टी-लाइट को उठाकर अपनी हथेली पर रखा। एल्यूमीनियम केसिंग इतनी गरम हो चुकी थी कि उसका हाथ जलने लगा। उसने अपनी उँगली से ही लाइट की बत्ती को बुझा दिया। उसकी नाजुक त्वचा पर फफोला हो गया। टब का पानी भी ठंडा हो चुका था। वह टब से बाहर निकली और तौलिए से अपना बदन पोंछने लगी। उसने एक सप्ताह पहले ही खरीदा नाइट सूट पहन लिया। इससे उसके चेहरे पर मुसकराहट तैर गई।

वह कमरे में आई, टी.वी. चलाया और आराम से बिस्तर पर पसर गई। उसने अपना फोन उठाया और सैकड़ों फोल्डरों में समाहित ऐसे कई लोगों के रहस्य का डाटा सर्च करने लगी, जिसे उसने वर्षों में अपने अध्यापकों, सहकर्मियों, मित्रों और अपरिचितों के फोन से चुराया या प्राप्त किया था। वह अपने फोन के बटन के हलके से इस्तेमाल से कई लोगों के संबंधों, रोजगार, मित्रता और जीवन में भूचाल ला सकती थी।

अचानक उसकी निगाह एक ऐसे फोल्डर पर पड़ी, जिसे उसने शुरुआती दौर में बनाया था—रुद्र! घुँघराले बाल और मोहक मुसकानवाला वह लड़का दमन से पहले उसका पहला प्यार था। वह उस समय ग्यारहवीं कक्षा में थी और वह नया एडमिशन था। वह बैंगलोर से दिल्ली आया था और उसकी भाषा में एक अलग स्वर था, जिसका सभी मजाक बनाते थे; परंतु वह नहीं। पहली नजर में ही वह समझ गई थी कि उनमें करीबी हो जाएगी। उसकी अंतरात्मा ने यह कहा था कि वह उसे चाहे, प्रेम करे और बाकी दुनिया से बचाकर रखे और उसने ऐसा ही किया। उसने उसके लिए क्या-क्या नहीं किया! अगर वह स्टूडेंट काउंसिल के सभी सदस्यों के बैग में पॉर्न सी.डी. न डालती तो रुद्र कभी प्रीफेक्ट नहीं बन पाता। अगर वह वॉलीबॉल टीम के पेय में जुलाब न मिलाती तो रुद्र का चयन वॉलीबॉल टीम में संभव न होता। इसके बावजूद, जब उसने पहली बार अपने प्रेम का इजहार किया था तो उसने उसे पागल कहा था।

हालाँकि उसने श्रेयसी के प्रेम में उसकी शारीरिक चेष्टा को भाँप लिया था। उसने कहा भी कि वह श्रेयसी से प्यार करता है और सिर्फ इसीलिए उसने स्कूल बस में

प्रतिदिन अपनी स्कर्ट में हाथ डालने की उसे अनुमति दे रखी थी। जब उसे लगने लगा कि उनके बीच सब ठीक चल रहा है तो उसने कीर्ति से नजदीकी बढ़ानी शुरू कर दी। उसने अपने बिखरते हुए प्यार को वापस पाने के लिए हर संभव प्रयास किए। गरमी की छुट्टियों से ठीक एक दिन पहले उसने रुद्र को पुरुष वॉशरूम में 'कीर्ति' के नाम से बुलाया, जो कि एकदम कोने में सुनसान जगह पर था और जहाँ कभी कोई नहीं गया था। वह चार दिन उस जगह पर बंद रहा। वह बेहद दुबला और कमजोर हो गया था। कीर्ति को स्कूल से निकाल दिया गया और श्रेयसी ने रुद्र को दोबारा स्कूल में नहीं देखा। रुद्र के स्कूल जीवन के दो वर्ष खराब हो गए। अंतिम बार जब श्रेयसी ने उसकी प्रोफाइल चेक की थी, तब वह कोयंबटूर के किसी कॉलेज में एम.बी.ए. करने के लिए भटक रहा था। श्रेयसी ने सोचा, पहला प्यार हमेशा जटिल ही होता है और आँखें मलते हुए उसने फोल्डर बंद कर दिया। जैसे ही उसका पति लड़खड़ाते हुए कमरे में आया, उसने फोन को एक कोने में रख दिया। श्रेयसी ने उसका हाल पूछा। वह श्रेयसी को देखकर मुसकरा दिया। उसकी आँखों में शरारत थी। उसे अब भी चढ़ी हुई थी। पिछले छह माह से श्रेयसी ने अकेले ही उस बिस्तर पर रातें गुजारी थीं। उसके सपने में हमेशा दमन रहा करता था; लेकिन अब उसका पति मौजूद था। उसके पति ने उसकी ओर अपने हाथ फैलाए। श्रेयसी ने टी.वी. बंद कर दिया। उसने भी अपना हाथ बढ़ाकर अपने पति के हाथों में दे दिया। तब जाकर उसे एहसास हुआ कि उसका हाथ कितना ठंडा हो गया था। वह उसे थामकर गलियारे से होता हुआ शयनकक्ष तक ले गया। वह तुरंत कंबल में घुस गई। वह लगभग बिस्तर के कोने पर थी। उसके मुँह से एल्कोहल की तीखी गंध आ रही थी।

"आई लव यू!" उसने कहा। "तुम झूठ बोल रहे हो। मैं जानती हूँ। कोई-न-कोई तो है, जिसके बारे में मुझे पता नहीं।"

उसकी जीभ अब भी श्रेयसी के मुँह में थी। श्रेयसी ने उस समय के बारे में सोचने का प्रयास किया, जब वह अपने पति के प्रेम में डूबी थी। उसे सिर्फ इतना ही याद है कि उसका प्रेम ज्यादा लंबे समय तक नहीं रहा था और अब उसे उसकी कोई स्मृति नहीं है। वह जितना थोड़ा-बहुत उसे चाहती थी, वह भी धीरे-धीरे लुप्त होता जा रहा था। उसे सिर्फ अपना अकेलापन, प्रेमहीन जीवन और दो वर्ष का असंतुष्ट वैवाहिक जीवन ही याद था। उस कोर्स मरीन इंजीनियर के हाथ उसके नाइट सूट के अंदर थे। धीरे-धीरे उसने उसके कपड़े उतार फेंके और यहाँ-वहाँ चूमने लगा। उसने उसके होंठों को काट लिया, जिससे खून निकल आया; लेकिन फिर भी वह नहीं रुका। उसके हाथ नीचे की ओर गए, पर वह ठंडी पड़ी थी। श्रेयसी ने सोचा कि उसका पति उसे निरुत्साहित पाकर नाराज होगा, पर वह मुसकराते हुए कंबल में घुस गया। वह नशे में झूम रहा था। वह मुख मैथुन करने लगा और उसकी योनि को बेतहाशा चूमने लगा। उसने उसका सिर

एक ओर खिसका दिया। बिस्तर के पास रखी हुई मेज पर दमन की किताब 'मेरे सपनों की लड़की' पड़ी थी। कवर पेज मुड़ा हुआ था और लेखक का आधा चित्र दिखाई दे रहा था। उसके चेहरे पर हलकी सी मुसकान तैर गई। उसने अपनी आँखें आधी मूँद लीं और कल्पना करने लगी कि उसकी जाँघों के बीच उसका पति नहीं, दमन है। एकाएक उसके शरीर ने प्रतिक्रिया देनी शुरू कर दी। दमन का विचार आते ही उसके शरीर में नई जान आ गई। वह कराहने लगी, जिससे उसके पति को भी प्रोत्साहन मिला। वह उसकी योनि को तेजी से चूमने लगा। वह भी उसे और भीतर प्रवेश कराना चाह रही थी। वह हाँफने लगी थी। उसके पति ने उसका दूसरा हाथ थाम लिया था। यह किसी नाविक का हाथ नहीं, बल्कि दमन का हाथ था। उसने अपने पति के सिर पर से हाथ हटाकर दमन के चित्र पर रख दिया। दमन किताब से ही उसे घूर रहा था। उसकी आँखों में नशा उतर आया था। उसके पति ने ऊपर की ओर आने की चेष्टा की।

श्रेयसी बिस्तर से उतर गई। उसने उसे नाम लेकर पुकारा, पर श्रेयसी ने पीछे मुड़कर नहीं देखा, बल्कि वह अपने कपड़े उठाते हुई बाथरूम में चली गई। उसने गरम पानी से स्नान किया। दमन की कल्पनाओं से उसे भी चरम यौन सुख की प्राप्ति हो गई थी। उसने स्वयं को पोंछा। कमोड पर बैठकर उसने अपना चेहरा हथेलियों में छुपा लिया। उसके जीवन में जितने भी पुरुष आए थे, सभी से उसे निराशा ही हाथ लगी थी, चाहे वह उसका पति हो या दमन।

दोनों को याद करके वह रोने लगी।

□

12

वह कार चला रही थी। उसने कहा कि हम किसी बात को याद करके हँस रहे हैं। वोदका, व्हिस्की और टेकीला की बोतलों से भरा जूट का वह बैग उसके पैरों के पास खनका। उसने बैग को उठाकर अपनी गोद पर रख लिया। उसने वोदका की एक बोतल निकाली और मेरे चेहरे के आगे हिलाने लगी। मैंने अपना सिर हिला दिया। लेकिन श्रेयसी तब तक बोतल का ढक्कन खोल चुकी थी। उसने पीना भी शुरू कर दिया। कुछ समय बाद बोतल मेरे होंठों पर भी थी। मैंने बोतल को दूर करने का भी प्रयास किया, पर श्रेयसी उसे मेरे होंठों से लगाए हुए थी। एल्कोहल का तीखापन मेरे पेट तक पहुँच गया था। अंततः मैं बोतल को अपने मुँह से हटाने में सफल हो गया। थोड़ी सी वोदका मेरी टी-शर्ट पर भी छलक गई। हम दोनों खिलखिला पड़े। मैंने सुबह से कुछ नहीं खाया था, अतः वोदका सीधे मेरे सिर पर चढ़ गई। मुझे थोड़ा-थोड़ा खुमार होने लगा। मेरी आँखों से पानी आने लगा। मैं उसकी ओर झुक गया। उसने मेरे होंठों पर हलका सा चुंबन लिया। उसके हाथ मेरे सीने पर थे। मैं उसके ऊपर और झुकना चाहता था, पर उसने अपना सिर रोड की ओर घुमा लिया। तब तक देर हो चुकी थी। हमारे चेहरे पर तेज लाइट पड़ी। उसने कार को रेलिंग की ओर मोड़ दिया। कार पलट गई¨ कुछ ही सेकंड बाद खून से सने हुए हम एक-दूसरे को देखते रहे। लेकिन हम मुसकरा रहे थे¨ कि हम जिंदा हैं।

दमन की नींद बिस्तर गीला होने पर खुली। धत्त तेरे की! यह लगातार सातवाँ दिन था, जब उसने बिस्तर पर सू-सू कर दी थी। जब तक वह वॉशरूम से बाहर आता, तब तक वह अपनी दवाएँ ले चुका था और तीन सिगरेट पी चुका था। वह पिछले एक हफ्ते से भाप के इंजन की तरह सिगरेट पी रहा था। अपने नर्वस सिस्टम को काबू में करने के लिए वह प्रतिदिन चार पैकेट सिगरेट पी रहा था। वह अपने दुःस्वप्नों और श्रेयसी की धुँधली-सी छवि में ही उलझा हुआ था। जिस दिन वह श्रेयसी से मिला था, उसने पुचकू को फोन किया और उस लड़की के हुलिया के बारे में पूछताछ की, जो उसे मिली थी। उस लड़की का हुलिया श्रेयसी की तरह ही था। उसे आश्चर्य था कि श्रेयसी उससे क्यों

नहीं मिलती? वह नाम बदल-बदलकर ही उससे मिलने का खेल क्यों खेल रही है? इससे उसे थोड़ा डर भी लगा। वह अब भी सोच रहा था कि क्या वही श्रेयसी है? इतने माह बाद मिलने पर क्या उसे कुछ महसूस नहीं होना चाहिए था? उसे अब भी उसके श्रेयसी होने पर संदेह था। वह कोई बहानेबाज लड़की थी, जो उसकी पोस्ट और किताब पर श्रेयसी होने का नाटक कर रही थी। उसे इसी बात की अधिक संभावना लग रही थी; परंतु वह तो श्रेयसी की इ-मेल आईडी का भी इस्तेमाल कर रही थी। इसके अलावा, यह भी एक तथ्य था कि उसके परिवार और सुमित के अलावा कोई भी श्रेयसी के बारे कुछ नहीं जानता था, यहाँ तक कि अवनि भी नहीं।

From—damanroy111@gmail.com
To—shreyasibose07@gmail.com
"तुम कहाँ थीं इतने दिनों?"

—दमन

From—damanroy111@gmail.com
To—shreyasibose07@gmail.com
"तुम लौटकर क्यों आई हो?"

—दमन

From—damanroy111@gmail.com
To—shreyasibose07@gmail.com
"मुझसे ठीक से क्यों नहीं मिलीं? हम बैठकर इत्मीनान से बात कर सकते हैं।"

—दमन

From—damanroy111@gmail.com
To—shreyasibose07@gmail.com
?

—दमन

From—damanroy111@gmail.com
To—shreyasibose07@gmail.com
"क्या बकवास हो रही है? तुम ऐसे खेल क्यों खेल रही हो?"

—दमन

अंतिम इ-मेल भेजे हुए उसे तीन दिन से अधिक का समय हो चुका था, पर श्रेयसी ने अब तक कोई उत्तर नहीं दिया था। वह अपने दाँत साफ कर रहा था कि तभी उसके फोन ने बीप-बीप किया। श्रेयसी ने आखिर उत्तर दे ही दिया। उसका दिल धड़कने लगा और मेल पढ़ते हुए उसके मुँह से टूथपेस्ट टपकने लगा।

From—shreyasibose07@gmail.com

To—damanroy111@gmail.com

''कौन सा खेल और क्यों नहीं? यदि हम अन्य लोगों की तरह हों तो इसमें कौन सा मजाक है? आमने-सामने बैठकर बात करना हम लोगों के संबंध पर लागू नहीं है। है न? क्या तुम्हें यह अच्छा लगता कि मैं सीधे तुम्हारे सामने आकर कहती, 'हाय! नाइस टू सी यू अगेन?' नहीं, यह वह श्रेयसी नहीं है, जिसे तुम प्यार करते थे। क्या मुझे यह याद दिलाने की आवश्यकता है कि हम लोग किस तरह के प्रेमी-प्रेमिका थे? इस इ-मेल के साथ वे 860 इ-मेल भी संलग्न हैं, जो हमने आपस में लिखे थे। क्या तुम जानते हो कि मुझे दमन और श्रेयसी की कौन सी कहानी सबसे अच्छी लगती है? जिसमें हम—तुम और मैं, दमन और श्रेयसी—मेरे चिड़चड़ाते, बदमिजाज, घमंडी ब्वॉयफ्रेंड को ठिकाने लगाते हैं। हम उसे धमकाते, पीटते और दंडित करते हैं और उसके ऑफिस के स्वागत-कक्ष में उसे नंगा करके बाँध देते हैं। ऐसा भले ही कभी नहीं हुआ हो, परंतु यदि हमारी गोवा यात्रा इस तरह से समाप्त न हुई होती तो ऐसा हो सकता था। तुम्हारी कल्पना को सलाम! उसे फिर से पढ़ो, तब तुम्हें समझ आएगा कि हम किस तरह से अलग जोड़ी हैं! तुमने वह घटना अपनी किताब में भी लिखी है; लेकिन मैं अब भी तुम्हें प्यार करती हूँ।'

—श्रेयसी

तुम्हारे सपनों की लड़की

दमन ने इ-मेल पढ़ा। उसे इसमें सच्चाई नजर आई। वह उससे सीधे आकर नहीं मिल सकती थी और न ही यह कह सकती थी कि वह श्रेयसी है। यह महीनों तक उसके बारे में की गई हसीन कल्पनाओं को चौपट करने जैसा होता। फिलहाल वह उसका ध्यान अपनी ओर आकृष्ट करने और उसके दिल-दिमाग को उद्वेलित करने में लगी हुई थी। उसकी पोस्ट में दरशाई गई श्रेयसी ऐसा ही कुछ करती। इस लड़की और फेसबुक पोस्ट में दरशाई गई लड़की के व्यवहार-पैटर्न में बहुत सी समानताएँ थीं। यह ठीक वही लड़की थी, जिसके बारे में उसने अपने दुःस्वप्नों में देखा था। यह वही है। दमन के दिमाग में अब कोई संदेह नहीं रह गया था, हालाँकि थोड़ी सी निराशा थी।

बिस्तर में बैठकर उसके इ-मेल को दोबारा पढ़ते समय वह आश्चर्यचकित था कि उसे श्रेयसी के तमाम लक्षणों के सामने आने के बावजूद संदेह क्यों रहा? सभी

लक्षण यही इशारा कर रहे थे कि वही वास्तविक श्रेयसी है। दमन का ऐसा मानना था कि असली श्रेयसी को देखते ही उसकी स्मृति उसे पहचान लेगी; लेकिन उसे कुछ भी महसूस नहीं हुआ, कुछ भी नहीं। स्मृति का कोई द्वार नहीं खुला। सिर्फ एक खालीपन था, जिसमें श्रेयसी को लेकर की गई कल्पनाएँ पड़ी थीं। श्रेयसी वापस आ गई और सब चौपट कर दिया।

उसने अपनी आँखें बंद कीं और उसके कहे अंतिम शब्द सुने—

'अपनी इच्छा का ध्यान रखना। मैं आऊँगी और किताब पर तुम्हारे ऑटोग्राफ भी लूँगी।'

□

13

वह अपनी दो सहकर्मियों पर चिल्लाई, जिससे उनके हाथों से फाइल छूट गई। "सॉरी!" बोलते हुए वह वॉशरूम की ओर भागी। दरवाजा बंद करते ही उसने अपना हैंड-बैग एवं बैकपैक टटोला और अपने कपड़े तथा मेकअप सामग्री वॉश-बेसिन के नजदीक रख दिए। उसे दमन के कार्यक्रम में जाने के लिए पहले ही विलंब हो चुका था। वह उसे पहले ही दो बार फोन कर चुका था। उसने उस कार्यक्रम के लिए काले रंग की सुंदर सी ड्रेस का चयन किया था। जल्दी-जल्दी उसने अपने चेहरे पर फाउंडेशन लगाया और ड्रेस पहनी। आहिस्ता-आहिस्ता अवनि को वस्त्र बदलने और मेकअप करने में पंद्रह मिनट का समय लगा। उसने अपने ऑफिस के कपड़े बैग में ठूँसे और वॉशरूम से भागी। अपने आरामदायक जूते बाद में बदलने का निर्णय लिया। पार्किंग तक पहुँचने के लिए वह दो-दो सीढ़ी लाँघती गई। उसने अपना बैग कार की पिछली सीट पर फेंकते हुए जल्दी से ड्राइविंग सीट सँभाल ली। उसने जल्दी से इंजन स्टार्ट किया और कार को पार्किंग से निकाला। वह कुछ मीटर ही चली होगी कि उसे एक तेज आवाज और चीख सुनाई दी। उसने तत्काल ब्रेक दबा दिए। उसका कलेजा मुँह को आ गया। स्टीयरिंग व्हील को कसकर पकड़ते हुए वह मन-ही-मन बोली—आज नहीं। आज नहीं। आज नहीं। वह संभावित नुकसान को देखने के लिए मुड़ी। उसे यह देखकर राहत मिली कि जिस लड़की के स्कूटर से उसकी टक्कर हुई है, वह पहले ही खड़ी हो चुकी थी और अपने कपड़ों को झाड़ रही थी। अवनि कार से निकली और उस लड़की को ओर भागी।

"तुम ठीक तो हो? मैं तुम्हारी क्या मदद कर सकती हूँ?" कहते हुए अवनि उस लड़की की मदद करने लगी, जो अपने स्कूटर को सीधा करने की कोशिश कर रही थी। "सुनो, मुझे माफ कर दो। मैंने कार को रिवर्स करते समय पीछे नहीं देखा। यदि कोई नुकसान हुआ हो तो मैं भुगतान करने को तैयार हूँ।"

"ठीक है। कोई बात नहीं।" उस लड़की ने अवनि की ओर बिना देखे ही कहा।

"पक्का?"

उस लड़की ने सिर हिलाया और अपने स्कूटर को खिसकाते हुए अवनि की कार

से दूर ले गई। "मैं ठीक हूँ।" उसने कहा।

अवनि कुछ देर तक भौंचक होकर वहीं खड़ी रही और फिर कार की ओर लौटी। उसने अपनी आँखें बंद कीं और कार का इंजन चालू करने के पहले छोटी सी प्रार्थना की। उसने कार का गियर बदला और धीरे-धीरे पीछे करने लगी। वह निकास द्वार की ओर बढ़ी। तब तक घड़ी में 5:40 बज चुके थे। उसका कार्यक्रम में समय पर पहुँचना लगभग नामुमकिन था। जब वह पार्किंग शुल्क दे रही थी, उसी समय उसने कार के बैक मिरर में उस लड़की को देखा, जिसे उसने कुछ देर पहले टक्कर मारी थी। वह लड़की अपनी कमर पर हाथ रखकर खड़ी थी। वह बार-बार स्कूटर स्टार्ट करने के लिए किक मार रही थी, पर स्कूटर स्टार्ट ही नहीं हो रहा था। हताश होकर उसने अपने सिर पर हाथ रख लिया। वह उस लड़की की ओर दौड़ी।

"अरे, सुनो, क्या मैं तुम्हारी मदद कर सकती हूँ?"

लड़की ने अवनि की ओर देखा। अवनि ने लड़की से पूछा, "क्या मैं तुम्हें छोड़ दूँ?"

उस लड़की ने मना किया। पर अवनि ने जोर दिया, "देखो, मुझे अफसोस है। तुम अपने स्कूटर को यहीं पार्क कर दो और कल किसी मेकैनिक को दिखा देना। उसका बिल तुम मुझे भेज देना।" उसने लड़की को अपना बिजनेस कार्ड देते हुए कहा, "आओ, मैं तुम्हें लिफ्ट दे दूँ। प्लीज।"

उस लड़की की आँखों में आँसू थे।

"अरे बाबा, ठीक है। मैं माफी माँगती हूँ। हम अभी मेकैनिक के पास चलते हैं। यदि तुम्हें अपने माता-पिता की चिंता हो रही है तो मैं उनसे बात कर सकती हूँ। मैं उन्हें बता दूँगी कि इसमें तुम्हारी कोई गलती नहीं थी। अब रो मत।" उसके हाथ पकड़ते हुए अवनि ने कहा, "मैं अभी उनसे बात कर लेती हूँ।"

लड़की ने अपने आँसू पोंछे—"मैं अपने माता-पिता को लेकर चिंतित नहीं हूँ। मुझे तो…"

"क्या?"

"मुझे कहीं जाना था।" उस लड़की ने धीरे से कहा, वह अपने रोने पर शर्मिंदा थी।

अवनि मुसकराती है, "ब्वॉयफ्रैंड, हाँ? उससे कहाँ मिलने जा रही हो? तुम जहाँ भी जाना चाहो, मैं तुम्हें वहाँ छोड़ देती हूँ।"

"मैं जिससे मिलना चाहती हूँ, वह ब्वॉयफ्रैंड से अधिक महत्त्वपूर्ण है।" लड़की ने नई-नवेली दुलहन की तरह शरमाते हुए कहा, "मेरा प्रिय लेखक…"

अवनि ने पूछा, "कौन?"

"दमन रॉय। 'मेरे सपनों की लड़की' का लेखक। आज कनॉट प्लेस में उसकी

किताब पर एक कार्यक्रम है। वह मेरे जीवन का प्यार है।" उस लड़की ने मुसकराते हुए कहा, अवनि ने अपनी मुसकान छुपाने के लिए अपना चेहरा ढक लिया। उसे वह लड़की प्यारी सी लगी। लड़की ने बोलना जारी रखा, "कार्यक्रम 6 बजे शुरू होना है और निमंत्रण-पत्र के अनुसार वह किताबों पर अपने ऑटोग्राफ देंगे। एक तो मैं पहले ही देर से थी, ऊपर से यह और···" उसने स्कूटर की तरफ इशारा करते हुए कहा, "मैंने इस कार्यक्रम के लिए कल ही यह ड्रेस खासतौर पर खरीदी थी।"

उसका बच्चों जैसा चुलबुला स्वभाव और अपने प्रिय लेखक से मिलने का उत्साह देखकर अवनि को इतना अच्छा लगा कि वह उसे गले लगाना चाह रही थी। उसकी तरह वह लड़की भी बहुत अच्छे ढंग से तैयार होकर आई थी। अपनी सफेद टॉप और चमकदार चमड़े की पैंट में वह बहुत आकर्षक लग रही थी। अवनि को यह देखकर बहुत अच्छा लगा कि दमन के कुछ वास्तविक प्रशंसक हैं, जो पैसा खर्च कर उसकी किताबें खरीदते व पढ़ते हैं और उससे मिलने की अभिलाषा रखते हैं।

"मैं तुम्हें वहाँ छोड़ देती हूँ। मैं उसी ओर जा रही हूँ। तुमने कनॉट प्लेस ही कहा था न?"

"मैं आपको परेशान तो नहीं कर रही हूँ न?" आँखों में चमक लाते हुए उसने पूछा।

"अरे, बिल्कुल भी नहीं।" अवनि हँस पड़ी।

लड़की ने अपना स्कूटर पार्क कर दिया और अवनि के पीछे-पीछे उसकी कार तक गई। अवनि ने अपनी कार पार्किंग से बाहर निकाली। वह यह सोच रही थी कि उसे वह कब अपनी असलियत बताएगी, 'मैं उस किताब के लेखक की गर्लफ्रेंड हूँ। दरअसल, मैं उसकी मंगेतर की तरह ही हूँ।'

"कनॉट प्लेस में किस जगह पर कार्यक्रम है?" अवनि ने पूछा।

"ऑक्सफोर्ड बुक स्टोर में।" उस लड़की ने उत्तर दिया। उसकी आँखें कार की घड़ी पर स्थिर हो गई थीं—"मुझे बहुत देर हो गई है। मैं उनसे ऑटोग्राफ लेना और उनके साथ फोटो खिंचवाना चाह रही थी। यदि वहाँ बहुत भीड़ हुई तो? यदि वह वहाँ से चले गए तो?"

"वह नहीं जाएँगे।"

"अगर चले गए तो? वह बहुत प्यारे इनसान हैं। मुझे उनके साथ एक तसवीर चाहिए।" उस लड़की ने चहककर कहा, उसने अपने बैग में से 'मेरे सपनों की लड़की' की एक प्रति निकालकर अवनि को दिखाई। "वह प्यारा है न? देखो।"

"ठीक-ठाक है।"

"अरे, वो बहुत प्यारे हैं। तुम्हें उनकी किताब पढ़नी चाहिए। बेहतर होगा कि इस

किताब के पहले लिखी गई उनकी फेसबुक पोस्ट पढ़ना। उन्होंने सबकुछ डिलीट कर दिया है, पर मेरे लैपटॉप में उसकी प्रतियाँ सुरक्षित हैं। बहुत ही अच्छी पोस्टें हैं। मैं रोज पढ़ती हूँ।" उसने भावुकतापूर्वक कहा।

उन्हें दूर तक जाना था, इसलिए अवनि ने उससे मजाक में ही पूछ लिया, "सुनो? मुझे याद आया। मुझे लगता है कि मैं इस लेखक को जानती हूँ। वह मेरी दोस्त की सहेली को डेट कर रहा है; हालाँकि मुझे उसकी गर्लफ्रेंड का नाम नहीं पता।"

"अच्छा! सच बताओ, क्या तुम मुझे उससे मिलवा सकती हो?"

इसके पूर्व कि अवनि कोई उत्तर दे पाती, उस लड़की ने फिर पूछा, "क्या उनकी गर्लफ्रेंड का नाम श्रेयसी है?"

"नहीं।"

लड़की ने त्योरियाँ चढ़ा लीं। "इससे मुझे कोई फर्क नहीं पड़ता कि वह किस लड़की को डेट कर रहा है! मेरे लिए तो वह हमेशा श्रेयसी का प्रेमी रहेगा। वही उसका सच्चा प्यार है। क्या तुम नहीं जानतीं कि उन्हें कोई अलग नहीं कर सकता? दूसरी लड़कियाँ तो सिर्फ उसका ध्यान भटकाने के लिए हैं।" कहते हुए उस लड़की ने किसी स्कूली छात्रा की तरह उस किताब को अपनी छाती से लगा लिया।

"क्या तुम नहीं जानतीं कि वह एक काल्पनिक चरित्र है? उस पात्र को सिर्फ इस किताब के लिए ही रचा गया है।" अवनि ने त्योरियाँ चढ़ाते हुए कहा।

लड़की ने तत्परता से उत्तर दिया, "ठीक कह रही हो, इस किताब वाली श्रेयसी पूरी तरह काल्पनिक है; जबकि उसकी फेसबुक पोस्ट वाली श्रेयसी वास्तविक थी। वे प्रेम में थे और उन दोनों के बारे में जो भी कहानियाँ लिखी गई हैं, वे सत्य हैं। मैं आपको सारी पोस्टें पढ़ाऊँगी, पूरी 860 कहानियाँ। आप अपने आप समझ जाएँगी कि वे सारी कहानियाँ सच्ची हैं। वह उसे प्यार करता था।"

"ठीक है, मैं पढ़ लूँगी। अरे, मैं तो तुम्हें अपना नाम बताना भूल ही गई। मैं अवनि हूँ।"

"मैं आशी हूँ।" लड़की ने कहा और अचानक उस लड़की के चेहरे के हाव-भाव बदल गए। वह अवनि को देखती रही। उसके मन में कोई बात आ गई थी।

"अरे? क्या तुम? नहीं! नहीं।"

"हाँ।"

"क्या तुम दमन की गर्लफ्रेंड हो?"

अवनि ने मुसकराते हुए हामी भरी।

उसने अपना चेहरा अपनी हथेलियों में छुपा लिया, "ओह, माय गॉड! मुझे माफ कर दो। मुझसे गलती हो गई। मुझे याद है कि उसने अपनी एक पोस्ट में तुम्हारे साथ

तसवीर शेयर की थी। तुम दोनों एक साथ अच्छे लगते हो।" उसने भावुक होते हुए कहा।

"ओह! आखिरकार!" अवनि ने कहते हुए आँखें झपकाईं।

"क्या मैं तुम्हारे साथ एक फोटो ले सकती हूँ? मुझे स्नैपचैट के लिए चाहिए। मुझे तो विश्वास ही नहीं हो रहा।"

"क्यों नहीं।" लड़की ने अपना फोन निकालकर दोनों की तीन तसवीरें ले लीं। बाकी रास्ते वह अवनि की ओर देख भी नहीं सकी। वह अपनी कही बातों पर शर्मिंदा थी।

"तो तुम्हें दमन बहुत पसंद है?" अवनि ने पूछा।

"मैं उसे पसंद नहीं, बल्कि प्यार करती हूँ।" लड़की ने शीशे में अपने बाल देखते हुए कहा, "मेरे बाल ठीक लग रहे हैं न? मैंने कुछ दिनों के लिए इन्हें भूरा और लाल कराया है। जल्दी ही फिर से काले करा लूँगी। आशा है, दमन को मेरे बाल पसंद आएँगे।"

□

14

"क्या तुमने आज अपनी फेसबुक प्रोफाइल अपडेट की है?"

"हाँ।"

"और ट्वीटर?"

"हाँ।"

"और इंस्टाग्राम?"

"हाँ, जयंती। अब रुक भी जाओ। अभी सिर्फ 6 बजे हैं। अवनि ने मुझे मेसेज भेजा है कि वह जाम में फँसी हुई है। अन्य लोग भी फँसे हो सकते हैं। इस किताब के लोकार्पण का विचार तुम्हारा था। यदि कोई आया नहीं है तो इसके लिए मैं जिम्मेदार नहीं हूँ।" लोकार्पण कार्यक्रम अब तक शुरू हो जाना चाहिए था; किंतु सिर्फ दस-पंद्रह लोग ही आए थे, जो कि जयंती के विचार में एक घोर असफलता थी। दमन ने अपना फोन निकाला और अवनि को फोन लगाकर यह जानने की कोशिश की कि वह कहाँ तक पहुँची।

"अरे, तुम कहाँ हो?"

"बस, आ ही गई हूँ। कार पार्क कर रही हूँ। बस, दस मिनट में पहुँच रही हूँ। और मेरे साथ कोई है। वह तुम्हारी बहुत बड़ी फैन है, जिससे मैं अभी मिली हूँ।" उसने कहा, दमन को फोन से किसी के बीच-बीच में बोलने की आवाज सुनाई दे रही थी। अवनि ने बोलना जारी रखा, "वह तुमसे बात करना चाहती है। वह एकदम उतावली हुई जा रही है। तुम उससे बात करोगे?"

"हाँ-हाँ, जरूर।" दमन बोला। उसे सुनाई दिया कि अवनि उस लड़की को फोन दे रही है।

"हैलो।" लड़की की कँपकँपाती हुई आवाज सुनाई दी, "मैं आपकी बहुत बड़ी फैन हूँ। मुझे तो यकीन ही नहीं हो रहा है कि मैं आपसे बात कर रही हूँ।"

"हाय! तुम्हारा नाम क्या है?"

"आशी।"

उसने लड़की को अवनि से यह कहते हुए सुना, "मैं बहुत नर्वस हो रही हूँ। कृपया आप मुझसे आगे चलें।"

दमन ने अवनि को 'ठीक है' कहते हुए सुना और उस लड़की से दूर चलने लगी। दमन ने बोलना जारी रखा, "मैं आपके प्रति आभारी हूँ।…"

"जरा स्वयं को तो देखो, एक विनम्र लेखक अपने दीवाने पाठक को धन्यवाद दे रहा है।"

"माफ कीजिए।"

"ये ड्रामेबाजी छोड़ो। मैं कुछ ही देर में तुमसे मिलने वाली हूँ। तुम्हें इस कार्यक्रम में वैसे भी बहुत से उत्तर देने हैं।" उसने धमकी के स्वर में कहा, "मैं जानती हूँ कि तुम मुझसे मिलने के लिए बेताब हो, है न? तो तुम्हारा इंतजार समाप्त हुआ, बेबी।" लड़की ने कहा, "बैटरी लो हो गई है।"

उसने कॉल डिस्कनेक्ट कर दी। दमन ने अवनि को दोबारा कॉल करने की कोशिश की, परंतु फोन स्विच ऑफ आ रहा था। दमन के दिल की धड़कनें बढ़ गई थीं। यह आवाज उसी की थी। उसने दोबारा अवनि का नंबर लगाया। वह अब भी स्विच ऑफ आ रहा था। 'वह अवनि के साथ क्या कर रही थी?' उसे बैक ऑफिस के दरवाजे पर दस्तक सुनाई दी और बुक स्टोर के मालिक श्री राम प्रकाश, जो कि एक खुशमिजाज और स्थूलकाय व्यक्ति थे, ने अंदर प्रवेश किया। उन्होंने बताया कि लगभग तीस लोग आ गए हैं और वे जब चाहे, कार्यक्रम शुरू कर सकते हैं।

"बस, कुछ मिनट और। मैं किसी का इंतजार कर रहा हूँ।" दमन ने कहा।

"मैं जाकर घोषणा करता हूँ।" राम प्रकाश ने कहा, "दमन, तुमसे सिर्फ एक निवेदन यह है कि तुम यहाँ धूम्रपान नहीं कर सकते। यहाँ स्मोक सेंसर लगे हैं।"

"समझ गया।" दमन ने कहा और वहाँ से निकल गया।

"तुमने दूसरी किताब लिखनी शुरू की है या नहीं? मैं अगले महीनों के लिए कैलेंडर बना रही हूँ, इसलिए जानना चाहती हूँ।" जयंती ने कहा।

"बेहतर होगा, अभी हम उस बारे में बात न करें।" दमन ने उत्तर दिया।

"दमन, मैं इंतजार नहीं कर सकती। कार्तिक अय्यर की अगली किताब की तारीख तय होने वाली है। हम नहीं चाहते कि तुम्हारी किताब उसके आसपास आए। इससे तुम्हारी किताब पिछड़ जाएगी। इसलिए हमें सावधान रहने की आवश्यकता है। हम जितनी जल्दी किताब के लिए अनुबंध कर लें, उतना अच्छा होगा और इसके पहले कि तुम लिखना शुरू करो, बुकहाउंड पब्लिशर्स ही यह तय करेगा कि किताब कैसी होगी? मुझे आशा है कि अब तुम यह बात समझते हो। किताब चल निकली है और बाहर तीस से अधिक लोग आ गए हैं, जो कि तुम्हारे लिए अच्छी बात है।"

"क्या तुम कुछ समय पहले इस कार्यक्रम को फ्लॉप नहीं बता रही थीं?"

"क्योंकि ऐसा था और मैंने सोचा कि तुमने वे सब बातें नहीं कीं, जो तुमसे करने को कही गई थीं। पर लगता है, तुमने कर दिया है और देखो! चलो, अब उन्हें और इंतजार नहीं कराना चाहिए। चलो, शुरू करते हैं। मुझे नहीं लगता कि तुम्हारी गर्लफ्रेंड आ रही है।"

"तुम क्या बकवास कर रही हो! वह जरूर आएगी।" दमन ने कहा।

कुछ देर बाद दमन जयंती के साथ उस छोटे से मंच की ओर बढ़ा, जो विशेष तौर पर पुस्तक के लोकार्पण के लिए बना था। उसे अवनि के न आ पाने पर चिंता हो रही थी। उसका दायाँ हाथ उसकी जेब में था और उसे फोन बजने का इंतजार था।

□

15

दमन रॉय और जयंती रघुनाथ लाल रंग के उस सोफे पर बैठ गए, जो उस ऊँचे से प्लेटफॉर्म पर रखा हुआ था। वे दमन की हाल ही में प्रकाशित हुई किताब 'मेरे सपनों की लड़की', जो कि अब एक बेस्टसेलर किताब थी, पर बात कर रहे थे कि वह किताब किस तरह से अस्तित्व में आई। जयंती ने बताया कि उसने किस तरह से दमन को फेसबुक पर ढूँढ़ा और पाया कि उसमें कुछ तो अगल बात है और उसमें सफल लेखक बनने के पूरे गुण मौजूद हैं। उसने अपनी बात मसालेदार बनाते हुए कही। ऐसी बातें, जो सिर्फ काल्पनिक थीं। 'ओह, वह मेरा फोन नहीं उठाता था। पर वह समय पर काम पूरा किया करता था। दमन के साथ काम करने का मजा ही कुछ और था।…मुझे याद है, एक बार…।' पहले पंद्रह मिनट दमन नर्वस दिखाई दे रहा था और वह भीड़ में जाने-पहचाने चेहरों को तलाश रहा था। उसने उस समय राहत की साँस ली, जब दर्शकों की भीड़ में उसने अवनि को मुसकराते हुए देखा। वह अकेली ही थी।

दमन फर्जी तरीके से इस बात पर मुसकराया कि जयंती के रूप में उसे एक काबिल मार्गदर्शक मिला और वह उसके प्रति आभारी है। अवनि लगातार उसका ध्यान भटका रही थी। लोगों की भीड़ में वह दूर से ही चुंबन देने का इशारा कर रही थी। अन्य लोगों के विपरीत उसके हाथों में किताब की प्रति नहीं थी। 'जैसे ही मेरा प्रोजेक्ट खत्म होगा, मैं यह किताब पढ़ूँगी।' अवनि ने यह बात दमन को उस समय कही थी, जब उसने एक सप्ताह पूर्व उसे किताब भेंट की थी। वह उससे अब कभी किताब पढ़ने को नहीं कहेगा।

इस गुमनाम वन-स्टार समीक्षा के बाद भी, जिसने उसकी एक सप्ताह की नींद उड़ा दी थी—

…ए.बी.सी.…द्वारा प्रस्तुत समीक्षा—

'लेखक आत्ममुग्ध और मूर्ख व्यक्ति है। उसने अपने नाम का इस्तेमाल क्यों किया? जहाँ तक मेरे मित्रों ने मुझे बताया है कि श्रेयसी काल्पनिक चरित्र है, तो फिर लेखक को भी अपना नाम इस्तेमाल नहीं करना था! क्या लेखक पाठकों को इसे सत्य

घटना पर आधारित किताब बताकर गुमराह करना चाहता है? यह बिल्कुल भी सत्य कथा नहीं है। मेरे हिसाब से, लेखक का यह चतुराई भरा कदम है और मुझे उसकी गर्लफ्रैंड के लिए भी अफसोस है। उसके साथ यह कितना अन्यायपूर्ण है! मैं इस किताब को एक स्टार से अधिक प्रदान नहीं करूँगा। यह एक कमाल की कहानी हो सकती थी, लेकिन यह सिद्धांतत: एक गलत कहानी है।'

दमन ने जब पहली बार इस समीक्षा को पढ़ा था तो वह गुस्से से भर गया था। यह पाठक जानता ही क्या है कि एक किताब किस तरह से पूरी हो पाती है! मूर्ख कहीं का! साला अपना नाम तक नहीं लिख सकता…साला ए.बी.सी.…। यदि वह इस यूजर नाम 'ए.बी.सी.' को क्लिक नहीं करता तो वह सिर्फ यही समीक्षा पढ़कर रह गया होता। इस यूजर ने दो और समीक्षा लिखी थीं—पैनासोनिक माइक्रोवेव और आई फोन 6 एस के चार्जर पर। अवनि ने पिछले माह ये दोनों वस्तुएँ क्रय की थीं। माइक्रोवेव खरीदने में दमन ने उसकी मदद की थी। ए.बी.सी. क्या अवनि थी? यहाँ तक कि दमन भी उसके विरोध में नहीं उतरा। 'मुझे उसकी गर्लफ्रैंड के लिए भी अफसोस है। उसके साथ यह कितना अन्यायपूर्ण है!' यह किसी किताब की समीक्षा नहीं है। यह अवनि ही बोल रही थी।

कुछ देर बाद दमन से पुस्तक का एक अंश पढ़ने के लिए कहा गया। पाठकों ने उस पैराग्राफ अंश का चुनाव किया था। यह वह अंश था, जिसमें दमन श्रेयसी के प्रति अपने प्रेम को अभिव्यक्त करता है। इस अंश को बुरी तरह संपादित किया गया था; बल्कि एक तरह से यह पूरा ही जयंती द्वारा लिखा गया था।

"मैं किताब पढ़ने में अनाड़ी हूँ। अत: आप लोग कृपया मुझे बरदाश्त करें तो मैं पढ़ता हूँ—

"मैंने कभी नहीं सोचा था कि मैं प्यार में पड़ जाऊँगा। मुझे शायद इस बात का भय था कि शायद मुझे बदले में प्यार न मिले। श्रेयसी, तुमने सब बदल दिया। क्या मैं डरा हुआ हूँ? हाँ, मैं डरा हुआ हूँ। क्या मैं तुम्हारे लायक हूँ? निस्संदेह नहीं। लेकिन सच यह है कि तुम उस समय मेरे जीवन में आईं, जब सबकुछ बिगड़ा हुआ था और तुमने मुझे असफलताओं को पीछे छोड़कर आगे देखना सिखाया। यह बात मैं जीवन भर नहीं भूल सकता। भले ही तुम मुझे छोड़कर जा सकती हो। इससे मेरे जीवन में एक खालीपन आ जाएगा। पर मैं तुम्हें रोक नहीं सकता। तुम भले ही मेरे जीवन से चली जाओ, पर तुम हमेशा मेरे जीवन का अभिन्न अंग रहोगी, मेरे जीवन का सबसे महत्त्वपूर्ण अंग। क्या यह कठिन होगा? केवल तभी, जब मरना कठिन हो। तुम्हारे बिना जीवन का एक दिन गुजारने के विचार मात्र से मेरी रूह काँप उठती है। तुम्हारे बिना जीवन गुजारना मृत्यु से भी बदतर है; पर मैं इसके लिए तैयार हूँ और अब मैं पूरी तरह से तुम्हारे प्रेम की गिरफ्त में हूँ। यहाँ से वापसी संभव नहीं है। मैं तुम्हें हमेशा प्यार करता रहूँगा।…"

दमन पेज के अंत तक पढ़ता रहा, हालाँकि वह कुछ घटिया पंक्तियों को छोड़ना चाहता था। दर्शकों ने तालियाँ बजाईं। दमन मुसकराने लगता है। अवनि ने सबसे देर तक ताली बजाई; पर उसकी आँखों से सच्चाई बयाँ हो रही थी। वह श्रेयसी से नफरत करती थी।

"बहुत बढ़िया!" जयंती ने कहा।

दर्शकों की भीड़ ने उसकी बात का समर्थन किया।

"अब हम दर्शकों के प्रश्नों को सुनेंगे।"

दमन ने उस शाम का पूरा आनंद उठाया और वह आश्चर्यचकित था कि वह पहले ऐसे कार्यक्रम के आयोजन के विरोध में क्यों था? दर्शकों के प्रश्न अपेक्षित ही थे। ऐसा कोई प्रश्न नहीं था, जिसकी अपेक्षा उसे न हो। कुछ लोगों ने यह प्रश्न भी किया कि श्रेयसी के चरित्र में इतना परिवर्तन कैसे हो गया? इसका उत्तर दमन की जगह जयंती ने दिया और बताया कि किताब को सफल बनाने के लिए ऐसे परिवर्तन आवश्यक थे। कुछ लोगों को छोड़कर शेष सभी लोगों को नई श्रेयसी पसंद आई थी।

एक लड़की, जो काफी देर से यह सब सुन रही थी, उठ खड़ी हुई और बोली, "मुख्य पात्र का नाम दमन क्यों है? ऐसा क्या इसलिए है कि आप अपने नाम को पसंद करते हैं? या ऐसा इसलिए है, क्योंकि यह चरित्र आप पर आधारित है? क्या यह कहानी वास्तविक है? वैसे, मुझे यह किताब पसंद आई।"

"तुम्हारे प्रश्न के लिए धन्यवाद।" दमन ने कहा, "यह कहानी कल्पना और वास्तविकता का मिश्रण है। जब मैंने किताब लिखनी शुरू की थी तो उन गुणों को उस चरित्र में ढाला, जो मेरे अंदर विद्यमान थे। इसलिए मैंने मुख्य पात्र का नाम 'दमन' रखा है। इससे लेखन की प्रक्रिया आसान हो गई। मैंने कभी अपना नाम नहीं बदला। इसके अलावा, इस बात से कोई फर्क नहीं पड़ता कि कहानी वास्तविक है या नहीं। यदि यह कहानी तुम्हें कुछ सोचने के लिए विवश करती है तो यह तुम्हारे लिए वास्तविक है। जहाँ तक मेरी बात है, तो कहानी मेरे मन में जन्म लेती है तो वह मेरे लिए भी वास्तविक है। मैं पात्रों और उनकी परिस्थितियों की कल्पना कर सकता हूँ, और मुझे ऐसा महसूस होता है कि जब यह घटित हो रहा था, तब मैं वहीं मौजूद था। इस प्रश्न के लिए तुम्हें धन्यवाद।"

लड़की ने सहमति में सिर हिलाया और बैठ गई।

"हम बस, अब सिर्फ एक प्रश्न और लेंगे।" जयंती ने कहा, "और इसके बाद लेखक किताबों पर हस्ताक्षर करेंगे। जो लोग किताब पर हस्ताक्षर लेना चाहते हों, वे बाईं ओर पंक्ति बनाकर खड़े हो जाएँ। जब तक सभी किताबों पर हस्ताक्षर नहीं हो जाएँगे, दमन यहीं मौजूद रहेंगे। धन्यवाद।"

दमन ने अवनि की ओर इशारा किया और वहाँ मौजूद दर्शकों की भीड़ किताब पर

हस्ताक्षर कराने के लिए मंच पर आना शुरू हो गई। लोग हस्ताक्षर लेने के लिए धक्का-मुक्की करने लगे। अवनि दो अति उत्साहित पाठकों के बीच फँस गई थी।

दमन बोला, "जयंती, अवनि को बैक ऑफिस ले जाओ।"

"तुम यहाँ ठीक रहोगे?"

"जयंती, यहाँ किताबों पर हस्ताक्षर ही तो लिये जा रहे हैं। यहाँ क्या गलत होगा?"

अंतिम प्रश्न के लिए माइक को अंत से दूसरी पंक्ति में बैठी एक लड़की तक पहुँचा दिया गया। दमन ने पहले भी उसकी तरफ ध्यान दिया था। लगभग पूरे समय उसका ध्यान दमन से ज्यादा फोन की ओर था। दमन को आश्चर्य था कि क्या वह अपनी किसी मित्र के साथ आई है?

"हाय, दमन!"

"हाय!"

"मैं समझ नहीं पा रही हूँ कि क्या मुझे आपसे वह प्रश्न पूछना भी चाहिए या नहीं, जो मेरे मन में है।" लड़की ने कहा। उसकी आवाज का ठंडापन और क्षोभ स्वत: स्पष्ट था। वह खाली कुरसियों के बीच अब एकदम अकेले बैठी थी। वह जानी-पहचानी लग रही थी। वह सोचने लगा कि उसे कहाँ देखा है? 'आशी, रेया, श्रेयसी।'··· दमन अपनी कुरसी पर बैठा छटपटा रहा था।

उसकी असहजता देखते हुए लड़की ने पूछा, "क्या मैं···"

अपने आप को सँभालते हुए दमन बोला, "तुम जो चाहे, वह पूछ सकती हो।"

"दमन, क्या तुम कायर हो?" अपने एक पैर को दूसरे पैर के ऊपर रखते हुए उसने पूछा। बुक स्टोर में लगी हुई लाइटों के कारण उसकी चमड़े की पैंट चमकने लगी थी। बुक स्टोर में दबी जुबान में कानाफूसी होने लगी। सबकी आँखें उसकी ओर घूम गई थीं।

"तुमने किताब के चरित्र को इसलिए बदल दिया, क्योंकि तुम एक 'पहचान योग्य' कहानी सुनाकर ज्यादा किताब बेचना चाहते थे, है न?" उसने 'पहचान योग्य' पर विशेष जोर दिया।

"तुमने एक ऐसी किताब लिखी है, जिस पर तुम्हें खुद ही यकीन नहीं है। तो तुम फिर लेखक ही कैसे हुए?" उसने पूछा, "मुझे सिर्फ घूरो मत, मेरे प्रश्नों का उत्तर दो।"

दमन ने उत्तर दिया, "मैंने उपन्यास की बेहतरी के लिए चरित्र में परिवर्तन किए। मुझे लगा कि अर्धविक्षिप्त, पागल, मनोरोगी, अवसादग्रस्त श्रेयसी में वह बात नहीं थी, जो ज्यादा संख्या में लोगों के मन में रुचि पैदा कर पाती। मैं लेखन में हवाबाजी नहीं चाहता। मैं चाहता हूँ कि लोग मेरी किताब को पढ़ें, पसंद करें और उसकी खूब बिक्री

हो; क्योंकि सिर्फ इसी से मैं अपना पसंदीदा काम; यानी लेखन, जारी रख सकता हूँ और आप मानें या न मानें, पैसा कमाना आपकी आवश्यकता है और लेखन से ज्यादा कमाई नहीं होती।"

वहाँ मौजूद भीड़ मंद-मंद मुसकराने लगी।

"तो क्या तुम···"

राम प्रकाश ने उसे रोकते हुए कहा, "मैडम, यह आखिरी प्रश्न था।"

लड़की ने असहमति व्यक्त करते हुए अपना सिर हिलाया—"मेरा विनम्र अनुरोध है कि दमन अब भी मेरे प्रति प्रश्न का उत्तर देना चाहते हैं, क्योंकि उन्होंने अब तक अपना माइक्रोफोन नहीं उतारा है। वह इस किताब से जुड़े सभी लोगों के प्रति उत्तरदायी हैं और ईश्वर जानता है कि मैं इस किताब से जुड़ी हुई हूँ।" जिस अधिकारपूर्ण भाषा में उस लड़की ने यह बात कही, उसने सभी लोगों को आश्चर्यचकित कर दिया। लड़की ने दोबारा बोलना शुरू किया। उसका धमकी भरा स्वर पूरे बुक स्टोर में गूँज रहा था। भले ही वह तेज नहीं बोल रही थी, लेकिन फिर भी उसकी आवाज दमन के कानों से उसके पेट तक पहुँच रही थी, जिससे वह नर्वस हो रहा था। लड़की ने बोलना जारी रखा—"मेरा दूसरा प्रश्न यह है कि उस लड़की का क्या हुआ, जो कि इस किताब को लिखने की प्रेरणास्रोत थी? वह क्या सोचेगी कि तुमने सिर्फ पैसों के लिए उसके साथ ऐसा किया?"

"कोई प्रेरणास्रोत नहीं थी और अगर थी भी तो उसे खुश होना चाहिए कि मैंने उसके नाम का इस्तेमाल किया।" दमन ने उत्तर दिया।

भीड़ फिर मुसकराई।

"खुश! अगर तुम उसका नाम इस्तेमाल न करते तो वह कहीं ज्यादा खुश होती! तुमने उससे जुड़ी हर चीज को बदलकर उसका अपमान क्यों किया? तुम्हारी हिम्मत कैसे हुई ऐसा करने की? मेरी तरफ चेहरा लटकाए हुए मत देखो। अपना मुँह खोलो और मुझे उत्तर दो। तुम पागल नहीं तो और क्या हो?"

उसकी आवाज दीवारों से टकराकर गूँज रही थी। पूरे कक्ष में सन्नाटा पसर गया। उसने अपन पास रखी कुरसी पर माइक्रोफोन उतारकर रख दिया और शांतचित्त से दमन की ओर देखा।

"तुम्हारी परिकल्पना गलत है। पहलेवाली श्रेयसी और इस उपन्यास में दिखाई गई श्रेयसी दोनों ही काल्पनिक हैं। अतः कोई प्रश्न ही नहीं उठता।"

लडकी खड़ी हो गई और उसने अपनी बात अधूरी ही छोड़ दी। एक अजीब सा सन्नाटा पसर गया। सभी लोगों को सँभलने में थोड़ा वक्त लगा। पाठक चार और पाँच लोगों के समूह में दमन से अपनी किताबों पर ऑटोग्राफ लेते रहे। वे उससे प्रश्न पूछते, फोटो और सेल्फी इत्यादि लेते रहे तथा समय निकालने के लिए दमन को धन्यवाद दे रहे

थे। कमरे की हवाओं में उस लड़की की उपस्थिति अब भी दुर्गंध की तरह बनी हुई थी।

हस्ताक्षर इत्यादि कार्य संपन्न हो जाने के बाद दमन राम प्रकाश के पीछे-पीछे चलता हुआ बैक ऑफिस पहुँचा। उस लड़की के दुर्व्यवहार के लिए राम प्रकाश ने खेद व्यक्त किया। उसने बताया कि वह लड़की एक नियमित ग्राहक है, इसलिए वह उससे और ज्यादा नहीं बोल सका।

"अरे, इसमें आपकी कोई गलती नहीं थी।" दमन ने कहा।

जैसे ही दमन ने बैक ऑफिस में प्रवेश किया, अवनि उसके गले लग गई। "कार्यक्रम बहुत अच्छा रहा।" कहते हुए उसने दमन के गालों को चूम लिया। दमन ने भी उसे चूमा।

"तुम ठीक तो हो?" दमन ने पूछा।

"हाँ। मुझे क्या होगा?" अवनि ने आश्चर्य से पूछा।

राम प्रकाश, जयंती और दमन बैक ऑफिस में कॉफी पीते हुए कार्यक्रम पर चर्चा करने लगे। किसी ने उस अभद्र लड़की का जिक्र नहीं किया।

"तो तुम्हारी अगली किताब कब आ रही है?" राम प्रकाश ने पूछा।

"तुम्हें जल्दी करनी चाहिए। लोगों की स्मृति ज्यादा लंबी नहीं होती।"

"देखा! यही बात तो मैं इनसे कह रही हूँ।" किसी चिंतित अभिभावक की तरह जयंती ने कहा।

जल्द ही बातचीत कार्तिक अय्यर—जो कि दमन की निगाह में भारत का जस्टिन बीबर था—के आगामी उपन्यास की ओर घूम गई। वह उपन्यास कुछ ही महीनों में आने वाला था। उसके और उसकी गर्लफ्रेंड वर्निका के बीच एक और बेस्वाद प्रेम कहानी!

"क्या उसने किताब पूरी कर ली है? वह बहुत अच्छा लेखक है। मेरे ग्राहक उसे बहुत याद करते हैं। कुछ ग्राहक तो उसकी कई प्रतियाँ खरीद लेते हैं। वे उसके पीछे पागल हैं।" राम प्रकाश ने कहा।

जयंती ने राम प्रकाश को बताया कि कार्तिक ने अब तक किताब पूरी नहीं की है।

राम प्रकाश ने कहा, "हमें उसकी किताब का बेसब्री से इंतजार है। अगर यह पिछली किताब की तरह सफल रही तो हमारे पास पैसा कमाने का अच्छा मौका होगा।"

दमन ने उनसे वॉशरूम जाने के लिए अनुमति माँगी। वह दरअसल उलटी करना चाह रहा था। कार्तिक की आनेवाली किताब के बारे में हो रही चर्चा से उसका जी मिचलाने लगा था। वह बेसब्री से सिगरेट पीना चाह रहा था। वह श्रेयसी को भी तलाश रहा था।

□

16

दमन ने अपना चेहरा धोया। उसे पता नहीं था कि लोकार्पण कार्यक्रम इतना थकानेवाला हो सकता है; लेकिन ज्यादातर समय वह श्रेयसी वाले मामले से निपटने के तरीकों के बारे में ही सोचता रहा। वह अपने हाथ सुखा ही रहा था, तभी उसने किसी को धीरे से हँसते और बोलते हुए सुना, "ठहरो, ठहरो। यहाँ नहीं। ठहरो।"

वह मुड़ता है। आवाज स्टॉल के अंदर से आ रही थी। अगले ही पल एक जोड़ा दिखाई देता है।

उसके बगल में हाथ सुखाता हुआ शख्स मुसकराते हुए बोला, "हे, इस बात के लिए मुझे माफ कर देना।"

"शायद यह कोई मजाक था।"

"मेरी पत्नी तुम्हारी बड़ी फैन है।" उस व्यक्ति ने दमन को कुहनी मारते हुए कहा।

दमन ने उस व्यक्ति के कंधे के पीछे देखने की कोशिश की। लड़की स्टॉल के अंदर ओझल हो गई।

"अरे वाह!"

वह मुड़ा ही था कि वह व्यक्ति फिर से बोला, "अरे, दमन?"

दमन उसकी ओर मुड़ा।

"मैंने तुम्हारी कोई भी किताब या लेख नहीं पढ़ा है, पर मेरी पत्नी ने सब पढ़ रखा है। पर उसे आने में देर हो गई, जिससे वह अपनी किताब पर तुम्हारे हस्ताक्षर नहीं ले सकी। अगर तुम्हें एतराज न हो तो…"

"अरे नहीं, इसमें एतराज की क्या बात है?" दमन ने कहा।

"वह आने ही वाली है।" उस व्यक्ति ने कहा।

वे कुछ देर तक वहाँ खड़े होकर उस व्यक्ति की पत्नी के आने का इंतजार करते रहे। वॉशरूम की हलकी रोशनी में भी दमन को उस महिला को पहचानने में कोई दिक्कत नहीं हुई। 'उसकी शादी हो गई है।'

"श्रेयसी, देखो, मैंने किसको रोककर रखा है!" उस व्यक्ति ने अपनी पत्नी से कहा।

लड़की ने अचंभे से अपने मुँह पर हाथ रख लिया। उसकी आँखें आश्चर्य से चौड़ी हो गई थीं।

"ओह माय गॉड!" लड़की के मुँह से निकला।

उस व्यक्ति ने दमन से कहा, "शायद मैंने तुम्हें नहीं बताया। यह तुमसे प्यार करती है। तुम्हारी किताब हमेशा इसकी साइड टेबल पर होती है। किसी की हिम्मत नहीं है कि किताब वहाँ से हटा ले। यह रोज पढ़ती है।" उस व्यक्ति ने अपनी पत्नी के गालों को चूमते हुए कहा।

उसकी पत्नी श्रेयसी दमन को देखकर मुसकरा रही थी।

"तो अब अपनी किताब पर हस्ताक्षर ले लो। बाद में मत कहना कि तुम किताब पर हस्ताक्षर नहीं ले पाईं!" उस व्यक्ति ने अपनी पत्नी को आगे करते हुए कहा।

"मेरा नाम आकाश है।" कहते हुए उसने दमन से हाथ मिलाया। "तुम्हारे हाथ तो बहुत ठंडे हैं।" वह बोला।

दमन मुसकरा दिया।

श्रेयसी ने फूहड़ ढंग से अपने बैग से किताब और कागज का बंडल निकाला। "क्या तुम इन सब पर हस्ताक्षर कर सकते हो?"

दमन ने बोलने की कोशिश की, पर उसके मुँह से शब्द ही नहीं फूटे। उसने सिर हिलाया। "यह भी ड्रामेबाजी है। यह आदमी इसका पति नहीं है। यह उसकी एक और चाल है। वह दूसरी भूमिका में है। यदि यही श्रेयसी है तो मेरे मन में कोई भाव क्यों नहीं आ रहे हैं? 'तुम वापस ही क्यों लौटीं?'

दमन बोला, "सुनो।"

श्रेयसी ने पेजों और किताब को वॉशरूम के पटल पर रख दिया और दमन को एक पेन देते हुए कहा, "इन पर हस्ताक्षर करो।" एक प्रशंसक की विनम्रता उसकी आवाज से नदारद थी। उसकी आँखों का ठंडापन सुस्पष्ट था, "क्या तुम हर पेज पर हस्ताक्षर कर सकते हो? मेरे लिए ये बहुमूल्य हैं।"

आकाश ने धीरे से अपनी पत्नी से कहा, "तुम इनसे वॉशरूम में हस्ताक्षर करने को कह रही हो? कम-से-कम बाहर तो आ जाने दो!" उस व्यक्ति ने अपने हाथ किसी मित्र की तरह दमन के कंधों पर रखे और उसे बाहर की ओर ले चला। अपने हाथ में पेज और किताबों को थामे श्रेयसी उनके पीछे थी। कैशियर की मेज की ओर इशारा करते हुए आकाश ने श्रेयसी से कहा, "यहाँ रख दो।"

उसने कैशियर की ओर देखते हुए कहा, "हमें बस, कुछ कागजों पर हस्ताक्षर लेने हैं।"

कैशियर बोला, "अरे, जरूर। मैडम, आप कैसी हैं?"

"मैं ठीक हूँ, और तुम?"

"अब आप यहाँ ज्यादा नहीं आतीं?" कैशियर ने पूछा।

"इस बीच मैं थोड़ा व्यस्त रही।" श्रेयसी ने कहा।

जिस समय श्रेयसी और कैशियर बातचीत में मशगूल थे, आकाश ने दमन को बताया कि किस तरह श्रेयसी प्रायः उसे बुक स्टोर और ब्रिटिश काउंसिल लाइब्रेरी जबरदस्ती ले आती है। "वह यहाँ सबको जानती है।" आकाश बोला। कहते हुए वह मंद-मंद मुसकरा रहा था। "अरे, मैं मजाक कर रहा हूँ। मैं मैरीन इंजीनियर हूँ। और धरती पर मुझे जो थोड़ा-बहुत समय मिलता है, उसमें श्रेयसी मुझे इन किताबों की दुकानों पर ले आती है, हालाँकि इसमें कोई बुराई नहीं है।"

दमन उसकी बात पर ज्यादा ध्यान नहीं दे रहा था। वह उसके पीछे देखने की कोशिश कर रहा था। कैशियर के साथ बुक स्टोर का एक सहायक भी उनकी बातचीत में शामिल हो गया। वे ऐसे बात कर रहे थे, जैसे उनकी लंबे समय से जान-पहचान हो। कुछ देर बाद उसने आकाश को बुक स्टोर के कर्मचारी से मिलवाया। दमन ने कागजों पर हस्ताक्षर करने शुरू कर दिए। वह श्रेयसी से अपनी नजदीकी को लेकर अधिक सतर्क था। उन कागजों पर उसकी फेसबुक पोस्टों के प्रिंट थे।

"तुम्हारा काम हो गया?" आकाश ने पूछा।

"नहीं।" श्रेयसी ने कहा, "बस, ये बकवास किताब हस्ताक्षर लेने के लिए शेष है; पर मैं इस पर हस्ताक्षर कराना नहीं चाहती। मैं तभी हस्ताक्षर कराऊँगी, जब दमन या तो इसे फिर से लिखें या अपनी अगली किताब सही तरह से लिखें।"

आकाश ने नाराजगी व्यक्त की, "किसी से बात करने का यह कोई तरीका नहीं है।"

तभी राम प्रकाश दमन को ढूँढ़ते हुए वहाँ आ पहुँचा, "ओह! तुम यहाँ किताबों पर हस्ताक्षर कर रहे हो, हम लोग तुम्हारा अंदर इंतजार कर रहे हैं।" तभी राम प्रकाश का ध्यान श्रेयसी की ओर गया। उन्होंने मुसकराते हुए हाथ मिलाया, "बेटा, बुक लॉन्च के समय जो तुमने किया, वह ठीक नहीं था। यह एक नए लेखक हैं। इन पर सवालों की इतनी बौछार क्यों?"

"आई एम सॉरी, अंकल।" वह बोली।

"मैंने तुम्हें कई दिनों से नहीं देखा। उम्मीद करता हूँ कि तुम इ-बुक नहीं खरीद रही होगी, हैं न?"

"अरे, नहीं अंकल, कभी नहीं।" श्रेयसी ने कहा, "और आपके लेखक को व्यस्त करा देने के लिए भी मुझे माफ करें। मैं बस, इनसे कुछ कागजों पर हस्ताक्षर ले रही थी।"

राम प्रकाश ने दमन की ओर देखते हुए कहा, "मैंने कहा था न कि यह हमारी सबसे नियमित ग्राहकों में से एक हैं। तभी मैं इन्हें वहाँ चुप नहीं करा सका था। यह तुम्हारी किताब को लेकर बहुत उत्तेजित थीं; लेकिन मुझे नहीं लगता कि इन्हें तुम्हारी किताब पसंद आई।" उसने श्रेयसी की तरफ देखते हुए कहा, "मैंने इनसे जल्द ही दूसरी किताब लिखने को कहा है।"

"मुझे आशा है कि यह दोबारा ऐसी गलती नहीं करेंगे।" श्रेयसी ने दमन की ओर देखकर कहा, "मुझे इंतजार रहेगा। देखना, कहीं पहली किताब जैसी न हो···! खैर, मैं आपका ज्यादा समय नहीं लूँगी। क्या मैं जाने के पहले एक बार आपको गले लगा सकती हूँ?" इसके पूर्व कि दमन कुछ कह पाता, वह आगे बढ़ गई। उसे गले लगाते हुए उसने कान में कहा, "शुभकामनाएँ, बेबी! मुझे आशा है कि मैं जो चाहती हूँ, वह तुम मुझे जरूर दोगे।"

"मैं? क्या तुम मुझे चाहती हो?" दमन ने श्रेयसी के कान में कहा।

उसने भी धीरे से उत्तर दिया, "मैं जब चाहूँ, तुम्हें पा सकती हूँ, दमन। तुम्हें पाना कोई कठिन काम नहीं है। मैं सिर्फ हमारी प्रेम-कहानी वापस पाना चाहती हूँ, यह कचरा नहीं, जो तुमने किताब में फैलाया है। मैं अपनी प्रेम-कहानी के लिए ही जिंदा हूँ।" दमन से थोड़ा दूर हटते हुए वह मुसकराती है।

आकाश कहता है, "अब खुश?"

"हाँ।"

आकाश दमन को धन्यवाद कहते हुए अपनी पत्नी श्रेयसी के साथ चला गया। राम प्रकाश और दमन बैक ऑफिस में लौट आए।

"क्या आप पहले कभी उसके पति से मिले हैं?" दमन ने पूछा।

"हाँ, एकाध बार मिला हूँ। मैं उनके रिसेप्शन में भी गया था। वह एक अच्छा और सभ्य आदमी है। उसके माता-पिता को कई दिन तक उसकी शादी की चिंता थी। लोग कहते हैं कि उसका कोई ब्वॉयफ्रैंड था, जो अस्पताल में भरती था। यहाँ तक कि सगाई होने के कई दिनों बाद तक वह उसके ठीक होने का इंतजार करती रही थी। वे बेहतरीन दंपती हैं। भगवान् उन्हें खुश रखे।"

□

17

"तो तुम कहाँ जाना चाहती हो?"

"समर हाउस कैफे को छोड़कर कहीं भी।" दमन की पसंदीदा जगह को दरकिनार करते हुए अवनि बोली। "मैंने सुना है कि बैक ऑफिस से जाने के बाद तुम्हें किसी लड़की ने रोक लिया था, सेलेब्रेटी? हैं!" दमन को कुहनी मारते हुए उसने कहा, "क्या वह सेक्सी थी? क्या उसने तुमसे अपने वक्षस्थलों पर हस्ताक्षर देने को कहा?"

"वह अपने पति के साथ थी।" दमन ने स्पष्ट किया। वह मजाक-मजाक में अवनि को श्रेयसी के बारे में बताना चाह रहा था। वह उसके वापस आने के बारे में बताना चाह रहा था; किंतु उसे डर था कि यह बात उसके परिवार और सुमित तक पहुँच जाएगी और बेवजह हंगामा खड़ा हो जाएगा। उसने थोड़ा और इंतजार करने का निर्णय लिया। पहले वह उसके साथ बात करना, बैठना और मिलना चाह रहा था, ताकि वह पता लगा सके कि असली माजरा क्या है?

तीस मिनट बाद दमन और अवनि हौजखास विलेज के पार्किंग एरिया में प्लास्टिक टंबलरों में गरम वोदका और कोक पी रहे थे। तब तक दमन ने सिर्फ एक पैग पिया था। उसे गाड़ी भी चलानी है, उसने कहा और अवनि के साथ ही पुस्तक के लोकार्पण की तसवीरें देखीं।

थोड़ी देर के बाद अवनि ने कहा, "मैंने अपनी माँ को तुम्हारी किताब दी है।"

"इससे उन्हें मेरे प्रति प्यार नहीं उमड़ेगा।"

"कौन जाने।"

दमन ने अपनी आँखें घुमाईं।

"अपना मूड मत खराब करो, आज तुम्हारा दिन है।" अवनि ने कहा।

"ठीक है। तुम अपने बारे में बताओ। कैसा रहा तुम्हारा दिन? तुमने कितने पैसे कमाए?"

'तुमने कितने पैसे कमाए?' यह प्रश्न दमन उससे हमेशा पूछता था। अवनि ने झूठ बोल दिया और उसे अपनी कंपनी द्वारा किए जा रहे विलय की कहानी सुना दी। सच

बात यह थी कि अवनि बारक्ले कंपनी के एक सीनियर एक्जीक्यूटिव के साथ दोपहर के खाने पर गई थी। बारक्ले का वह एक्जीक्यूटिव उसे अपनी कंपनी में भरती करना चाहता था। उसके लिए यह बड़ी तरक्की साबित होने वाली थी। इससे वह कई साल आगे हो जाएगी। दमन की कार के बोनट पर बैठे हुए उसने दमन को इस बारे में अभी कुछ भी न बताने का निर्णय लिया। काफी समय के बाद उसके जीवन में अच्छी खबर आई थी।

"क्या मैं जल्द ही तुम्हारे माता-पिता से मिलने जा रही हूँ?" उसने पूछा।

"हाँ।" दमन ने कहा, "मैं अगले अनुबंध पर हस्ताक्षर कर लूँ। उन्हें मेरी चिंता रहती है। पहले मैं अपने जीवन-यापन की ठीक-ठाक व्यवस्था कर लूँ, उसके बाद हम दोनों के लिए बात करूँगा। पिछले दो माह बड़े भारी रहे हैं। मेरे पास पैसों की कुछ कमी भी है।"

"क्या तुमने अपने क्रेडिट कार्ड का भुगतान कर दिया? क्या मैं भुगतान कर दूँ?"

"मैं इस हफ्ते कर दूँगा। मेरे कुछ लेखों से चेक प्राप्त होने वाले हैं। मैंने उन्हें कैश नहीं कराया है, पर वह ठीक-ठाक राशि होगी। अगले तीन माह का खर्च निकल जाएगा।" वे दोनों कार में बैठकर बात करने लगे, तभी उसकी कार की खिड़की पर दस्तक हुई। वे घबरा गए। खिड़की पर दिल्ली पुलिस के दो हवलदार खड़े थे।

"बाहर आ जा बे, लड़के।" उनमें से एक ने कहा।

दमन ने अवनि को कार में ही रुकने को कहा और खुद बाहर आ गया। हवलदार दमन को एक कोने में ले गए और उस पर सार्वजनिक स्थान पर अश्लीलता फैलाने का आरोप लगाकर जेल में बंद करने की धमकी देने लगे। पर जल्द ही वे पैसों के लेन-देन के बारे में बात करने लगे और दमन ने अपना पर्स बाहर निकाल लिया। उसने उन्हें अपने पास मौजूद 1,500 रुपए देने का प्रस्ताव दिया। परंतु हवलदार और अधिक धन चाहते थे। अवनि लाचारी से उसे देख रही थी, क्योंकि दमन ने उनसे ठीक तरह से लेन-देन की बातचीत नहीं की थी। वे कार के पास वापस आए। अवनि से खिड़की का काँच नीचे करने को कहा गया। अवनि ने भी उन्हें 1,500 रुपए दिए और उनसे पीछा छूटा।

अवनि के घर की ओर वापस जाते समय दमन ने सिर्फ एक ही वाक्य बोला, "तुम्हें उन्हें अपनी ओर से कुछ भी देने की जरूरत नहीं थी। मैं थाने जाकर मामला निपटा लेता।"

उसने अवनि को उसके घर छोड़ा और अपने घर की ओर लौटा। अपनी मंजिल पर पहुँचने के बाद उसने गलियारे की लाइट जलाई और अपनी जेब में चाबी तलाशने लगा। "धत तेरे की!" उसने पाया कि ताला बदल गया था। दमन के मकान मालिक शर्माजी अपार्टमेंट के दूसरे छोर पर छठी मंजिल पर रहते थे। जब दमन ने दिल थामकर अपने मकान मालिक का दरवाजा खटखटाया, उस वक्त रात के 11 बज रहे थे।

"हाँ।" कहते हुए मकान मालिक ने दरवाजा खोला।

"ताला बदल गया है। मुझे चाबी चाहिए। अंकल, आज दिन भर मैं बहुत व्यस्त रहा।"

"बेटा, तुम्हारा चेक फिर बाउंस हो गया। पहले मुझे अपना किराया और जैसा कि तुमने वादा किया था, पोस्ट डेटेड चेक चाहिए। मैं तुम्हारे पिताजी से बात कर सकता हूँ।…"

"कल। पक्का कल दे दूँगा। अंकल, अभी काफी देर हो चुकी है। क्या आप मुझे अभी चाबी नहीं देंगे?"

"देखो बेटा, तुमने कहा था कि मैं तुम्हारे माता-पिता से पैसों के बारे में बात न करूँ और मैंने इसका ध्यान रखा है; लेकिन तुम्हें किराया समय पर देना होगा।" मकान मालिक ने कहा, उसने दरवाजे के पास टँगी चाबियों के गुच्छे से एक चाबी निकालकर दमन को दे दी। "अगली बार मुझे तुम्हारे माता-पिता से बात करनी पड़ेगी। मैं चेतावनी दे रहा हूँ।"

"धन्यवाद।" दमन ने कहा और वहाँ से जाने के लिए मुड़ा।

"बेटा!"

"जी, अंकल।"

"तुम अपनी पुरानी जॉब फिर से क्यों नहीं ज्वॉइन कर लेते? तुम जैसे नौजवानों के लिए लेखन का कार्य ठीक नहीं है।"

"हुँह! मैं इस बारे में सोचूँगा।" दमन ने कहा और सीढ़ियों से उतरने लगा। वह पहले से अधिक गुस्से में थे। कमरे में पहुँचते ही उसने जयंती का नंबर डायल किया, अगर इज्जत बनाए रखने के लिए किताब लिखना जरूरी है तो यही सही। हर कोई पैसे के लिए काम करता है, तो मैं क्यों नहीं? लेकिन जैसे ही उसने जयंती का नंबर डायल किया, श्रेयसी की अनकही धमकी उसके कानों में गूँजने लगी।

'आशा करती हूँ कि ऐसी गलती तुम दोबारा नहीं करोगे।…मुझे इंतजार रहेगा। देखना, यह पहली किताब जैसी न हो!…'

□

18

जिस समय जयंती का फोन बजा, उस समय वह अपने बिस्तर पर लेटी हुई आई पैड पर कुछ पढ़ रही थी। बिस्तर के किनारे रखा लैंप चालू था। वह अपने इ-मेल्स चेक कर चुकी थी। आज का दिन जयंती के लिए अच्छा रहा था। दमन का पुस्तक लोकार्पण उसकी उम्मीद से ज्यादा अच्छा रहा था; हालाँकि उसने अब तक दूसरी किताब के लिए हामी नहीं भरी थी, लेकिन उसे यकीन था कि वह जल्द ही मान जाएगा। बेवकूफी भरा आदर्शवाद प्रायः खाली बैंक अकाउंट की वजह बनता है। कार्तिक ने अपनी अगली किताब के कुछ पेज प्रस्तुत कर दिए थे और अगर वह इसी रफ्तार को बनाए रखने में सफल रहा तो उसकी किताब के इसी साल के भीतर आने की उम्मीद थी। उसने घड़ी की ओर देखा। देर हो चुकी थी। तीन रिंग बजने के बाद उसने कॉल रिसीव की।

"कहीं मैंने आपको डिस्टर्ब तो नहीं किया?"

"अरे, नहीं। बताओ, दमन।"

"मैं बुकहाउंड के साथ अपनी अगली किताब का करार करना चाहता हूँ।"

"अरे, यह तो बहुत खुशी की बात है। बड़ी अच्छी बात है कि तुम तैयार हो गए हो। मुझे बहुत अच्छा लगा सुनकर।" उसने आई पैड एक किनारे रख दिया।

"लेकिन इस बार मुझे एडवांस रकम ज्यादा चाहिए और रॉयल्टी में 5 प्रतिशत अतिरिक्त भुगतान चाहिए। मैं आधी रकम एडवांस के रूप में तथा आधी रकम किताब की पांडुलिपि जमा करने के समय लूँगा।"

"दमन, इस बारे में मुझे अपने सीनियर्स से बात करनी होगी। तुम बहुत ज्यादा माँग रहे हो।"

"मैंने अपनी माँग सीधे-सीधे तुम्हारे सामने रख दी है। आगे जैसी तुम्हारी मरजी।"

"ठीक है। हमने तुम्हारी शर्त सुन ली, लेकिन किताब के स्वरूप पर अंतिम फैसला बुकहाउंड पब्लिशर्स के पास होगा। हम इस बारे में कोई रियायत नहीं दे सकते। ठीक है न?"

"तुम्हारे पास मेरी किताब को कचरे में बदलने के अधिकार होंगे। तुम उसे एक चुटकुले की किताब में बदल सकती हो।"

"तुम्हारे लिए क्या सर्वश्रेष्ठ होगा, हमें उसका ध्यान रखना पड़ता है।"

"तो मेरे आसपास जो लोग हैं, उन्हें मेरा ध्यान रखने की कोई जरूरत नहीं है?" दमन ने पूछा।

"एक्सक्यूज मी!"

"कुछ नहीं, जयंती। बस, जल्द तैयारी कर लो और अनुबंध तैयार करा लो। मैं जल्द-से-जल्द अपने बैंक खाते में पैसा देखना चाहता हूँ।"

जयंती को दमन का उतावलापन समझ में आ गया था। वह मुसकराई और बोली, "जरूर! मुझे खुशी है कि हमें दोबारा साथ में काम करने का अवसर मिलेगा। तुम्हारी आनेवाली किताब की कहानी किस विषय पर आधारित होगी, उसकी थोड़ी सी रूपरेखा तो बताओ, जिससे मैं अपनी संपादकीय टीम को सुना सकूँ...और मैं अनुबंध तैयार करवाती हूँ।"

"मुझे दो सप्ताह का समय दो।"

उसके तुरंत बाद उसने फोन काट दिया। उसने जैसा चाहा था, दमन ने वैसा ही किया। दमन उसका तुरुप का इक्का था। अपनी पिछली बेस्टसेलर किताब के बाद कार्तिक अय्यर अब एक सफल लेखक बन चुका था, जिसका एक बड़ा पाठक वर्ग था। पिछली किताब की अपार सफलता के कारण उसका किसी दूसरे पब्लिशर की ओर सरक जाना मुमकिन था। उसने वैसे भी यह अफवाह सुन रखी थी कि कार्तिक सिल्वर आई बुक्स और पर्पल पैन पब्लिशर्स के संपर्क में है। दमन की किताब उसकी अगली योजना का हिस्सा थी। यदि वह उसे करने दे तो जयंती उसे कार्तिक की ही तरह एक सफल लेखक बना सकती थी। उसे बस, इतना करना था कि उसे अपनी किताब इस तरह लिखनी चाहिए कि पाठकों को चरित्र व घटनाएँ वास्तविक लगें। ऐसा करके वह कार्तिक को भी पीछे छोड़ सकता था। उसकी अगली किताब के बारे में जयंती के पास कुछ विचार थे। एक विचार पिछले काफी समय से उसके मन में था; लेकिन उसने इस बारे में दमन को तब तक बताना उचित नहीं समझा, जब तक कि वह अनुबंध पर हस्ताक्षर न कर दे।

वह दोबारा पढ़ने में मशगूल हो गई। तभी उसके फोन पर बीप की आवाज हुई। टिंडर पर उसे एक मैच मिला था। उसके चेहरे पर मुसकान तैर गई। उसे लगा कि आज की रात तो उत्सव मनाने की रात है। उसने एप्प खोला। वह उस एप्प पर पिछले एक साल से थी, पर उसने अब तक सिर्फ पाँच लोगों—दो महिलाओं और तीन पुरुषों—के साथ ही डेट की थी। आधे घंटे बाद वह लाल रंग की ड्रेस और नुकीली हीलवाली सैंडिल

में स्टार बक्स, ग्रेटर कैलाश में थी। उसे अपनी पार्टनर पाजामा पहने हुए आइस टी पीते और किताब पढ़ते हुए मिली।

"हाय! तुम श्रेयसी हो?"

उसने अपनी किताब से ध्यान हटाकर जयंती की ओर देखा। "हाय!" कहते हुए उसने किताब को किनारे रखते हुए जयंती को गले लगाया।

"तुमसे मिलकर अच्छा लगा।"

"मुझे भी।" बैठते हुए जयंती ने कहा, उसे श्रेयसी सुंदर लगी।

"आप कुछ लेंगी?" लड़की ने पूछा।

"नहीं-नहीं, आज दिन में कई बार कॉफी पी ली है। तुम अपनी तसवीर की तुलना में ज्यादा जवान दिखती हो।"

"इंस्टाग्राम फिल्टर कर लोगों को बदल देता है।" वह मुसकराती है। "तो क्या ऐसा तुम अकसर करती हो? डेटिंग एप्प पर अपने प्यार को तलाशना।"

"क्या एक किशोरी मुझे परख रही है?"

"मैं तेईस साल की हूँ।"

"मैं तुमसे दस साल बड़ी हूँ।"

"फिर भी हम यहाँ हैं।"

"हाँ।" जयंती ने कहा।

"और तुम ड्रेस और हील में हो।" श्रेयसी ने कहा।

"मुझे ठीक से सजना-सँवरना अच्छा लगता है।"

"तुम्हारी ड्रेस बड़ी हॉट है।" श्रेयसी ने अपने होंठ दबाते हुए कहा।

जयंती को अच्छा लगता है। वह सोच रही थी कि क्या उसका अपार्टमेंट उसे घर पर ले जाने योग्य साफ है! "धन्यवाद। मैं भी तुम्हारे पाजामे के बारे में कुछ कहना चाहती थी, लेकिन ये पाजामा ही तो है।"

"तुम मेरे बारे में तो कुछ कह सकती हो।" श्रेयसी ने कहा और आगे झुक गई।

"तुम बेहद आकर्षक हो, इतना ठीक है न?" जयंती मुसकराई।

"अभी इतना पर्याप्त है। क्या तुम किसी को डेट कर रही हो?"

"इससे तुम्हें क्या लेना-देना है?"

"क्या ये डेट नहीं है?" श्रेयसी ने पूछा।

"मैंने इतना आगे तक नहीं सोचा। मुझे तुम अब तक पसंद आई हो या नहीं, अभी इस बारे में मैं कोई राय नहीं बना पाई हूँ। मुझे तो यह तक नहीं मालूम कि श्रेयसी तुम्हारा असली नाम है या नहीं।"

"और मुझे कैसे पता चलेगा कि तुम्हारा नाम जयंती है भी कि नहीं?"

"तुम्हें भले ही पता न हो, पर मैं इतना तो अवश्य ही कह सकती हूँ कि मुझे किसी से मिलने के लिए अपना नाम बदलने की जरूरत नहीं है।" जयंती ने कहा, "तो तुम करती क्या हो, या तुम अभी भी पढ़ाई कर रही हो और एक डेट से दूसरी डेट के बीच झूल रही हो?"

श्रेयसी जोर से हँसती है, "तो तुम मुझे एक बेवकूफ किशोरी समझती हो?"

"मैंने तो यह भी कहा है कि तुम हॉट हो, भूलो मत।"

"अरे हाँ, यह मेरे स्वाभिमान के लिए पर्याप्त है। क्या मुझे इसे कहीं रिकॉर्ड करना चाहिए? उस समय काम आएँगे, जब मैं अकेली और दु:खी होऊँगी।" कहते हुए श्रेयसी ने आइस टी का एक घूँट भरा। "मैं एक आई.टी. कंपनी में काम करती हूँ।"

"तुम्हें अपने काम में आनंद आता है?"

"कभी-कभी। और तुम क्या करती हो?" श्रेयसी ने पूछा।

"मैं किताबों का संपादन करती हूँ।"

"अरे वाह! तो तुमने मुझे पढ़ते हुए देखा, क्या इससे नजदीकी बढ़ेगी?" लड़की ने अपने स्ट्रॉ से गिलास में बुलबुले बनाते हुए कहा, इसके पहले कि जयंती कुछ कह पाती, वह बोली, "अरे, मैं मजाक कर रही हूँ। मैं शादीशुदा हूँ।"

"अच्छा? तो फिर तुम टिंडर पर क्या कर रही हो?" जयंती ने कहा।

"मैंने यह तो नहीं कहा कि मेरी एक पत्नी है।"

जयंती शर्म से लाल हो गई। वह सोचने लगी कि उसे सेक्स किए हुए एक लंबा अरसा हो गया है। पिछली बार उसने छह साल पहले सेक्स किया था, हालाँकि वह उतना अच्छा भी नहीं था। उसके साथी को पता ही नहीं था कि किसी लड़की को कैसे संतुष्ट किया जाता है! इसलिए वह जल्दी ही उसे निपटाकर करवट बदल के सो गई थी।

"तो तुम्हारे पति शहर से बाहर गए हैं?" जयंती ने पूछा।

"नहीं-नहीं, वे अभी हाल ही में लौटे हैं। वे एक नाविक हैं—मैरीन इंजीनियर। वे अपने दोस्तों के साथ पीने गए हैं तो मैंने सोचा कि मैं भी अपनी गर्लफ्रेंड तलाश लूँ।"

वह जयंती को देखकर मुसकराई। जयंती ने पाया कि उसकी आँखें उसके पैरों पर टिकी थीं।

"तो हम मित्र हुए?" जयंती ने पूछा।

"अवश्य, यदि तुम चाहो तो!" श्रेयसी ने कहा, "लेकिन उसके लिए हमें एक-दूसरे को अच्छी तरह समझना होगा। तो मुझे बताओ कि तुमने कौन सी किताब संपादित की है? शायद मैंने पढ़ी हुई हो।"

"तुमने कार्तिक अय्यर का नाम सुना है? मैंने उसकी सभी किताबें संपादित की हैं।"

लड़की के चेहरे पर कोई भाव नजर नहीं आए।

जयंती ने बोलना जारी रखा, "लगता है, तुम्हें रोमांस पसंद नहीं है?"

"मैं इसके विपरीत कहूँगी। यदि मैं रोमांस पसंद नहीं करती तो क्या मैं पति के होने के बावजूद एक मित्र में रोमांस तलाश रही होती? मुझे कार्तिक अय्यर वाला रोमांस पसंद नहीं है। एक ही साथी और लिंग तक सीमित रहनेवाला रोमांस! मेरे लिए यह बहुत साधारण है। मैं जानती हूँ कि लोग पसंद करते हैं। सबकी अपनी-अपनी पसंद है। यद्यपि मैं उस व्यक्ति को पसंद करती हूँ···क्या नाम है उसका···दमन! उसने अपने बारे में फेसबुक पर कुछ बेहतरीन कहानियाँ लिखी हैं। मेरा ध्यान उनकी ओर इसलिए गया, क्योंकि मैंने उनमें अपना नाम पाया।" कहते हुए वह मुसकराई, "वे मनोरंजक, मजाकिया, जंगली और भावनात्मक हैं। इस तरह के विषयों पर किताबें लिखी जानी चाहिए। अमर, आत्मिक···चाहे जिस नाम से उसे पुकारो। उसने भी एक किताब लिखी है, पर मैंने अब तक पढ़ी नहीं है।"

"मैं तुम्हें उसकी किताब पढ़ने को दूँगी। मैंने उसकी किताब भी संपादित की है।"

"अच्छा! आपने! क्या मैं सच में एक महत्त्वपूर्ण व्यक्ति के साथ बैठी हुई हूँ?" लड़की ने ठहाके लगाते हुए कहा।

"तब तो मुझे थोड़ा अधिक विनम्र होना चाहिए। पाजामा पहनना कोई सही निर्णय नहीं था।"

उस लड़की ने हँसते हुए अपने होंठ अपनी उँगलियों से छुपा लिये। वह भले ही पाजामा पहने हुई हो, पर उसकी लिपस्टिक बेहतरीन और हॉट थी। जयंती सोचने लगी कि उसके होंठों को चूमना कैसा रहेगा! उसे वह बात याद आ गई, जब उसने पहली बार किसी लड़की का चुंबन लिया था। उस समय वह कक्षा 8 में पढ़ती थी, हालाँकि वह चुंबन सेक्स-प्रेरित नहीं था। बस, एक सामान्य सी हरकत थी। चुंबन लेकर उसे अच्छा महसूस हुआ था। उसके काफी दिनों के बाद उसने पहली बार किसी लड़के का चुंबन लिया था। उसने महिला और पुरुष दोनों को चूम रखा था; पर यह नहीं कह सकती थी कि कौन सा अनुभव ज्यादा शानदार था। वह श्रेयसी के होंठों को घूरने लगी।

"मुझे किताब की प्रति का इंतजार रहेगा।" श्रेयसी ने कहा।

"अपना नाम किताब के प्रिंट पर देखना अच्छा अनुभव होगा।"

"यद्यपि उसके बाद तुम मुझे पसंद नहीं करोगी।" जयंती ने कहा।

"यह किसने कहा कि मैं अभी तुम्हें पसंद करती हूँ?"

जयंती को यह लड़की अक्लमंद लगी।

"ठीक है, मैं दूसरे शब्द का इस्तेमाल करती हूँ। 'पसंद' तो बहुत हलका शब्द है, बल्कि तुम मुझसे नफरत करोगी। मैंने इस किताब का इस तरह संपादन किया है कि

यह कार्तिक की किताब की तरह लगे। और उस तरह की किताबें तुम्हें पसंद नहीं हैं।"

"तुम्हारे पास तो पहले से ही कार्तिक अय्यर है। फिर दूसरे की क्या जरूरत है?"

इस बार यह उतनी समझदार नहीं लगी, जयंती ने सोचा। "उसी कारण से, जिस कारण से तुम यहाँ एक पुरुष के अपने जीवन में होने के बावजूद मौजूद हो। मैं हमेशा अपने पास दो विकल्प रखती हूँ।"

"लड़की ने आइस टी का गिलास हवा में उठाते हुए पूछा, "क्या तुम सच में कुछ नहीं लोगी?"

"मैं एक और कॉफी ले सकती हूँ।" जयंती ने कहा।

वे दोनों उठे और काउंटर तक गए। जयंती ने अपने लिए कॉफी और उस लड़की ने एक और आइस टी ऑर्डर की। जब वे इंतजार कर रहे थे, उस समय लड़की ने जयंती के कंधे पर अनौपचारिक रूप से हाथ रखा और पूछा, "तुम्हें ऐसे लेखकों और उनकी किताबों में मनचाहा परिवर्तन करने में बड़ा मजा आता होगा न?"

"कोई जोर-जबरदस्ती नहीं है। वे चाहें तो हमसे नाता तोड़कर किसी और प्रकाशन को चुन सकते हैं।" जयंती ने कहा, वह श्रेयसी के हाथों को लेकर दोगुनी सतर्क थी।

"लेकिन फिर भी वे तुम्हारे साथ हैं और अपनी पुस्तकों के परिवर्तन के लिए भी राजी हैं। हो न तुम कमीनी!" कहते हुए उस लड़की ने जयंती की ओर देखा।

"मेरे बारे में अपनी भावना को व्यक्त करने के लिए तुम्हें 'कमीनी' शब्द ही उचित लगा।"

"दमन को सफलतापूर्वक कार्तिक अय्यर के क्लोन के रूप में बनाते हुए तुम्हें मुझे नहीं भूलना चाहिए था।" लड़की ने कहा।

"मुझे नहीं लगता कि हम एक-दूसरे को याद रखने के लिए बने हैं।" जयंती ने कहा, ठीक उसी समय उनकी ड्रिंक आ गई। वापस लौटते समय जयंती ने उस लड़की की खुली हुई पीठ पर हलके से हाथ फेरा। यदि वे अपने कमरे में होते तो अब तक वह उसे अपने बिस्तर तक ले जा चुकी होती।

"जब मेरे पति यात्रा पर होते हैं, तब मैं बहुत अकेलापन महसूस करती हूँ।"

"और वे कब नहीं होते?" जयंती ने पूछा।

वे दोनों एक-दूसरे को देखकर मुसकराती हैं।

वह रात वे साथ ही गुजारती हैं।

□

19

"तुमने इसे पढ़ लिया?" दमन ने उत्सुकतावश पूछा।

दमन की उँगलियों में अब भी टाइपिंग के कारण दर्द हो रहा था। पहले सप्ताह उसकी उँगलियों में इतना दर्द था कि उसे अपनी उँगलियों को गरम पानी में डुबोकर रखना पड़ा था; लेकिन अगले सप्ताह से दर्द धीरे-धीरे कम होता गया। उसका दर्द आर्थराइटिस की तरह ही था। पंद्रह दिनों तक वह दिन-रात अपने लैपटॉप पर टाइप करता रहा था तथा बाकी कामों के लिए बड़ी मुश्किल से समय निकाल पाया। वह न तो अपने माता-पिता के पास गया और न ही अवनि से मिला। उसने अपना फोन स्विच ऑफ कर दिया था और उसकी सारी कॉल्स वॉइस मेल में चली गई थीं। उसने अपना इ-मेल, फेसबुक और ट्विटर भी चेक नहीं किया। अखबार एक कोने में पड़े रहे। किचन से बासी भोजन की दुर्गंध आने लगी थी। वह तब तक जुटा रहा, जब तक 'मेरे सपनों की लड़की' के आगामी संस्करण का 10 पेज का सारांश तैयार नहीं हो गया। स्पेलिंग और व्याकरण को जाँचने के बाद उसने उसे अवनि को पढ़ने के लिए दिया।

उसे अवनि की प्रतिक्रिया का बेसब्री से इंतजार था।

"हाँ, मैंने पढ़ लिया।" अवनि ने कहा, "यह बहुत अच्छी है।" अपनी कॉफी की ओर देखते हुए उसने कहा।

"तुम्हें झूठ बोलने की जरूरत नहीं। यह केवल सारांश है। मैं अभी इसमें कुछ परिवर्तन कर सकता हूँ। यदि तुम मुझे बता सको कि इसमें कहाँ-कहाँ गलतियाँ हैं तो मैं निशान लगा लूँ।" दमन पैड और पेन लेकर अवनि की बगल में बैठ गया। उसने पेज पर कुछ निशान भी बनाए।

अवनि ने उसके हाथ से पैड लेते हुए एक तरफ रख दिया—"मैं कोई लेखक नहीं हूँ। मैं तुम्हें कोई सलाह देने योग्य भी नहीं हूँ।"

दमन ने फिर से उसके हाथ से पैड ले लिया—"लेकिन तुम एक पाठक हो और इससे जरूर फर्क पड़ता है। अब बताओ मुझे।"

"दमन, सबसे पहले तो मैं माफी माँगूँगी। तुम एक अच्छे लेखक हो और मुझे

पहले तुम्हारी पिछली किताब पढ़नी चाहिए थी। यह सारांश तो बहुत अच्छा है।" वह मुसकराती है।

"तुम सच में ऐसा कह रही हो?"

"मुझे बहुत पसंद आई। बस, एकाध जगह पर कुछ परिवर्तन किए जा सकते हैं। मैं और पढ़ना चाहूँगी।"

दमन ने पाया कि यह कहते समय अवनि की आँखों में एक अलग ही चमक थी। दमन ने खुद भी नहीं सोचा था कि उसके शब्द इतने कारगर होंगे। उसका आत्मविश्वास बढ़ गया और वह खुश हुआ।

"लेकिन तब मैंने इसे कई बार पढ़ा।" उसने धीमे स्वर में कहा।

उसने जरूर ऐसा ही किया होगा। वह बहुत आग्रही है। दमन ने सोचा। उसकी प्रतिक्रिया में देरी होना कोई आश्चर्य की बात नहीं है।

"मैंने इसी से मिलते-जुलते विषय पर और भी कई किताबें खँगाली हैं। वे किताबें, जिनकी दुनिया भर में अनेक प्रतियाँ बिकी हैं।"

"ऐसा तुमने मेरे लिए किया?"

"हाँ, और किसके लिए करूँगी?" मुसकराते हुए उसने दमन के हाथों पर अपना हाथ रख दिया। "खैर, मैंने उन किताबों से कुछ बातें नोट की हैं और एक सूची बनाई है। कुछ नोट्स भी बनाए हैं। ये नोट्स उन किताबों के हैं, जो तुम्हारी किताब के विषय और श्रेणी के करीब हैं। मैं तुम्हें कुछ अन्य बिंदु इ-मेल कर दूँगी और मैं जानती हूँ कि तुम मेरे कहे का ठीक उलटा करोगे।"

"और वह क्या है?"

"श्रेयसी!" दमन ने अपनी आँखें घुमाईं। "देखो, तुम पहले से ही रक्षात्मक हो रही हो। सुनो, भागो मत। श्रेयसी कोई समस्या नहीं है।" दमन मुड़ता है।

वह कहती है, "समस्या तो कहीं और है।"

दमन का चेहरा सख्त हो गया और वह कुरसी खींचकर बैठ गया।

"मैंने 'मेरे सपनों की लड़की' भी पढ़ी है। किताब और फेसबुक पोस्ट के संस्करण भी मैंने पढ़े हैं। क्या तुम ऐसे किसी फोरम को जानते हो, जहाँ ये सभी पोस्ट्स मौजूद हों? खैर, मैंने कभी नहीं सोचा था कि मैं यह कभी कहूँगी कि मुझे श्रेयसी का चरित्र पसंद आया। वह मजाकिया है। वह पागल-सी है और किताब का मुख्य पात्र उसके प्रेमपाश में नजर आता है। यह भले ही एक मानसिक अवस्था है, पर कारगर है।"

दमन उसकी मुसकराहट देखकर आश्चर्यचकित था। यह विश्वास करना कठिन था, क्योंकि अभी कुछ ही माह पूर्व उसने किताब की कटु आलोचना की थी।

"तो इस आगामी संस्करण में क्या समस्या है?"

उसने गहरी साँस ली। "वह उसके प्यार में गिरफ्त नहीं लगता। पहली किताब एकदम ठीक थी, लेकिन इस दूसरी किताब में वह दृढ़ विश्वास नजर नहीं आता। मैंने कई बार इस सारांश को पढ़ा है। मैं सोच रही थी कि मैं पूर्वग्रह से ग्रस्त हो रही हूँ, क्योंकि कोई भी लड़की अपने ब्वॉयफ्रेंड का नाम किसी दूसरी लड़की के साथ देखना नहीं चाहती; लेकिन मुझे पहली किताब और फेसबुक पोस्ट्स बेहद पसंद थीं, लेकिन दूसरी किताब के सारांश में ये सब बातें लापता हैं। दमन श्रेयसी के साथ प्रेम में नहीं है। महसूस ही नहीं हो रहा है। ऐसा लग रहा है कि तुम आवश्यकता से अधिक प्रयास कर रहे हो। यह थोड़ा अजीब लग रहा है। पात्र अब भी बेहतरीन हैं, पर उनके मध्य संबंधों में समस्या है। थोड़ा अविश्वसनीय लग रहा है। हो सकता है, तुम्हें भी आगे ऐसा लगेगा, जब तुम किताब के अध्याय लिखोगे।"

दमन ने सोचा कि वह ठीक ही कह रही है। यह विचार उसे भी परेशान कर रहा था, जब वह सारांश लिख रहा था। शुरुआत के कुछ दिन श्रेयसी के विचारों से उसका ध्यान बार-बार भंग हो रहा था। उसने पात्र के बारे में लिखते समय बार-बार यह प्रयास किया कि श्रेयसी का चेहरा उसकी आँखों के सामने न आए। उसे लगा था कि उसने वास्तविक व्यक्ति और किताब के पात्र को अलग-अलग रखने में सफलता प्राप्त कर ली है; लेकिन वह गलत साबित हुआ। कोई दृढ़ विश्वास इसलिए नजर नहीं आ रहा है, क्योंकि श्रेयसी लौट आई है और मैं उसके प्रेम में गिरफ्त नहीं हूँ। उसने सोचा।

"कुछ और भी है?" दमन ने पूछा।

"हाँ, मैं पिछले कुछ दिनों से किताब के बारे में सोच रही हूँ और मुझे श्रेयसी वाली समस्या का समाधान मिल गया है।" दमन आगे की ओर झुकता है। वह बोलना जारी रखती है, "श्रेयसी जैसी है, उसे वैसा ही रखो। उसमें कोई बदलाव नहीं लाओ। उसे अपने संसार में रहने दो, लेकिन एक नया पात्र जोड़ दो। एक अच्छी सी लड़की। सुंदर, प्यारी सी! मैं यह नहीं कह रही कि उस पात्र से प्यार करो, लेकिन उसे रखो जरूर, ताकि लोग उसे चाह सकें। इसे एक बीमा की तरह देखो, भले ही लोगों को दमन और श्रेयसी पसंद न आए, पर उन्हें दमन की नई मित्र अवश्य पसंद आएगी। तुम्हारा क्या कहना है?"

दमन ने सोचा कि इससे जयंती खुश हो जाएगी। अगले आधे घंटे तक अवनि ने दमन को किताब के बारे में ऐसे कई विचार दिए, जो जयंती शायद ही दे पाती। 'लेकिन मैं श्रेयसी के बारे में क्या करूँ? वह लौटकर ही क्यों आई?'

"यह कोई बुरा विचार नहीं है।" दमन ने कहा, "बस, मुझे यह कहना है कि किताब का मुख्य पात्र इस नई लड़की को पसंद करे तो समझो, हमारा काम हो गया।"

अवनि को उस पर प्यार आ गया। "मैंने तो नई पात्र के लिए नाम भी सोच लिया

है। यह 'ए' से शुरू होता है। बस, कह रही हूँ।"

"ओह! कम ऑन!"

"क्या? कोई भी ब्वॉयफ्रेंड इतना तो कर ही सकता है।"

"ठीक है, मैं इसके बारे में सोचूँगा।" दमन ने कहा।

लगभग एक घंटे के बाद अवनि वहाँ से चली गई और उसने दमन को इन दो उद्देश्यों के साथ किताब का सारांश फिर से लिखने के लिए अकेला छोड़ दिया—दमन और श्रेयसी की प्रेम-कहानी को विश्वसनीय बनाना और एक नया पात्र 'अवनि' जोड़ना। शुरुआत के कुछ वाक्य बहुत कठिन थे। अगले तीस मिनट तक असफल रहने के बाद उसने अवनि के बारे में लिखना आरंभ किया। उसने आसानी से ऐसा कर लिया। अवनि नामक पात्र एकदम सर्वगुण-संपन्न—कुछ-कुछ उसकी गर्लफ्रेंड की तरह मीठी वाणी बोलनेवाली, हर मुद्दे पर राय रखनेवाली, प्यारी, महत्त्वाकांक्षी और सफल लड़की थी, जो मुख्य पात्र के साथ प्रेम करती थी। अगले कुछ घंटे तक दमन इस नई पात्र को कहानी के मूल स्वभाव में कोई परिवर्तन किए बिना शामिल करने का प्रयास करता रहा। जब तक उसने अपना कार्य पूरा किया, तब तक सुबह हो चुकी थी। पहला विचार उसके दिमाग में यही आया कि श्रेयसी को जब इस नई लड़की के बारे में पता चलेगा तो उसे कैसा लगेगा? इस विचार को दरकिनार करने में असफल होने पर उसने अपना इ-मेल चेक करना शुरू कर दिया कि कहीं पिछले दिनों श्रेयसी ने कोई मेल तो नहीं भेजी है! उसने अमेजन, फ्लिपकार्ट और ऐसी अनेक वेबसाइट्स पर अपना एकाउंट बना रखा था। उनकी ढेर सारी इ-मेल्स के बीच श्रेयसी का इ-मेल दबा पड़ा था।

From : shreyasibose07@gmail.com

To : damanroy111@gmail.com

"हाय,

मुझे आशा है, तुमने नई किताब का सारांश अच्छी तरह लिख लिया होगा। मुझे निराश मत करना। जयंती और अवनि की बात मत सुनना। मेरे पात्र और प्रेम-कहानी के साथ न्याय करना। बस, मुझे तुमसे यही अपेक्षा है। शुभकामनाएँ। प्रिय!

—श्रेयसी

तुम्हारे सपनों की लड़की"

भाड़ में जाए वह! सोचते हुए वह सोने चला गया।

□

20

"क्या वह अब भी वहीं है?" अवनि ने पूछा।

"वह ट्रैफिक जाम में फँसी है। तुम कहाँ तक पहुँचीं?" दमन ने पूछा, "बेहतर होगा कि उस फालतू से अनुबंध पर हस्ताक्षर करने के पहले तुम यहाँ पहुँच जाओ।"

अवनि हँसती है—"तुम ठीक हो जाओगे, दमन। मैं वहाँ पंद्रह मिनट में पहुँच जाऊँगी। एक कांस्टेबल मुझे घूर रहा है। बाय!" और उसने फोन काट दिया।

दमन ने फोन को एक किनारे रखा और वह अपने साथ लाई किताब में तल्लीन हो गया। वह काफी देर से एक ही पेज पर अटका हुआ था। वह बार-बार एक पैरा को पढ़ रहा था। उसका ध्यान ठंडे व सख्त लकड़ी से बने फ्लोर पर कुरसी रगड़ने की आवाज से भंग हुआ। उसने ऊपर देखा। इसके पहले कि वह वाक्य को सही कर पाता, श्रेयसी उसके सामने कुरसी पर क्रॉस लेग करके बैठ गई और अपना बैग मेज पर रख दिया।

"तुम?"

"कमऑन! तुम्हें मुझे देखकर इतना आश्चर्यचकित तो नहीं होना चाहिए। मैं जानती हूँ कि एक भी दिन ऐसा नहीं जाता होगा, जब तुम मेरे बारे में नहीं सोचते होगे। तुम तो स्वयं भी मुझसे मिलना और बात करना चाहते होगे, है न? तुम्हारे मन में ढेरों प्रश्न भी होंगे!"

"श्रेयसी, तुम···"

"मैं इस कैफे के हिसाब से कुछ ज्यादा ही तैयार हूँ। आकाश और मैं लंच के लिए उसके एक मित्र के घर जा रहे हैं। मैं मैली-कुचैली पत्नी नहीं बनना चाहती थी। शादीशुदा होना काफी थका देनेवाला अनुभव है। यह बताओ कि क्या तुम्हें अब भी वे दुःस्वप्न आते हैं?"

"इससे तुम्हारा कोई लेना-देना नहीं है।" दमन ने मेज पर घूँसा मारते हुए कहा, "तुम्हें यहाँ नहीं आना चाहिए था। जो तुम पाना चाहती हो, उसके लिए अब देर हो चुकी है। तुम जब चाहो, मेरे जीवन में आ जाओ और जब चाहो, तब निकल जाओ, ऐसा नहीं

हो सकता। न मुझे तुम्हारे बारे में कुछ याद है और न ही मैं याद करना चाहता हूँ। समझ में आया तुम्हें ?"

श्रेयसी की भौंहें तन गईं। उसने गहरी साँस ली। उसके चेहरे पर क्रोध था। अपने गुस्से को दबाते हुर वह मुसकराई और बोली, "तुम उन इ-मेल्स के कारण गुस्सा हो न, जो मैंने तुम्हें कोमा से लौटने के बाद भेजे थे? या तुम इसलिए खिसियाए हुए हो कि मेरी शादी हो चुकी है?"

"मैं सिर्फ इतना जानता हूँ कि तुम्हें यहाँ नहीं होना चाहिए था, समझीं? तुम्हारी उपस्थिति मेरी किताब की सफलता के लिए एक संकट है। हमारे बीच चाहे जो कुछ भी हुआ हो, पर अब देर हो चुकी है। अब यहाँ से जाओ और दोबारा मुझसे संपर्क करने की कोशिश मत करना।"

श्रेयसी की आँखें क्रोध से लाल हो गईं। एक आँसू उसके गालों से फिसलता हुआ उसकी ठोढ़ी तक आ गया। बहुत ही धीमी सी आवाज में उसने कहा, "मैं जानती हूँ कि तुम मुझसे नाराज हो, पर जब मैं तुमसे गोवा में मिली थी, उस समय मेरी सगाई हो चुकी थी। जिस समय मैंने तुम्हें अस्पताल में छोड़ा, उस समय तुम मरणासन्न थे। मैंने अपनी शादी को टालने की भरसक कोशिश की, पर मेरे माता-पिता नहीं माने। मेरी शादी होने के चार महीने बाद तक तुम कोमा में थे। डॉक्टरों का कहना था कि यदि तुम कोमा से बाहर भी आ गए तो या तो तुम किसी बच्चे या किसी विकलांग/लकवाग्रस्त की तरह ही होगे। ऐसे में मैं क्या करती? मैंने भगवान् से तुम्हारे स्वस्थ होने की रोज ही प्रार्थना की और फिर तुम ठीक हो गए और तुम्हें मेरा नाम भी याद रहा। तब से मैं तुम्हारी पोस्टों में मेरा और तुम्हारा नाम साथ में देखकर ही जी रही हूँ। उन पोस्टों की श्रेयसी मैं थी और दमन तुम। मुझे यह अपनी ही प्रेम-कहानी लगी।"

"अब इसका क्या मतलब है?" दमन ने कहा, "मैंने सिर्फ तुम्हारे नाम का ही इस्तेमाल किया, बस, और वहीं पर यह समाप्त हो गया। मैं लिखते समय तुम्हारे बारे में नहीं सोच रहा था। समझीं? मुझे तुम्हारे बारे में कुछ भी याद नहीं है। तुम जो कुछ भी कर रही हो, उसे वहीं छोड़ दो।"

उसने अपना सिर हिलाया और आँसू पोंछने लगी।

"दमन, तुम्हें दुर्घटनावाली रात के बारे में कितना याद है?"

दमन ने उसकी ओर देखा। जितनी बार भी उनकी नजरें मिलीं, वह उसकी आँखों में अपनी खोई हुई दास्ताँ तलाश करता रहा और यह जानने की कोशिश करता रहा कि उस रात क्या हुआ था? महीनों तक वह अपने सपनों में उस चेहरे को पहचानने और याद करने की कोशिश करता रहा और अब, जबकि वह चेहरा उसके सामने है, वह उसे अपनी कहानियों से नहीं जोड़ पा रहा! यह बहुत निराशाजनक बात थी। वह लड़की,

जिसके साथ वह सपनों में प्रेम करता रहा, जिसे लेकर उसने तरह–तरह की स्मृतियाँ बनाईं, अपने अतीत और भविष्य के बारे में सोचा, अब जबकि वह सामने है तो उसे कुछ महसूस ही नहीं हो रहा। सिर्फ एक हलका सा डर है।

"मुझे ज्यादातर बातें याद हैं।"

"गाड़ी कौन चला रहा था?" श्रेयसी ने पूछा।

"तुम, यदि तुम ही श्रेयसी हो तो।" दमन ने कहा।

"जब तुम्हें ज्यादातर बातें याद हैं तो तुम्हें मेरे श्रेयसी होने पर संदेह क्यों है?"

दमन अनुत्तरित–सा महसूस करने लगा। वह बोला, "मुझे तुम्हारा चेहरा याद नहीं है।"

श्रेयसी ने निराशा में अपना सिर हिलाया। "और तुम्हें दुर्घटना के एक रात के पहले की कितनी बातें याद हैं?"

दमन को कोई उत्तर नहीं सूझा। "हमने सिर्फ कुछ ही समय कार में एक साथ गुजारा था, इससे ज्यादा और कुछ नहीं। क्या हम…"

"तुम्हें सब याद है, बेबी। यह सबकुछ हमारे अवचेतन मन में है।" उसने कहा, "अन्यथा तुम अपनी फेसबुक पोस्टों में यह सबकुछ कैसे लिख पाते? वे सारे लम्हें, जो हमने एक साथ गोवा में गुजारे थे? वे सारी घटनाएँ?"

"वह सब मेरी कल्पना थी। हम लेखक ऐसा अकसर करते हैं।"

"हाँ, लेखक कल्पना करते हैं, लेकिन तुम नहीं। तुमने मेरे बारे में सिर्फ बुरे स्वप्न ही नहीं देखे हैं, हैं न?"

"हाँ, मेरे कुछ और भी दुःस्वप्न हैं, या तुम उन्हें स्वप्न भी कह सकती हो; लेकिन मुझे उनमें भी तुम्हारा चेहरा नजर नहीं आता। मुझे लगता है कि तुम्हें अब जाना चाहिए।" दमन ने कहा।

वेटर श्रेयसी की कॉफी लेकर आ गया और उसके सामने रख दी।

"मैं यहाँ तुम्हें कुछ बताने आई हूँ।" श्रेयसी ने कहा, उसका फोन बज उठा। उसने अपने बैग से फोन निकाला और मेसेज भेजकर उत्तर दिया, फिर फोन वापस रख लिया। "आकाश था। पूछ रहा था कि क्या मैं फ्री हो गई हूँ? वह पाँच मिनट में मुझे लेने आने वाला है। मैं देर करना नहीं चाहती और तुम यह नहीं चाहते कि अवनि मुझे तुम्हारे साथ यहाँ देखे। उसे यह जानकर कितना अफसोस होगा कि वह तो सिर्फ एक नौकरानी है और जिस लड़की को वह तुम्हारी फैन समझती है, वही तुम्हारी सच्ची प्रेमिका है।"

"और तुम्हारा अपने पति के बारे में क्या खयाल है?" दमन बोला।

"वह पक्का मूर्ख है। वह सोचता है कि मैं उसे प्यार करती हूँ और मुझे इसमें कोई आपत्ति नहीं है। जब तक तुम अपनी किताबों में हमारे प्यार को जिंदा रखोगे, मैं और कुछ

नहीं सोचूँगी। भले ही इसका मतलब यह है कि मुझे एक ऐसे आदमी के साथ अपना बाकी जीवन गुजारना पड़ेगा, जिसे न ही मैं पसंद करती हूँ, न ही प्यार करती हूँ। बस, मुझे यही चाहिए, बेबी।" श्रेयसी ने कहा और थोड़ी देर शांत रहने के बाद बोली, "और जयंती तुम्हें कल ज्यादा पैसे देने का प्रस्ताव करने वाली है। जितना तुमने माँगा है, उससे भी अधिक! और तुम उसे नीचा दिखाने वाले हो!"

"तुम किस बारे में बात कर रही हो? कैसे…"

"वह तुम्हारी अगली किताब में से मेरा नाम हटाने के लिए कहेगी। वह तुमसे मेरे बारे में लिखने से मना करेगी।"

"यह कहना अभी जल्दबाजी होगी। उसी ने तो पहली किताब में पात्रों के नाम श्रेयसी और दमन रखने का आग्रह किया था।" दमन ने तर्क दिया, "यह सब बकवास है, श्रेयसी! किसी को कोई मतलब नहीं है कि मैं अपनी किताब में किसका नाम प्रयोग करता हूँ।"

"हो सकता है, उसने पहली किताब में मेरा नाम इस्तेमाल करने को कहा हो, पर आज वह अवनि का नाम इस्तेमाल करने को कहेगी और अवनि भी उसकी बात का समर्थन करेगी। क्या आज अवनि यहाँ नहीं आ रही है?"

"उसे किसी बात से क्या मतलब है!"

"उसे किसने इस बैठक में शामिल होने के लिए कहा है? तुमने? अवनि ने? या जयंती ने तुम्हारे सिर में वह बीज बोया है? सोचो, उसने क्या कहा था? क्या वह… तुम अवनि को अपने साथ क्यों नहीं लाते? हम अनुबंध पर हस्ताक्षर करेंगे और साथ में किसी अच्छी सी जगह पर जाकर खाना खाएँगे। आज शनिवार है और आज उसका अवकाश भी होगा।" उसने यही कहा था न? या उसने यह कहा…कि इस समय तुम अच्छी तरह से अनुबंध को पढ़ लो! किसी और को भी पढ़ा लो! अपने परिवार में किसी को पढ़ा लो या अपनी गर्लफ्रेंड को! किसने तुम्हारे दिमाग में यह विचार ठूँसा?"

"मैं चाहता था कि अवनि मेरे साथ रहे।" दमन ने झूठ बोला।

"यह आश्चर्य की बात है कि एक लेखक होने के बावजूद तुम झूठ बोल रहे हो। कोई बात नहीं। बस, एक पल को यह मान लेते हैं कि जयंती ने तुम्हारे मन में यह विचार ठूँसा था। तो तुम्हारा उत्तर क्या होगा?"

"मैं नहीं जानता।"

"बेबी, तुम्हारा उत्तर 'नहीं' ही होना चाहिए। क्या तुम मुझे सुन नहीं रहे हो? तुमने सुना नहीं, मैंने पहले क्या कहा था? मैं बार-बार अपमान का घूँट नहीं पिऊँगी। दमन, तुम मुझे सुन रहे हो न? मैं उस कुतिया को किताब में अपनी जगह नहीं लेने दूँगी। मैं उसे…"

"बस, बहुत हुआ। वह मेरी गर्लफ्रेंड है और तुम कुछ नहीं।" दमन गुर्राया।

"कुछ नहीं? दमन, मैं तुम्हारी प्रेमिका हूँ। तुम जानते हो न! मैं तुमसे बहुत प्यार करती हूँ, मेरी जान! तुम ही तो मेरी जिंदगी हो। तुम अपनी लेखनी से भी मुझे निकाल दोगे तो मेरा क्या होगा? मुझे इसी बात की फिक्र है।" उसकी आँखें लाल हो उठीं और आँसुओं से भर गईं।

"तुम कैसी बातें कर रही हो? मेरी जो मरजी में आएगा, मैं करूँगा।"

"नहीं, तुम ऐसा नहीं करोगे।" श्रेयसी ने कड़क आवाज में कहा, उसकी आँखों से आँसू बह निकले। "मैं तुमसे प्यार से कह रही हूँ कि तुम मेरे सब्र और प्यार का इम्तिहान मत लो, मुझे बुरा व्यक्ति मत बनाओ। मैं तुम्हारी मदद करना चाह रही हूँ।"

"बस, बहुत हुआ। अब तुम्हें यहाँ से जाना चाहिए।"

"तुम्हारे अंदर कोई तमीज बची है या नहीं?" अपना बैग उठाते हुए श्रेयसी बोली। झुकते हुए उसने दमन के दाहिने गाल पर हलके से चुंबन लिया।

"मैं तुम्हें प्यार करती हूँ, मेरी जान! उसका प्रस्ताव खारिज कर दो या…" उसने धीरे से कान में बोला। सुबकते हुए वह कैफे से चली गई। दमन को अपनी माँ की वह बात याद आ गई, जो वह कई महीनों से कह रही थीं। उसके साथ कार में जाना एक भूल थी। श्रेयसी पूरी पागल थी।

□

21

अवनि उस जगह आकर बैठ गई, जहाँ पंद्रह मिनट पहले श्रेयसी बैठी हुई थी। उसने ध्यान ही नहीं दिया कि श्रेयसी के द्वारा ऑर्डर किया हुआ कॉफी का मग वहाँ भरा हुआ रखा है। दमन की अनुमति से वेटर ने उस कप को वहाँ से हटा दिया।

"क्या तुम परेशान हो?" अवनि ने पूछा।

"थोड़ा सा।"

अवनी अपनी कुरसी को दमन के पास ले गई और तब तक सहलाती रही, जब तक कि जयंती वहाँ नहीं पहुँच गई। वह बीस मिनट देर से थी और आते ही उसने अपने देर से आने पर माफी माँगी। उसने बताया कि उसे अपने बॉस के साथ एक आवश्यक बैठक करनी पड़ी।

"आप कुछ लेंगी?" अवनि ने पूछा।

"नहीं-नहीं, तुम्हें दोबारा देखकर अच्छा लगा, अवनि। कैसी हो तुम?"

"अच्छी हूँ।" अवनि ने सहमति में अपना सिर हिलाया, "मुझे आशा है कि तुम हमारे लिए कोई अच्छी खबर लेकर आई हो।"

"केवल खुशखबरी!" जयंती ने कहा और दमन की ओर देखकर मुसकराई। दमन भी हलके से मुसकराया। उसने बोलना जारी रखा, "मैंने अपने सीनियर्स से बात की है और हम दमन को अपना अगला बड़ा और मशहूर लेखक बनाने के लिए प्रतिबद्ध हैं। पहली किताब अच्छा बिजनेस कर रही है और हमें सिर्फ इतना प्रयास करना है कि अगली किताबें भी सफल हों। तुम हमारे सबसे प्रतिभावान् लेखकों में से एक हो और हम तुम्हें उसी तरह का मान देंगे।"

अवनि समझ गई कि दमन को जयंती की इन सब बातों से चिढ़ हो रही है।

"जिस तरह हम एक बड़े लेखक के साथ पेश आते हैं, उसी तरह तुम्हारे साथ पेश आएँगे।" जयंती बोली, "जितनी जल्दी हम इसकी दिशा तय कर लें, हमारे लिए उतना ही अच्छा होगा। मार्केटिंग के हिसाब से हम कोई कसर नहीं छोड़ेंगे। हम जानते हैं कि पैसा एक बड़ा मुद्दा है, इसलिए हमने उसका खयाल पहले से ही रखा है। मैंने एक टीम

बना दी है और मेरे सीनियर्स समझते हैं कि तुम्हें किए जानेवाले भुगतान में बदलाव करना होगा और हम इस बारे में तुम्हें पूरा सहयोग प्रदान करेंगे।"

'देखो जरा इसकी बातों को! कोई भी इसके झाँसे में आ सकता है।' अवनि ने सोचा। अवनि ने दमन की ओर देखा, जो जयंती की ओर बिना किसी भाव के देख रहा था और वह उसकी बातों से जरा भी प्रभावित नहीं लग रहा था।

"तो तुमने 10 प्रतिशत रॉयल्टी की माँग की है और वर्तमान दरों से 5 प्रतिशत अधिक भुगतान चाहा है। मेरा भरोसा करो कि अपने सीनियर्स को इस बात के लिए राजी करने में मुझे बहुत कठिनाई पेश आई है।"

अवनि ने जयंती को टोकते हुए कहा, "क्या तुम अपने अन्य लेखकों को 10 प्रतिशत रॉयल्टी नहीं देतीं? तो फिर दमन को देने में क्या दिक्कत है? यह तो दिया ही जाना चाहिए।"

"यह इसलिए कठिन था, क्योंकि मैं 10 के लिए नहीं, बल्कि 12 प्रतिशत के लिए प्रयास कर रही थी, क्योंकि दमन हमारे लिए बहुत महत्त्वपूर्ण है।" जयंती ने मुसकराते हुए कहा।

अवनि उसके झाँसे में आ गई और उसने तपाक से पूछा, "और एडवांस में कितना पैसा दोगी?"

"उसने 10 लाख रुपए माँगे हैं, पर हम उसे 14 लाख रुपए देंगे। इसके अलावा हम उसकी अन्य जरूरतों को पूरा करने में भी सहायता प्रदान करेंगे।"

"और बुरी खबर क्या है?" दमन ने पूछा। "तुम इतनी उदार तो नहीं हो। इसके बदले में तुम मुझसे क्या चाह रही हो? क्या मुझे पायल पहननी होगी या अपना पासपोर्ट जमा कराना होगा?"

"दमन, तुम मेरा अपमान कर रहे हो। तुम मेरे लेखक हो और मैं तुम्हारे लिए प्रयास कर रही हूँ।…"

अवनि ने बीच में ही उसकी बात काट दी, "अरे, झगड़ा मत करो। हमें मुद्दों पर ही बात केंद्रित रखनी चाहिए। हमें ऐसा कोई काम नहीं करना चाहिए, जिससे बाद में पछतावा हो।"

जयंती ने अपनी नजरें अवनि से हटाकर दमन की ओर कर लीं। "देखो, ऐसी कोई बात नहीं है, जो हमने पहले न की हो। जिस रात तुमने मुझे फोन करके नया अनुबंध करने की बात की थी, उसी समय तुम किताब में बदलाव करने को भी सहमत हुए थे। हम बस यही चाहते हैं। करार या अनुबंध में कोई छिपी शर्त नहीं होगी।" अवनि की ओर देखते हुए वह बोली, "चाहो तो तुम भी पढ़ सकती हो।"

"लेकिन तुम किताब में किस तरह के बदलाव चाह रही हो?" अवनि ने पूछा।

जयंती अपनी कुरसी पर टिक गई—"ओह, कुछ खास नहीं। हम सभी लोग श्रेयसी और उससे जुड़ी बहस से अवगत हैं। पूरी संपादकीय टीम ने तुम्हारे सारांश को पढ़ा है। और हम सभी चाहते हैं कि…"

दमन धीरे से बुदबुदाया, जैसे वह स्वयं से ही बातें कर रहा हो, "हमें इस किताब से श्रेयसी को हटाना है।"

जयंती आश्चर्यचकित हो गई।

"हाँ, यही! अब जबकि हमारे पास अवनि नामक पात्र है तो फिर श्रेयसी की क्या जरूरत है?"

अवनि ने अपनी मुसकान छुपाने की बहुत कोशिश की, लेकिन उसे संदेह हो गया कि जयंती ने उसे मुसकराते हुए देख लिया है।

"लोगों ने पहली किताब को हाथोहाथ लिया है, क्योंकि उन्हें लगा कि यह सब सच है।"

"अब तुम अवनि का नाम इसलिए किताब में चाहती हो, क्योंकि मेरे पाठकों को पता है कि आजकल मैं अवनि को डेट कर रहा हूँ।" दमन बोला।

"दमन, तुम जानते हो कि यह एक बेहतरीन विचार है।" जयंती ने कहा, "पूरी संपादकीय टीम भी यही चाहती है। वैसे, उन्हें तुम्हारी प्रेम-कहानी बेहद पसंद आई है।"

दमन ने मेज पर हाथ मारते हुए कहा, "किस बेवकूफ को परवाह है कि मैं किसके साथ डेट पर जा रहा हूँ और किसके बारे में किताब में लिख रहा हूँ? मैं कार्तिक की तरह कुछ नहीं करूँगा। मैं इतना नहीं गिरूँगा। मैं ऐसा हरगिज नहीं करूँगा।"

अवनि ने अपने हाथ बाँध लिये। 'आखिर क्यों?' उसकी आँखों में यही प्रश्न था।

"हमारा अनुबंध इसी शर्त पर टिका है।" जयंती ने कहा।

"दमन, आओ, इसके बारे में विचार करें।" अवनि ने अनुरोध किया। वह यह देखकर आश्चर्य में थी कि कितनी आसानी से दमन ने जयंती के प्रस्ताव को ठुकरा दिया था।

"किसी बात की जल्दी नहीं है। हमें घर जाकर इसके बारे में सोचना चाहिए।"

"मेरे सीनियर्स आज ही उत्तर चाहते हैं।" जयंती बोली।

दमन गुस्से से भर गया—"तुम ही अपनी सीनियर हो। तुम सीधे अपने सी.ई.ओ. को रिपोर्ट करती हो, इसलिए बार-बार संपादकीय टीम और सीनियर्स जैसी बातें कहना बंद करो। तुम बातों को तोड़-मरोड़कर पेश मत करो। तुम खुद ही क्यों नहीं लिख लेतीं किताब?" दमन गुर्राते हुए बोला।

"मैं लेखक नहीं हूँ, तुम हो।"

अवनि ने बीच में दखल दिया, "जयंती, क्या तुम कुछ देर के लिए हमें अकेले में छोड़ दोगी? हम···"

दमन ने अवनि को तीखी नजरों से देखा—"बात करने को कुछ नहीं है।"

"इसके बिना अनुबंध संभव नहीं है।"

"ठीक है, मैं अगला कार्तिक अय्यर बनना नहीं चाहता। मैं कोई और प्रकाशक देख लूँगा।" दमन ने कहा।

जयंती ने अपनी मुसकान दबाते हुए कहा, "किसी और प्रकाशक के पास इतने संसाधन नहीं हैं। जो हम तुम्हारे लिए कर सकते हैं, वह कोई और नहीं कर सकता। हम तुम्हें एक ब्रांड की तरह स्थापित करने में लगभग इतना ही पैसा मार्केटिंग में खर्च करने वाले हैं। तुम्हें एक ब्रांड के रूप में तैयार करने में हम बहुत सा धन खर्च कर रहे हैं।"

"भाड़ में गया तुम्हारा ब्रांड!" दमन गुर्राया।

अवनि को अपनी गरदन में जकड़न-सी महसूस हुई। 'यह ऐसा कैसे कर सकता है? क्या यह अंधा हो गया है कि अपने लाभ के बारे में भी नहीं सोच पा रहा है? इसे समस्या क्या है उसका नाम हटाने में?'

"मुझे लगता है कि यह एक बड़ा अवसर है और तुम्हारे जीवन को बदल सकता है। तुम आर्थिक रूप से भी बहुत कुछ गँवा चुके हो, दमन।" अवनि बोली।

"तुम ठीक कह रही हो। मैं इस बैठक से कोई-न-कोई उत्तर लेकर जाऊँगी, चाहे 'हाँ' हो या 'ना'।"

दमन ने अपना चेहरा हथेलियों में छुपा लिया और रगड़ने लगा। अवनि उसकी 'हाँ' सुनने को बेचैन थी। कुछ देर सोचने के बाद वह प्रस्ताव पर राजी हो गया।

□

22

जब दमन ने पहली बार जयंती के साथ अनुबंध किया था तो उसने स्वतंत्रता के बारे में सोचा था। कोई बॉस नहीं, कोई डेडलाइन (समय-सीमा) नहीं और कोई भी प्रस्तुति नहीं। उसे कहानी सुनाने के एवज में पैसा मिलेगा; लेकिन इतने आराम से परिस्थिति बदल गई कि पता ही नहीं चला। उसने अपनी नौकरी छोड़ दी, अपने माता-पिता से लड़ा और घर छोड़ दिया। यह सब उसने जयंती के लेखकों की सूची में जगह बनाने के लिए किया। वह दूसरा कार्तिक अय्यर था। कम-से-कम पैसे तो ठीक-ठाक मिल रहे हैं। उसने स्वयं से कहा, उसने अपनी बाँहें अवनि की ओर फैलाते हुए उसे गले से लगा लिया। वे जयंती के साथ बैठक समाप्त करके थके-माँदे घर आए थे। अवनि जल्द ही सो गई। दमन जागता रहा और छत की सीलिंग को ही देखता रहा।

"क्या तुम जाग रही हो?" दमन ने पूछा।

"हूँ।"

''क्या तुम्हें वह दिन याद है, जब हम पहली बार मिले थे?''

"तुम थोड़ा शरमा रही थीं।" अवनि के बालों को सहलाते हुए दमन बोला।

अवनि मुसकराते हुए बोली, "ऐसा मेरे साथ पहली बार हुआ था।"

"पर तुम जल्द ही अपनी लज्जा से बाहर आ गई थी।" दमन ने कहा, "मैं शिकायत नहीं कर रहा हूँ।"

"तुम्हारे साथ पहली बार हमबिस्तर होने के पूर्व मैं कई बार तुम्हारे बारे में कल्पनाएँ कर चुकी थी।" अवनि ने कहा और करवट बदल ली।

"हाँ, कुछ हद तक।"

दमन की त्योरियाँ चढ़ गईं।

वह बोली, "इसमें तुम्हारा कोई लेना-देना नहीं था। मैं तो चरम कामोत्तेजना सुख के बारे में सोच रही थी। मैं जानना चाहती थी कि चरम कामोत्तेजना (ऑर्गेज्म) की अवस्था में कैसा महसूस होता है! मैंने कहीं पढ़ा था कि उस समय ऐसा लगता है, जैसे आपके अंडरवियर में आग लगी हुई हो, तो किसी दूसरे का कहना था कि इसमें गहरी नींद में

जाने का–सा एहसास होता है। कुछ लोगों ने तो मुझे ऐसा भी बताया कि लगता है जैसे हम अंतरिक्ष में टहल रहे हों—बिना किसी वजन और सीमा के। ···मेरी कल्पना की कोई सीमा नहीं थी। तो इस बात से कोई फर्क नहीं पड़ता कि तुमने क्या किया और क्या नहीं। वह सब मेरी कल्पना से कम ही था। मैंने अपनी कल्पना में जो मानदंड या ऊँचाइयाँ निर्धारित की हैं, उस ऊँचाई तक शायद ही कोई व्यक्ति पहुँच पाए।" दमन उसे चूमने लगा और अवनि ने उसे अपनी बाँहों में भर लिया और बोली, "क्या वास्तविकता में वह बात नहीं है ?"

"तुम मुझसे क्यों पूछ रही हो ?"

"क्या हमारे सहवास में कोई कमी रह जाती है ? तुम्हारे और मेरे बीच ? क्या मैं तुम्हारी किताब में दरशाए गए पात्रों से कम हूँ ? क्या तुम्हें मेरे साथ सेक्स में आनंद नहीं आता ?"

"अवनि, तुम ऐसा कैसे सोच सकती हो ?" दमन ने कहा।

"जो है, सो है। मुझे लगता है कि कभी हमें इससे अधिक रुचिकर और आत्मीय तरीके से मिलना चाहिए, जिसे तुम अपनी किताब में भी स्थान दे सको।"

"मैं कोशिश करूँगा।" दमन ने कहा।

"पर क्या मैं कभी श्रेयसी को हटा पाऊँगी ?"

दमन ने उसे अपनी बाँहों में और जोर से कस लिया। वह उससे कहना चाहता था कि उनके बीच में श्रेयसी कहाँ से आ गई ? पर इससे क्या वह प्रश्न पूछना बंद करेगी ? यह जानकर उसे कैसा लगेगा कि अवनि के मेरे जीवन में आने के पूर्व श्रेयसी ही मेरी प्रेमिका थी ? उसे यह जानकर कैसा लगेगा कि श्रेयसी वापस आ गई है और अब भी मुझे दिलो–जान से चाहती है ? क्या वह यह बात मानेगी कि मैं श्रेयसी को प्यार नहीं करता ? इसके पहले कि दमन कुछ कर पाता, उसका फोन बज उठा। यह जयंती रघुनाथ का फोन था।

"मुझे बात करनी पड़ेगी।" कहते हुए दमन ने उसकी कॉल रिसीव कर ली।

"हैलो !" बिस्तर पर बैठे–बैठे उसने कहा, अवनि भी अपने कान फोन के पास ले आई।

"हाय दमन, इस समय क्या मैं तुमसे बात कर सकती हूँ ?" जयंती ने पूछा।

"हाँ, बताओ।"

"मैं अपनी मार्केटिंग टीम के साथ बैठी थी और हम तुम्हारी किताब को लेकर योजना बना रहे थे। हम सोच रहे हैं कि तुम्हारी किताब अगले साल के अंत तक लॉन्च करें। ठीक रहेगा न ?"

"तुम क्या बात कर रही हो ?"

"इससे हम लोगों को भी किताब की मार्केटिंग के लिए समय मिल जाएगा।"

"तुम मुझसे मजाक कर रही हो !" दमन उठ बैठा और उसका चेहरा गुस्से से

तमतमा गया—“तुम्हें एक किताब को छापने के लिए अठारह महीने का समय क्यों चाहिए? इतने दिनों तुम क्या करती रहोगी?”

“हमें…”

“मुझे अपने मार्केटिंग पैंतरे मत बताओ। कोशिश करो और जरा जल्दी छापने की कोशिश करो।”

थोड़े से ठहराव के बाद वह बोली, “दरअसल कार्तिक…”

“क्या कार्तिक?” दमन ने पूछा।

“उसने हमें इसी दौरान दो किताबें देने का वायदा किया है। हमें उसकी पुस्तकों को भी आगे बढ़ाना है। उसे अपनी दूसरी किताब के पहले और बाद में थोड़ा अंतराल चाहिए। उसने साफ-साफ कहा है कि वह नहीं चाहता कि उसकी और तुम्हारी किताब एक साथ बाजार में आए।”

“उसकी किताब का मुझसे क्या लेना-देना? इसका मतलब क्या है, जयंती?”

“अगर तुम अपनी किताब किसी और प्रकाशक से छपवा लो तो मुझे कोई समस्या नहीं है। मैंने कार्तिक को मनाने की बहुत कोशिश की, पर वह अपनी बात पर अड़ा है।”

“तुम क्या कह रही हो, जयंती? और तुमने आज सुबह जो दुनिया भर की बातें मुझसे की थीं कि मैं तुम्हारे शीर्ष लेखकों में से एक हूँ…वगैरह? तुम सच में बहुत बड़ी…”

“दमन, अपनी जुबान पर लगाम दो और कुछ भी बोलने के पहले विचार जरूर किया करो। प्रकाशन एक छोटा उद्योग है। हमें एक-दूसरे को ऐसी कोई भी बात नहीं बोलनी चाहिए, जिसे हम वापस न ले सकें। आज नहीं तो कल, हमें एक साथ ही काम करना है।”

“मुझे यह कहने से मत रोको कि तुम एक नंबर की रंडी हो!” इसके बाद फोन कट गया। दमन गुस्से में न जाने क्या-क्या बकता रहा। वह तभी चुप हुआ था, जब उसने अवनि का डरा हुआ चेहरा देखा। दमन अब भी गुस्से से तमतमा रहा था और उसका खून खौल रहा था। तभी उसका फोन दोबारा बजने लगा। किसी अज्ञात नंबर से कॉल थी।

“हैलो!” दमन ने फोन उठाया।

“क्या तुम उसके साथ हो?”

“कौन बोल रहा है?”

“क्या तुम मेरी आवाज भी नहीं पहचान पा रहे? उस रंडी को खुद से दूर रखो। मुझे तुम्हें कुछ बताना है।” दूसरी ओर से आवाज आई।

दमन वॉशरूम में आ गया। उसने पाया कि उसकी आँखों में आँसू हैं।

“कोई साहित्यिक एजेंट है।” अवनि को कहते हुए उसने वॉशरूम का दरवाजा बंद

कर लिया। उसने कमोड की लिड को गिराया और बैठ गया।

"हाँ!"

उस लड़की ने धीमे से स्वर में कहा, "मैंने क्या कहा था? मैंने कहा था न कि मेरे धैर्य की परीक्षा न लो। जयंती ने डील तोड़ दी है न?"

"कैसे…कैसे?"

"तुम्हें यह जानना चाहिए कि कार्तिक ने ऐसा क्यों किया? अपना इ-मेल देखो। मैंने एक छोटा सा वीडियो तुम्हें भेजा है।" श्रेयसी ने कहा।

दमन ने वैसा ही किया। उसने बीस सेकंड का वीडियो डाउनलोड किया और देखने लगा। वीडियो कुछ धुँधला था और ऐसे कोण से लिया गया था कि दमन को अनुमान लगाने में कोई दिक्कत नहीं हुई। उस वीडियो में जयंती रघुनाथ नशे में धुत नजर आ रही थी। उसने जयंती और श्रेयसी के बीच हो रही बातचीत को सुनने के लिए फोन को अपने कान के नजदीक किया।

"कार्तिक अच्छा लेखक है, पर मुझे नहीं लगता कि वह बहुत आगे जाएगा। पाठक उससे ऊब जाएँगे। इसीलिए मैं दमन को आगे बढ़ा रही हूँ।"

"तो तुम्हारी नजर में दमन कार्तिक से बेहतर है?"

"निस्संदेह। हालाँकि दमन को कुछ बातें सीखने की जरूरत है। ऐसी कोई बात नहीं है, जो बढ़ी हुई रॉयल्टी दर से प्राप्त न की जा सके।"

"तो तुम उसे कार्तिक से बड़ा बनाने के बारे में सोच रही हो?"

"अगर उसमें क्षमता है तो इसमें हर्ज क्या है? उसे बस, मेरी बात सुननी चाहिए। बस, उस श्रेयसी को उसकी किताब से बाहर करना होगा।"

दोनो महिलाएँ हँसती हैं और वीडियो समाप्त हो जाता है। दमन उसे दोबारा देखता है।

"हैलो!"

दमन ने फोन को अपने कानों पर रखते हुए कहा, "कार्तिक ने यह वीडियो देखा है?"

"और उसने तुम्हें ही बाहर का रास्ता दिखा दिया। मैंने तुमसे कहा था न कि मेरे धैर्य की परीक्षा न लो! तो अवनि के बारे में लिखने की बजाय बेहतर यही होगा कि तुम लिखो ही मत। यही बेहतर होगा।"

"तुम ऐसा क्यों कर रही हो?"

"तुम्हारे प्रेम के कारण, दमन।"

और फोन कट गया।

□

23

दमन पिछले एक घंटे से वोडाफोन आउटलेट पर अपना नंबर आने की प्रतीक्षा कर रहा था कि तभी उसका नंबर एल.ई.डी. पर प्रदर्शित हुआ और एक थकी हुई-सी कस्टमर एक्जीक्यूटिव ने कृत्रिम मुसकान के साथ उसका स्वागत किया।

"मैं आपकी क्या सहायता कर सकती हूँ?"

"हाय! मैं दमन हूँ। मुझे थोड़ी सी मदद चाहिए। यह एक नंबर है।" कहते हुए दमन ने उसके हाथों में कागज का एक टुकड़ा सरका दिया। उस पर वह नंबर लिखा हुआ था, जिससे उसने दमन को फोन किया था। तीन दिन हो चुके थे और श्रेयसी ने उसकी किसी कॉल का उत्तर नहीं दिया था। दमन इस पहेली को सुलझाना चाहता था और किताब का अनुबंध भी चाहता था।

"मैं यह जानना चाहता हूँ कि इस नंबरवाला व्यक्ति कहाँ रहता है।"

उस महिला ने कागज की ओर देखा और उसे दमन को वापस दे दिया।

"सॉरी सर, हम अपने ग्राहकों के नाम और पते सार्वजनिक नहीं करते। यह हमारी कंपनी की नीति के खिलाफ है। क्या मैं किसी अन्य बात के लिए आपकी सहायता कर सकती हूँ?" उस महिला ने मुसकराते हुए पूछा।

"मैं समझ सकता हूँ, लेकिन यह विशेष मामला है। मुझे इस नंबर से फोन आया था और मैं जानना चाहता हूँ कि मुझे यह मेसेज किसने भेजा है?"

महिला ने अपना सिर हिलाया, "मैं कुछ नहीं कर सकती, सर। क्या मैं किसी अन्य बात के लिए आपकी सहायता कर सकती हूँ?"

"तुम मुझे सुन रही हो या नहीं? मुझे इस नंबर से एक जरूरी कॉल आई थी। मुझे इसकी ही जानकारी चाहिए और आप इसके बदले में मुझसे कोई और सहायता माँगने को कह रही हैं! नहीं, मुझे और कोई सहायता नहीं चाहिए। मैं बस, इस नंबरवाले व्यक्ति का पता चाहता हूँ। क्या मुझे यह जानकारी मिल सकती है, मैडम, क्योंकि यह स्पष्ट रूप से आपकी जिम्मेदारी है।"

वह फिर से मुसकराती है। दमन उसके दाँत तोड़ना चाहता था।

"नहीं सर, मुझे इसकी अनुमति नहीं है।"

"क्या तुम्हारा दिमाग खराब हो गया है?"

"आपको अपनी आवाज ऊँची करने की जरूरत नहीं है।"

"मेरी जो मरजी आएगी, मैं करूँगा। बस, अपने लैपटॉप में देखकर बताओ कि यह व्यक्ति कौन है? जानकर मैं अपने रास्ते चला जाऊँगा, ठीक है। यह इतना कठिन भी नहीं है।" दमन अपने भरसक बिल्कुल धीमे स्वर में बोला।

"मैं नहीं कर सकती।"

"किसी को पता नहीं चलेगा। मैं इसके बदले में आपको पैसे देने को तैयार हूँ।"

लड़की ने अगल-बगल देखा और आगे झुकती हुई धीरे से बोली, "तीन हजार।"

"ठीक है।"

उस महिला को यह जानकारी निकालने के लिए कुछ बटन दबाने पड़े।

"आपका नाम क्या है, सर?"

"मैं दमन हूँ। तुम्हें यह जानकारी किसलिए चाहिए? मुझे बस, पता बताओ।" उसने कहा और अपनी पिछली जेब से पर्स निकाला।

कुछ देर की चुप्पी के बाद वह महिला बोली।

"यह नंबर आपके ही नाम पर दर्ज है।" वह महिला बोली।

"क्या? तुम क्या बात कर रही हो? अरे···पक्का?"

महिला ने कंप्यूटर स्क्रीन उसकी ओर घुमा दी। उसने कंपनी के पास जमा किए गए दस्तावेजों की स्कैन की हुई कॉपी भी दिखाई। वहाँ दमन का ड्राइविंग लाइसेंस और उसके हाथ से भरा हुआ आवेदन पड़ा था। दमन के हस्ताक्षर भी थे, पर वे फर्जी थे। दमन ने अपने चेहरे पर आश्चर्य के भाव छुपाए और उस महिला से माफी माँगते हुए वहाँ से चला गया।

जैसे ही वह अपनी कार में बैठा, उसका फोन बजने लगा। फोन उसी नंबर से आ रहा था।

"हैलो!"

"मैं देख रही हूँ कि तुम्हें मेरी कमी खल रही है।" श्रेयसी ने कहा।

"सुनो।"

"यदि तुम चाहो तो मैं कल शाम तुमसे मिल सकती हूँ, यदि तुम व्यस्त न हो तो।"

"कहाँ?"

"ऑक्सफोर्ड में कार्तिक के पुस्तक पठन का कार्यक्रम है, वहीं आ जाओ। मजा आएगा और हम बातें भी कर सकते हैं।"

"ओके, लेकिन···"

"हम तभी बात कर लेंगे। मुझे जाना है। बाय!"

□

24

अगले दिन दमन कनॉट प्लेस की ओर जा रही मेट्रो में सवार था। वह कार्यक्रम स्थल पर पहुँचा भी नहीं था और उसने किशोर वय युवक-युवतियों के दो समूहों को कार्तिक अय्यर के बारे में उत्तेजित होकर बात करते हुए देखा। वे कार्तिक को साक्षात् देखने के लिए बहुत व्यग्र थे। दमन को लगा, जैसे वे अभी रो पड़ेंगे। दमन कार्यक्रम शुरू होने के पंद्रह मिनट पूर्व शाम 5:45 बजे वहाँ पहुँच गया; लेकिन बुक स्टोर किशोरियों की भीड़ से भर चुका था, जो कि स्टेज को देखने की सबसे अच्छी जगह तलाश रही थीं। कुछ लड़के भी थे, जो अपनी प्रेमिका या बहन के कहने पर वहाँ आए हुए थे और उन्हें कार्तिक अय्यर का ऑटोग्राफ किसी भी कीमत पर लाने का काम सौंपा गया था। वह उस कमरे के सबसे आखिरी छोर पर खड़ा हुआ अपने फोन पर नजरें गड़ाए हुए था। श्रेयसी ने फोन नहीं उठाया था। जहाँ वह खड़ा था, उस जगह से वह स्टेज मुश्किल से ही दिखाई दे रहा था, जहाँ कुछ ही सप्ताह पूर्व वह बैठा हुआ था और आज उस स्टेज पर जयंती और कार्तिक को बैठना था। बीस मिनट बाद कार्तिक अय्यर ने भीड़ के शोर-शराबे के बीच उस कक्ष में प्रवेश किया। दमन को कुछ लड़कियों की आँखों में आँसू दिखाई पड़े। कार्तिक की किताब के कुछ वाक्यों को पढ़ने से उसके प्रति उनकी दीवानगी साफ झलक रही थी। कार्तिक उनकी ओर देखकर मुसकराया। वह देखने में आकर्षक था। उसकी लंबाई 6 फीट 1 इंच थी। उसने नीले रंग की शर्ट और जीन्स पहन रखी थी, जिससे उसकी पुष्ट भुजाएँ स्पष्ट झलक रही थीं। ऐसा लग रहा था जैसे वह किसी फोटो शूट के लिए आया हो; लेकिन इन सबके परे उसका चेहरा बहुत ही सौम्य और मुसकान से भरा हुआ था। दमन सोचने लगा कि यही वह व्यक्ति है, जिसके कारण वह बरबाद हो रहा है।

कार्तिक से बातचीत का सत्र शुरू हो गया। कार्तिक उसकी तुलना में कहीं बेहतर वक्ता था और वह जानता था कि भीड़ को कैसे प्रभावित किया जाए। उसके हर उत्तर के बाद तालियाँ गूँजती रहती थीं। उसने वहाँ उपस्थित भीड़ को अपने बचपन और उन दिनों की कहानियाँ सुनाईं, जब वह लेखक बनने के पहले एक वनस्पति-विज्ञानी के रूप

में कार्य करता था। वहाँ मौजूद भीड़ उसकी हर बात पर तालियाँ बजा रही थी। दमन ने उस भीड़ में श्रेयसी का चेहरा तलाशने की कोशिश की, पर सफलता नहीं मिली। स्टेज पर जब कार्तिक और जयंती की बातचीत समाप्त हुई और माइक्रोफोन हटाए जा रहे थे, तभी दमन ने अपना हाथ यथासंभव ऊँचाई तक उठाया। एकाध बार उसकी अनदेखी हुई, पर आखिरकार माइक्रोफोन उसके हाथ में आ गया। जयंती ने दमन की ओर देखा, पर उसने ध्यान ही नहीं दिया।

"हैलो, मैं दमन हूँ।" उसने कहा, "आपकी पूर्व में लिखी गई किताबों के लिए आपको बधाई और आगामी किताब के लिए शुभकामनाएँ। मैं भी लेखक हूँ, पर आपके जितना सफल नहीं। लेकिन क्या आपको ऐसा नहीं लगता कि आपकी सामान्य सी किताबों की अपेक्षा से अधिक सफलता के कारण अन्य लेखकों को अपनी प्रतिभा साबित करने का अवसर नहीं मिलता? जैसे जयंती रघुनाथ, जो कि मेरी भी संपादक हैं, ने मुझसे कुछ ही दिन पहले यह कहा है कि वह मेरी किताब अगले साल के अंत तक प्रकाशित करना चाहती हैं, क्योंकि अभी वह सिर्फ आपकी किताब पर ध्यान केंद्रित करना चाहती हैं। क्या आपको लगता है कि ऐसा करना ठीक है? यही मेरा प्रश्न है।"

उसने वापस माइक्रोफोन को स्टेज पर पहुँचा दिया। भीड़ खुसर-फुसर करने लगी।

"गधा! रूखा! ईर्ष्यालु!" भीड़ में मौजूद लड़कियाँ उसे ऐसे घूरने लगीं, जैसे उसे भीड़ में खीचकर पीट ही डालेंगी। वह कार्तिक की ओर ही देख रहा था, जो अपने खूबसूरत चेहरे के पास माइक्रोफोन लाता हुआ बोला।

"दमन, मैं एक लेखक हूँ। मैं किताबें लिखता हूँ। यही मेरा काम है। इसके आगे का काम मेरा नहीं है। मेरे कंप्यूटर से निकलने के बाद किताब का क्या होता है, इससे मुझे कोई लेना-देना नहीं है। कल यदि मेरी किताब सिर्फ एक पाठक ही पढ़ेगा, तब भी मैं लिखूँगा। तो यदि आप मुझसे यह कह रहे हो कि मैं किताब लिखना बंद कर दूँ तो मुझे लगता है, यह ज्यादती है। इससे ज्यादा मुझे और कुछ नहीं कहना।"

दमन ने इसके आगे सुनना बंद कर दिया। अपनी ओर कई घूरते हुए चेहरों के बीच उसे श्रेयसी का मुसकराता हुआ चेहरा दिखाई दिया। वह मुड़ी और वहाँ से चली गई। दमन ने भीड़ के बीच से उसके पीछे जाने का प्रयास किया, पर वह भीड़ में अटक गया।

उसने कार्तिक को यह कहते हुए सुना, "मुझे आशा है कि आपको अपने सवाल का जवाब मिल गया होगा।"

"धन्यवाद!" कहते हुए दमन भीड़ के बीच से निकलने का प्रयास करने लगा। श्रेयसी तक पहुँचने की जल्दी में उसका पैर एकाध लड़कियों के ऊपर भी पड़ गया।

वे चीखीं, "देखकर चलो।"

अंततः वह भीड़ से बाहर निकलकर साँस लेने में कामयाब हो गया। उसने अपने

बाईं और दाईं ओर देखा। उसने श्रेयसी को बुक स्टोर के नजदीक ही स्थित छोटे से कैफे में प्रवेश करते हुए देखा।

"धत तेरे की!" उसने दमन को देखते ही कहा। वह काफी शांत नजर आ रही थी।

"तुम कुछ लोगे? तुम एकदम बुरे लग रहे हो। तुमने आखिरी बार कब नहाया था?"

दमन ने एक सिगरेट निकाली और पीने लगा।

"तुम यहाँ धूम्रपान नहीं कर सकते।" श्रेयसी बोली।

दमन ने सिगरेट बुझा दी।

वह बोली, "तुम्हें दोबारा देखकर खुशी हुई। मुझे यह देखकर खुशी हुई कि तुम मेरी तरह ही कार्तिक से नफरत करते हो। वह बिल्कुल···छोड़ो, मुझे अफसोस है कि उसके कारण तुम्हारी किताब का प्रकाशन टल गया है।"

"मेरी किताब आने में तुम्हारे ही कारण देर हो रही है।"

"तुम ज्यादा गहराई में जा रहे हो। यहाँ की चाय अच्छी होती है। तुम पीकर देखो।"

"तुमने यह नंबर मेरे नाम पर कैसे रजिस्टर किया?"

"तुम हमेशा एक उत्सुक लेखक ही रहते हो।" कहते हुए श्रेयसी हँसने लगी।

"चलो, हम वह बात करें, जिसके लिए हम यहाँ आए हैं। मैं···"

दमन ने उसे बीच में ही रोक दिया, "इसके पहले कि तुम कुछ भी बोलो, मैं एक बात बिल्कुल स्पष्ट कर देना चाहता हूँ कि भले ही मैंने अपनी किताब में तुम्हारा नाम इस्तेमाल किया हो और किताब में श्रेयसी का पात्र लिखते समय मैंने तुम्हारे बारे में ही सोचा हो, लेकिन आज मेरे और तुम्हारे बीच कुछ भी नहीं है। गोवा में जो कुछ भी हुआ, वह वहीं खत्म हो गया। मैंने उसे पीछे छोड़ दिया है और तुम भी छोड़ दो।"

"तुम्हारे लिए यह कहना बहुत आसान है।"

"श्रेयसी···"

"तुम वह व्यक्ति नहीं हो, जिसको हर बात याद रहती हो, इसलिए मुझे नसीहत देना बंद करो।" उसने आह भरते हुए कहा, उसने अपने फोन को निकाला और कुछ बटन दबाए।

"अपना मेल चेक करो। मेरा मुँह मत ताको, अपना मेल चेक करो।" उसने कहा।

दमन ने अपना मोबाइल निकाला और अपना इ-मेल खोलकर देखा। "यह क्या है?" मेल के साथ संलग्न फाइल को देखते हुए उसने कहा।

"यह मेरी गोवा यात्रा की हवाई जहाज की टिकट और होटल की बुकिंग है। यदि तुम चाहो तो सुमित को कॉल करके पूछ सकते हो कि इसी दौरान हम भी गोवा में थे और तुम भी उसी होटल में ठहरे थे।" वह बोली।

दमन ने अपना फोन एक ओर रख दिया, "तुम कहना क्या चाहती हो, श्रेयसी?"

उसकी आँखों से प्यार छलक रहा था। "वह केवल एक कार यात्रा ही नहीं थी, बेबी।"

"इसका क्या मतलब है?"

"तुम्हारा मित्र और मैं गोवा में एक ही होटल में ठहरे थे। तुम और मैं एक घंटे नहीं, बल्कि पूरे तीन दिन तक साथ रहे और एक-दूसरे के प्यार में गिरफ्त हो गए थे। हम अपने दोस्तों से छुपकर मिलते रहे। हम लंबी दूरी की यात्रा पर साथ गए। हमने सितारों के तले ड्रिंक्स लिये और डूबकर प्यार किया। हमारे हाथ एक-दूसरे को थामे रहते थे, जब तक कि उनमें नरमी न आ जाए। हम चाहते थे कि समय वहीं रुक जाए। मेरी सगाई हो चुकी थी और मेरे लिए मौज-मस्ती का यह अंतिम अवसर था। मुझे सिर्फ यह बताओ, तुम्हारे दोस्तों ने क्या तुम्हें शराब लाने के लिए अकेले भेजा था?"

"क्यों?"

"तुम अपनी मरजी से मेरे साथ आए थे, क्योंकि तुम मेरे साथ वक्त गुजारना चाहते थे। ठीक है, मुझे बताओ, क्या तुमने अपनी गोवा यात्रा की तसवीरें देखी हैं? कितनी तसवीरों में तुम सुमित के साथ हो? क्या तुमने कभी सोचा है कि इन तसवीरों में तुम नदारद क्यों हो, क्योंकि तुम हर समय मेरे साथ ही थे?"

"कोई तसवीर नहीं है। सुमित का डाटा कार्ड खराब हो गया था।"

"कितनी आसानी से कह दिया।"

"ओह, प्लीज श्रेयसी, उसने दुर्घटना के उपरांत मेरी रिकवरी के लिए उन तसवीरों को डिलीट कर दिया होगा और इस बात से कोई ज्यादा फर्क नहीं पड़ता कि हमने साथ में कुछ घंटे व्यतीत किए या तीन दिन। तुम अब शादीशुदा हो और मेरे मन में तुम्हें लेकर अब वे भावनाएँ नहीं हैं। हमें अब अपने-अपने जीवन में ही खुशियाँ तलाश करनी चाहिए।"

"मैं आगे बढ़ना नहीं चाहती।"

"तो तुम मुझसे क्या चाहती हो?"

श्रेयसी ने दमन का हाथ पकड़ते हुए कहा, "बेबी, जिस समय तुम अस्पताल में गहरी निद्रा में डूबे हुए थे, उस समय मेरे बिस्तर पर एक विचित्र आदमी मेरी टाँगों को फैलाकर दिन-रात मेरे साथ सहवास कर रहा था। तुम जानते हो, वह सब मैंने कैसे सहा? सिर्फ तुम्हारे नाम पर, तुम्हारी स्मृतियों और तुम्हारे चेहरे के सहारे।" उसकी आँखों से आँसू बह निकले। उसने आँसू पोंछते हुए कहा, "और फिर तुम अपनी गहरी निद्रा से जाग गए। तुम्हें मेरा नाम याद था। मैं तुम्हें देखने भी आई, लेकिन···"

"तुम कभी मुझे देखने नहीं आईं। मुझे बताया गया था कि तुम देश के बाहर चली गई थीं।" दमन बोला।

"क्योंकि उन्हें मुझसे नफरत थी। उनका यह कहना था कि सिर्फ मेरे कारण तुम मौत के मुँह में जाते हुए बचे हो। इसलिए उन्होंने मुझे तुमसे मिलने नहीं दिया। उन्हें यह डर था कि यदि मैं तुमसे मिली तो तुम हकीकत जान जाओगे।"

"कौन सी हकीकत?"

"तुम उन सपनों में क्या देखते थे, दमन? कार कौन चला रहा था—तुम या मैं?"

"यह बात बदलती रही, पर ज्यादातर सपनों में तुम ही चला रही थीं।" दमन ने कहा।

"कार तुम चला रहे थे, दमन। तुम शराब पिए हुए थे और मुझे देख रहे थे। तुम्हारा इस बात पर ध्यान नहीं गया कि एक टैक्सी गलत दिशा से आ रही है। उस रात दो लोग मरे थे।" श्रेयसी ने तथ्यात्मक रूप से कहा।

"लेकिन…"

"जितनी बार तुम्हें यह स्वप्न आया कि तुम कार चला रहे थे, तुम्हारा उपचार पाँच कदम पीछे सरक जाता था। तुमने मौत से जूझने में बहुत मेहनत की है। इसीलिए उन्होंने तुम्हें यह विश्वास दिलाया कि उस रात कार मैं चला रही थी। वे तुमसे झूठ बोलते रहे, ताकि तुम शांत रहो। क्या उन्होंने तुमसे ऐसा नहीं कहा था? बताओ?" श्रेयसी ने कहा।

"हाँ, उन्होंने ऐसा ही किया था।"

"तुम्हें मुझसे दूर रखने के लिए मैं उन्हें दोषी नहीं मान रही हूँ। वे चाहते थे कि तुम जल्दी से ठीक हो जाओ और मैं भी यही चाहती थी। उन्होंने सोचा कि तुमने मुझे देख लिया तो तुम्हें याद आ जाएगा कि कार मैं नहीं, तुम चला रहे थे। यदि मेरी अनुपस्थिति से तुम ठीक होते हो तो मैं दूर ही रहूँगी, ऐसा मैंने सोचा था। मैं तुमसे दूर हो गई। मैं तुम्हारी समस्या बढ़ाना नहीं चाहती थी।"

"तुम जो कह रही हो, भले ही वह सब सच हो; परंतु अब तुम मुझसे क्या चाहती हो?"

"तुम्हारे मुँह से प्यार भरे शब्द, बेबी। मैं सिर्फ यही चाहती हूँ। मेरी अनुपस्थिति के बावजूद तुमने मेरे नाम का इस्तेमाल किया और मेरे बारे में लिखा। मैं जानती हूँ कि मैं तुम्हारे साथ नहीं रह सकती, पर जब भी मैं उन छोटी-छोटी कहानियों को पढ़ती हूँ, मैं स्वयं को तुम्हारे साथ पाती हूँ। तुम ही मेरी खुशी थे, तुम्हीं मेरे सबकुछ थे; लेकिन उसके बाद…"

"श्रेयसी के जयंती संस्करण की किताब आ गई।" दमन ने कहा, "देखो श्रेयसी, मैं तुमसे माफी चाहता हूँ कि उस किताब के कारण तुम्हें दुःख पहुँचा, पर तुम्हें यह मानना

ही पड़ेगा कि मुझे इस बात की जानकारी नहीं थी।"

श्रेयसी ने त्योरियाँ चढ़ा लीं, "तुम्हें लगता है कि मुझे दुःख हुआ? मैं दुःखी नहीं थी। मैं स्वयं को ठगा हुआ महसूस कर रही थी, जैसे मेरे अंदर का इनसान ही मर गया हो और फिर भी तुम उसके साथ एक किताब का अनुबंध करने जा रहे हो। और वह भी ऐसी किताब, जिसमें मेरा जिक्र ही न हो।"

"यह मेरा कॅरियर है। क्या समझीं।"

"मेरे सामने आवाज ऊँची करने की जरूरत नहीं है, तुम्हें यह बात जान लेनी चाहिए।" श्रेयसी ने चेतावनी देते हुए कहा।

दमन ने अपनी आवाज धीमी कर ली, "मैं समझ सकता हूँ कि तुम कहाँ से आ रही हो। पर जो बीत गया, वह बात गई। हम एक अच्छे दोस्त की तरह रह सकते हैं। इससे ज्यादा नहीं।"

वह रूखे तरीके से हँसते हुए बोली, "हम कभी दोस्त नहीं होंगे। हम प्रेमी-प्रेमिका थे और वही रहेंगे। मैं तुमसे यही चाहती हूँ। यही बात तुम भी चाहते हो। अपनी अगली किताब में श्रेयसी के बारे में ठीक से लिखो। इससे मुझे खुशी होगी।"

दमन ने सोचा, भाड़ में जाए यह लड़की। पूरी पागल है! "एक तो अभी तक कोई अनुबंध नहीं हुआ है, दूसरा मेरे पास इस किताब के रचनात्मक अधिकार नहीं हैं।"

"तुम सिर्फ किताब लिखने पर ध्यान दो। जयंती की बात बाद में होगी। किताब का अनुबंध होकर रहेगा, मैं वचन देती हूँ। मुझ पर थोड़ा तो भरोसा रखो।"

"दरअसल कार्तिक के कारण..."

"उसका ध्यान रख लिया जाएगा। तुम सिर्फ किताब लिखने पर ध्यान दो।"

"और यदि मैं न लिखूँ तो?" दमन ने पूछा।

वह खड़ी हो गई। "तुम जरूर लिखोगे।" दमन के बालों पर हाथ फेरते हुए उसने कहा, "मैं तुम्हें बहुत प्यार करती हूँ।"

और वह वहाँ से चली गई।

□

25

यह सोमवार की सुबह थी और अवनि ने स्वयं को बाथरूम के एक कोने में बैठकर रोते हुए पाया। ऐसा महसूस हो रहा था जैसे कि उसकी पीठ में छुरा भोंक दिया गया हो और वह धीरे-धीरे घुमाया जा रहा हो। यह वह नहीं थी। वह तो एक ऐसी खुशमिजाज, मस्तमौला लड़की थी, जिससे हर लड़का प्रेम करना चाहता था। उसने दमन के लिए क्या-क्या नहीं किया! एक सफल लेखक बनने की दमन की महत्त्वाकांक्षा को झेलना, माता-पिता का एक बेहतर जॉब वाले लड़के को तलाशने का दबाव, दमन को उसके रचनात्मक कार्य में खलल न डालने हेतु कई-कई दिनों तक उसे कॉल न करना··आदि। उसके लिए संबंधों के यही मायने थे और यही वफादारी थी। इसी का नाम तो जिंदगी था। आप जैसा बोएँगे, वैसा काटेंगे। जब से दमन की डील टूटी है, तब से आज तक मैंने दिन-रात उसकी चिंता की और उसने मुझे इसका यह परिणाम दिया?

पिछली शाम वह दस दिनों बाद दमन से मिली थी। वह बहुत ही दुबला व कमजोर लग रहा था। उसकी आँखों के आसपास काले घेरे हो गए थे और गाल पिचक गए थे। कुछ ही दिनों में वह बुजुर्ग-सा लगने लगा था। डील के साथ-साथ वह भी टूट गया था। वह देखते ही समझ गई थी कि दमन इन दिनों बहुत सिगरेट पी रहा है और बहुत कम सो रहा है। उसे उस शाम अपार्टमेंट से बाहर ले जाने में अवनि को बहुत मेहनत करनी पड़ी थी। वह अवनि की बातों पर बस, शांत रहता, मुसकराता और गरदन ही हिलाता रहा। वह बहुत भूखा लग रहा था, पर उसने बहुत कम खाया।

"सब ठीक हो जाएगा।" अवनि उसे बार-बार समझा रही थी।

जब दमन कुछ देर के लिए वॉशरूम गया तो अवनि ने उसका फोन चेक किया। वह ऐसा करना नहीं चाहती थी, लेकिन उसका फोन बार-बार बज रहा था और वह उसे शांत करना चाहती थी। वह ऐसा करने ही वाली थी कि तभी उसे स्क्रीन पर एक संदेश की प्रारंभिक पंक्तियाँ दिखाई पड़ गईं। उत्सुकतावश उसने फोन उठा लिया और अज्ञात नंबर से आए उस संदेश को पढ़ने लगी—

उसके बारे में मत लिखो।

आई लव यू।

मेरे अलावा किसी और का नाम मैं तुम्हारी किताब में नहीं देख पाऊँगी।

आई लव यू, दमन!

जैसा प्यार मैं तुमसे करती हूँ, वैसा वह नहीं करती। यदि तुम मेरे बारे में लिखोगे तो कार्तिक कहीं नहीं टिकेगा।

और अंत में आई लव यू। हमेशा ही तुम्हारी··श्रेयसी

दमन जब वॉशरूम से लौटा तो उसने उसे कुछ नहीं बताया। किसी काम का बहाना करके वह वहाँ से चली गई।

बारह घंटे बाद भी वह उस सच को हजम करने की कोशिश कर रही थी। अपना फोन उठाकर वह सोचती रही कि उसे क्या कहेगी। वह उसके प्रति नाराजगी भी व्यक्त नहीं कर सकती थी। 'मैं कितनी बेवकूफ हूँ! मैं ऐसे कैसे विश्वास कर गई कि श्रेयसी वास्तविक नहीं है? वह हर समय मौजूद थी। मैं इतनी अंधी कैसे हो गई थी?'

उसने सुमित का नंबर डायल करने की हिम्मत जुटाई। उन्होंने एक घंटे में मिलने का निश्चय किया। अवनि ने अपना चेहरा धोया और ऑफिस छोड़ने के पहले दोबारा से मेकअप किया और निकल पड़ी। जब वह कैफे पहुँची, तब सुमित उसका इंतजार कर रहा था। यह वही कैफे था, जहाँ पर दमन और सुमित उसका इंतजार किया करते थे। वह उनसे मिलने के पहले वॉशरूम जाकर अपने ऑफिस के कपड़ों की जगह काली/सिल्वर या पीले रंग की ड्रेस पहन लिया करती थी। वॉशरूम की कुंडी हमेशा संदेहास्पद रहती थी। एक बार दमन ने कुंडी खोलकर उसकी निजी तसवीरें उतार ली थीं। अगले हफ्ते वह उन तसवीरों को अपने सभी दोस्तों को भेजने की बात कहकर उसे धमकाता रहा था। जल्द ही यह मजाक पुराना पड़ गया; लेकिन उसके बाद जब भी वह वॉशरूम में होती, सुमित दरवाजे पर पहरा देता।

"हाय!" कहते हुए वह उसे गले लगाने के लिए उठा।

"हाय!"

"क्या हुआ? सब ठीक तो है न?"

"क्या तुमने दमन को इस मुलाकात के बारे में बताया?" अवनि ने सुमित से पूछा।

"नहीं, लेकिन···"

"धन्यवाद।"

वेटर ने उन दोनों के सामने मेन्यू कार्ड रख दिया और ऑर्डर की प्रतीक्षा करने लगा। अवनि ने दोनों के लिए कॉफी ऑर्डर की। उसे अपने आँसू रोकने के लिए बहुत मेहनत करनी पड़ रही थी। बोलने के पहले वह सोचने लगी, 'सभी लोग मुझसे झूठ बोलते रहे। सुमित, तुम भी। मैं तुम्हें अपना दोस्त मानती थी।'

"मैं तुमसे कुछ पूछना चाहती हूँ और चाहती हूँ कि तुम मुझसे सिर्फ सच बोलोगे। मैं आधा सच जानती हूँ, इसलिए झूठ बोलने में कुछ धरा नहीं है।"

"हुआ क्या है?"

"श्रेयसी कौन है?"

अवनि ने देखा कि सुमित का चेहरा काला पड़ गया था।

"तुम मुझसे क्यों पूछ रही हो?"

"वह सिर्फ किताब की पात्र ही नहीं है न?"

वेटर कॉफी लेकर आ गया और उनके सामने रख दी। इतना तो तय है कि उस कॉफी को उन दोनों में से कोई भी हाथ लगाने वाला नहीं था।

सुमित ने ठंडी आह भरी और बोला, "मैंने दमन को कहा था कि तुम्हें दुःस्वप्नों के बारे में बता दे।"

"कैसे दुःस्वप्न?"

सुमित ने अवनि को वे सभी बातें—दुर्घटना, उपचार, दुर्घटना उपरांत मनोवैज्ञानिक उपचार इत्यादि के बारे में विस्तार से बताया। अवनि ने उसकी बातें ध्यान से सुनीं। उसे सिर्फ दमन की दुर्घटना के बारे में ही पता था, बाकी सभी बातें उसके लिए नई थीं।

"बस, इतना ही?" अवनि ने पूछा।

"हाँ, हो गया।"

"तुम यकीन से कह सकते हो कि इसके आगे और कुछ नहीं है?"

"हाँ, मुझे यकीन है।"

सुमित के झूठ ने अवनि को भड़का दिया, "तो तुम मुझसे यह कह रहे हो कि वह लड़की दमन के जीवन से चली गई और फिर कभी नहीं लौटी?"

"हाँ, मेरे कहने का यही मतलब है।"

अवनि ने मेज पर जोर से हाथ मारा—"तुम लोग झूठ बोलना कब बंद करोगे?" मेज हिलने से कॉफी मग में से छलक गई।

अवनि के आरोप पर सुमित नाराज हो गया, "देखो अवनि, वह फिर कभी नहीं लौटी। ठीक है न! दमन ने उससे संपर्क करने की कोशिश भी की थी, लेकिन उसका कोई लाभ नहीं हुआ। जो इ-मेल आई.डी. मैंने उसे दी थी, उसे मैंने ही बनाया था। मैंने ही श्रेयसी बनकर उसके इ-मेल के जवाब दिए थे और उससे दूर रहने के लिए कहा था। मैं तुम्हें वे इ-मेल्स भी दिखा सकता हूँ। ठहरो।" सुमित ने अपनी पैंट की पिछली जेब से फोन निकाला और इ-मेल आई.डी. shreyasibose07@gmail.com पर लॉगइन करने की कोशिश करने लगा। सुमित ने उस इ-मेल आई.डी. पर लॉगइन करने के लिए हर संभव पासवर्ड इस्तेमाल किए, पर पासवर्ड गलत थे।

"मैं पासवर्ड भूल गया हूँ। तुम मेरा यकीन करो। मैं झूठ नहीं बोल रहा हूँ। मैं खुद भी उस कुतिया से नफरत करता हूँ और चाहता हूँ कि दमन उसे भूल जाए। वह किसी काम की नहीं है। उसकी वजह से दमन मरते-मरते बचा है।"

अवनि बड़े गौर से सुमित को देख रही थी। वह झूठ नहीं बोल रहा था। अवनि को उसके चेहरे से लगा। सुमित का चेहरा गुस्से से तमतमा रहा था, यहाँ तक कि उसके माथे की नस साफ दिखाई दे रही थी।

उस मेल आईडी में shr··· टाइप करते ही शेष अक्षर ऑटो-फिल हो रहे थे। इसका मतलब यह था कि सुमित ने कभी-न-कभी उस नाम का प्रयोग करते हुए लॉगइन किया था।

सुमित ने बोलना जारी रखा—"तुम मुझसे यह सब क्यों पूछ रही हो? क्या उसने तुम्हें कुछ बताया है?"

"नहीं।"

"तो फिर?"

"क्योंकि श्रेयसी वापस लौट आई है।"

"यह कैसे हो सकता है?"

"वह दमन से प्यार करती है और उसे वापस पाना चाहती है।"

"यह क्या बकवास है? वह ऐसा नहीं कर सकती! कोई गलतफहमी हुई होगी।" सुमित गुस्से से बोला।

अवनि ने अपना सिर हिलाया, "मैंने दमन के फोन पर उसका मेसेज पढ़ा है।"

□

26

"क्या तुम मुझसे प्यार करते हो?" उसने पूछा। ये शब्द लहूलुहान मुँह से निकल रहे थे। उसका जबड़ा टूटा हुआ था। कार हवा में उछल गई थी। दो पलटी खाने के बाद मैं अब भी ड्राइविंग सीट पर था। मेरे हाथ स्टीयरिंग व्हील से हट गए थे। मैं स्वयं को सँभालने की कोशिश कर रहा हूँ। मेरे पैर टूट चुके थे और एक अजीब से कोण में मुड़ गए थे। मैं तीव्र दर्द से गुजर रहा था। कार पलट गई थी और चक्कर खा रही थी। झटकों से मेरी कमर ही टूट गई थी। वह मेरी ओर बढ़ी। उसकी कलाई की एक हड्डी त्वचा को भेदकर बाहर निकल आई थी। हड्डी विकृत रूप से बाहर निकल आई थी। मैं उसे स्पर्श करना चाहता था। इससे पहले कि मैं कुछ कर पाता, एक तेज झटके के साथ वह कार से बाहर उछल गई। कार ने एक और पलटी मारी। वह मेरी नजरों से ओझल हो गई और फिर कार में आग लग गई थी।

भौंचक्के दमन का ध्यान बगल से गुजर रहे ट्रकों की आवाज से हटा। वह पसीने से लथपथ था। उसकी कार एक व्यस्त सड़क के पास खड़ी हुई थी। लेकिन···वह ब्रिटिश काउंसिल की ओर जा रहा था। उसे कुछ भी याद नहीं है कि वह वहाँ कैसे पहुँचा? शाम होने को थी और यातायात बढ़ रहा था। उसने कार स्टार्ट की और ए.सी. चला दिया। ग्लोब कंपार्टमेंट में पड़े एक कपड़े से उसने सीट और स्वयं को पोंछा। उसने अभी कार स्टार्ट ही की थी कि तभी उसे मोबाइल फोन पर मिस्ड कॉल दिखाई दी। वह अवनि की कॉल थी। वह उससे बाद में बात कर लेगा। उसे परेशान करने की जरूरत नहीं है। वह वैसे ही बहुत परेशान है। पिछली बार जब वह अवनि से मिला था, उस समय वह बहुत बुरी अवस्था में था। उस शाम अवनि ने हजारों बार कहा था, 'सब ठीक हो जाएगा।' उसे इस बात का कोई अनुमान ही नहीं था कि दमन डील टूटने से नहीं, बल्कि उन दुःस्वप्नों से परेशान था। ऐसा पहली बार हुआ था कि उसके स्वप्नों और दुःस्वप्नों में कुछ समानता-सी थी। वह कार चला रहा था। जब से श्रेयसी ने उसे यह बारीक जानकारी प्रदान की है, उसका शरीर इस संभावना को स्वीकार करने की कोशिश कर रहा था। तो क्या हुआ, यदि मैं कार चला रहा था? इससे क्या फर्क पड़ता है? ज्यादातर रातों को वह बुखार में रहता

था, लेकिन सुबह ठीक हो जाता था। उसने अपने माता-पिता को इसके बारे में कुछ भी नहीं बताया, अन्यथा वे उसके अपार्टमेंट पर धावा बोलकर उसे जबरदस्ती अस्पताल में भरती करवा देते। जब तक वह घर पहुँचा, अवनि की 15 मिस्ड कॉल्स आ चुकी थीं। उसने कार पार्क की और सीढ़ियों को लाँघता हुआ जा रहा था, तभी उसे महसूस हुआ कि कहीं कुछ तो गड़बड़ है। वह कुछ और नजदीक आया तो उसने पाया कि अपार्टमेंट का दरवाजा आधा खुला हुआ है। अपनी मुट्ठी भींचते हुए वह दबे पाँव अंदर प्रविष्ट हुआ। उसका दिल तेजी से धड़क रहा था और पसीने की बूँदें उसके चेहरे पर उभर आई थीं। उसने दरवाजे पर कान लगाकर सुनने की कोशिश की। कोई अंदर था। उसने आसपास देखकर कोई बल्ला या डंडा ढूँढ़ने की कोशिश की। उसे लकड़ी का एक टुकड़ा मिला। दरवाजे से एक गज की दूरी पर स्वयं को स्थिर करते हुए उसने दरवाजे पर चिल्लाते हुए लात मारी, लेकिन बीच में ही रुक गया···उसने अपने हाथ झुका दिए।

"धत तेरे की! तुम यहाँ क्या कर रही हो? तुम···तुम अंदर कैसे आईं?" दमन ने पूछा।

उसका चेहरा पीला पड़ गया। उसने घबराते हुए कहा, "तुम्हारा फोन कहाँ है?" अवनि की आँखें रो-रोकर सूज गई थीं।

दमन ने अपना फोन तलाशने की कोशिश की और बाहर निकालते हुए कहा, "साइलेंट मोड पर होगा।"

अवनि ने उसका नंबर डायल किया तो फोन बज उठा। दमन ने कॉल काट दी।

"साइलेंट! हुँह!"

दमन ने क्षमा माँगी।

"ये क्या है, दमन?" अवनि ने मेज पर रखे हुए कागजों की ओर इशारा करते हुए कहा।

दमन ने कागजों को उठाया। वे उसकी अगली किताब के सारांश के प्रिंटआउट थे। उसने उस कागज की कुछ लाइनों को देखा। उन पंक्तियों को बुरी तरह से काटा गया था। पेज पर काले मार्कर से क्रॉस का एक बड़ा सा निशान था।

"यह किसने किया है?" अवनि ने तेज आवाज में पूछा। जहाँ-जहाँ भी दमन के साथ अवनि का नाम लिखा था, वहाँ अवनि का नाम काटकर उस जगह 'वेश्या', 'कुतिया', 'रंडी' आदि शब्द लिख दिए गए थे।

"क्या···कैसे···" वह जानता था।

अवनि की आँखों से अंगारे टपक रहे थे, "मुझसे और ज्यादा झूठ बोलने की जरूरत नहीं है।" उसका शरीर काँप रहा था। उसने अपनी आस्तीन से अपने आँसुओं को पोंछा।

"मुझे श्रेयसी के बारे में पता है। सुमित ने मुझे सबकुछ बता दिया है।"

"मेरी बात सुनो..."

"वह कब लौटी?" उसने बुदबुदाते हुए पूछा, "तुम मुझे कब बताना चाह रहे थे? वह यहाँ थी। है न? उसी ने मुझे रंडी कहा है, है न?"

दमन की त्योरियाँ चढ़ गईं।

अवनि ने उसकी आँखों में आँखें डालते हुए कहा, "मैंने उसके द्वारा भेजा गया संदेश पढ़ा था। क्या तुम उसके साथ हमबिस्तर हुए हो? वह यहाँ कब-कब आती है? तुम उससे अब भी प्यार करते हो, है न? कैसे...?"

"बस, बहुत हुआ।" दमन ने उसकी बात बीच में ही काट दी, "यहाँ कोई नहीं आता। ठीक है? मैंने तुमसे बेवफाई नहीं की है। मैं इस संदेश के बारे में कुछ भी नहीं जानता। मैंने तुम्हारे दिखाने पर ही इसे देखा है।"

अवनि ने अपने हाथ के पिछले भाग से आँसुओं को पोंछा और उसकी ओर देखा, "तुमने मुझे क्या बिल्कुल बेवकूफ समझ रखा है? तुम कई-कई दिनों तक गायब रहते हो, मेरे फोन नहीं उठाते और ये सब?" कागजों की ओर इशारा करते हुए उसने प्रश्नवाचक निगाहों से उसकी ओर देखा—"ऐसा मैंने तुम्हारे साथ क्या किया था, जो यह दिन देखना पड़ रहा है?"

"अवनि..."

"तुम किस तरह के इनसान हो?"

"मैं कोई झूठ नहीं बोल रहा हूँ, ठीक है? क्या तुम..."

"इस सब का कोई मतलब अवश्य है।" वह बुदबुदाई, "इसीलिए तुम मुझे अपने माता-पिता से नहीं मिलवा रहे थे। मैं कितनी बेवकूफ हूँ! मैं बहुत-बहुत बेवकूफ हूँ।" कहते हुए उसने अपना चेहरा हथेलियों में छुपा लिया।

"मेरी बात सुनो..."

"मुझे अपने दोस्तों की बात मान लेनी चाहिए थी। वह एक लेखक है। उसे डेट मत करो। मैंने स्वयं अपना मजाक उड़वा लिया है, है न? मुझे उसे 'हाँ' बोल देनी चाहिए थी..."

"रोना बंद करो और मेरी बात सुनो।"

"क्या?"

"अवनि, चिल्लाओ मत और मेरी बात ध्यान से सुनो। हाँ, श्रेयसी लौट आई है, पर मैं उसे डेट नहीं कर रहा हूँ। मैं उससे सिर्फ तीन बार मिला हूँ।"

अवनि ने अपने हाथ ऊपर उठाए। वहाँ से जाने के लिए उसने अपना बैग उठा लिया।

दमन ने उसे टोकते हुए कहा, "सिर्फ पाँच मिनट मेरी बात सुनो। तुम्हें वह लड़की याद है, जिसे तुमने बुक लॉञ्चवाले दिन लिफ्ट दी थी? अशि? वही श्रेयसी है! वह मुझसे ब्रिटिश काउंसिल में एक अलग नाम से मिली थी। उसके पहले मैं नहीं जानता था कि वह श्रेयसी है। हाँ, मुझे उसके बारे में दुःस्वप्न आते थे, पर मुझे उसका चेहरा याद नहीं था। क्या तुम्हें सुमित ने यह नहीं बताया? मुझे गोवा की शायद ही कोई बात याद है। उसने हमारा पीछा किया। उसने तुम्हारा पीछा किया। उसने पुचकू तक का पीछा किया। उसने मेरी प्रशंसक होने का बहाना किया और मेट्रो स्टेशन से एक दिन मेरे घर पहुँच गई।"

"क्यों? उसने ऐसा क्यों किया?" अवनि ने पूछा। उसका चेहरा अब प्रश्नों से भरा हुआ था।

"उसे किताब बिल्कुल पसंद नहीं आई थी। उसे लगा जैसे मैंने उसका अनादर किया है।"

"इसका कोई अर्थ नहीं निकल रहा।" उसने कहा।

दमन ने उसे बैठाया और सारी बात बताई।

"तुम्हें गोवा की कोई भी बात याद क्यों नहीं है?"

दमन ने उसे दुर्घटना उपरांत अवसाद और डिसोसिएटिव एम्नेशिया के बारे में बताया। अवनि के गूगल पर सर्च करते समय दमन ने उससे कहा, "कभी-कभी मस्तिष्क ऐसी दर्दनाक स्मृतियों को बंद कर देता है, ताकि शरीर उस सदमे से बचा रहे। यह नकल करने जैसी प्रणाली है। यह उन बच्चों में पाई जाती है, जिनका यौन शोषण उनके रिश्तेदारों द्वारा किया गया हो। ऐसे में मस्तिष्क स्मृति को बंद कर देता है, ताकि अपराधी के साथ उसके संबंध अप्रभावित रहें।"

उसने अवनि को बताया कि किस तरह उसके माता-पिता और सुमित ने उसे बार-बार यह यकीन दिलाया कि उस दिन वह कार नहीं चला रहा था।

"लेकिन उसने मुझे बताया कि कार मैं ही चला रहा था।"

अवनि ने ब्राउजर बंद कर दिया और फोन को एक ओर रख दिया—"तो तुम उसके साथ प्यार में नहीं हो?"

"बिल्कुल नहीं।"

"लेकिन इसका मतलब यह है कि वह यहाँ आई थी।" किताब के सारांश की ओर देखते हुए उसने कहा, "ऐसा लगता तो है कि यह उसी का काम है।"

"यह गंभीर बात है। अब हम क्या करेंगे? आओ, यहाँ बैठो और इधर-उधर घूमना बंद करो। इससे मुझे और ज्यादा उलझन हो रही है।" अवनि ने कहा।

उसने दमन का हाथ अपने हाथ में लिया और सहलाने लगी। उसने बोलना जारी रखा, "मुझे कुछ पता नहीं। मैं बस...मुझे माफ कर दो। मैं कुछ ज्यादा ही गुस्सा हो गई

थी। मुझे ऐसी बातें नहीं बोलनी चाहिए थीं।"

"मुझे भी तुम्हें बता देना चाहिए था। मुझे लगा, सब ठीक हो जाएगा।"

"तो तुम अब उसका क्या करोगे, दमन? उसने तुम्हारा अनुबंध नष्ट कर दिया। भगवान् जाने, आगे वह क्या करने वाली है!"

"हमें किसी तरह से उससे इस बारे में बात करनी पड़ेगी।" दमन ने कहा।

अवनि ने गहरी साँस ली और अपना सिर उसके कंधों पर रख दिया।

"सुमित को भी यह सुनकर बहुत झटका लगा कि वह वापस आ गई है।"

"वह उससे नफरत करता है।"

"मैं समझ गई थी।" उसने कहा। कुछ पल ठहरने के बाद वह बोली, "क्या इस बात की कोई संभावना है कि वह श्रेयसी न हो?"

"तुम कहना क्या चाहती हो?"

"हो सकता है, वह तुम्हारी ऐसी दीवानी पाठक हो, जो स्वयं को श्रेयसी समझ बैठी हो? हो सकता है कि उसका नाम श्रेयसी होने के कारण वह सचमुच में स्वयं को किताब की पात्र समझने लगी हो? हो सकता है, वह बहाना कर रही हो कि उस दिन कार में वही थी?"

"मैंने भी पहले ऐसा सोचा था, पर इसकी संभावना नहीं है।" दमन ने कहा।

"उसने मुझे उसी मेल आई.डी. से इ-मेल्स भेजे हैं, जिससे श्रेयसी भेजा करती थी।"

"दमन, तुम्हें उस इ-मेल आई.डी. के बारे में कुछ और जानकारी ले लेनी चाहिए। मुझे लगता है कि श्रेयसी वापस नहीं आई है।"

□

27

कुछ घंटों तक लगातार प्रयास करने के बावजूद दमन के संदेशों का श्रेयसी की ओर से कोई उत्तर प्राप्त नहीं हुआ। तभी उसका फोन बज उठा।

"हाय श्रेयसी! मैं सुबह से ही तुम्हें मेसेज भेज रहा था।"

"जानती हूँ। मैं कहीं बाहर थी। ऐसा कौन सा जरूरी काम आ गया था?"

"मैं, हमारे बारे में बात करना चाहता हूँ।" उसने उत्तर दिया।

"हमारे बारे में? यह तो अच्छी शुरुआत है। तो बताओ, तुम हमारे बारे में क्या बात करना चाहते हो?" उसने कहा।

"इस तरह नहीं। मैं तुमसे मिलना चाहता हूँ। मैं आमने-सामने बैठकर बात करना चाहता हूँ।"

"वाह, टाइगर···थोड़ा धीरे चलो। हुआ क्या है? तुम तो मुझे अब डरा रहे हो। क्या तुम्हें कुछ याद है?"

"नहीं, मुझे कुछ भी याद नहीं। सब पहले जैसा ही है।" दमन ने कहा, "क्या तुम मुझसे अभी मिल सकती हो?"

"तुम्हारे मन में जो कुछ भी चल रहा है, वह मुझे पसंद आ रहा है। तुम कहाँ मिलना चाहते हो? सुनो, क्या तुम मेरे घर आना चाहोगे? आकाश वीजा के काम से दूतावास गया है। हमारे पास कुछ घंटे होंगे एकांत के। यदि तुम चाहो तो···"

"ऊँ! मुझे नहीं लगता, ये ठीक होगा। इससे···बुरा महसूस होगा।" दमन ने कहा।

"जरा स्वयं को देखो। नैतिक रूप से कितने अच्छे हो। ठीक है, तुम जगह बताओ, मैं वहीं आ जाती हूँ। हो सकता है कि मैं तुम्हें वे सब बातें बताऊँ, जो हमने साथ में की हैं। तुम फिर इस तरह का व्यवहार नहीं करोगे।"

"ऊँ···क्या तुम साउथ एक्सटेंशन आ सकती हो? एक घंटे बाद कोस्टा कैफे में?"

"······"

"सुन रही हो न?"

"हाँ, सुन रही हूँ। मैं थोड़ा अधिक खुश महसूस कर रही हूँ। मैं खुश हूँ कि तुमने

मुझे याद किया। थैंक्यू, दमन।"

"तो तुम वहाँ पहुँच जाओगी?"

"हाँ, मैं वहाँ पहुँच जाऊँगी।"

एक घंटे बाद दमन कोस्टा कैफे में श्रेयसी का इंतजार कर रहा था। उसने सफेद शर्ट, नीली पैंट और एक जोड़ी काले जूते पहने हुए थे। उसने दोबारा सुमित का नंबर मिलाया। इसके पहले उसकी कॉल का सुमित ने जवाब नहीं दिया था, परंतु इस बार सुमित ने उसका फोन उठा लिया।

"अरे, तुम कहाँ थे? सुबह से सैकड़ों बार कॉल कर चुका हूँ।"

"केवल दस कॉल्स ही तो की हैं।"

"ओके। सुनो, एक जरूरी बात है। पहली बात यह कि मैं जानता हूँ कि अवनि तुम्हारे पास आई थी और तुम इतने बड़े गधे हो कि तुमने इसके बारे में मुझे कुछ नहीं बताया। दूसरी बात यह कि उसने मुझे बता दिया है कि तुमने श्रेयसी के नाम से एक जाली इ-मेल आई.डी. बनाई है। अब…"

"उसने मुझसे कहा था कि तुम्हें न बताऊँ और तुम समझ सकते हो कि वह आई.डी. मैंने तुम्हारे भले के लिए बनाई थी। तुम उसके बारे में सोचना बंद कर दो।" सुमित बोला।

"हाँ, भैया…चाहे जो भी हो, लेकिन अब श्रेयसी वापस लौट आई है।"

"अवनि भी मुझे यही सब बकवास बता रही थी। मैंने उससे कहा है कि वह लड़की तुम्हारी कोई दीवानी पाठक हो सकती है। वह किसी हालत में श्रेयसी नहीं हो सकती।"

"हाँ, हम लोग भी ऐसा ही सोचना शुरू कर रहे हैं। यदि वह लड़की फर्जी है तो कोई-न-कोई वास्तविक श्रेयसी भी होगी! मैं और अवनि सुबह से ही उस अस्पताल के किसी ऐसे कर्मचारी को ढूँढ़ रहे हैं, जिसमें मुझे और अवनि को ले जाया गया था, ताकि मुझे कुछ रिकॉर्ड मिल सकें।"

"तुम्हें कुछ मिला?"

"अस्पताल दूसरी जगह स्थानांतरित हो गया है और उनके पास अब सिर्फ छह माह पुराने रिकार्ड्स ही उपलब्ध हैं।"

"ओह!"

"हमने पुलिस में भी संपर्क करने की कोशिश की; लेकिन दर्ज की गई एफ.आई. आर. पर श्रेयसी का सिर्फ प्रारंभिक नाम है, उसका सरनेम नहीं लिखा है। हमारे सामने कोई रास्ता ही नहीं बचा था। लेकिन तभी अवनि ने एक बात कही। तुमने श्रेयसी को अस्पताल में देखा होगा, है न? यदि मैं तुम्हें श्रेयसी की तसवीर भेजूँ तो तुम उसे पहचान लोगे, है न?" दमन ने सुमित से पूछा।

"हूँ।"

"कृपया मुझे बताओ, क्या तुम उसे पहचान पाओगे?" दमन ने विनती की, "अन्यथा हमारे लिए उस लड़की की पहचान साबित करना बड़ा जटिल काम होगा।"

"मैं···मैं···मुझे लगता है, मैं उसे पहचान लूँगा।" सुमित बोला।

"वाह!" दमन मुसकराया, "वाह, बहुत खूब! तुमने मुझे बड़ी खुशखबरी दी है, भैया। सुनो, मैं उससे कुछ ही देर में मिलने वाला हूँ। मैं उसकी एक तसवीर लेकर तुम्हें भेजने का प्रयास करूँगा। यदि वही श्रेयसी हो तो मुझे जल्द बता देना। ओ.के. ?"

"लेकिन मुझे समझ नहीं आ रहा है कि तुम ऐसा क्यों कर रहे हो? क्या तुम अब भी श्रेयसी को प्यार करते हो?"

"मैं? जैसे ही मैं वास्तविकता से अवगत हुआ, कल्पना भूल गया।" दमन ने कहा, "ओह···शिट···वह आ गई है। मैं जल्द तुम्हें उसकी तसवीर भेजने का प्रयास करता हूँ।"

□

28

उसने श्रेयसी को कैफे के बाहर अपने बालों को ठीक करते हुए देखा। लाइनवाली शर्ट और काले रंग की पैंट में वह आकर्षक लग रही थी। अपने फोन में देखने का बहाना करते हुए उसने श्रेयसी की एक तसवीर निकाल ली और सुमित को भेज दी। दमन को देखते ही श्रेयसी ने मुसकराकर और हाथ हिलाकर इशारा किया। उसकी ओर बढ़कर उसने दमन को गले से लगाया। दमन ने उसकी पीठ पर हाथ रखा। कुछ सेकंड तक वे इसी अवस्था में रहे। दमन ने सुमित के पास तसवीर पहुँचने तक का इंतजार किया। नेटवर्क कमजोर था।

"धत्त तेरे की!" दमन ने कहा और श्रेयसी के लिए कुरसी सरकाई। उसने पाया कि वह रो रही थी। "क्या तुम्हें यह जगह ठीक नहीं लगी?"

श्रेयसी मुसकराते हुए बोली, "क्या तुम्हें सच में कुछ याद नहीं है? यह उन्हीं दो जगहों में से एक है, जहाँ बैठकर तुम लिखा करते थे। तुमने मुझे बताया था।"

"क्या मैंने तुम्हें बताया था कि मैं एक लेखक बनना चाहता हूँ?"

"हाँ, बताया था। तुमने कभी नहीं सोचा था कि तुम ऐसा कर पाओगे; पर आज देखो!" कहते हुए उसने दमन का हाथ पकड़ लिया—"तुम कुछ खाना चाहोगे?"

उन्होंने ब्रेड सैंडविच और कॉफी ऑर्डर की। सैंडविच का बड़ा सा टुकड़ा खाते हुए उसने पूछा, "तो तुम हमारे बारे में क्या बात करना चाहते थे? यहाँ के सैंडविच बहुत अच्छे होते हैं। खाकर देखो।"

सैंडविच का एक छोटा सा टुकड़ा खाते हुए उसने पूछा, "मैं हम दोनों के बारे में जानना चाहता हूँ। जैसा कि तुमने कहा है, मुझे कुछ भी याद नहीं है। हमने डेटिंग कैसे शुरू की? हम एक ही होटल में रुके थे, है न! लेकिन हमारे बीच बातचीत कैसे शुरू हुई? किसने शुरुआत की? पहल किसने की? तुमने या मैंने? हमने किस बारे में बात की?"

वह कहीं तो गलती करेगी, उसके उत्तर देने के पहले दमन ने सोचा। वह मुसकराने लगी और एक टिशू पेपर से अपने मुँह को पोंछने लगी।

"क्या तुमने प्रश्नों की लिखित सूची बना रखी है? मैं तुम्हारे सारे प्रश्नों का जवाब लिखित में ही दे दूँगी, यदि तुम्हें ठीक लगे तो!" अपनी उँगली चाटते हुए उसने कहा।

"मैं सारी घटनाओं को सिलसिलेवार अपने मस्तिष्क में याद करना चाहता हूँ। तो क्या हुआ कि मुझे कुछ याद नहीं? मैं कल्पना कर सकता हूँ! मैं कल्पना करने में माहिर हूँ।" दमन ने आँखें मिचकाते हुए कहा।

उसने दमन के हाथ पकड़ते हुए उन्हें चूम लिया। "हाँ, तुम कल्पना करने में बहुत माहिर हो। मुझे बहुत खुशी है कि हम ऐसा कर रहे हैं। क्या अवनि जानती है कि तुम उससे ब्रेकअप कर रहे हो?"

दमन की त्योरियाँ चढ़ गईं, "श्रेयसी, मैंने यह कभी नहीं कहा कि मैं अवनि से ब्रेकअप कर रहा हूँ। मैं पिछले एक साल से उसके साथ हूँ। तुम्हारे साथ गुजारे गए तीन दिनों की तुलना में यह बहुत ज्यादा है।"

"तुमने मुझसे अपने बारे में लिखने और अवनि के बारे में न लिखने को कहा है। क्या इसीलिए तुमने किताब के उन हिस्सों से उसका नाम काट दिया?"

"यह सच है; लेकिन…"

दमन ने उसकी बात बीच में काट दी। वह उसके साथ यथासंभव नरमी के साथ पेश आने की कोशिश कर रहा था। उसने श्रेयसी के हाथ पर चुंबन लेते हुए कहा, "जिस तरह तुम्हारे पास अपने पति को छोड़ने का कोई कारण नहीं है, उसी तरह मुझे भी अवनि को छोड़ने का कोई कारण समझ नहीं आता। मैं ठीक कह रहा हूँ न, या कुछ भूल रहा हूँ?"

उसका चेहरा सख्त हो गया—"एक अंतर है। तुम उसे प्यार करते हो, तुम उससे जुड़े हुए हो, यह बात मैं जानती हूँ। मैं अपने पति से कोई जुड़ाव नहीं महसूस करती। वह अपनी अगली पोस्टिंग में डूबकर मर भी जाए तो मुझे फर्क नहीं पड़ता।" उसने ठंडे तरीके से कहा।

"अवनि ने मुझे बहुत समय दिया है और मेरी देखभाल की है। मैं उसके प्रति बेवफा नहीं हो सकता। तुम यह बात समझ सकती हो, क्योंकि तुम प्यार में रही हो।" दमन ने कहा।

"अपनी बात में एक सुधार कर लो, मैं अब भी प्यार में हूँ।"

'थोड़ा तमीज से पेश आओ।' दमन ने स्वयं से कहा। उसे ही कोई गलती करने दो। "हाँ, तुम अब भी प्यार में हो और इसलिए तुम समझ सकती हो कि उसे कैसा लगेगा! तुम दोनों मुझे याद करते हो; पर एक बात मैं समझ नहीं पा रहा हूँ कि अपनी अगली किताब में मैं क्यों तुम्हें उसकी जगह तरजीह दूँ? केवल तीन दिन ही हम साथ रहे हैं। तो मुझे बताओ कि इसमें ऐसी कौन सी खास बात है कि मैं उसकी जगह तुम्हें प्राथमिकता दूँ?"

"......"

"ओह, कमऑन! तुम ऐसे रो नहीं सकतीं। मैं तुमसे सिर्फ तर्क कर रहा हूँ।" दमन ने कहा और अपना हाथ उठाया।

"यह तीन दिन से अधिक था।"

"हाँ, मैं जानता हूँ कि…"

श्रेयसी ने उसे बीच में टोकते हुए कहा, "मैं तुम्हें ज्यादा लंबे समय से प्यार कर रही हूँ, दमन। मैं भले ही सामने नहीं आई, लेकिन मैं हर समय तुम्हारे आसपास ही थी। मैं तुम्हें देखती थी, प्यार करती थी और बचाती थी। अवनि के पहले, यहाँ तक कि उस दुर्घटना के पहले, गोवा के पहले, हर बात के पहले…"

"तुम किस बारे में बात कर रही हो?"

उदास आँखों और चेहरे पर मुसकान के साथ वह बोली, "तुम हमेशा से यही चाहते थे कि तुम्हारी प्रेमकथा लाइब्रेरी से शुरू हो, है न?"

"मैंने तो अब तक यह किसी को नहीं बताया। हाँ, पर तुम कैसे जानती हो?"

"हमारी मुलाकात गोवा में ऐसे ही हुई थी।"

"तो? क्या…"

"यह एकाएक नहीं थी, बल्कि इसकी योजना बनाई गई थी। तुम्हारी नजर में गोवा में हमारी प्रेम-कहानी की शुरुआत एक आकस्मिक घटना है; लेकिन मैंने इसकी योजना महीनों पहले बना ली थी।" उसने अपनी उँगली दमन के चेहरे पर फिराई—"तुम भले ही पहली बार मुझसे गोवा में मिले हो, पर मैं तुमसे पहले भी मिल चुकी थी—कई बार। तुमने मेरे साथ भले ही तीन दिन गुजारे हों, पर मैंने तुम्हारे साथ कई दिन गुजारे हैं। क्या तुम्हें याद है, हम पहली बार कहाँ मिले थे?"

दमन ने इनकार में सिर हिलाया, "नहीं।"

वह धीमे से मुसकराई और अगल-बगल देखने लगी—"यहीं पर, तीन साल पहले। दुर्घटना के एक साल पहले।"

"तुम्हारे कहने का क्या मतलब है?" दमन ने चकित होते हुए पूछा।

"डी.टी.यू. में अपने अंतिम वर्ष को याद करो।"

"उसका किसी भी बात से क्या लेना-देना है?" उसने पूछा।

"तुम यहाँ प्रायः आते थे। तुम कॉलेज में अपनी कक्षाओं के बाद 769 नंबर की बस पकड़कर यहीं आते थे। तुम मेट्रो से भी यहाँ आ सकते थे, पर तुम हमेशा बस द्वारा ही आते थे। इससे तुम्हें बस में किताबें पढ़ने के लिए पूरे दो घंटे मिल जाते थे, जिन्हें तुम अपने बैकपैक में रखकर लाते थे।"

"तुम यह सब कैसे जानती हो?" दमन ने आश्चर्यचकित होते हुए पूछा।

"तुम मुझे अपनी बात पूरी करने दोगे या यूँ ही बीच-बीच में टोकते रहोगे?"

"बोलो।"

"ज्यादातर समय तुम ग्रे रंग की टी-शर्ट, जींस और चप्पल में ही होते थे। तुम बस स्टैंड पर उतरकर सीधे कैफे आते थे। पहले तुम अकसर अमेरिकानो ऑर्डर करते थे, क्योंकि वह सस्ती हुआ करती थी। कभी-कभार तुम अपने साथ कॉफी सैशे लेकर आते थे और लोगों की नजरें चुराकर पानी में मिलाकर पी लिया करते थे।" कहते हुए उसने एक डेस्क की ओर इशारा किया, जिस पर कुछ पब्लिक कंप्यूटर रखे हुए थे। "तुम केवल उस वाले कंप्यूटर पर ही टाइप करते थे। तुम्हें किसी और की जरूरत ही नहीं होती थी। तुम स्क्रीन को ऐसे घूरते रहते थे, जैसे कोई और मौजूद ही न हो। उसी दिन पहली बार मैंने ऐसा महसूस किया था, जो उसके पहले कभी नहीं किया था। मैं नहीं जानती थी कि उस एहसास का नाम ही प्यार है।"

"लेकिन…"

उसने बोलना जारी रखा—"मैं यहाँ तुम्हें देखने के लिए अकसर आने लगी। तुम इस समय जिस सीट पर बैठे हो, मैं उसी सीट पर बैठकर तुम्हें टाइप करते देखती रहती थी। कभी-कभी तुम कॉफी ऑर्डर किया करते थे। कई बार उस समय तो मैं तुम्हारे पास ही खड़ी रहा करती थी। कभी-कभार हमारा शरीर स्पर्श हो जाता था। तुम शरमाते हुए क्षमा माँग लिया करते थे। मैं उन टिशू पेपर्स और जूठे कप को चुरा लिया करती थी, जिनसे तुम्हारे होंठों का स्पर्श हुआ करता था। धीरे-धीरे मेरी अलमारी का एक छोटा खंड ऐसी चीजों से भर गया था। एक माह कैसे गुजर गया, पता ही नहीं चला। तुम मेरी जिंदगी का सबसे महत्त्वपूर्ण हिस्सा बन चुके थे। मैं रोज ही शाम का इंतजार किया करती थी। मैं यहाँ अपने ऑफिस के समय के बाद आया करती थी और घंटों तुम्हें देखती रहती थी। मेरी सारी थकान तुम्हें देखते ही उतर जाती थी। लेकिन एक दिन तुमने आना छोड़ दिया। एक सप्ताह तक मैं इसी जगह बैठकर तुम्हारा इंतजार किया करती थी। मेरा दिल ही टूट गया था। मुझे कुछ-न-कुछ करना था। मैं तुम्हारे कॉलेज तक गई थी और फिर मुझे पता लगा कि तुम्हारे कॉलेज की लाइब्रेरी में हाई-स्पीड इंटरनेट लग गया था। अब बिना किसी कारण और संदेह के रोज तुम्हारे कॉलेज की लाइब्रेरी में आना मेरे लिए मुश्किल काम था, इसलिए मुझे फिर से तुम्हें कैफे की ओर आकर्षित करना था और इसी समय तुमने कैफे का रॉयल मेंबर कार्ड जीत लिया, जिससे तुम्हें इस कैफे में फ्री में कॉफी और एक डोनट मिला करता था। इसके बाद फिर तुमने कॉलेज की लाइब्रेरी में नहीं लिखा।"

'यह इस बात को कैसे जानती है?'

"तुम यहाँ फिर से आने लगे। हम साथ-साथ बहुत सा समय गुजारने लगे। तुम लिखते थे और मैं तुम्हें लिखते हुए देखा करती थी। मुझे इस बात का अफसोस होता था

कि तुम मुझ पर ध्यान नहीं देते थे। मैं अपने भरसक अच्छे-से-अच्छे कपड़े पहनकर आती थी, पर तुम सिर उठाकर भी नहीं देखते थे। शायद तुम शरमीले स्वभाव के थे। धीरे-धीरे मुझे पता चल गया कि तुम एक किताब लिख रहे हो। मैंने देखा था कि तुम इसे लेकर कितना संघर्ष कर रहे थे। मुझे तुम्हारे चेहरे पर तनाव साफ नजर आता था। मैं तुम्हें प्यार करती थी और तुमसे सहानुभूति रखती थी। मैं तुम्हें अपने घर ले जाना चाहती थी, प्यार करना चाहती थी और तुम्हें वे सारी चीजें दिखाना चाहती थी, जो मैंने एकत्रित कर रखी थीं। मैं तुम्हें बताना चाहती थी कि तुम्हारी अलिखित किताब का एक प्रशंसक भी है। इसी तरह कुछ हफ्ते गुजर गए। तुम यहीं बैठकर अपनी कहानी लिखने का प्रयास करते रहते थे। मैं यहाँ बैठकर तुम्हें देखती रहती थी। तुम कुछ पेज से अधिक नहीं लिखते थे। हर दिन तुम्हारे जाने के बाद मैं कंप्यूटर के रिसाइकिल बिन से तुम्हारे द्वारा डिलीट की गई कहानियों को ढूँढ़कर पढ़ा करती थी। मैं उनके प्रिंट आउट अपने घर ले जाती थी। मेरे पास वे सभी अब भी एक फाइल में सुरक्षित हैं। वे सभी अधूरे अध्याय हैं—हमारी ही कहानी की तरह।"

"जितनी बार भी मैं इन्हें पढ़ती थी, मुझे लगता था कि तुम्हारे बारे में बहुत कम जानती हूँ और तब मैं तुम्हारे बारे में और जानना चाहती थी। मैंने कभी ड्रग्स नहीं ली थी; लेकिन मैं सोचती हूँ कि इसका सेवन कैसा होता होगा! तुम्हें सिर्फ एक बार कोकीन लेनी है, उसके बाद तुम्हें हर बार उसे लेने की इच्छा होगी। कुछ ऐसे हफ्ते भी थे, जिनमें तुम कॉलेज की परीक्षा होने के कारण कैफे नहीं आए। भगवान् जानता है कि वे दिन मैंने कितनी मुश्किल से काटे! लेकिन परीक्षा के बाद तुमने फिर से आना शुरू कर दिया। हर दिन यहाँ बैठकर मैं सोचती रहती थी कि तुमसे क्या बोलूँगी; लेकिन मैं तुमसे बात करने की हिम्मत नहीं जुटा पाई। तुम्हारी कहानियों में दरशाई गई अभिनेत्री स्मार्ट, सेक्सी एवं अप्राप्य थी और मुझे लगता था कि मैं ऐसी नहीं हूँ।" कहते हुए उसने अपना फोन निकाल लिया। उसने दमन को एक तसवीर दिखाई, "देखो, मैं थोड़ी मोटी हुआ करती थी, लेकिन अब नहीं हूँ। है न!"

तसवीर में दमन को श्रेयसी थोड़ी मोटी लगी थी। यह एक सेल्फी थी। वह सेल्फी इसी कॉफी शॉप में ली गई थी। तसवीर में दमन को एक युवा दिखाई दिया, जो कि कंप्यूटर पर कुछ काम करने में मशगूल था। वह युवा दमन ही था।

"मेरे पास और भी तसवीरें हैं, बेबी।" कहते हुए उसने एक फोल्डर पर क्लिक किया। यह तसवीर भी उसी तरह की थी, जिसे उसी कोण से लिया गया था। सभी तसवीरें तीन साल पहले की थीं।

"तुम मुझे देख रही थीं?" दमन ने पूछा। वह तो पीछा करने वाली है।

"पूरे समय मैं तुम्हारी प्रशंसा ही करती रही। पूरे एक साल मैं उस जगह बैठी रही,

जहाँ अभी तुम बैठे हुए हो और तुम्हारी प्रशंसा करती रही। देखो, आज हम कहाँ हैं? अंततः हम किसी आश्चर्यजनक मोड़ पर हैं। हमारी पिछली मुलाकात एक गलती थी। जो कुछ भी गोवा में घटित हुआ, वह नहीं होना चाहिए था।"

"तुम गोवा कैसे आईं?"

"तुम्हारा पीछा करते-करते।"

"तुम्हें पता कैसे चला?"

"तुम प्रायः सार्वजनिक कंप्यूटरों पर अपना इ-मेल चेक किया करते थे और लॉगआउट करना भूल जाते थे। इसी तरह मुझे पता चला।" श्रेयसी ने कहा और कोने में रखे कंप्यूटर की ओर इशारा किया।

दमन ने उसी दिशा में देखा। कंप्यूटरों पर स्क्रीन सेवर लहरा रहे थे। 'मैं ऐसा कर सकता हूँ!' उसने सोचा।

"क्या तुमने मेरे इ-मेल्स चेक किए?"

"क्यों नहीं करूँगी? तुम मुझसे क्या छुपाना चाहते हो? खैर, मैं कुछ और कहानियों की तलाश में हूँ; लेकिन पता है, मुझे क्या मिला?" श्रेयसी ने उत्साहपूर्वक कहा, "गोवा के हवाई टिकट, होटल आरक्षण। मैं जानती थी कि यह एक संकेत है। यह मेरे लिए एक अवसर था। अन्यथा तुम क्यों अपना इ-मेल आई.डी. खुला छोड़ देते? मैं बहुत उत्साहित थी।" कहते हुए उसके चेहरे पर मुसकराहट तैर गई।

"और तुमने मेरा पीछा किया?"

उसने दाँत निपोर दिए—"हाँ, मैंने तुम्हारा पीछा किया और तभी मैं तुमसे मिल पाई। महीनों तक सिर्फ तुम्हें निहारते रहने के उपरांत अंततः यह होने जा रहा था। और यह उसी तरह होने जा रहा था, जैसा तुमने अपनी एक कहानी में लिखा था। गोवा की एक छोटी सी एकांत लाइब्रेरी में।"

श्रेयसी ने अपना सैंडविच खाकर खत्म कर लिया, जबकि दमन ने सिर्फ एक टुकड़ा ही खाया था। कॉफी के कप खाली हो चुके थे। श्रेयसी ने एक बार फिर से कॉफी और सैंडविच गरम करने का ऑर्डर दिया।

"क्या तब तक तुम्हारी सगाई नहीं हुई थी?"

"हाँ, हो चुकी थी; लेकिन जो गोवा में होना था, उसे तो वहीं छूट जाना था न। शादी करने के पूर्व तुम मेरे अंतिम प्रेम-प्रसंग होने वाले थे।" उसने उसका हाथ जोर से दबाते हुए कहा।

"तुम एक साल से मेरा पीछा कर रही थीं और मैं तुम्हारा एक अंतिम प्रेम प्रसंग होने वाला था, यह बात कुछ समझ नहीं आई!" दमन बोला।

श्रेयसी ने डपटते हुए कहा, "मैं तुम्हारा पीछा नहीं कर रही थी। मैं तुम्हें प्यार

करती थी, इसलिए तुम्हें देखा करती थी। मुझे तुमसे पहली नजर में ही प्यार हो गया था। निस्संदेह, मुझे यह समझने में कुछ समय लगा; पर मैं तुमसे हमेशा ही प्यार करती रही। यह एकदम सीधी सी बात है और कौन तुम्हारे लिए पूरे दिन भर वह सब काम करेगा, जो मैंने किया?"

"तुम्हारे कहने का मतलब इसमें मेरी बहन, अवनि और जयंती से अपरिचित होकर मिलना भी शामिल है? और बुकहाउंड से मेरी किताब का अनुबंध तुड़वाना भी?" दमन ने आरोप लगाया।

वह ऐसे मुसकराई जैसे उसकी तारीफ हो रही हो। "मैं सुमित से भी मिली हूँ। वह भी तुम्हें लेने आया था। वे चारों बहुत भोले हैं, खासकर तुम्हारा सबसे अच्छा मित्र और गुस्सैल लड़का सुमित। वे सभी अपना फोन इतनी सहजता से कैसे आसपास छोड़ देते हैं, जबकि सिर्फ चार अक्षर के पासवर्ड से उनके सारे राज सामने आ सकते हैं। जितना बड़ा फोन होगा, उन्हें पकड़ना उतना ही आसान होगा।" श्रेयसी ने उसके सामने एक फोन सरकाया—"तुम भी अलग नहीं हो, बेबी! तुम भी पासवर्ड डालते समय अपने इर्द-गिर्द नहीं देखते।" वह फोन दमन का था और अनलॉक स्थिति में था।

"उसने कब फोन उठाया? कैसे तुमने…"

"याद है, मैंने तुम्हें गौर से देखा है? इसके अलावा, मैंने वह तसवीर भी डिलीट कर दी है, जो तुम सुमित को भेजने के प्रयास में थे। तुम मुझे साफ-साफ बोल देते। जब हमारी बातचीत समाप्त हो जाएगी, तब हम साथ में तसवीर लेंगे। मैं जानती हूँ, किस दिशा से अच्छा प्रकाश आता है। मैंने यहाँ बहुत सी तसवीरें ली हैं।"

"मैं…"

"सुमित मुझे पसंद नहीं करता, है न? कोई बात नहीं। मैं बुरा नहीं मानती। वह तुम्हारा एक सच्चा मित्र है। उसकी जानकारी के बिना बता दूँ, मैं वह सभी काम कर चुकी हूँ, जो वह कर चुका है या करना चाहता है। तुम्हें वह लड़की याद है, जिसे तुम अंतिम वर्ष में डेट कर रहे थे? तुम पाँच माह तक उसके साथ संबंध में थे। तुम्हें लगता था कि तुम उससे प्यार करते थे। तुमने अपनी कुछ घटिया कहानियों में उसके नाम का जिक्र भी किया है। मैंने उसका नाम परिवर्तित कर दिया है। यदि…"

"अनन्या के बारे में क्या?"

"सुमित तुमसे लगातार उससे ब्रेकअप करने के लिए कहता रहा, क्योंकि वह पूरे कॉलेज में एक बदचलन लड़की के रूप में बदनाम थी; लेकिन तुम्हारे मन में उत्तेजक लड़कियों के प्रति झुकाव था। तुम हमेशा ऐसी लड़कियों की तरफ आकर्षित हुआ करते थे, जिन्हें पाना आसान न हो। तुम उन्हें बदलना चाहते थे, लेकिन उन्हें यह एहसास दिलाते रहते थे कि वे जैसी भी हैं, अच्छी हैं। बेबी, इस बात के लिए मैं तुम्हारा सम्मान

करती हूँ और प्यार करती हूँ; लेकिन वह तुम्हारे लायक नहीं है। वह रोज तुमसे झूठ बोलती है। वह तुम्हें धोखा देती है, तुम्हारा मजाक बनाती है और यह बात मुझे पसंद नहीं और तुम यहाँ इस कॉफी शॉप में बैठकर उस कुतिया का पक्ष ले रहे हो, उस रंडी के लिए अपने सबसे अच्छे दोस्त को नीचा दिखा रहे हो! वह तुम्हें उसकी कहानियाँ सुनाता रहता था, पर तुम उन पर भरोसा करने को तैयार ही नहीं थे। तो फिर किस बात से तुम्हारा उसके साथ ब्रेकअप हुआ?"

"......"

"तुम्हारे इ-मेल में उसके साथ हुई सेक्स चैट के स्क्रीन शॉट्स हैं। एक नहीं कई लड़कों के साथ। तुम्हें क्या लगता है कि किसने तुम्हें वे स्क्रीन शॉट्स भेजे हैं?"

"मुझे एक गुमनाम इ-मेल आया था।" दमन ने उत्तर दिया।

वह निर्लज्जतापूर्वक हँसती है, "भले ही उस समय वह गुमनाम इ-मेल था, दमन, लेकिन उसे मैंने भेजा था।" उसने फिर से अपने फोन में कुछ तलाशा। कुछ ही पलों में उसने कुछ और स्क्रीन शॉट्स दमन को दिखा दिए—"मैं हमेशा से तुम्हारी खोज में थी। कल्पना करो, यदि मैंने अनन्या की बेवफाई के साक्ष्य तुम्हें न भेजे होते तो तुम आज भी उसे डेट कर रहे होते! वह आज भी तुम्हें बेवकूफ बना रही होती। मेरा भरोसा करो, यह आसान नहीं था। वह बहुत चतुर लड़की थी। खैर, कोई बात नहीं, अब तो तुम जानते ही हो कि तुम्हारी सच्ची शुभचिंतक कौन है! मैंने तुम्हें हमेशा बचाया है। मैं तुम्हें यह बताना ही नहीं चाहती कि तुम्हारे आखिरी सेमेस्टर के दौरान किस तरह मैंने थर्मोडायनेमिक्स के पेपर में बचाया। मैं तुम्हें कभी नहीं बताऊँगी कि मैं तुम्हारे उस विषय के प्रोफेसर बी.वी. अरोरा से कैसे निपटी थी! मेरी तरफ इस तरह से मत देखो। मैंने उसे नहीं मारा।" कहते हुए वह हँसी—"मुझे अब तक तुम्हारा वह मुसकराता हुआ चेहरा याद है, जब तुम बहुत आकर्षक लग रहे थे, बेबी! मेरे पास तुम्हें सुनाने के लिए बहुत सी कहानियाँ हैं। तुमने पूछा है कि अवनि की तुलना में तुम मुझे क्यों प्राथमिकता दो? तुम्हें इसलिए प्राथमिकता देनी चाहिए, क्योंकि मैं ऐसा होने से रोक सकती थी। अवनि और तुम कभी एक साथ नहीं रहे हो।"

"लेकिन हम हैं।" दमन बोला।

श्रेयसी ने मेज पर हाथ पटका। उसके होंठ थर्राने लगे—"क्योंकि मैंने ऐसा होने दिया।" थोड़े कम क्रोधित स्वर में उसने बोलना जारी रखा—"मैंने ऐसा इसलिए होने दिया, क्योंकि मुझे लगता था कि वह ढीली और आलसी है। वह एक बैंकर है और तुम्हारी पसंद की लड़कियों जैसी तो बिल्कुल नहीं है। इसकी तुलना में अनन्या फिर भी बेहतर थी। जिन तीन लड़कियों को उसके पहले तुमने डेट किया है, उन सभी की तुलना में वह सबसे ज्यादा बोरिंग है। तुम ऐसा क्यों सोचते हो कि तुम अवनि के पहले

ब्वॉयफ्रैंड हो? तुम्हें क्या लगता है कि लोगों को पता नहीं है कि तुमने उसके साथ क्या-क्या गुल खिलाए हैं!"

"क्या हम नहीं कर सकते..."

"क्योंकि वह उदासीन-सी है, दमन। तुम और किसी की तुलना में उसे कहीं अधिक अच्छी तरह से जानते हो। अन्यथा तुम उसके बारे में पहले ही क्यों नहीं लिखते? यह वो प्रश्न है, जिसका उत्तर स्वत: स्पष्ट है, है न? और तुमने अब तक उसे अपने माता-पिता से क्यों नहीं मिलवाया, क्योंकि तुम उसके बारे में खुद भी निश्चिंत नहीं हो और न ही कभी होगे। अपने साथ बचपना करना छोड़ो, दमन! मैंने तुम्हें उसके साथ डेट पर जाते हुए देखा है। तुम उसकी संगत में बोर होते हो।"

"ऐसा नहीं है।" दमन ने प्रतिवाद किया।

"देखो, मैं जानती हूँ कि अवनि मेरे पति की तरह एक समझौता भर है।"

"लेकिन..."

"ओके, जैसा तुम ठीक समझो। एक बीच का रास्ता चुनते हैं। तुम्हें नाराज करके मैं कहाँ जाऊँगी, बेबी? मेरा भाग्य हमेशा के लिए तुम्हारे साथ जुड़ गया है। मुझे तुम दोनों के एक साथ होने पर कोई आपत्ति नहीं होगी, जिस तरह तुम्हें मेरे पति से नहीं होनी चाहिए। बस, तुम मेरे और मैं तुम्हारे प्रति निष्ठावान् रहूँ। सिर्फ मुझे ही तुम्हारा प्यार, तुम्हारी प्रेरणा, तुम्हारी साथी होने का हक है, समझे न! हम लेखक साहिल लुधियानवी और अमृता प्रीतम की तरह होंगे, जिनकी आपस में शादी नहीं हुई थी। उनकी किसी अन्य से शादी हुई थी, लेकिन वे एक-दूसरे को प्रेम करते रहे। तुम उनके बारे में जानते हो या नहीं? हम उन्हीं की तरह हैं।" कहते हुए वह खुश हो गई और उसके गाल लाल हो गए। ऐसा लग रहा था, जैसे वह किसी बच्चे की तरह कुरसी में झूलने लगेगी।

दमन वहीं बैठा रहा। उसका चेहरा अविश्वास से भरा हुआ था और वह किसी मूर्ति की तरह जड़वत् था।

उसने बोलना जारी रखा—"मैं जानती हूँ कि ऐसा करना तुम्हारे लिए थोड़ा मुश्किल होगा।"

"थोड़ा मुश्किल! तुम क्या बात कर रही हो! जो तुमने किया वह गैर-कानूनी है। उसके लिए मैं तुम्हें जेल में डलवा सकता हूँ!" दमन चीखा।

वह स्तब्ध होकर उससे पीछे हट गई। "तुम ऐसा क्यों करोगे? क्या तुम्हें मेरा प्यार दिखाई नहीं देता, बेबी? मैंने हम दोनों के लिए कितना कुछ किया है। तुम्हें जरूर महसूस हुआ होगा, है न!" उसकी आवाज काँपने लगी और उसने नजरें फेरते हुए अपनी आँखों के कोनों से आँसू पोंछ लिये। "पुलिस में जाने से कुछ नहीं होगा। तुम्हारे पास कोई सबूत नहीं है और वे तुम्हारी बात पर यकीन नहीं करेंगे। उलटा वे मेरी बातों पर विश्वास करेंगे,

जब मैं उन्हें बताऊँगी कि तुम्हारे फोन में श्रेयसी के नाम से एक फोल्डर है, जिसमें मेरे दूर से खींची गईं मेरी बहुत सारी तसवीरें हैं; लेकिन मुझे यह सुनकर ही दुःख हुआ है कि तुम पुलिस के पास जाने के बारे में सोच रहे हो।" कहते हुए उसने अपनी आँखें ऊपर उठाईं। उसकी आँखें सुर्ख लाल हो गई थीं।

दमन ने तुरंत अपने फोन में देखा और उसे वह फोल्डर दिख गया। फोल्डर का नाम श्रेयसी ही था। 'यह इसने कब किया? धैर्य रखो और शराफत से पेश आओ।' दमन सोचने लगा। वह श्रेयसी से यथासंभव विनम्रता से पेश आया और बोला, "अब उस पर विराम लगना चाहिए। मैं तुम्हारी भावनाएँ समझता हूँ और मुझे जानकर अच्छा लगा, लेकिन यह सब रुकना चाहिए। मैं तुम्हें साथ लेकर डॉक्टर के पास चलने को तैयार हूँ; लेकिन हमें इससे बाहर निकलने के तरीके पर विचार करना चाहिए। यह पागलपन बंद होना चाहिए।"

"तुम मेरे प्यार को पागलपन कह रहे हो? क्या पिछले तीन साल पागलपन थे?" श्रेयसी ने पूछा और उसकी आँखों से आँसू टपक पड़े।

दमन अपनी कुरसी उसके नजदीक ले गया और उसके कंधे पर प्यार से हाथ रखते हुए बोला, "श्रेयसी, बहुत हो चुका। अब इस पर लगाम लगनी चाहिए। तुम्हारे और मेरे भले के लिए मैं हम दोनों के बारे में सोच रहा हूँ। यह अवनि और तुम्हारे पति के लिए अच्छा नहीं होगा। हर संबंध कभी-न-कभी समाप्त होता है। हो सकता है, हमारे संबंध का यहीं पर अंत हो। तीन वर्ष एक लंबी अवधि है, है न? हमने अच्छा समय व्यतीत किया; पर अब बहुत हुआ। यदि तुम कहती हो कि तुम मुझे प्यार करती हो तो मेरे प्यार के लिए अब बस करो, ओके!"

उसने अपना चेहरा दमन की छाती में छुपा लिया और सुबकते हुए बोली, "क्या हम ऐसे ही नहीं रह सकते?"

"नहीं श्रेयसी, हम ऐसा नहीं कर सकते।" दमन बोला, "मैं तुम्हारे सामने हाथ जोड़ता हूँ।"

"नहीं-नहीं, मेरे सामने हाथ मत जोड़ो। मुझे अच्छा नहीं लगेगा।" उसने टिशू पेपर निकालकर अपनी नाक साफ की, फिर ठंडी साँस लेते हुए बोली, "मैं इस बारे में सोचूँगी। मैंने तुमसे बहुत प्यार किया है। क्या तुम मुझे थोड़ा समय दे सकते हो?"

दमन ने सहमति में सिर हिलाते हुए कहा, "हाँ, धन्यवाद।"

अपनी आँखों में आँसू होने के बावजूद वह हँसने लगी।

"क्या?" दमन ने चकित होते हुए पूछा। उसे डर लग रहा था कि पता नहीं अब वह क्या बताने वाली है।

"मुझे लगता है कि आज हमें सेक्स करना चाहिए। मैं भी कितनी बेवकूफ हूँ। क्या

तुम जानते हो कि गोवा में हम लोग लाइब्रेरी के बाद कहाँ गए थे?"

उसने इनकार में सिर हिलाया।

"तुम्हारे कमरे में। उस दिन तुम बहुत नरमी से पेश आए थे। तुमने मुझसे कहा था कि तुम कॉफी मेकर से बहुत अच्छी कॉफी बना लेते हो। मैं जानती हूँ कि यह मुझे बिस्तर तक ले जाने के लिए एक बहाना भर था। मैं भी यही चाहती थी। कमरे में पहुँचने के बाद तुमने कॉफी-वॉफी बनाने का कोई नाटक नहीं किया। तुमने सीधे...मुझे चूम लिया।"

"क्या हम लोगों ने..."

"तीन बार।" श्रेयसी ने बिना किसी संकोच के कहा।

क्या ऐसा सच में हुआ था?

उसने बोलना जारी रखा—"कमरे में पहुँचने के कुछ ही मिनटों बाद हम निर्वस्त्र थे और तुम मेरे ऊपर थे। शरमाओ मत। मैं भी संतुष्ट हो गई थी। त्वरित सहवास की इससे अच्छी और कोई परिभाषा नहीं हो सकती थी और उसके बाद हम लोगों ने दो बार और सेक्स किया। मैं उसके कई घंटों बाद तक काँपती रही थी।"

"......"

"क्या तुम्हें कुछ याद है इसके बारे में?"

"नहीं।" दमन बोला, "काश कि ऐसा होता!"

उस दिन श्रेयसी के जाने के पहले उन्होंने एक साथ तसवीर ली। श्रेयसी के जाने के बाद उसने वह तसवीर सुमित को भेजी। सुमित ने इस बात की पुष्टि की कि वही श्रेयसी थी, जो उस दिन कार में उसके साथ थी। वही अब तक उसका पीछा कर रही थी।

□

29

अवनि भावुक इनसान नहीं थी।

इसके विपरीत उस पर प्राय: अधिक तार्किक होने के आरोप लगते थे। लेकिन इस श्रेयसी वाले मामले ने उसके दिमाग का चैन छीन लिया था। कहानी को कुछ और पीछे ले जाते हैं। उस समय दमन कॉलेज में था। उस समय तक अवनि को दमन के बारे में कोई जानकारी नहीं थी। उनका एक साझा इतिहास था। दमन-श्रेयसी का प्रेम-प्रसंग कोई दीवानगी मात्र ही नहीं थी, वह एक गंभीर प्रेम कहानी थी।

"अगर मैं ऐसा न होने देती तो अवनि तुम्हारी जिंदगी में आती ही नहीं।" श्रेयसी ने उस दिन कहा था। इन शब्दों ने उसकी रातों की नींद छीन ली थी। अवनि ने उस दिन श्रेयसी और दमन की साउथ एक्सटेंशन के कैफे वाली मुलाकात के दौरान हुआ पूरा वार्त्तालाप सुना। वह उन लोगों से दो मेज की दूरी पर पीठ करके बैठी थी। उसने श्रेयसी को प्यार दिखाते, धमकाते, ललचाते, रोते और विनती करते हुए स्वयं सुना था। इसके बावजूद अवनि स्वयं को दमन और श्रेयसी के बारे में सोचने से नहीं रोक पाई। वह जानती थी कि दमन भी इसके बारे में सोच रहा होगा। श्रेयसी के चले जाने के बाद दमन और अवनि भी कुछ दूरी पर स्थित एक दूसरे कैफे में मिले। दमन ने उस शाम की मुलाकात के बारे में ज्यादा कुछ नहीं कहा, भले ही वह मुलाकात कितनी भी दीवानगी से भरी हुई क्यों न रही हो!

एक लेखक, जो एक पागल सी लड़की के प्रेम में था और जिसके बारे में इंटरनेट और अपनी किताब में लिखता रहा हो, वह समझ नहीं पा रही थी कि वह उसकी प्रतिक्रिया को किस तरह ग्रहण करे! आखिर कब तक दमन को श्रेयसी का प्यार और उसकी दीवानगी, उसका भोलापन लगता रहेगा और आखिर कब तक वह उसके प्यार में पड़ा रहेगा? श्रेयसी का धैर्य भी काबिले-तारीफ था। दमन ने उसे बताया था कि श्रेयसी ने उस शाम कॉफी हाउस की मुलाकात के बाद उससे कोई संपर्क नहीं किया था। लेकिन वह कैसे मान ले? पिछले कुछ दिन उसने दमन और उसकी तसवीरों वाले स्क्रीन सेवर को देखकर ही गुजारे हैं। अगर दमन को उसकी दीवानगी रास आ गई तो? क्या मैं सच

में बोर लड़की हूँ? यदि मैं आलसी भी हूँ तो क्या?

आज रविवार था। वह एक दिन पहले ही 'फैब इंडिया' से खरीदकर लाई सफेद रंग की ड्रेस पहनकर घर से निकल गई। उसने हलका सा मेकअप किया और बाल खुले ही छोड़ दिए थे। वह जानती थी कि इससे दमन बहुत ज्यादा खुश तो नहीं होगा, पर उसके पास विकल्प कम ही थे। यह कोई मिथ्या भ्रम नहीं था। वह सुनिश्चित भर होना चाहती थी। अपने घर से निकलने के एक घंटे बाद वह दमन के माता-पिता के घर के सामने थी। वह जानती थी कि वे वहीं होंगे। दमन की माताजी ने दरवाजा खोला। दमन की माँ ने अवनि का स्वागत उसकी अपेक्षा से अधिक बढ़कर किया।

"एई तो एशे गाचे (देखो, वह आ गई)।" कहते हुए उसकी माँ ने उसका माथा चूमा। उसके प्रवेश करने के पूर्व उसकी माँ ने दरवाजे के बाहर तेल डाला। अवनि को यह देखकर बहुत खुशी हो रही थी कि दमन की माँ उसका स्वागत नई-नवेली बहू की तरह ही कर रही थीं और तमाम तरह के टोटके कर रही थीं।

"बहुत सुंदर हो!" उन्होंने कहा, जबकि दमन क्षुब्ध लग रहा था।

उसने शुरू के एक घंटे तक उससे बातचीत भी नहीं की। यहाँ तक कि उसने अवनि से नजरें भी नहीं मिलाईं। दमन की माँ को यह शरमीलापन लगा। अवनि बेहतर तरीके से जानती थी। यदि उसे दमन के साथ लंबा जीवन व्यतीत करना है तो उसे उसकी उस प्रवृत्ति का ध्यान रखना होगा। हम अपने बच्चों को अपनी बेवकूफी भरी कहानी अवश्य सुनाएँगे। उसने सोचा, दमन अपने बच्चों को बताएगा कि किस तरह उनकी माँ को असुरक्षित महसूस हुआ था और वह बिना किसी घोषणा के अपनी ससुराल आ गई थी।

दमन के पिता ने उससे उसकी नौकरी, देश की खराब आर्थिक स्थिति, मौद्रिक घाटे इत्यादि के बारे में बातचीत की और उसके उत्तरों पर सहमति प्रदान करते हुए सिर हिलाया। कुछ मुद्दों पर उनकी असहमति भी थी। दमन की माँ ने सुस्वादु भोजन परोसा। अवनि ने इस बात का ध्यान रखा कि वह दमन के पिता द्वारा सरकार पर किए जा रहे व्यंग्य पर हँसे। उसके पिता भी औपचारिकतावश मुसकराते रहे। इतना तय था कि उसने दमन के पिता पर सकारात्मक प्रभाव डाला था और उनसे इजाजत लेकर वह दमन की माँ को सहयोग करने किचन में चली गई।

"मेई तो किंतु खूब भालो!" (लड़की बहुत अच्छी है) उसने दमन के पिता को पुचकू से कहते हुए सुना, जो ज्यादातर समय उसकी ओर जिज्ञासावश देखती रही थी। दमन के जीवन में स्वयं के प्रवेश का उद्देश्य! वह इसके योग्य भी थी, क्योंकि उसने दमन के साथ संबंधों को लेकर बहुत श्रम किया था। यदि दमन उससे ब्रेकअप भी करना चाहे तो उसके माता-पिता उसका पक्ष लें। दमन की माँ ने उसे किचन में कोई भी काम नहीं करने दिया, इसलिए वह वहाँ सिर्फ बातें ही करती रही। उसकी माँ बहुत अच्छी

कुक और उससे भी अच्छी संभाषणप्रिय थीं। एक पल के लिए भी उसे ऐसा नहीं लगा कि वह परिवार का हिस्सा नहीं है। उसने दमन की माँ को भोजन लगवाने में मदद की। खाने की मेज पर सबका मूड बहुत अच्छा बना रहा और वे आपस में मजाक करते रहे, सिवाय दमन के, जो बीच-बीच में नाराज और भौचक्का नजर आता था। यहाँ तक कि उसकी बहन ने उसका गुस्सा शांत कराया, जब अवनि ने अपना नेटफ्लिक्स पासवर्ड उसे बताया। खाने के बाद जब वह अपने हाथ साफ कर रही थी, तब उसने दमन को अकेला पाया।

"क्या तुम अब भी नाराज हो?"

"नहीं।" दमन ने उससे आँख न मिलाते हुए कहा।

"मुझे माफ कर दो। मुझे नहीं आना चाहिए था।" उसने अपने आँसुओं को रोकने का प्रयास करते हुए कहा।

"हाँ, तुम्हें नहीं आना चाहिए था।"

उसके आँसू बह निकले। वह कहीं और देख रहा था, अत: उसे आँसुओं को देखने में कुछ समय लगा। जब उसने देखा कि अवनि रो रही है तो उसने उसे बाँहों में भर लिया और पूछा कि क्या बात है? पहले जो आँसू बहे थे, वे नकली थे; पर दमन की बाँहों में आकर असली आँसू निकल पड़े।

"मैं असुरक्षित महसूस कर रही थी।"

"क्या? क्यों?" दमन ने पूछा। "ओह, उसने ऐसा क्यों कहा है? क्या तुम पागल हो?"

"नहीं, पर वह ठीक कहती है। मैं आलसी हूँ, है न? शायद इसीलिए तुम मुझे अपने माता-पिता से मिलवाना नहीं चाहते थे?"

"तुम गलत सोचती हो। वह पागल है, तुम नहीं। तुमने ऐसा क्यों किया? तुम मुझे बता देतीं।" दमन बोला।

"आई एम सॉरी!"

"ठीक है, अवनि।" कहते हुए उसने उसका माथा चूमा। उसने उससे चेहरा ठीक करने को कहा कि कहीं कोई उसे रोते हुए न देख ले।

"मैं नहीं चाहता कि कोई यह जाने कि मैं घर में गालियाँ भी देता हूँ। मुझे लग रहा है कि उन्हें तुम पसंद आई हो।"

वह मुसकराती है।

कुछ देर बाद पुचकू उसे अपने कमरे में ले गई और उसे अपना 'ए सॉन्ग ऑफ आइस एंड फायर' किताब का संग्रह और जी.आर.आर. मार्टिन के हस्ताक्षरवाला पत्र दिखाया। पुचकू इस बात से बेहद प्रभावित थी कि किताब न पढ़ी होने के बावजूद अवनि

जी.आर.आर. मार्टिन और 'गेम ऑफ थ्रोन्स' के बारे में कितना कुछ जानती है। अवनि ने सोचा, 'हाँ, मैं जानती हूँ। मैं पूरी तैयारी के साथ आई थी।' पुचकू केवल दो विषयों के बारे में ट्वीट किया करती थी—गेम ऑफ थ्रोन्स और हैरी पॉटर। अवनि ने उन दोनों को पढ़ लिया था और जानकारी एकत्रित कर ली थी।

"तो तुम लोग आपस में शादी करोगे, हाँ?" पुचकू ने उत्साहित होते हुए पूछा।

"अभी कहना जल्दबाजी होगी।"

"पर मेरे भाई से ही शादी क्यों करना चाहती हो? वह तुम्हारी तुलना में एक लूजर है।" वह जोर से हँसी और बाद में माफी माँगी।

'दी, क्या अब हम एक परिवार हैं?' बात उसे बहुत पसंद आई। तभी उसका ध्यान पुचकू की रसायन विज्ञान की किताबों के बगल में रखे फोटो फ्रेम में लगी दमन की तसवीर पर गया। दमन को पट्टियाँ बँधी हुई थीं। उसकी आँखें खुली हुई थीं, पर वे चेतना-शून्य थीं।

"इसके एक दिन बाद वह जाग गया था। यह तसवीर मुझे इस बात की याद दिलाती रहती है कि दादा को वापस पाने में हम लोग कितने भाग्यशाली रहे हैं। जब दादा ने मुझे पहली बार देखा तो पहचाना भी नहीं; लेकिन धीरे-धीरे उनकी याददाश्त वापस आ गई।"

"वह तुम्हारे लिए बहुत कठिन समय रहा होगा?"

पुचकू ने सहमति में सिर हिलाया। उसकी आँखों में आँसू छलक आए।

"यह माँ के लिए बहुत बुरा समय था। उसके जागने के एक-दो महीने बाद तक वह जूझता रहा था। डॉक्टरों ने उसे पी.टी.एस.डी. (दुर्घटना उपरांत अवसाद) बताया था। कभी-कभी लगता था कि सब ठीक हो रहा है, पर एकाएक दुर्घटना का जिक्र होने या टी.वी. पर कुछ देख लेने पर स्थिति खराब हो जाती थी। वह समय, काल और लोगों की चेतना खोने लगता। दो बार तो ऐसा हुआ कि अपनी ही लार से उसका गला घुटने लगा। डॉक्टरों को उसकी गरदन के पास छेद करना पड़ा था।"

"मैंने कटे का वह निशान देखा है।"

"लेकिन अब वह बिल्कुल ठीक है। टच वुड।" कहते हुए उसने साइड में रखी लकड़ी की मेज को छुआ।

अवनि मुसकराई। एक पल के सन्नाटे के बाद उसने पूछा, "तो मैं तुम्हें क्या पुकारूँ—रितु या पुचकू?"

"पुचकू।" उसने उत्तर दिया।

□

30

मैं भी उसे प्यार करती हूँ।

"मैं सो गई थी।" अपनी निद्रा से जागते हुए अवनि ने कहा।

"तुम्हें नींद नहीं आ रही है क्या? ऐसा लगता है कि तुम कई दिनों से सोए नहीं हो।" उसके चेहरे पर उँगली फेरते हुए उसने कहा, "क्या तुम्हें कोई बात परेशान कर रही है?"

"ऐसा तो कुछ नहीं है।"

"उसने तुम्हें दोबारा फोन तो नहीं किया न?"

"यही बात मुझे परेशान कर रही है।" बिस्तर से उठते हुए उसने कहा।

यहाँ-वहाँ टहलते हुए उसने कहा, "तुम्हें अचरज नहीं हुआ कि वह इतनी आसानी से चली गई?"

"हो सकता है, उसे ऐसा करना ठीक लगा हो।"

"वह ऐसी लड़की नहीं है, जो कि बिना गुड बॉय कहे चली जाए।"

"क्या तुम्हें उसकी कमी खल रही है?" अवनि ने पूछा।

दमन ने अपनी आँखें घुमाईं।

अवनि ने कहना जारी रखा, "दमन, बैठ जाओ। हमें वही मिला है, जो हम चाहते थे, है न? वह अब पीछे छूट चुकी है।"

"नहीं, वह पीछे नहीं छूटी है। मैं यह बात पूरे विश्वास से कह सकता हूँ। वह मेरे पीछे पड़ी थी और मुझे कठपुतली की तरह नचाती रही और अब वह इतनी आसानी से चली गई! यह कैसे संभव है? कुछ तो गड़बड़ है!" दमन ने कहा।

"मैं नहीं जानती।"

"ठहरो, मैं तुम्हें कुछ दिखाता हूँ।" दमन ने अलमारी की दराज में से कागज का एक बंडल निकालते हुए कहा, उसने अवनि को उनमें से एक कागज देते हुए कहा, "अनन्या से मेरा अलगाव पहला अवसर नहीं था, जब उसने मेरे जीवन में हस्तक्षेप किया हो। इसे पढ़ो।"

आपको सूचित किया जाता है कि मेरे लिए आपकी कंपनी में नौकरी ग्रहण करना संभव नहीं है। कैंपस सेलेक्शन के समय आपने जिस वेतन का प्रस्ताव दिया था, वह मेरी अपेक्षाओं से बहुत कम और मेरी प्रतिभा का अनादर था। मैं आपकी कंपनी में नौकरी नहीं कर सकता। कृपया मुझे नियुक्ति-पत्र भेजने का कष्ट न करें। शुभकामनाओं सहित, दमन।

"यह इ-मेल मैंने लार्सन एंड टुब्रो को उनकी नौकरी के प्रस्ताव को इनकार करते हुए भेजा था।"

"श्रेयसी ने यह इ-मेल भेजा था, तुमने नहीं?"

"निश्चय ही, क्योंकि वे मुझे दिल्ली की जगह मुंबई में नियुक्ति देने वाले थे। और सिर्फ इतना ही नहीं, वह उन इ-मेल्स को भी डिलीट कर देती थी, जिनमें श्रेयसी को पसंद न किया गया हो।" दमन ने कहा।

अवनि की त्योरियाँ चढ़ गईं—"पिछले तीन सालों में तुमने अपना पासवर्ड नहीं बदला?"

"कभी-कभार मैं अपने पासवर्ड का एक अक्षर या नंबर बदल दिया करता था। लेकिन इससे क्या फर्क पड़ता है? वह शुरू से ही ताक-झाँक किया करती थी।"

"लेकिन यदि वह तुम्हारे इ-मेल्स पढ़ा करती थी तो उसने वह पांडुलिपि क्यों नहीं पढ़ी, जो तुमने जयंती को भेजी थी?" अवनि ने पूछा।

"मुझे लगता है, वह उत्तेजना बनाए रखने के लिए कुछ देर रुकना चाह रही थी। हो सकता है, वह एक अधूरी किताब को पढ़ने में अपना समय बरबाद करना न चाह रही हो। उसने सोचा भी नहीं होगा कि मैं किताब में उस पात्र को पूरी तरह से बिगाड़कर रख दूँगा। हो सकता है, इसीलिए वह गुस्सा हो। वह फिसल गई।"

"यह तो गड़बड़ है।"

"तभी तो मैं सोच रहा हूँ कि वह वापस लौटेगी।" दमन ने कहा।

वे अगले कुछ घंटों तक यूँ ही विचारमग्न बैठे रहे। वे नेटफ्लिक्स भी देखते रहे, पर उनमें से किसी का मन उसमें नहीं लगा। जल्द ही अवनि का घर जाने का समय हो गया।

"चिंता मत करो, हम जल्द ही कोई रास्ता ढूँढ़ निकालेंगे।" उसने अपार्टमेंट से जाते समय दमन से कहा। उसने दमन को चूमा। दमन ने उसे बाँहों में भर लिया। जैसे ही वे ग्राउंड फ्लोर (भूतल) पर पहुँचे, उन्होंने पाया कि बहुत से लोग अपार्टमेंट के बाहर दौड़ रहे थे और आपस में उत्तेजनापूर्वक बात कर रहे थे।

"हुआ क्या है?" अवनि ने आश्चर्य से पूछा।

जल्द ही वे अपार्टमेंट के बाहर अन्य लोगों के साथ खड़े थे। जैसे ही वे अपार्टमेंट से बाहर निकले, उन्हें एक गरम हवा का झोंका महसूस हुआ। दमन ने अवनि का हाथ

पकड़ लिया। वे भीड़ को चीरते हुए उस स्थल पर पहुँचे, जहाँ से शोर आ रहा था। गरम हवा और तेज हो गई थी। उस जगह के नजदीक पहुँचते हुए ही दमन ने पाया कि कुछ जल रहा है। जल्द ही वह समझ गया कि यह गरमी और आँच जलती हुई कार से आ रही है। आग अब शांत होने को थी। कार जलकर खाक हो चुकी थी। पीछे से सायरन की आवाज भी आ रही थी। अवनि ने अपना हाथ झटकते हुए छुड़ाया। उसकी आँखें फटी रह गई थीं और एक हलकी सी चीख निकली। उसने दमन की ओर देखा। दमन का कलेजा मुँह को आ गया।

"अरे, यह तो मेरी कार है!"

इसके बाद वह वहाँ से निकल गया।

□

31

"दुर्घटना उपरांत अवसाद की बीमारी (पी.टी.एस.डी.) से जूझते लोगों में यह बात एकदम सामान्य है, हालाँकि यह पूरी तरह से बीमारी की वापसी नहीं है। बस, दवाएँ लेनी हैं और आप कुछ ही माह में पूरी तरह से स्वस्थ होंगे। बस, केवल इतना ध्यान रखना है कि आप ऐसे परिदृश्य से दूर रहें, जिनके कारण आपके दिमाग में तनाव आता हो या जिससे दुर्घटना की बात याद आती हो।" डॉक्टर ने कहा।

"मैं तीसरी बार अपनी कार को जलता हुआ देखने का इरादा नहीं रखता, डॉक्टर साहब।" दमन ने मजाक करते हुए कहा।

अवनि को इसमें कोई हास्य नजर नहीं आया। पिछले तीन दिनों में घटी घटनाओं के कारण वह पहले से ही बहुत डरी हुई थी। डॉक्टर ने दमन के डिस्चार्ज पेपर पर हस्ताक्षर किए और वे अस्पताल से चल दिए। जब से दमन इस अवसाद के दौरे के कारण अस्पताल में भरती हुआ है, तब से लेकर आज तक उसे भय और स्मृति-लोप के कई दौरे आ चुके थे। जब स्वागत-कक्ष में बैठा कर्मचारी दमन के बिल तैयार कर रहा था, उस समय अवनि बोली, "मैं अब भी सोचती हूँ कि हमें तुम्हारे माता-पिता या सुमित को इस बारे में बता देना चाहिए।"

"सुमित को बताना वैसा ही है, जैसे मेरे माता-पिता को बताना।" उसने कहा, "वे पहले से ही पुचकू की आनेवाली परीक्षाओं को लेकर चिंतित हैं। मैं उन्हें और चिंतित नहीं करना चाहता। मैं अब ठीक हूँ। तुम कुछ ज्यादा ही बात का बतंगड़ बना रही हो।"

"बात का बतंगड़! मैंने दो बार बिस्तर पर तुम्हारा पेशाब छूटते देखा है, दो बार! मैं पहले कभी इतना नहीं डरी थी।"

"ठीक है।"

"नहीं, यह ठीक नहीं है। मैंने तुम्हारे शरीर को काँपते और झटके खाते देखा है। ...मुझे लगा...मैं इतने गुस्से में थी कि तुम्हारी मदद न कर सकी। तुम ठीक मेरी आँखों के सामने थे...और मैं कुछ नहीं कर पा रही थी।"

"इसीलिए तो लोग एक दशक तक पढ़ाई करने के बाद डॉक्टर बनते हैं, ताकि तुम

जैसे लोगों को मदद न करनी पड़े।"

अवनि ने रिसेप्शन पर नर्स को फाइल सौंपी और दमन को गले लगाने के लिए मुड़ी—"यदि अगली बार इससे भी बुरी स्थिति हुई तो?"

अवनि उसकी बाँहों में रोने लगी। दमन ने उसे दिलासा दी—"ऐसा नहीं होगा। तुमने सुना नहीं, डॉक्टर ने क्या कहा? मेरे पास अब कोई कार नहीं है, जिसे जलाया जा सके।"

उन्होंने दमन के अपार्टमेंट तक जाने के लिए कैब बुला ली।

वह अपनी जली हुई कार के पास एक पल को रुका, जो अब तक पूरी तरह से धातु के ढाँचे में बदल चुकी थी। दमन की त्योरियाँ चढ़ गईं।

अवनि ने उसका हाथ थामते हुए कहा, "डॉक्टर ने तुम्हें तनाव न लेने की सलाह दी है और मैं एक कार के कारण तुम्हें खोना नहीं चाहती। इंश्योरेंस कंपनी से इस नुकसान की भरपाई हो जाएगी, इसलिए इसकी चिंता छोड़ो।" कहते हुए उसने दमन का ध्यान हटाया।

जब दमन घर पर नहीं था, तब अवनि ने मकान की सफाई के लिए प्रोफेशनल कर्मचारियों को फोन किया था और पूरे घर की साफ-सफाई करवा दी थी। परदों को भी चमकीले रंग का कर दिया गया था।

"यह तो किसी गुड़ियाघर की तरह लग रहा है, लेकिन अच्छा लग रहा है।" दमन बोला।

"चाय?"

"हाँ, जरूर।" दमन ने कहा और अवनि के पीछे-पीछे किचन में जा पहुँचा। उसने सिगरेट जलाई; पर अवनि ने सिगरेट उसके हाथों से लेकर बुझा दी।

"क्या? सिगरेट और पी.टी.एस.डी. में आपस में कोई संबंध नहीं है।" दमन ने विरोध जताया।

"और हम सिद्ध भी नहीं करने जा रहे हैं।" कहते हुए अवनि ने पानी उबलने के लिए रख दिया।

बाद में दमन ने दो नए कप में चाय उड़ेलने में अवनि की सहायता की। वे अपने कप हाथ में लेकर कमरे में आ गए।

"मैं आज रात जयंती को बुला रहा हूँ।" उसने कहा, "अस्पताल के बिलों के बाद···खैर! मैं उससे किताब के अनुबंध के लिए बेहतर राशि प्राप्त करने की कोशिश करूँगा; हालाँकि यह थोड़ा कठिन होगा, पर चलेगा। वे लोग चाहते हैं कि मैं उनके लिए लिखूँ। मैं उनके प्रस्ताव को स्वीकार कर लूँगा।"

"तुमने मुझे अस्पताल का बिल भुगतान करने दिया होता! क्या तुमने अन्य प्रकाशकों के बारे में भी विचार किया है?" अवनि ने कहा।

"मैं नहीं चाहता। कम-से-कम जयंती परिचित राक्षस तो है। मैं अनुबंध करके

अपना ध्यान लेखन पर केंद्रित करना चाहता हूँ। मैं इसके अलावा कुछ और भी लेखन कार्य करता रहूँगा।" दमन बोला।

अवनि सोचने लगी, 'मैं इसके गले लगकर उसकी सारी चिंताएँ दूर कर दूँगी।'

"ठीक है। तुम जो भी सोचोगे, उससे तुम्हें खुशी मिलेगी।"

"तुम तो मेरी माँ की तरह बात कर रही हो।" दमन बोला।

अवनि मुसकराती है। "तुम्हें क्या लगता है कि कार की क्षतिपूर्ति करने में इन बीमा वालों को कितना समय लगेगा ?" अवनि ने कहा।

"कम-से-कम पाँच महीने लगने चाहिए, हालाँकि मुझे कुछ कागजात भी जाँचने होंगे।" दमन ने उत्तर दिया।

"जब वे पैसा दें, तब नई कार न खरीद लेना।"

"हाँ।" दमन ने कहा, "एक बार जल गई तो दूसरी ले ली। दूसरी बार जल गई तो फिर कभी नहीं।"

कुछ देर बाद अवनि के काम पर जाने का वक्त हो गया। वह जाना नहीं चाहती थी। वह तीन दिन से काम पर नहीं गई थी और उसने अस्पताल में ही अपना काम निपटाया था, जबकि दमन बिस्तर पर पड़ा काँप रहा था और पसीने से तर-ब-तर था।

"मैं तुमसे कल मिलती हूँ।" अवनि ने कहा।

"मैं तुम्हें छोड़ देता, पर…"

"कुछ समय बाद हम मिलकर नई कार खरीदेंगे।" अवनि ने कहा, उसने उठते हुए दमन से कहा, "मैं जाती हूँ। तुम लेट जाओ और थोड़ा आराम कर लो। आई लव यू।"

जैसे ही उसने दरवाजा खोला, उसने देखा कि धूल से सना हुआ एक लिफाफा पड़ा है। अपार्टमेंट में प्रवेश करते समय उस लिफाफे पर उनका ध्यान नहीं गया था। उसने लिफाफा उठाया।

"क्या है ?" दमन ने पूछा।

"कोई पत्र है।" उसने उत्तर दिया।

उसने उजाले में लिफाफे को देखते हुए सावधानीपूर्वक लिफाफे को फाड़ा। उसके अंदर दमन की कार के इंश्योरेंस के पेपर थे, जिसके ऊपर लाल स्याही से लिखा हुआ था—

'मुझे ऐसा करना पड़ा, बेबी। मेरे पास और कोई विकल्प नहीं था।'

दमन और अवनि का ध्यान एक साथ इस बात पर गया कि दमन की कार में आग लगने के एक दिन पूर्व ही उसका इंश्योरेंस समाप्त हो गया था।

□

32

उन लोगों को लिफाफा खोले दो घंटे बीत चुके थे। अवनि ने अपने ऑफिस फोन करके मीटिंग स्थगित कर देने का अनुरोध किया।

"तुम्हें जाना चाहिए। यहाँ बैठकर तुम्हें कुछ हासिल नहीं होगा।" दमन ने कहा।

"मैं तुम्हें इस तरह अकेले नहीं छोड़ सकती।"

"मैं ठीक रहूँगा।" दमन ने झिड़का।

"हमें पुलिस को खबर देनी चाहिए। अब पानी सिर के ऊपर से गुजर रहा है।"

"किसके साथ? हमारे पास सबूत ही क्या है? यह।" उसने अपने हाथ में इंश्योरेंस के पेपर्स लहराते हुए कहा, "हमारी कहानी पर कौन यकीन करेगा!" उसने अपना सिर हिलाया, "मैं जानता हूँ कि वह यहीं पर नहीं रुकेगी।"

तभी दमन का फोन बज उठा। उसे श्रेयसी की ओर से संदेश प्राप्त हुआ था—'स्काइप पर ऑन लाइन आओ। अवनि को भी साथ रखो।'

"ऐसा मत करो। डॉक्टर ने तुम्हें…" अवनि बोली।

"तो क्या करूँ? छुप जाऊँ? कब तक? उसने मेरी कार जला दी है।"

उसने अपने लैपटॉप पर स्काइप में लॉगइन किया और उसे श्रेयसी से एक अनुरोध प्राप्त हुआ।

"हर चीज को रिकॉर्ड करो।" दमन ने कहा।

अवनि ने कुछ दूरी पर अपना फोन रख दिया, जिस पर रिकॉर्डिंग हो रही थी।

"रेडी?" उसने पूछा।

"हाँ।"

दमन ने उसे कॉल किया। तीन बार घंटी बजने के बाद श्रेयसी ने उसकी कॉल स्वीकार की। शुरुआत में वीडियो धुँधला था, पर धीरे-धीरे साफ हो गया। श्रेयसी उन्हें देखकर मुसकराई। उसके कान में ईयरफोन लगे थे और वह मेट्रो में प्रवेश कर रही थी।

उसने लंबी मुसकान के साथ कहा, "देखो, यहाँ कौन है? एक झूठा और एक

कुतिया। इसके पहले कि हम कोई बातचीत शुरू करें, मैं चाहती हूँ, तुम दोनों अपने फोन स्विच ऑफ कर दो।"

दमन और अवनि ने एक-दूसरे को देखा।

"किस बात का इंतजार कर रहे हो? जल्दी करो।" श्रेयसी ने कहा।

दोनों ने वैसा ही किया।

"तुमने कार क्यों जला दी?" दमन ने पूछा।

"वाह, अपने पीछे के परदे तो देखो। मैंने तुमसे कुछ बेहतर की आशा की थी, अवनि।" श्रेयसी बोली।

"तुमने मेरी कार क्यों जलाई?" उसने दोबारा पूछा।

श्रेयसी को पीछे स्टेशन की उद्घोषणा सुनाई दे रही थी—"अगला स्टेशन राजीव चौक है। कृपया प्लेटफॉर्म से दूरी बनाए रखें।"

"अवनि, तुम ऐसे व्यक्ति के साथ क्या करोगी, जो तुम्हें भयानक, पागल, सिरफिरी कहता हो?" श्रेयसी ने पूछा, "तुम मुझे यही कहते हो न?"

"तुमने हम दोनों का पीछा किया?" अवनि ने पूछा। वह जानती थी कि मैं दूसरी टेबल पर बैठी हूँ। अपने जाने का बहाना बनाकर उसने हमारा पीछा किया।

"मैंने वही किया, जो तुमने मेरे साथ किया था, अवनि।" श्रेयसी ने कहा।

"क्या तुम सच में ऐसा सोचती थीं कि मुझे यह पता ही नहीं चलेगा कि तुम दूसरी मेज पर बैठकर मेरे और दमन के बीच की बातों पर कान गड़ाए हुए हो? मैंने उस कॉफी हाउस में एक साल गुजारा है, बेबी। मैं वहाँ के चप्पे-चप्पे से वाकिफ हूँ। तो हाँ, तुम लोगों के कॉफी शॉप से जाने के बाद मैंने तुम्हारा पीछा किया। तुम लोग हाथों में हाथ डाले मेरे बारे में गप्पें मारते हुए चले जा रहे थे।"

अवनि ने स्वयं को सँभालते हुए कहा, "तुम्हें कार को जलाने का कोई अधिकार नहीं था। यह आपराधिक कार्य है।"

"मेरी किताब में घुसकर मेरी जगह लेना, मेरे बेबी के कमरे के परदे बदलवाना अपराध से बढ़कर है।"

"पर तुमने मेरी कार क्यों जलाई?" दमन ने मेज पर हाथ पटकते हुए कहा।

"बदला!" श्रेयसी ने झिड़कते हुए कहा, "और दोबारा मुझसे इस स्वर में बात मत करना, बेबी।"

"इससे मुझे कितना नुकसान हुआ है!"

"बीमा से तुम्हें सारी रकम मिल जाएगी।" श्रेयसी ने कहा।

"बीमा की अवधि समाप्त हो गई और तुम यह अच्छी तरह से जानती हो।" अवनि ने कहा।

श्रेयसी ने दमन की ओर देखते हुए कहा, "अपनी रंडी से कहो कि इस तरह से मुझसे बात न करे।"

"हुँह!" कहते हुए अवनि स्क्रीन के सामने से हट गई।

"इस कुतिया के नखरे तो देखो!" श्रेयसी बोली, "हाँ, मैं जानती थी कि बीमा समाप्त हो रहा है। उस दिन को याद करो, जब तुम पार्टी के लिए ऑलिव गए थे और मैंने तुम्हें घर पर छोड़ा था। जिस दिन तुम्हें अपनी किताबें जली हुई मिली थीं? मैं तुम्हारी ड्रिंक थोड़ा और खींच सकती थी।"

"तुमने क्या किया?" दमन ने पूछा।

अवनि उठी और लैपटॉप की स्क्रीन के पास जाकर बैठ गई।

"रोहेप्नॉल! मैंने तुम्हारे ड्रिंक में मिला दी थी। मैं तुम्हारी किताब सबसे पहले पढ़ना चाहती थी। खैर! अपनी आदत के चलते मैंने तुम्हारे दस्तावेजों, कार रजिस्ट्रेशन कार्ड, प्रदूषण जाँच आदि की तसवीरें उतार ली थीं। मैंने कभी नहीं सोचा था कि मुझे कभी उनकी जरूरत पड़ेगी; पर देखो, कैसा संयोग है!"

उन्हें फिर से उद्घोषणा सुनाई दी। श्रेयसी दमन को देखकर मुसकरा रही थी। "अगला स्टेशन नई दिल्ली है, कृपया प्लेटफॉर्म से दूरी बनाए रखें।"

"तुम कहना क्या चाहती हो?" अवनि ने पूछा।

"ओह! तो तुम फिर से आ गईं? क्या दमन ने तुम्हें बताया नहीं कि तुम कितनी भद्दी दिखती हो?" श्रेयसी बोली, "मैं यह कहना चाहती हूँ कि मैंने तुम्हारे जाली हस्ताक्षर बनाकर कार का इंश्योरेंस करवा दिया था। तुम चाहो तो इंश्योरेंस की रकम ले सकते हो।"

अवनि व्यग्रतापूर्वक अपनी सीट बदलती रही।

"तुम मुझसे क्या चाहती हो?" दमन ने पूछा।

"तुम अपने बगल में बैठी रंडी से दूरी बना लो। तुम्हें कुछ समझ में आया?"

"नहीं।" अवनि ने मेज के नीचे से दमन का हाथ थाम लिया।

श्रेयसी को समझने में कोई दिक्कत नहीं हुई। उसने कहा, "बेहतर होगा कि मेरे सामने तुम उसका हाथ न पकड़ो।"

"यह ऐसा नहीं करेगा। यह मुझसे ब्रेकअप नहीं करेगा।" अवनि बोली।

"मुझे कोई और विकल्प दिखाई नहीं देता।" श्रेयसी ने उसे घूरते हुए कहा।

"वह क्या करता है और क्या नहीं, इससे तुम्हारा कोई लेना-देना नहीं है।" अवनि ने डपटते हुए कहा, "मैं तुमसे बात नहीं कर रही हूँ।" श्रेयसी ने कहा, "तो दमन, मुझे यह अनुबंध और अच्छा करने दो। कैसा हो, यदि जयंती के साथ होनेवाला तुम्हारा अनुबंध और बेहतर हो जाए? तुम्हारी किताब कुछ और पहले रिलीज हो जाए? तुम्हें

ज्यादा धन मिले तो? ज्यादा रचनात्मक अधिकार मिलें तो? यदि मैं कार्तिक को सँभाल लूँ तो? यदि वह तुम्हारे लिए समस्या ही न बने तो?"

"तुम ऐसा कैसे करोगी?" दमन बोला।

"वह मेरे ऊपर छोड़ दो; लेकिन क्या तुम ऐसा पसंद करोगे? मैं ऐसा कर सकती हूँ। तुम्हें पता होना चाहिए कि मैं ऐसा कर सकती हूँ और ऐसा ही तुम्हारी फालतू की पूर्व गर्लफ्रेंड अवनि भी कर सकती है। आखिर सिरफिरे, पागल और भयानक लोग कुछ भी कर सकते हैं। है न अवनि? तो तुम किसे चुनोगे—अपनी कार, पैसा, किताब और भविष्य या अपनी यह फालतू गर्लफ्रेंड?"

इसके पहले कि श्रेयसी और कुछ बोल पाती, अवनि ने लाइन काट दी।

"तुमने ऐसा क्यों किया?" दमन गुर्राया।

"हमें उसकी कोई जरूरत नहीं है।"

"लेकिन…"

अवनि ने अपना बैग उठाया और आँखों में आँसू भरकर घर से निकल गई।

□

33

दमन ने बुकहाउंड पब्लिशर्स के कॉन्फ्रेंस रूम में जयंती रघुनाथ का इंतजार किया। पिछले आधे घंटे में वह तीन कप चाय पी चुका था। पिछली रात को जयंती उसके स्वप्न में आई थी। वह मुसकरा रही थी। उसने बताया था कि यू.के.ऑफिस का एक प्रभावशाली व्यक्ति उसकी किताब पढ़ता है और उसे अंतरराष्ट्रीय स्तर तक ले जाना चाहता है। पर उसकी सारी खुशियाँ नींद खुलते ही काफूर हो गईं।

उसने फिर से अपनी घड़ी की ओर देखा। अवनि अभी तक पहुँची नहीं थी और वह उसकी कॉल भी नहीं उठा रही थी। अंततः उसने दमन की कॉल उठा ली।

"तुम हो कहाँ? तुम मुझे ऐसे ही नहीं छोड़ सकतीं।"

उसने कहा कि वह पंद्रह मिनट में वहाँ पहुँच जाएगी।

"क्या तुम्हारे पीछे मेट्रो की आवाज है? मुझे कुछ सुनाई दे रहा है? तुम अपनी कार या टैक्सी लेकर क्यों नहीं आ गईं?"

उसने फोन पर बढ़ती हुई कीमतों पर कुछ कहा।

दमन ने फोन काट दिया।

उस दिन से लेकर अभी तक श्रेयसी ने दर्जनों बार उसे वह प्रस्ताव दिया है। जब अवनि उसके आसपास रहती है, वह उस समय कॉल करने का समय निकाल लेती है। वह बार-बार कहती है, "एक ब्रेकअप के बदले में स्वर्णिम भविष्य! क्या तुम्हें सच में यह लगता है कि अवनि इस लायक है कि तुम उसके साथ रहो?"

अवनि ने भी उसके साथ ज्यादा समय व्यतीत करना शुरू कर दिया था। वह उसके साथ रात में भी रुक जाया करती थी। दमन के वॉशरूम में उसका टूथब्रश और अलमारी में एक जोड़ी कपड़े हुआ करते थे। वह काफी असुरक्षित महसूस कर रही थी; लेकिन उससे ब्रेकअप करने का दमन का कोई इरादा नहीं था। वह प्रायः अवनि को दिलासा देता रहता था। रात में जब वह उसे सुबकते हुए पाता था तो उसे दिलासा दिया करता था।

"मेरे वश में होता तो मैं सबकुछ ठीक कर देती। काश कि मैं तुम्हारे लिए कुछ कर पाती!" उसके सीने में सिर छुपाए हुए वह कहती, "मैं तुम्हारी मदद करना चाहती हूँ।"

कहते हुए उसने इंश्योरेंस की रकम के बराबर राशि का चेक दमन को दिया और उससे स्वीकार करने का आग्रह किया।

दमन ने मना कर दिया।

"मैं मकान मालिक नहीं हूँ।" दमन ने कहा, उसे यह महसूस करके अफसोस हुआ कि अवनि स्वयं को दोषी मान रही थी। वह उसे दिलासा देता रहता था। पर वह भी कई रातों से इस ऊहापोह में जागता रहा था कि यदि वह श्रेयसी के प्रस्ताव को स्वीकार कर ले तो स्थितियाँ कितनी बदल सकती हैं! उसे पेशाब करने की इच्छा महसूस हुई। वह उठा और सीधे वॉशरूम में पहुँच गया। जब वह लौटकर आया तो उसने कॉन्फ्रेंस रूम में जयंती को एक महिला के साथ बैठे हुए पाया। उसने उस महिला की पहचान लीगल डिपार्टमेंट के हेड के रूप में कराई।

"मुझे इस बात की खुशी है कि तुम हमारे साथ अनुबंध कर रहे हो। तुम्हारी किताब भले ही तुम्हारी अपेक्षाओं की तुलना में कुछ देर से रिलीज होगी, पर मैं वादा करती हूँ कि इसे सफल बनाने में हम कोई कोर कसर नहीं छोड़ेंगे।" जयंती ने कहा।

उसके बाद उसने दमन से अनुबंध को लेकर अपनी सारी शंकाओं का समाधान उस महिला से करने को कहा, उन्होंने हाथ मिलाया और जयंती एवं उस महिला ने दमन को अनुबंध पढ़ने को दिया। निश्चय ही उन लोगों के मध्य दमन को दी जानेवाली धनराशि और समय-सीमा इत्यादि पर कोई चर्चा नहीं हुई। अनुबंध-पत्र सामान्य था। कोई छुपी हुई शर्तें नहीं थीं। वह दस पेज का अनुबंध-पत्र था और अगले एक घंटे में दमन ने दो बार उस अनुबंध-पत्र को पढ़ा। वह जैसे ही अनुबंध-पत्र पर हस्ताक्षर करने का मन बनाता, फिर से पढ़ना शुरू कर देता, ताकि कोई गलती ढूँढ़ सके। वह अवनि द्वारा अनुबंध-पत्र को पढ़ने के बाद ही उस पर हस्ताक्षर करना चाहता था। वह अपनी कुरसी पर टिक गया।

उसने बाहर देखा और पाया कि हो-हल्ला मचा हुआ है। जयंती और कुछ अन्य संपादक नाटकीय तरीके से बात कर रहे थे और बुकहाउंड पब्लिशर्स के ऑफिस में अच्छी-खासी हलचल थी। उनके बीच जिस भी विषय पर बातचीत हो रही थी, वह पूरे ऑफिस में फैल रही थी। दो और तीन लोगों का समूह अलग-अलग जगहों पर खड़ा होकर बातें कर रहा था और उनके चेहरे पर उसी तरह की अचरज भरी भंगिमाएँ थीं, जैसी जयंती के चेहरे पर थीं। जयंती और अन्य दो संपादक अगले 20 मिनट तक नहीं आए। उनके चेहरे पीले पड़े हुए थे, जैसे किसी ने उसमें से सारी आभा को चूस लिया हो।

कुछ देर बाद लीगल विभाग की वह महिला दमन के पास आई।

"मैं इसे घर ले जाकर ठीक से पढ़ना चाहता हूँ। मैं कोई गलती नहीं करना चाहता।" दमन ने कहा।

महिला ने सहमति दी—"ठीक है, मैं जयंती को इस बारे में बता दूँगी।" वह वहाँ से जाने ही वाली थी, तभी दमन ने उसे पुकारा।

"वहाँ क्या हुआ है?"

"हमारे एक लेखक का एक्सीडेंट हो गया है। शायद तुमने उसका नाम सुना हो—कार्तिक अय्यर।"

"क्या हुआ उसे?"

"वह सीढ़ियों से उतरते समय गिर पड़ा था।"

"ओह!" दमन ने कहा, वह अपनी कल्पनाओं में उसे मरणासन्न हालत में बिस्तर पर पड़ा देख रहा था। "अब वह ठीक है?"

"शायद वह बच जाए; पर उसे रीढ़ की हड्डी में गंभीर चोट आई है और उसके पैरों में कई फ्रैक्चर हुए हैं। डॉक्टरों का कहना है कि अगले कुछ महीनों तक उसे अस्पताल में ही रहना होगा।" उस महिला ने कहा।

दमन ने सिर हिलाया।

"मैं जयंती को अभी फोन करती हूँ।" कहते हुए वह महिला चली गई। दमन सोचने लगा कि क्या उसे अस्पताल में कार्तिक को देखने जाना चाहिए या नहीं? उसके प्रति मन में नफरत होने के बावजूद उसे कार्तिक से सहानुभूति थी।

"मैं आ जाऊँ?" जयंती ने पूछा। इसके पहले कि वह उत्तर दे पाता, वह अंदर आ गई। "अनुबंध तो एकदम स्पष्ट और सरल है। अभी क्यों नहीं हस्ताक्षर कर देते?"

दमन पहचान गया कि जयंती में वह आत्मविश्वास नहीं झलक रहा था, जो आमतौर पर उसमें दिखता था। उसकी आवाज काँप रही थी। चाहे वह कितनी भी मक्कार क्यों न रही हो, उन्होंने वर्षों एक साथ काम किया था और साथ-साथ जबरदस्त सफलता अर्जित की थी।

"मैं कुछ तय नहीं कर पा रहा हूँ।"

"अब तुम मेरे धैर्य की परीक्षा ले रहे हो। तुम्हारे पास विचार करने और प्रतिद्वंद्वी प्रकाशकों के पास जाने के लिए कई सप्ताह का समय था। यह अनुबंध महत्त्वपूर्ण है—तुम्हारे लिए भी और हमारे लिए भी। इसमें समझने के लिए कुछ नहीं है। बस, तुम हस्ताक्षर करो। कुछ समझ में आया?" कहते हुए जयंती ने मेज पर हाथ पटका।

दमन समझ गया कि वह उतावली हो रही है। इसके पहले उसने यह कभी नहीं कहा था कि यह अनुबंध उसके लिए जरूरी है।

"मैं अभी हस्ताक्षर नहीं कर सकता, जयंती। मुझे पहले कुछ लोगों को यह अनुबंध पढ़वाना है। मैं दोबारा फिर वही गलती नहीं दोहराना चाहता।"

जयंती ने अपने हाथ हताशा में लहराए। जयंती से ऐसे अव्यावसायिक रवैए की

उम्मीद नहीं थी। कार्तिक की खबर का उस पर कुछ ज्यादा ही असर पड़ा था। उसका सर्वश्रेष्ठ लेखक पिछले कुछ माह से बेकार बैठा था। उसने अब तक अपने दो उपन्यासों का वायदा पूरा नहीं किया था। यह उसके प्रकाशन कैलेंडर की एक शुरुआत थी। दमन बोला, "इस अनुबंध में मेरी प्रतिभा का पूरा सम्मान नहीं हुआ है और मुझे पर्याप्त धनराशि का भुगतान भी नहीं किया जा रहा है।"

"क्या बकवास कर रहे हो!"

"कार्तिक अगले कुछ माह अस्पताल में गुजारने वाला है, है न? इसका मतलब यही है कि इस साल के अंत तक उसकी किताब पूरा करने की संभावना बहुत कम है। इसकी वजह से तुम्हारे पास कोई बड़ी रिलीज नहीं होगी।" दमन ने कहा।

"तो?" दमन ने बोलना जारी रखा, "कार्तिक के अगले कुछ माह तक परिदृश्य से बाहर होने के कारण मेरी किताब कुछ ज्यादा महत्त्वपूर्ण हो गई है, है न? इसका मतलब यह है कि तुम मुझे कुछ अधिक भुगतान करने वाली हो और रिलीज की तारीख भी बदल सकती हो!"

"कदापि नहीं।"

"मैं जानता हूँ कि तुम कोई-न-कोई रास्ता खोज ही लोगी।" कहते हुए दमन ने जयंती की ओर अनुबंध-पत्र सरका दिया। वह खड़ा हो गया और दरवाजे की ओर बढ़ा—"जैसा कि तुमने कहा है, यह अनुबंध तुम्हारे लिए महत्त्वपूर्ण है।"

जयंती गुस्से से आगबबूला होकर अपनी कुरसी पर बैठी रही—"मैं विश्वास नहीं कर पा रही हूँ कि तुम अपने साथी लेखक की दुर्घटना का व्यावसायिक लाभ ले रहे हो!"

दमन मुसकराता है—"क्या तुम उसके कारण मेरी उपेक्षा नहीं कर रही थीं? मुझे उससे सहानुभूति है, पर मैं उसके प्रति कृतज्ञ भी हूँ। हो सकता है कि मैं अस्पताल जाकर उसे धन्यवाद भी दूँ। कृपया दूसरा अनुबंध तैयार करो। मुझे विचार करके खुशी होगी।"

"नहीं।" जयंती बोली। जयंती के चेहरे को देखने के लिए दमन मुड़ा। वह खड़ी हो गई और दमन की ओर बढ़ी। उसके एकदम नजदीक आकर वह फिर से बोली, "नहीं।"

"तो तुम्हारे हिसाब से यह बिल्कुल ठीक है?"

जयंती गुर्राई, "हाँ, मेरे हिसाब से यह बिल्कुल ठीक है; लेकिन मुझे पीठ पीछे से पालतू लोगों का गुर्राना पसंद नहीं है।"

"मैं...पालतू...नहीं हूँ।"

"तुम हो, दमन। तुम एक नंबर के दोगले कुत्ते हो, जिसे मैंने सड़क से लावारिस हालत में उठाया था। तुम अपने आपको समझते क्या हो? अगर मैंने तुम्हें काम न दिया होता तो आज कोई तुम्हें जानता भी नहीं होता। तो भाड़ में गए तुम, तुम्हारी किताब और अनुबंध! कुत्ते की तरह अपनी पूँछ दबाओ और यहाँ से दफा हो जाओ। तुम क्या समझते

हो, मुझे घुमा लोगे, मेरे लेखक की हालत का नाजायज फायदा उठा लोगे?"

"जयंती···!"

"तुम अपने आपको बहुत बड़ा लेखक समझने लग गए हो? तुम हवाई किले मत बनाओ। ये तुम्हें कब लगा कि तुम मेरे लिए इतने महत्त्वपूर्ण हो? इस ऑफिस और इस प्रकाशन कंपनी के लिए महत्त्वपूर्ण हो? मैं एक माह के भीतर तुम्हारे जैसे लेखक तैयार कर सकती हूँ। तुम्हें अपनी नौकरी नहीं छोड़नी चाहिए थी। अब मैं तुम्हारी किताब का प्रकाशन नहीं करूँगी और साथ ही अपने प्रकाशक मित्रों को भी तुम्हारी असलियत के बारे में बता दूँगी। देखती हूँ, कौन तुम्हारी किताब छापता है! तुम्हारा लेखन भविष्य आज से समाप्त हुआ, दमन।"

□

34

'मुझे ऐसा नहीं करना चाहिए था। मुझे ऐसा नहीं करना चाहिए था। यह मैंने क्या किया? चुप रहो। जो होना था, हो गया। यह तुम्हारे भले के लिए ही है। अब तुम इसके बारे में नहीं सोच सकते। जो होना था, हो गया।' अवनि का अपने आप से चल रहा यह संवाद तब टूटा, जब ऑटो ड्राइवर ने अपना ऑटो उस कॉफी हाउस के सामने रोका, जहाँ पर आने के लिए दमन ने उसे कहा था। वह सोच रही थी कि दमन ने अनुबंध पर हस्ताक्षर कर दिए होंगे।

"अठहत्तर रुपए।" ड्राइवर ने कहा।

उसने ड्राइवर को पैसे दिए और अपने रूमाल से फैल गए काजल को साफ किया। उसके हाथ काँप रहे थे। कुछ ही देर पहले उसके आँसू थमे थे, पर वे फिर बाहर आ सकते थे। वह अपने द्वारा किए गए कार्य को सोचकर बारंबार रोना चाह रही थी। 'जो मैंने किया, वह भयावह है; लेकिन यह मैंने सिर्फ तुम्हारे लिए ही किया है। मैं अधूरी और बेकार गर्लफ्रेंड नहीं हूँ।'

"क्या हुआ?" दमन की आँखें लाल देखकर उसने पूछा, "तुमने अनुबंध-पत्र पर हस्ताक्षर किए?"

दमन ने अपना सिर इनकार में हिलाया—"सब खत्म हो गया। मैंने सब बरबाद कर दिया।" कुछ पल शांत रहने के बाद वह फिर बोला, "क्या तुम जानती हो कि कार्तिक आज सुबह मौत के मुँह में जाते हुए बचा है और मैंने इस स्थिति का लाभ उठाने का प्रयास किया था।"

"हाँ, मैं वहाँ थी। मैंने कार्तिक को तड़पते देखा है। मैंने उसकी हड्डियों के टूटने की आवाज सुनी है।"

"तुम क्या कह रही हो?" खुद को भोला सिद्ध करते हुए उसने पूछा।

"मैं सिर्फ तुम्हारी मदद करना चाहती थी।" वह कहना चाहती थी, "पता नहीं मुझ पर कौन सा भूत सवार हो गया था, लेकिन यह मैंने सिर्फ तुम्हारे लिए किया।"

दमन ने उसे एक-एक बात बताई—कार्तिक की दुर्घटना की खबर, जयंती की

आवाज में हताशा की खबर और उसके और जयंती के बीच हुई नोक-झोंक की खबर।

"मैं जितना इसके बारे में सोच रहा हूँ, उतना स्वयं को गलत महसूस कर रहा हूँ। मैं कार्तिक की दुर्घटना का नाजायज फायदा उठा रहा था। उस समय मुझे यही सही लग रहा था; लेकिन अब मुझे अपनी गलती का एहसास हो रहा है। मैं इतना मूर्ख कैसे हो सकता हूँ?"

"मुझे माफ कर दो।" अवनि ने कहा, "नहीं-नहीं, ऐसा नहीं हो सकता। इसका ऐसा अंत नहीं हो सकता। तुम्हें जयंती को नहीं धमकाना चाहिए था। तुमने ऐसा क्यों किया?"

"तुम क्या सोच रही हो?" दमन ने पूछा, "मेट्रो में फँस गई थीं।"

"सब खत्म हो गया। मेरा लेखन कॅरियर समाप्त हो गया है।" उसने साफ शब्दों में कहा।

अवनि के पेट में मरोड़ उठने लगी। एक-एक शब्द उसे प्रहार की तरह लग रहा था। मुझे माफ कर दो। मैंने अपनी ओर से भरसक प्रयत्न किया। मुझे लगा था कि मैं सब ठीक कर दूँगी। अवनि बोली, "हो सकता है कि वह तुम्हें डरा रही हो। जरूरी नहीं है कि अन्य प्रकाशकों पर उसका उतना प्रभाव हो, जितना वह बता रही है।"

"लेकिन वे मेरी स्थिति समझ जाएँगे। जैसे ही उन्हें पता लगेगा कि मैं उनसे अनुबंध करने को आतुर हूँ, वे क्या मुझे उचित भाव देंगे?" उसने पूछा।

अवनि के पास कोई उत्तर नहीं था। "मैं भी यही सोच रही थी।"

कुछ देर तक वे चुप बैठे रहे। कुछ मिनटों बाद अवनि बोली, "मेरे पास तीन सावधि खाते (फिक्स्ड डिपॉजिट) और एक आवर्ति खाता है। इसके अलावा, मैं बारक्ले कंपनी के भरती विभाग से भी संपर्क में हूँ। अभी तक तो संकेत सकारात्मक हैं। मैं तुम्हारी भी व्यवस्था करा दूँगी।" दमन का हाथ थामते हुए उसने कहा।

दमन उसका हाथ अलग करते हुए कुरसी से टिक गया और बोला, "मैं जानता हूँ कि तुम सदैव मेरे साथ रहोगी। पर मैं सिर्फ यहाँ बैठकर नहीं खा सकता। मैंने जोखिम लिया ही क्यों? मुझे अनुबंध पर चुपचाप हस्ताक्षर कर देने थे। कार्तिक का भी एक्सीडेंट आज ही होना था!"

"वह मरा नहीं है।" अवनि तपाक से बोली।

"लेकिन वह मर सकता था।" एक आवाज सुनाई दी।

दमन और अवनि ने उस दिशा में देखा, जहाँ से यह आवाज आई थी। श्रेयसी उन्हें देखकर मुसकरा रही थी—"अपनी पूर्व गर्लफ्रैंड को धन्यवाद दो। आज वह अस्पताल की जगह मुर्दाघर में भी हो सकता था।"

"श्रेयसी!"

"हाय, बेबी।" दमन के चेहरे पर उँगलियाँ फिराते हुए श्रेयसी बोली, "अगर यह सीट खाली है तो मैं बैठ सकती हूँ क्या?"

इसके पहले कि कोई उत्तर दे पाता, वह कुरसी खींचकर बैठ गई। उसने अपना हैंडबैग मेज पर रख दिया और बोली, "बीच में बोलने के लिए मैं माफी चाहती हूँ। एक लड़की दूर से बैठकर जासूसी करे, इससे अच्छा तो यही होगा कि हम तीनों एक साथ कॉफी पिएँ।" कहते हुए उसने अवनि पर तिरछी निगाह डाली।

वेटर उनकी मेज के पास आया।

"कृपया हमें दस मिनट का समय दो।"

वेटर चला गया।

"तो अभी-अभी मैंने सुना कि तुम्हारे और जयंती के बीच क्या हुआ। लेकिन इस पूरी कहानी में मुझे अवनि के योगदान के बारे में कुछ भी सुनने को नहीं मिला। मुझे अधूरी कहानियाँ पसंद नहीं हैं। तभी मुझे लघु कहानियाँ पसंद नहीं हैं। प्रायः काफी कुछ अनकहा और संदेहास्पद रह जाता है; लेकिन हम अपने बीच यह सब नहीं चाहते, है न? तो अवनि, इस कहानी में अपना योगदान तुम खुद बताओगी या मैं बताऊँ?"

अवनि सोचने लगी, 'लगता है, यह हकीकत जानती है।'

दमन गुर्राया, "श्रेयसी, तुम यहाँ क्या कर रही हो? बेहतर होगा, तुम यहाँ से चली जाओ। सब तुम्हारा ही किया-धरा है।"

"मेरा किया-धरा है? यह केवल अधूरा सच है; बल्कि आज तुमने ही जयंती को बातें सुनाई हैं। यह मैं ही थी, जो तुम्हें मदद करने का प्रयास कर रही थी। याद है न? शोना, तुम देख और समझ ही नहीं पा रहे हो कि यह तुम्हें कहाँ ले गई है।"

"तुम निकलो यहाँ से।" दमन ने कहा।

"मैं चली जाऊँगी; लेकिन मैं यह जरूर जानना चाहती हूँ कि अवनि आज सुबह कहाँ थी? तुम बताओगी या मैं बताऊँ?" उसने अवनि को देखते हुए कहा।

"यह जानती है।"

"यह सब क्या है? यह किस बारे में बात कर रही है?"

अवनि को अपने चारों ओर की दुनिया घूमती हुई नजर आई। वह जानती है।

"अवनि, मेरी तरफ इस तरह न देखो। दमन की ओर देखो और बताओ कि तुमने क्या किया है? यह भी इंतजार कर रहा है और मैं भी।" श्रेयसी ने कहा।

"चलो, जल्दी करो और तुम दोनों के बीच चले आ रहे दिखावे के संबंध को समाप्त करो।"

"मैं..."

"क्या?" दमन ने पूछा।

"बताओ अवनि, आज सुबह तुम कहाँ थीं?"

अवनि ने हाथ हिलाते हुए कहा, "मेट्रो स्टेशन।"

"हाँ, अब हम सही जगह पहुँच रहे हैं। तुम मेट्रो स्टेशन पर क्या कर रही थीं? किसके साथ थीं तुम वहाँ?"

"क्या तुमने मेरे साथ बेवफाई की है?" दमन ने पूछा।

अवनि के चेहरे पर आँसू छलक आए। वह बोली, "नहीं।"

"ओ बेबी, थोड़ा और जिज्ञासु बनो। बेवफाई? उसके लिए तो इसे कोई ऐसा व्यक्ति खोजना होगा, जो इसे पसंद करे और मैं पहले ही तुम्हें बता चुकी हूँ कि यह उदासीन और ठंडी है।" अवनि के काँपते हुए हाथों को थामते हुए श्रेयसी ने कहा, "रोना बंद करो और बताओ कि तुमने क्या किया है, अवनि! दमन सुनने के लिए उत्सुक है।"

"मैंने उसे धक्का दिया।" अवनि धीरे से बुदबुदाई।

"क्या, वह सुन नहीं पाया। एक बार फिर से बोलो।" श्रेयसी ने कहा।

"मैंने कार्तिक को धक्का दिया।" कहते हुए अवनि ने अपना चेहरा अपनी हथेलियों से ढक लिया।

दमन का कलेजा धक से रह जाता है।

"ओह, कम ऑन! तुमने एक आदमी को मार ही डाला है और अब रो रही हो? मुझे तुमसे और बेहतर की उम्मीद है।" श्रेयसी ने कहा, उसने अवनि को एक टिश्यू पेपर देते हुए दमन की ओर देखा और बोली, "इसने कार्तिक का पीछा किया और उसे सीढ़ियों से धक्का दे दिया। भीड़-भाड़ होने के कारण कोई देख नहीं पाया।"

"कोई नहीं देख पाया, पर तुमने देख लिया।" दमन बोला।

"ठीक कह रहे हो। मेरे अलावा और कोई नहीं देख पाया।" श्रेयसी ने स्वीकार किया।

दमन ने अवनि की ओर देखा, "अवनि, तुमने ऐसा क्यों किया?"

"मैं बस···मैं बस···तुम्हारी मदद करना चाहती थी। मैं सोचती थी···" अवनि बुदबुदाई।

दमन ने अपनी हथेलियाँ सिर पर रख लीं। "उसे रीढ़ की हड्डी में चोट आई है, अवनि। तुम इसका मतलब जानती हो? तुम ऐसा कैसे कर सकती हो? क्या तुम सच में···"

"केवल इसके कारण···" अवनि ने श्रेयसी की ओर इशारा करते हुए कहा।

श्रेयसी ठहाका लगाती है, "मुझे लगता है कि तुम लोगों को आपस में कई मुद्दे सुलझाने हैं।" फिर वह दमन की नजरों में नजर डालकर बोली, "मैं तो तुमसे यह कहूँगी कि इस लड़की से मुक्ति पा लो। इसने मुझे भयानक, सनकी और पागल कहा है, है न?

लेकिन अब यह खुद क्या है? इसके अलावा, इसने तुम्हारे साथ बेवफाई भी की है।"

"मैंने बेवफाई नहीं की है।"

"तुमने ऐसा किया है, बेबी। यह तुम्हारी भावनाओं के साथ खेली है।"

"मैंने ऐसा नहीं किया।"

"कैसे?" दमन ने पूछा। वह अब भी अपने किए पर यकीन नहीं कर पा रहा था।

"क्या तुम्हें याद है कि तुम्हारी किताब के सारांश में अवनि का पात्र किसने डालने को कहा था?" श्रेयसी ने कहा, "वह पहला व्यक्ति कौन था, जिसके पास तुमने सारांश भेजा था?"

दमन ने अवनि की ओर देखा।

"अब अवनि से पूछो कि उसने सारांश को जयंती के पास भेजा था या नहीं? इससे पूछो कि उसके पात्र को किताब में डालने का विचार जयंती का था या नहीं?" श्रेयसी बोली।

"क्या तुमने भेजा था?" दमन ने पूछा।

अवनि ने सहमति में सिर हिलाया।

श्रेयसी ने बोलना जारी रखा—"अवनि और जयंती दोनों उस बैठक में देर से आए थे न? ऐसा इसलिए हुआ था, क्योंकि दोनों एक साथ थे और इस बात की योजना बना रहे थे कि तुम्हें अवनि का पात्र किताब में डालने के लिए कैसे फुसलाया जाए? उन्होंने तुम्हारे पीछे से साजिश की। अब तय करो कि कुतिया कौन है?"

"मैं सिर्फ तुम्हारे लिए अनुबंध चाहती थी।"

"चुप रहो अवनि, सब खत्म हो गया है!" श्रेयसी ने डाँटा और दमन की ओर देखा।

"अवनि और जयंती तुम्हारे पीछे से तब से मिल रहे हैं, जब से नए अनुबंध की बात सामने आई है। जयंती के फोन में उसका नंबर देखकर मुझे सुखद आश्चर्य हुआ था।"

"जयंती ने मुझे फोन किया था।" अवनि बोली, पर उसका स्वर सिसकियों में दबकर रह गया।

"तुम्हारे हाथ जयंती का फोन नंबर कैसे लगा?" दमन ने पूछा।

"ओ बेबी, मुझे यह बात बहुत पसंद है कि मैं अब भी तुम्हें चकित कर सकती हूँ।"

दमन को साँस लेने में कुछ तकलीफ महसूस हुई।

श्रेयसी ने बोलना जारी रखा, "बताओ अवनि, मैंने जो कहा है, उसमें कुछ गलत है क्या?"

अवनि की आवाज उसके गले में ही घुटकर रह गई—"मैंने यह हमारे लिए किया।

मैं चाहती थी कि तुम्हारा अनुबंध हो जाए।"

"अब मैं तुम लोगों के हाथ में निर्णय छोड़ती हूँ। मुझे आशा है कि तुम सही निर्णय लोगे। मैं चाहती तो तुम्हें पहले भी बता सकती थी, पर मैं चाहती थी कि तुम स्वयं देखो कि यह कितनी बड़ी विश्वासघाती है! मैं तुम्हें प्यार करती हूँ, यह बात हमेशा याद रखना।" श्रेयसी ने कहा और अपना बैग उठाकर वहाँ से चल दी।

एक घंटे बाद दमन ने अवनि से कह दिया कि यह बेहतर होगा कि वे कुछ समय के लिए अलग हो जाएँ।

□

35

"हम लोग तब तक इस कमरे से नहीं जाएँगे, जब तक कि यह मामला सुलझ न जाए।" अपनी कमर को टिकाते हुए सुमित बोला, "तुम दोनों की शक्ल देखो, एक साथ कितने बकवास लगते हो!"

अवनि और दमन पिछले एक घंटे से सुमित के कमरे में एक-दूसरे के सामने चुपचाप बैठे हुए थे और उनके मुँह से एक शब्द भी बाहर नहीं निकला था। दमन पूरी कोशिश में था कि अवनि से उसकी नजरें न टकराएँ। उसकी आँखें लाल थीं और उनके चारों ओर काले घेरे बन गए थे। उसके बाल बँधे हुए थे। वह बेहद दुःखी, संतृप्त और कमजोर दिख रही थी। दमन की भी हालत खराब थी। उसे दोबारा से जी मिचलाने और बुरे स्वप्नों की तकलीफ शुरू हो गई थी। वह बिस्तर भी गीला करने लगा था। इस बार उसे दुःस्वप्नों में कभी-कभार श्रेयसी की जगह अवनि का चेहरा कार में फँसा, रोता हुआ, खुशी में हँसता हुआ और फिर मरता हुआ दिखाई देता था। डॉक्टर ने उसकी एंटी-एंजाइटी दवा की खुराक भी बढ़ा दी थी, लेकिन इससे उसे सिर्फ कुछ घंटों की नींद ही आ पा रही थी। उसका बाकी दिन ऊहापोह में ही गुजरता था। दमन पिछले कई दिनों से सुमित का फोन नहीं उठा रहा था, लेकिन आज उसने दमन के माता-पिता को उसके अस्पताल में तीन दिन भरती होने की सूचना देने की धमकी दी। परिचारिका बिस्कुट और चाय लेकर आई। सुमित किराए के दो बेडरूम के फ्लैट में अकेला ही रहता था और उसके सभी तीनों कमरों में ए.सी. लगे हुए थे। अपनी आवश्यकताओं की पूर्ति के लिए उसने एक परिचारिका भी रख रखी थी, जो उसके घर के दैनिक कार्यों को निपटाती थी। उसने एक एस.यू.वी. खरीदने के लिए अग्रिम राशि भी जमा कर दी थी।

"कार की डिलिवरी कब है?" दमन ने पूछा। यह सब मेरे पास भी हो सकता था, उसने सोचा।

"तीन हफ्तों में।" सुमित ने उत्तर दिया, "क्या हम मुद्दे की बात कर सकते हैं?"

"मुझे कुछ काम है। मुझे जाना होगा।" दमन ने कहा, "भैया, मैं तुम्हारे प्रयासों के लिए आभारी हूँ, लेकिन यह समय की बरबादी है। इससे कोई फायदा नहीं है।"

"तुम कहीं नहीं जा रहे हो। बैठो इधर। तुम लोगों को बात करनी चाहिए। तुम इस तरह से बात नहीं टाल सकते।"

"इसे जाने दो।" अवनि ने कहा।

"अवनि⋯"

उसने सुमित को टोकते हुए कहा, "यह जो भी कर रहा होता है, वह हमेशा सही होता है। मैं इसे दोषी नहीं मानती।"

"तुमने वही किया, जिसमें उसका हित छुपा है। उसे यह बात समझनी चाहिए।" सुमित ने विरोध दर्ज करते हुए कहा।

दमन कड़क होते हुए बोला, "मैं तो यही देख पा रहा हूँ कि वह मेरी पीठ पीछे एक ऐसे व्यक्ति के साथ मिलकर साजिश कर रही थी, जिससे मैं शायद सबसे ज्यादा नफरत करता हूँ। हम लोग कार्तिक के बारे में जितनी कम बात करें, उतना बेहतर होगा।" वह अवनि की ओर मुड़ा। अवनि डर से दुबक गई। "मैं कल कार्तिक से मिलने अस्पताल गया था और तुम जानती हो, मैं अब उसके बारे में बुरा नहीं महसूस करता। मैं सोच रहा था कि चलो, अच्छा ही हुआ। वह अगले कुछ महीनों तक अगली किताब नहीं लिख पाएगा। क्या तुम जानती हो कि मैं और क्या सोच रहा था? अगर वह मर जाता तो?"

"वह बहुत ऊँचाई से नहीं गिरा था।" अवनि बुदबुदाई।

"लेकिन फिर भी वह अस्पताल में टूटा-फूटा लेटा हुआ है। अगर वह मर गया होता तो क्या तुम मुझे बतातीं?" दमन ने पूछा, "एक व्यक्ति मेरे कारण मर गया होता, अवनि! मेरे सिर पर दो लोगों की मौत का इल्जाम पहले से है, जो मेरी कार से कुचलकर मरे हैं। तुमने एक नाम और जोड़ दिया होता! तुम⋯"

सुमित ने बीच में टोका—"वह दुर्घटना थी। उसमें तुम्हारी कोई गलती नहीं थी, दमन।" सुमित ने अवनि के ऊपर हाथ रखा, ताकि वह चुप रहे।

"और यहाँ बैठकर अनुमान लगाना व्यर्थ है। वह हताश थी और उसने जो भी किया, तुम्हारे भले के लिए किया। हो सकता है कि वह ऐसा कुछ नहीं करती, यदि तुम पहले ही मेरे पास आकर अपने और श्रेयसी के बीच चल रही बातों को बता देते। मेरे विचार से, वह तुम्हारा पीछा कर समस्याएँ खड़ी कर रही है; और तुमने मुझे एंजाइटी अटैक के बारे में क्यों नहीं बताया?"

दमन उपेक्षापूर्वक हँसता है, "तो ठीक है, अब तो तुम्हें श्रेयसी की समस्या के बारे में पता चल गया है न! तुमने इस बारे में क्या किया? तुम कर भी क्या सकते थे? श्रेयसी ने जो कुछ भी किया, वह मामूली है। अवनि ने कहीं अधिक बदतर काम किया है।"

"तुम अवनि के साथ उसकी तुलना नहीं कर सकते। वह⋯"

"निष्ठावान्, वह शादीशुदा है, समझे? मैंने कहा था न कि उस लड़की को किसी

वार्त्तालाप में शामिल मत करो, लेकिन फिर भी तुमने किया!" सुमित ने कहा, "वह पागल है। वह खतरनाक है।"

दमन ने अपनी आँखें घुमाईं, "यह तुम्हारी गलती हो सकती है, भैया। यदि तुमने मुझे सही इ-मेल आई.डी. दी होती तो ऐसा कुछ भी नहीं हुआ होता।" दमन ने शिकायत दर्ज की, "और तथ्य यह है कि यदि उस समय मैंने उससे बात की होती तो कौन जानता है कि मैं अवनि से मिला भी होता या नहीं!"

सुमित का चेहरा काला पड़ गया। "वह यहाँ माफी माँगने के लिए मौजूद है और तुम उससे इस तरह पेश आ रहे हो? क्या तुम्हारा दिमाग खराब हो गया है? उस समय तुम्हारे साथ कौन थी, जब तुम लड़खड़ा रहे थे?"

"उसने जो किया है, उसे माफ नहीं किया जा सकता।" दमन गुर्राया।

अंतत: अवनि ने नजरें उठाईं और दमन से नजरें मिलाईं, "क्या तुम श्रेयसी से बात कर रहे हो?"

"मैं बात क्यों न करूँ? वही ऐसी है, जो सबकुछ ठीक कर सकती है। मैं जानता हूँ कि वह मुझे कभी धोखा नहीं देगी।"

सुमित ने अचंभित होते हुए दमन की ओर देखा, "क्या बकवास है!…"

अवनि ने मेज के किनारे से अपना लैपटॉप बैग उठाया और उठ खड़ी हुई। नकली मुसकान लाते हुए वह बोली, "शुभकामनाएँ!"

"तुम कहीं नहीं जा रही हो। इस मक्कार को समझाना ही पड़ेगा।" सुमित बोला।

"दमन ने अपना निर्णय ले लिया है। सब खत्म हो गया है। मैं इसे शुभकामनाएँ देती हूँ। यदि यह इसी में खुश है तो इसे रोकनेवाली मैं होती कौन हूँ?"

सुमित ने अवनि का रास्ता रोक लिया, "क्या? कैसी खुशी? तुम दोनों के साथ समस्या क्या है?"

"मुझे जाना है।" अवनि बोली और सुमित से रास्ता देने को कहा।

सुमित ने दमन से उसे रोकने और बात करने की अपील की; पर दमन बिना प्रभावित हुए अपने मोबाइल फोन में ही मशगूल रहा। अवनि एक भी शब्द बोले बिना वहाँ से चली गई।

"तुम बहुत बड़ी गलती कर रही हो!" सुमित चिल्लाया, "मुझे उस लड़की का नंबर दो।"

सुमित मेज की ओर बढ़ा और दमन के फोन में झाँकने का प्रयास किया। इसके पहले कि सुमित फोन उठा पाता, दमन ने फोन हटा दिया। सुमित ने उससे फोन माँगा। दमन खड़ा हो गया और उससे बोला कि उसे जाना है। सुमित ने दमन का रास्ता रोका और उसके हाथ से फोन लेने का प्रयास करने लगा। दमन ने मना कर दिया। सुमित

छीनने का प्रयास करने लगा। दमन ने थोड़ा सा प्रतिरोध किया, लेकिन जब सुमित नहीं माना और छीना–झपटी करने की कोशिश करने लगा तो दमन ने उसके जबड़े में एक घूँसा जड़ दिया। सुमित लड़खड़ा गया, लेकिन पीछे नहीं हटा।

"मैं तुम्हें मारना नहीं चाहता था।" दमन ने चेतावनी दी।

वह दमन के पास वापस आया। दमन ने उसे जकड़ लिया और अपना घुटना सुमित की छाती पर रख दिया। सुमित लड़खड़ाकर गिर गया। वह दोबारा उठने का प्रयास करने लगा। इसके पहले कि वह अपने घुटनों के बल उठने का प्रयास कर पाता, दमन ने सुमित की छाती पर एक और लात मारी।

"मैं तुम्हें अपना अंतिम अवसर बरबाद नहीं करने दूँगा।" सुमित के ऊपर खड़े-खड़े दमन ने कहा और वहाँ से चला गया।

□

36

"अगले मोड़ से दाईं ओर लो।" अवनि ने टैक्सी ड्राइवर को निर्देश दिया।

दमन की कार को जले एक माह बीत चुका था। पिछले तीन सप्ताह से उसकी और दमन की कोई बातचीत नहीं हुई थी। पिछली बार वे सुमित के अपार्टमेंट में ही मिले थे। उसके बाद से दमन ने उससे कोई संपर्क नहीं किया। उसने अवनि का हाल-चाल जानने के लिए एक एस.एम.एस. तक नहीं किया था। 'भाड़ में जाए, मुझे उसकी कोई जरूरत नहीं है।'

पिछले कुछ सप्ताह से, जब से वह निराशा के घेरे में थी, उसके मन में कई विचार आए और गए। उनमें से जो विचार सबसे प्रमुख थे, वे थे—'उस कुतिया को मार देना' या 'आत्महत्या' करना। मैंने एक आदमी को लगभग मार ही डाला था। यह भाव हमेशा उसके साथ रहेगा। धीरे-धीरे उसे यह महसूस हुआ कि उसका अपने ऊपर से नियंत्रण खत्म हो रहा है। वह धीरे-धीरे एक ऐसे व्यक्ति के रूप में तब्दील होती जा रही थी, जो एक असफल प्रेम संबंध के बाद खुद को ही बरबाद किए जा रही थी। वह मेरा पहला प्यार था। आत्मदया और घृणा का भाव उसे धीरे-धीरे निगले जा रहा था। उसका दर्द बढ़ता ही जा रहा था।

"बस-बस, यहीं, बाएँ हाथ पर रोक दो। पंद्रह मिनट ठहरो। मैं अपना बैग यहाँ छोड़कर जा रही हूँ।" अवनि बोली।

वह कार से उतरी और सीधे उस वार्ड की ओर बढ़ी, जहाँ कार्तिक लेटा हुआ था। लाल रंग के छोटे परिधान में वह अस्पताल में अलग ही नजर आ रही थी। स्वागत-कक्ष में बैठी नर्स अवनि को देखकर मुसकराई। 'यह नहीं जानती कि मैंने क्या किया है।' पिछले कुछ हफ्तों से वह अस्पताल आकर कार्तिक के कमरे के बाहर टहल रही थी, ताकि उसकी एक झलक मिल सके। ज्यादातर समय वह मार्फिन के प्रभाव के कारण सोता ही रहता था; लेकिन आज एक लड़की उसके बगल में बैठी थी। वह वर्णिका थी, कार्तिक की गर्लफ्रेंड, जिसके बारे में उसने कुछ किताबें लिखी हैं। वे एक-दूसरे का हाथ पकड़े हुए थे और कार्तिक हँस रहा था। वह उस अपराध-बोध से बाहर नहीं निकल पा रही

थी कि उसने कार्तिक को मार ही डाला था। वह अपने आँसू पोंछते हुए वार्ड से निकल गई, 'मैं इतनी दीवानी कैसे हो गई कि दमन के लिए कुछ भी करने को तैयार हो गई?' स्वागत-कक्ष में बैठी नर्स से कार्तिक के स्वास्थ्य की जानकारी लेने के बाद वह वापस अपनी कार में बैठ गई।

तीन हफ्तों से, जब से दमन ने उसे सोशल मीडिया प्रोफाइल से ब्लॉक किया, वह उसका पीछा कर रही थी। हालाँकि उसे इससे होनेवाले नफे-नुकसान का कोई अनुमान नहीं था। वह ऑफिस जाने के लिए तैयार होती, अपनी कार उठाती और दमन के घर व ऑफिस के बाहर खड़ी कर देती। वह कार में बैठे-बैठे चिप्स, पानी और कोल्ड ड्रिंक पीती रहती और जब भी दमन बाहर आता, वह उसके पीछे चल देती। दिन ढलने पर जब वह घर पहुँचती, उसकी कमर में दर्द रहता और शरीर टूट रहा होता था। उसकी आँखें आँसुओं से भरी रहतीं और वह अपने आपको कोसती रहती; पर अगले दिन फिर से वही दिनचर्या अपनाती। शुरुआत के कुछ दिन उसके हाथ कुछ नहीं लगा। वह दिन भर अपने घर में रहता और बस, थोड़ी देर के लिए टलहने और सिगरेट पीने के लिए घर से निकलता। कभी-कभार वह किताबें इश्यू कराने एकाध घंटे के लिए ब्रिटिश काउंसिल लाइब्रेरी भी जाया करता था। कुछ ऐसे पल भी आए, जब उसे दमन पर प्यार आया और वह कार से निकलकर उसे गले लगाना चाहती थी। उसके मन में अब भी हलकी सी आशा थी। उसके मन में जो थोड़ी-बहुत आशा शेष थी, अगले हफ्ते वह भी दूर हो गई, जब उसने उसे लगभग रोज ही श्रेयसी से मिलते हुए पाया। वह उसी कॉफी हाउस, पब, सिनेमा हॉल में श्रेयसी के साथ जाता था, जहाँ कभी वह उसके साथ जाया करता था। वह रोज शेविंग भी किया करता था। वे हाथों में हाथ डाले हँसते-बतियाते रहते थे। इसे देख अवनि का दिल टूट गया। पाँचवें दिन ही उसका मन ऊब गया। वह सोचने लगी कि वह श्रेयसी की तरह आचरण करने लगी है और उसी की तरह दमन का पीछा कर रही है।

अब और नहीं। उसका रोना-धोना और खुद को कोसना कभी तो खत्म होना ही था। आज वह रात आ गई थी, जब उसे अपने जीवन में आगे बढ़ना था। अब उसकी आँखों में कोई आँसू नहीं थे। उसका सारा क्षोभ, क्रोध, निराशा पीछे छूट गई थी। आज रात वह इस खालीपन को भर देगी या यदि वह असफल रहती है, तब भी यह उसके प्रति बदला लेने जैसा होगा। उसके जीवन में उससे अच्छा साथी आ सकता है। 'अब मैं प्यार नहीं करती।'

वह अपने ऑफिस के मित्र करण से मिल रही थी। वह कह नहीं सकती थी कि वह उसे सच में पसंद करता है या उसके साथ हमबिस्तर होना चाहता है, पर वह पिछले लंबे अरसे से उसके पीछे पड़ा था। करण उसी समय कॉफी ब्रेक लिया करता था, जिस समय वह कॉफी पीने आती थी। वह उसे लंच के बाद च्यूइंगगम खाने को देता और उसे प्राय: अपना मोबाइल चार्जर दिया करता था। उसका वर्क स्टेशन भी कमरे के कोने

से स्थानांतरित होकर अवनि से दो सीट की दूरी पर आ गया था। अवनि उससे लेकर अनगिनत स्टेपलर और पेन खो चुकी थी, पर उसने एक भी बार शिकायत नहीं की। पिछले कुछ हफ्तों से वह अवनि की प्रस्तुतियों को जाँचता रहा था, ताकि कहीं वह उसे वरिष्ठ अधिकारियों तक त्रुटियों सहित न भेज दे।

पिछले हफ्ते जब अवनि ने उसे रात में एक साथ बाहर चलने का प्रस्ताव दिया था, तब उसने किसी सज्जन पुरुष की तरह अवनि से एल्कोहल की जगह कॉफी पीने की बात कही थी; लेकिन अवनि कुछ और चाहती थी।

करण सफेद रंग की शर्ट और गहरे रंग की पैंट पहनकर आया। ऑफिस की तुलना में अवनि को वह कुछ अधिक युवा लग रहा था। वे गले लगे और करण ने उसके बैठने के लिए कुरसी खींची। 'यह व्यक्ति मेरा साथी होने योग्य है।'

"तुम कुछ पीना चाहोगी?" करण ने पूछा।

"जरूर। और हम करने भी क्या आए हैं यहाँ!" अवनि बोली।

कुछ ही समय में अवनि पीकर धुत हो गई और करण उसे प्रभावित करने के प्रयत्न करता रहा। वह मजाकिया, आकर्षक और विनम्र था। यदि वह उसकी ओर ध्यान देती तो यह एक बेहतरीन डेट हो सकती थी। अवनि ने उसकी आधे से अधिक बातें सुनीं ही नहीं। बस, उसने सिर्फ यह नोटिस किया कि करण आकर्षक था और उसकी ओर ध्यान दे रहा था।

"तो क्या मैंने तुम्हें बताया है कि वह कितना मूर्ख व्यक्ति था?" अवनि बोली।

"हाँ, तुम लगभग दस बार यह बात बता चुकी हो। अब ग्यारहवीं बार बता रही हो।" वह बोला। "क्या तुम और पीना चाहती हो? तुम पहले ही बहुत पी चुकी हो।"

"हाँ, अभी और पियूँगी! मुझे इतनी आसानी से नहीं चढ़ती, लेकिन वह तो एक-दो पैग में ही टल्ली हो जाता था।" अवनि ने उमंग में भरते हुए कहा, "क्या तुम जानते हो कि पीकर धुत्त हो जाने के बाद उसका एक्सीडेंट भी हो गया था?"

"यह तुमने बताया था।"

"जैसे उसने ज्यादा पी ही न हो। बेवकूफ कहीं का! अब इस पर विचार करके बताओ कि क्या उसे मुझसे ब्रेकअप करना चाहिए?"

"मैं नहीं समझता…"

"मैं ठीक हूँ, मुझे चढ़ी नहीं है। तुम जानते हो कि कौन ठीक नहीं है? जानते हो?" अवनि ने पूछा।

"मैं एक अनुमान लगाता हूँ—दमन।"

"तुम समझदार व्यक्ति हो। मैं जानती थी कि तुम बेहद समझदार हो। उसकी जगह मुझे तुम्हें डेट करनी चाहिए थी। मैं अब भी तुम्हें डेट कर सकती हूँ। मेरी माँ को भी तुम

पसंद आओगे। तुम मेरे लायक हो। अब हम अकसर मिला करेंगे। आज हम एक–दूसरे को चुंबन लेकर इसकी विधिवत् शुरुआत करेंगे। तुम यह सोच सकते हो कि मैं पीछे की ओर पलट रही हूँ, पर ऐसा नहीं है। ओके! और मैं वादा करती हूँ।" कहते हुए अवनि ने अपना हाथ उसके दिल पर रखा, "मैं वादा करती हूँ।"

"तुम खुद को शर्मिंदा कर रही हो। मैं तुम्हें घर छोड़ देता हूँ।" करण ने जोर दिया। उसने वेटर से बिल लाने का इशारा किया।

"क्या तुम मुझसे छुटकारा पाने का प्रयत्न कर रहे हो? बोलो? सभी लोग मुझसे पीछा छुड़ाना क्यों चाहते हैं?"

"मैं तुम्हें उस शर्मिंदगी से बचाना चाह रहा हूँ, जिसका सामना तुम्हें आनेवाले समय में करना पड़ेगा। मैं कैब बुला रहा हूँ और तुम्हें घर छोड़ दूँगा। क्या तुम्हें लगता है कि तुम इस हालत में घर जा सकती हो?" उसने पूछा।

"हाँ–हाँ, क्यों नहीं! मेरे माता–पिता ने दमन को भी स्वीकार किया था। वह घटिया लेखक, जिसका कोई भविष्य ही नहीं था। तो वे मुझे नशे की हालत में क्यों स्वीकार नहीं करेंगे? बेकार का प्रश्न था। मैं तुम्हारे प्रेम में पड़ने के बारे में दोबारा सोच–विचार कर रही हूँ। मुझे तुमसे प्रेम करना चाहिए या नहीं करना चाहिए? या करना चाहिए?"

जब करण बिल का भुगतान कर रहा था, तब अवनि बोली, "दमन यह खर्च कभी नहीं उठा सकता था।" उसने अपनी आवाज धीमी करते हुए कहा, "सुनो, किसी से कहना मत कि उसका कॅरियर तबाह हो चुका है; लेकिन हो सकता है कि श्रेयसी सबकुछ ठीक कर दे।"

"जरूर।" करण ने उठते हुए कहा, "क्या तुम्हें मदद चाहिए?"

"नहीं–नहीं।" अवनि ने विरोध किया। वह जैसे ही खड़ी होने लगी, लड़खड़ा गई और करण ने उसे सँभाला। इस समय तक सारा रेस्टोरेंट उनकी ओर देखने लगा था। अवनि ने सभी लोगों की ओर बीच की उँगली दिखाते हुए और जीभ चिढ़ाते हुए इशारा किया। उसने अपनी बाँहों में करण को भर लिया, पर वह पीछे की ओर हट गया। अवनि ने उसे अपनी ओर खींचा। करण ने फिर से पीछे हटने का प्रयत्न किया, पर इस बार अवनि ने अपने दाँत उसकी गरदन में गड़ा दिए। करण स्वयं को उसके चंगुल से मुक्त करा लेता है।

"क्या तुम मुझे प्यार नहीं करते?" अवनि ने पूछा।

करण कोई उत्तर नहीं देता। वह उसे मजबूती से पकड़ता है और उसे दरवाजे से बाहर ले जाता है। वह जोर से बोलती रहती है, "आई लव यू! आई लव यू! आई लव यू!"

□

37

अवनि ने कैब ड्राइवर से कार को उसके ऑफिस की पार्किंग से थोड़ी दूर पर रोकने को कहा, ड्राइवर ने उससे पूछा कि क्या वह ट्रिप को समाप्त करके बिल निकाल सकता है?

"मुझे दो मिनट का समय दो।" उसने अपने ऑफिस की बिल्डिंग की ओर देखा। उसने कुछ गहरी साँसें लीं। उसने अपना फोन निकालकर गूगल सर्चबार में कुछ टाइप किया। गूगल ने नीले फोंट में कुछ सुझाव दिए। पिछले कुछ दिनों में उसने गूगल पर हर घंटे ये कीवर्ड सर्च किए थे—

इंडियन ड्रंक गर्ल इन रेस्टोरेंट

ड्रंक गर्ल फनी

ड्रंक गर्ल प्रोपोजल टर्न्ड डाउन

ड्रंक गर्ल दिल्ली किस

कुछ लिंकों में उसकी धुँधली सी तसवीर दिखाई थी। उसका रेस्टोरेंटवाला वीडियो किसी अपरिचित व्यक्ति ने बना लिया था और सॉफ्टवेयर से एडिट करके विभिन्न सोशल मीडिया प्लेटफॉर्म पर अपलोड कर दिया था। वह वीडियो वायरल हो चुका था। सब मौज-मस्ती के लिए था। एक आदर्श नागरिक, एक मेधावी छात्रा, एक मेहनती कर्मचारी, एक अच्छी पुत्री और एक अच्छी गर्लफ्रेंड की उसकी पहचान एक ही पल में सिमटकर एक मजाक बन गई थी। जब तक वह साइबर सेल में इन वीडियो के खिलाफ मामला दर्ज करवाती और उन्हें वहाँ से हटवाती, तब तक 3 लाख लोग उन वीडियो को देख चुके थे।

उसने बिल का भुगतान किया और कैब से बाहर निकली। उसने एक गहरी साँस ली और स्वयं से कहा कि सब ठीक होगा। वह पहली नहीं है, जो पीकर टल्ली हुई हो। यदि वे हँसेंगे तो वह भी उनके साथ हँस लेगी। जैसे ही उसने ऑफिस में प्रवेश किया, लोग खुसर-फुसर करने लगे, उसे मुड़कर देखने लगे और उसके बॉस की त्योरियाँ चढ़ गईं। कुछ लोगों में तो इतनी भी तमीज नहीं थी कि उसकी ओर उँगली से इशारा न करें।

एच.आर. विभाग की कर्मचारी ने उसे अनौपचारिक बातचीत के लिए अपने कमरे में बुलाया। 'मैं बारक्ले का प्रस्ताव स्वीकार कर लूँगी। बस, तीन माह का नोटिस देकर मैं यहाँ से निकल जाऊँगी।' लेकिन इसके बावजूद वह इस ऑफिस से सिर नीचा करके नहीं निकलना चाहती थी। इसलिए लंच के बाद उसने अपने रवैए में परिवर्तन करने का निश्चय किया।

उसने सीधे लोगों की आँखों में देखना शुरू किया और उस पूरे एपीसोड पर खुद ही मजाक उड़ाना शुरू कर दिया। अपने सहकर्मियों के समक्ष उसने उसी दिन की तरह एक्टिंग करके भी दिखाई। उससे ज्यादा शर्मिंदा तो करण दिख रहा था; लेकिन जल्द ही वह भी उस हँसी-मजाक में शामिल हो गया। अब वह मजाक का पात्र नहीं थी, बल्कि अन्य सभी लोगों के साथ उस घटना का आनंद ले रही थी। शाम होते-होते तक यह स्थिति बन गई कि उसके सहकर्मी त्योरियाँ चढ़ाने और खुसर-फुसर करने के स्थान पर उसके साथ हँस रहे थे। वह जब भी किसी सहकर्मी के पास जाती तो उससे यही पूछती, "क्या तुम मेरे साथ डेट पर जाना पसंद करोगे?"

सब हँस देते।

ऑफिस से लौटते वक्त वह संतुष्ट थी कि उसने सारे घटनाक्रम को अपने पक्ष में मोड़ लिया था। उसने बारक्ले के भरती विभाग में फोन किया। उसे बताया गया कि उस स्थान पर उससे अधिक उपयुक्त कर्मचारी की भरती हो गई है।

"क्यों?" उसने पूछा।

भरती करनेवाले ने कहा कि उसका व्यवहार संतोषजनक नहीं पाया गया था।

□

38

सुमित के घर पर हुई नोक-झोंक के बाद सुमित ने कई बार दमन को कॉल किया, पर दमन ने उसकी उपेक्षा की। लेकिन जब सुमित ने दमन के माता-पिता के पास जाकर उन्हें कुछ बताने की धमकी दी, तब दमन उससे मिलने के लिए तैयार हो गया।

"उसने खुद को शर्मिंदा किया। इसमें मेरी कोई गलती नहीं है।" दमन ने कहा, "तुम देख नहीं रहे कि वह क्या कर रही है?"

"वह सिर्फ तुम्हारे कारण ऐसा कर रही है। उससे बात करो। कम-से-कम तब तक उसका साथ दो, जब तक वह तुमसे दूर नहीं होती।" सुमित ने उसकी कुरसी पास खींचते हुए कहा, "उससे अच्छा व्यवहार करो। उसने तुम्हारे लिए क्या-क्या नहीं किया।"

"यदि तुमने यही कहने के लिए मुझे बुलाया था तो मुझे अब चलना चाहिए। मुझे थोड़ी देर बाद श्रेयसी से मिलना है। मैं उसे इंतजार नहीं करवा सकता।" दमन ने कहा।

"उसे इंतजार नहीं करवा सकते? आखिर वह है कौन, जो तुम उसे इतना भाव दे रहे हो? कहीं तुम वास्तव में उसे डेट तो नहीं कर रहे हो न?"

"तुम्हें ऐसा क्यों लगता है कि मैं उसे डेट नहीं कर रहा होऊँगा, और मैं क्यों न उसे डेट करूँ!"

"मेरे पास हजारों कारण हैं, पर सबसे ऊपर यह है कि वह बहुत बड़ी पागल है।"

"तुम चिल्लाना बंद करोगे?"

"मैं तब तक चुप नहीं बैठूँगा, जब तक तुम्हारा ब्रेकअप समाप्त नहीं होता।"

"मैं ऐसा नहीं कर रहा हूँ। अगर तुम्हारे पास और कोई बात नहीं है तो मैं यहाँ से जाना चाहूँगा।"

सुमित ने अपने हाथ हवा में लहराए—"जाओ, मरो जाकर। जो मन में आए, करो।"

"तुम्हारी फिक्र के लिए शुक्रिया।" कहते हुए दमन वहाँ से कॉफी शॉप के लिए निकल गया।

बाहर निकलने के बाद उसने कैब बुला ली। जब वह कैब ड्राइवर को वहाँ आने का रास्ता समझा रहा था, सुमित उसके बगल में आकर खड़ा हो गया। उसने फोन काट दिया।

"अब क्या है ?" दमन ने पूछा।

"कम-से-कम मुझे ऑफिस तक तो छोड़ दो।"

"ठीक है।"

वे कैब में बैठ गए। दमन यह आसानी से भाँप रहा था कि सुमित फिर से उसी विषय पर चर्चा करने का प्रयास कर रहा है और ऐसा करने पर दमन ने अपनी नजरें हटा लीं।

"मैं तुम्हें उससे ब्रेकअप समाप्त करने को नहीं कह रहा हूँ, ठीक है। मैं बस, तुमसे कुछ देर इंतजार करने के लिए कह रहा हूँ। अवनि मुश्किल दौर से गुजर रही है। थोड़ी विनम्रता तो दिखाओ।"

"विनम्रता ? ऐसी लड़की के प्रति, जिसने किसी को लगभग मार ही डाला था!"

"उसने सिर्फ धक्का दिया था।"

"मैं तुम्हें कुछ दिखाता हूँ।"

दमन ने अपनी जेब से फोन निकाला और वीडियो सर्च करने लगा। इसके पहले कि वह वीडियो शुरू कर पाता, सुमित समझ गया कि वह कौन सा वीडियो दिखाना चाहता है। हालाँकि वीडियो थोड़ा हिल रहा था, परंतु वीडियो की क्वालिटी ठीक-ठाक थी। उसे अवनि को पहचानने में कोई कठिनाई नहीं हुई। वह तेजी से किसी का पीछा कर रही थी। वीडियो कार्तिक की ओर घूमता है, जो कि मेट्रो स्टेशन की सीढ़ियाँ चढ़ रहा था। वीडियो फिर अवनि की ओर घूमता है, जो कि अपने बाल ठीक करती हुई तथा भीड़ को चीरती हुई तेजी से कार्तिक के नजदीक पहुँचना चाहती है। कुछ ही पलों में वह कार्तिक के पीछे नजर आती है और उसके सीढ़ियों के शीर्ष पर पहुँचने की प्रतीक्षा करती है और फिर एक हलका सा धक्का देकर उसे सीढ़ियों से गिरा देती है। वीडियो अवनि के चेहरे पर जूम होता है और फिर सीढ़ियों से गिरते हुए कार्तिक पर। वीडियो रुक जाता है।

"देखो, ये हलका सा धक्का था ?" सुमित बोला, "उसे इस बात का अंदाजा नहीं था कि कार्तिक को इतनी चोट पहुँचेगी। उसे लग रहा था कि कोई उसे गिरने से बचा लेगा। वह उसे जरा सी चोट पहुँचाना चाहती थी।"

"तुम शायद देख नहीं रहे कि मैं तुम्हें क्या बताने की कोशिश कर रहा हूँ!"

"क्या ?"

"तुम्हें क्या लगता है कि यह वीडियो मुझे किसने दिया है ?"

"श्रेयसी।" सुमित ने धीमे से स्वर में कहा।

"और तुम्हें क्या लगता है कि यदि मैं श्रेयसी को छोड़कर फिर से अवनि की ओर लौटूँगा तो वह क्या करेगी? यदि मैं चाह भी लूँ, तब भी अवनि के पास नहीं लौट सकता। इसी में उसकी भलाई है और मेरी भी।"

सुमित चुप रहा।

दमन ने बोलना जारी रखा—"यह वीडियो उसे नशे वाले वीडियो से ज्यादा नुकसान पहुँचा सकता है।"

"लेकिन…"

"इसमें कोई लेकिन-वेकिन मत करो। मैं अब श्रेयसी के साथ हूँ। मेरे पास खोने को कुछ नहीं है।"

"वह शादीशुदा है।" सुमित ने कहा।

"हाँ, पर मैं नहीं हूँ।"

"तो तुम मुझे यह कह रहे हो कि तुम जो भी कर रहे हो, वह सही है?" सुमित का धैर्य जवाब देने लगा था।

"कम-से-कम यह गलत तो नहीं है और कौन जानता है कि भविष्य में उसके साथ किस तरह के संबंध में रहूँ।" दमन बोला।

सुमित क्षुब्ध हो उठा। उसने दमन को एक तमाचा मारना चाहा। "क्या तुम पगला गए हो? वह लड़की पागल है। वह तुम्हें बेवकूफ बना रही है। तुम उसके साथ नहीं रह सकते।" सुमित बोला।

"उसके हाथ में मेरी लगाम है। तुम्हें दिखाई नहीं दे रहा क्या? उसके पास इंश्योरेंस के कागजात हैं, उसके पास वीडियो है और वह दावा करती है कि वह मेरा अनुबंध दोबारा करवा सकती है।"

"तो इसलिए तुम उसके साथ हो? क्या तुम अब किसी रंडी के साथ रहोगे, दमन?"

दमन बोला, "मैं अब तक उसके साथ नहीं सोया हूँ; लेकिन ऐसा हो सकता है। जब ऐसी नौबत आएगी, तब देखूँगा; और तुम्हारी क्या समस्या है?"

"वह तीन वर्षों से तुम्हारे पीछे थी। उसे तुम्हारी नहीं, एक डॉक्टर की जरूरत है।" सुमित ने गुस्से से कहा, "देखो, मैं तुम्हारा भला चाह रहा हूँ। यह तुम्हारे लिए लाभ का सौदा नहीं है। तुम्हें यह दिखाई क्यों नहीं दे रहा? मैं तुम्हें सलाह देता हूँ कि कुछ समय के लिए यह शहर छोड़ दो। तुम जहाँ जाना चाहो, चले जाओ। सारा खर्चा मैं उठाऊँगा। श्रेयसी को कह दो कि तुम्हें यह उचित नहीं लग रहा। उससे माफी माँग लो और अपने पति के पास जाने को कहो। हो सकता है, वह वीडियो को कहीं अपलोड न करे।"

"नहीं।"

"तुम्हारे भाई के रूप में मैं जो तुम्हें कह रहा हूँ, तुम्हें वही करना चाहिए।"

"मैंने कहा—नहीं!" दमन ने बीच में ही रोक दिया।

"क्या नहीं? वह पागल है। वह तुम्हें बरबाद कर देगी। देखो, उसने अब तक क्या-क्या किया है? वह लड़की खतरनाक है। बहनचोद।"

दमन ने कहा, "वह सबकुछ ठीक कर रही है। मैं फिर से सबकुछ बरबाद करना नहीं चाहता और यह कौन जानता है कि यदि मेरी कार की दुर्घटना नहीं हुई होती और तुमने मुझे फर्जी इ-मेल आई.डी. न दी होती तो आज क्या होता?"

"ऐसा कुछ नहीं हुआ होता, मादरचोद!" सुमित बोला।

"और जैसे तुम्हें सबकुछ आकाशवाणी से पता चला है!"

"मुझे इसलिए पता है, क्योंकि जब तुम अस्पताल में मर रहे थे, तब मैं वहाँ था। मैंने श्रेयसी को भी देखा था!" सुमित चिल्लाया।

"तो?"

"यह श्रेयसी नहीं है।" सुमित ने हिचकिचाते हुए कहा।

"क्या?"

"वह कार क्रैश में मर गई थी, दमन! असली श्रेयसी उसी रात मर गई थी।"

□

39

सड़क पर ज्यादा ट्रैफिक नहीं है। श्रेयसी अपने पहले ब्वॉयफ्रैंड के बारे में बता रही है, हालाँकि मैं उसे ठीक से जानता भी नहीं; पर न जाने क्यों, घोर ईर्ष्या मेरे कलेजे को काट रही है। वह मेरे चेहरे के भावों को पढ़ती है और मेरा हाथ थाम लेती है। वह मुझसे कहती है कि मैं बहुत क्यूट हूँ। मैं भी मुसकरा देता हूँ। वह दैवी लग रही है। उससे नजरें हटाना और सड़क पर ध्यान देना कठिन हो रहा है। काश, वह ड्राइव कर रही होती! वह मेरी गर्लफ्रेंड के बारे में पूछती है और मैं उसे अनन्या के बारे में बताने लगता हूँ, जिसने मुझे धोखा दे दिया था। वह उसे 'कुतिया' कह डालती है और मैं अपने मौन से उसका समर्थन करता हूँ। अब तक मुझे अपने मित्र के घर तक पहुँच जाना चाहिए था, लेकिन मैं एक सर्किल से दूसरे सर्किल पर कार घुमाकर समय गुजार रहा हूँ। वह भी इस बात को जानती है; लेकिन उसने अभी तक कोई विरोध नहीं किया है, बल्कि मेरे खयाल से वह इस बात को बढ़ावा ही दे रही है। उसके पैर के पास रखे जूट के बैग में रखी बोतलों के टकराने की आवाज आ रही है। उनकी तरफ इशारा करते हुए वह शरारती लहजे में आँखें मिचका देती है। मैं सिर हिलाकर मना करता हूँ। वह जोर डालती है। उसे मना करना मेरे लिए बड़ा कठिन है। वह दो बियर कैन निकालती है, लेकिन हम दोनों ही उन्हें दाँतों से खोलने में नाकामयाब रहते हैं। फिर वह उन्हें रखकर उनकी जगह वोदका की बोतल निकालती है। बोतल का ढक्कन खोलती है, अपने होंठों से लगाती है और एक लंबा घूँट भरती है। मैं मना करते हुए सिर हिलाता हूँ, क्योंकि मुझे ड्राइव करना है; लेकिन वह माननेवाली कहाँ? वह नाक सिकोड़कर मुझे तंग करने लगती है। वह कहती है, "मजा मत खराब करो।" और बोतल मेरे होंठों पर अड़ा देती है। मैं मुँह अलग हटाता हूँ। वोदका मेरी शर्ट पर गिर जाती है। वह लगभग चिल्लाते हुए कह रही है, "यह ठीक नहीं है। अच्छा, ठीक है।" वह बोतल फिर मेरे मुँह में अड़ा देती है। बहुत कड़वी है। मैं उसे गले में ही रोक लेता हूँ, जिस वजह से कुछ वोदका मुँह के बाहर निकल आती है। फिर भी, कुछ, सर्पिल गति से मेरे पेट तक पहुँच जाती है और फिर मेरे दिमाग पर। मैं उसे देखने की बड़ी कोशिश करता हूँ। वह मेरा हाथ थाम लेती है। मेरे शरीर में गरमाहट कौंध

रही है। मैं एक बार उस पर नजर डालता हूँ, फिर सड़क पर। मैं पूरे जोर से कार का ब्रेक लगा देता हूँ। कार में ब्रेक की चीख गूँज गई। हमारे सामने आ रही टैक्सी ने भी पूरे ब्रेक लगा दिए हैं। अफसोस, देर हो चुकी है। मेरी कार लहराती हुई बाईं ओर चली जाती है और एक कार से भिड़ जाती है। मैं घबराकर गाड़ी दाईं ओर घुमाता हूँ।¨ श्रेयसी अपनी ओर बुरी तरह से फिंक जाती है। उसने अपनी सीट बेल्ट बाँध रखी है। कार लहराती हुई डिवाइडर की ओर बढ़ती है। मैं लगभग हाँफ जाता हूँ। अगर मैं ब्रेक लगाता हूँ तो टैक्सी से आमने-सामने की भिड़ंत होती है। मैं टैक्सी ड्राइवर पर गौर करता हूँ तो उसकी आँखों में मौत स्पष्ट नजर आ रही है। टैक्सी खाली है। टैक्सी बचाने के लिए मैं कार को कुछ और दूर जाने देता हूँ। ब्रेक लगाता हूँ। फिर भी कार डिवाइडर से टकराकर पलट जाती है। मैं श्रेयसी को देखता हूँ। मैं अपनी सीट पर लटका हुआ हूँ। वह कार की छत पर सिर के बल पड़ी है। उसकी गरदन के चरमराने की आवाज मुझे साफ सुनाई देती है। वह कराहती है। कार फिर पलटती है। वह बुरी तरह खिड़की से टकराती है। काँच के टुकड़े उसके चेहरे में धँस जाते हैं। वह लहूलुहान है। उसकी निर्जीव आँखें मुझे घूर रही हैं। उसके जीवनहीन हाथ लटके हुए हैं। वह मर चुकी है। थोड़ी ही देर में वह कार से बाहर फिंक जाती है और अंततः कार थम जाती है। मैं अपनी सीट पर बेल्ट से बँधा हुआ हूँ, लेकिन वह मुझे साफ दिखाई दे रही है। उसका चेहरा, उसके बाल, उसका क्षत-विक्षत शरीर, उसकी निर्जीव आँखें—मुझे सब दिख रहा है। वहाँ आग लग चुकी है, जो उसके शरीर को जला रही है। मैं चीखता हूँ। पहले उसके बाल झुलसे, फिर उसकी देह की चमड़ी। मुझे उबकाई आने लगी है। उसके जलते हुए शरीर की गंध मुझ तक आ रही है। मैं आग से पिघलती हुई उसकी आँखों को कटोरों से बाहर आते देख रहा हूँ, वे खूबसूरत आँखें¨ वे होंठ, जहाँ अब सिर्फ उसके दाँत दिखाई दे रहे हैं। मैं बेहोश हो जाता हूँ।

दमन चौंककर उठ बैठा। उसका बिस्तर पसीने से तर-ब-तर था। वह चिल्लाया, लेकिन उसके मुँह से आवाज ही नहीं निकली। पिछले एक हफ्ते से, जब से वह अस्पताल में था, चिल्लाते-चिल्लाते उसका गला बैठ चुका था। अधिकांशतः उसे बिस्तर पर ही रखा जाता था। बुखार से तपने के कारण उसका सिर फटा जा रहा था। वह बुरी तरह से काँप रहा था। दो वार्ड ब्वॉय एक-दूसरे को जोर-जोर से निर्देश देते हुए भागते हुए भीतर आए। दमन के अनियंत्रित होकर झूमने की वजह से एक वार्ड ब्वॉय के चेहरे पर उसका करारा हाथ पड़ गया। इससे पहले कि उसका हाथ फिर चलता, दूसरे वार्ड ब्वॉय ने उसे बिस्तर पर दबोचकर बैठा दिया और अपने घुटने के बल उसके कंधे को दबा लिया। जैसे ही पहलेवाला वार्ड ब्वॉय ठीक हुआ, उसने दमन के हाथों को काबू में लिया। दमन दर्द और गुस्से से अकड़ा जा रहा था। वह उनके कब्जे से छूटने के लिए पीठ गोल करके पैरों को बुरी तरह फटकार रहा था। इसके तुरंत बाद ही एक डॉक्टर और

नर्स आए और उसे शांत करने के लिए इंजेक्शन लगाया।

"श्रेयसी मर गई, मैंने ही उसे मारा है!" बड़बड़ाते हुए उसकी आँखें बुझने लगीं और वह सो गया।

अस्पताल में कमरे के बाहर दमन के माँ-बाप बैठे हुए थे। पिता सुबक रहे थे और मैं उनकी पीठ सहला रही थी। डॉक्टर कमरे से बाहर निकलकर आए और उन्हें अपने कमरे में आने को कहा, वे चुपचाप उनके कमरे में चले गए। अस्पताल के कैफेटेरिया में सुमित और अवनि आमने-सामने बैठे हुए थे। वह रोना चाहती थी, लेकिन सुमित को टूटा हुआ देखकर उसने अपने आँसू रोक रखे थे। तीन दिनों से सोना तो दूर, सुमित ने पलक तक नहीं झपकाई थी।

"तुमने मुझे पहले क्यों नहीं बताया?" अवनि ने पूछा।

"केवल मुझे और मेरे परिवार को पता था। मैं किसी तरह का खतरा नहीं लेना चाहता था। हाँ, यदि तुम लोगों को शादी करनी ही थी तो मैं तुम्हें बता देता या मेरा परिवार तुम्हें बता देता; लेकिन…"

"मैं जानती हूँ कि तुम कहाँ से आ रहे हो।" अवनि ने साँस भरते हुए कहा, "यदि कार दुर्घटना में श्रेयसी एक साल पहले मर चुकी है तो फिर यह लड़की कौन है?"

"एक नकली श्रेयसी। यही बात मैंने दमन को भी बताई थी और फिर तुम्हें भी; लेकिन तुम दोनों उसकी बातों में पहले ही फँस चुके थे। मैं समझ नहीं पा रहा था कि और किस तरह से तुम्हें विश्वास दिलाऊँ और जब मैंने…"

"इसमें तुम्हारी गलती नहीं है। तुम्हें भी क्या पता था कि उसे…फिर इस तरह का घबराहट का दौरा पड़ेगा।" अवनि बोली, "डॉक्टर क्या कह रहे हैं?"

"अभी कोई निर्णय लेना जल्दबाजी होगी; लेकिन इस बार हालत पहले से ज्यादा खराब है। उन्होंने उसी डॉक्टर को बुलाया है, जिसने पहले इलाज किया था। वह डॉक्टर एक-दो दिन में आने वाले हैं, लेकिन उनका कहना है कि उसके व्यवहार से लगता है कि बीमारी फिर से पलट गई है।"

अवनी ने सिर हिला दिया—"पिछली बार डॉक्टरों ने उसका इलाज कैसे किया था?"

सुमित अपनी कुरसी पर पीछे की तरफ टिक गया। उसने एक गहरी साँस छोड़ी, फिर विस्तार से बताया, "स्थिति पहले ज्यादा पेचीदा थी। सबसे पहला काम था उसके अंगों की सक्रियता का लौटना। उसके दिमाग और शरीर दोनों का भुरता बन चुका था। वह चम्मच पकड़ना भी भूल चुका था। डॉक्टरों का पूरा ध्यान इसी बात पर था कि उसकी शारीरिक क्षमता को दोबारा कैसे लौटाया जाए। श्रेयसी और दुर्घटना से संबंधित दु:स्वप्न देखने की बात तो काफी बाद में शुरू हुई है। उसने तो काफी समय से श्रेयसी के

बारे में कुछ पूछा भी नहीं था। उसे श्रेयसी के नाम और यह कि वह कार में उसके साथ घूमी थी, इसके अलावा और ज्यादा कुछ याद नहीं था।" सुमित बोला।

तब तक वेटर उनके सैंडविच ले आया।

अपनी बात को जारी रखते हुए सुमित बोला, "जब हमने उसे सबसे पहले श्रेयसी की मौत के बारे में बताया तो उसकी प्रतिक्रिया वैसी ही थी, जैसी अभी है। दौरे, अनियंत्रित व्यवहार, तेज बुखार—वही लक्षण, जो तुम अभी देख रही हो। वह अजीब व्यवहार करता और अपना आपा खो बैठता, जिसके बाद वह घंटों शांत और खोया-खोया-सा बैठा रहता; लेकिन फिर अचानक उसे न जाने क्या दिखाई देता कि वह हिंसक हो जाता था। कई बार हमने उसे कमरे के कोने में सिकुड़कर बैठे हुए चिल्लाते हुए देखा। एक बार हमने उसे छत के किनारे पर देखा।" सुमित ने गहरी साँस लेते हुए कहा, "हमने तो सोचा था कि हमने उसे खो ही दिया।"

"फिर उन लोगों ने उसका इलाज कैसे किया?" अवनि ने पूछा।

"उपचार और दवाइयाँ। उसका असर भी सकारात्मक दिखाई पड़ रहा था; लेकिन जब भी हम यह सोचते कि वह घर जाने लायक हो गया है, न जाने कौन सा दुःस्वप्न या तनावपूर्ण घटना उस पर हावी हो जाती और सारा किया-धरा बेकार हो जाता। वह कई दिन अस्पताल में गुजार देता और सबसे श्रेयसी के बारे में पूछता कि वह कहाँ है और ठीक तो है? हर बार जब कोई उससे कह देता या उसे याद आ जाता कि श्रेयसी मर चुकी है, उसकी हालत खराब हो जाती। उसे दौरे पड़ने लगते। वह बेहोश हो जाता और वही सवाल बार-बार दोहराता। श्रेयसी कहाँ है? ऐसा लगता कि वह सवाल का जवाब तो चाहता है, लेकिन वह जवाब नहीं, जो हम लोग दे रहे थे या उसकी स्मृति में था। उसका मन श्रेयसी की मौत की वास्तविकता को लगातार नकारे जा रहा था। उसका शरीर इस बात से इनकार कर रहा था कि वह किसी भी तरह से श्रेयसी की मौत के लिए जिम्मेदार है। डॉक्टरों के अनुसार, उसके दौरों का प्रमुख कारण श्रेयसी की मौत का अपराध-बोध है। चूँकि डॉक्टरों को लगा कि उसका मन स्वयं को श्रेयसी की मौत का जिम्मेदार होने की संभावना से नकार रहा था, वे उसे उनसे जोड़ने की कोशिश कर रहे थे।" सुमित बोला।

"तो?"

"यह सिलसिला तब तक चलता रहा, जब तक डॉक्टर ने उसका तोड़ नहीं निकाल लिया। उसने बतौर प्रयोग 'रिट्रीवल इंक्लूडेड फॉरगेटिंग' नाम का उपचार शुरू किया।" सुमित ने कहा।

"यह क्या है?"

"इसका अर्थ है—नकली स्मृतियाँ पैदा करना। यदि आप किसी डिसोसिएटिव एम्नीशिया के मरीज के सामने, जिसकी स्मृतियाँ किसी भयंकर दुर्घटना के कारण दमित

हो गई हों, लगातार किसी झूठ को सच के रूप में पेश करेंगे तो वह उस झूठ पर ही विश्वास करने लगता है। इसलिए डॉक्टर ने दमन से झूठ बोलना शुरू कर दिया। जब भी दमन श्रेयसी के बारे में पूछता कि वह कहाँ है, डॉक्टर उससे झूठ बोल देता। फिर उन्होंने हमसे भी उस झूठ को बनाए रखने को कहा, वह कारगर सिद्ध हुआ। धीरे-धीरे उसके सपनों में बदलाव आना शुरू हुआ। अब सपनों में वह उसे मरती हुई नहीं दिखाई देती थी।" सुमित ने बताया।

अवनि ने अपना अंदाज बयाँ करते हुए कहा, "तो तुमने दमन से कहा कि वह ड्राइविंग नहीं कर रहा था? और यह कि श्रेयसी कार एक्सीडेंट में बाल-बाल बच गई और तब से देश छोड़कर कहीं बाहर चली गई?"

सुमित ने 'हाँ' में सिर हिला दिया। "लेकिन यह ट्रीटमेंट सपने की तरह काम कर गया। हफ्तों में ही ऐसा लगने लगा कि हमारा पुराना दमन वापस लौट आया है। हालाँकि वह हमसे लगातार श्रेयसी के बारे में पूछता रहता था—मैंने उससे बात की या नहीं, वह मुझसे मिलने आई या नहीं? मैं भी इस बारे में झूठ बोलता रहा। हमने उसमें यह विश्वास जाग्रत् कर दिया कि हममें से कोई भी श्रेयसी को पसंद नहीं करता, क्योंकि वही कार चला रही थी और उसी की वजह से उसकी मरने की नौबत आ गई। हम झूठ का जितना अधिक प्रयोग करते, वह उस पर उतना ही विश्वास करता। मुझे ऐसा कभी नहीं…"

अवनि ने अपनी कुरसी खींचकर सुमित के पास कर ली और उसका हाथ अपने हाथों में ले लिया। वह बोली, "इसमें तुम्हारी कोई गलती नहीं है। तुम तो उसकी देखभाल कर रहे थे।" जरा ठहरकर, कुछ परेशान होते हुए वह बोली, "तो अब वह थेरैपिस्ट क्या करेगा?"

"वह मेरी कही हुई बातों को गलत साबित करेगा। मैंने उसे बताया था कि दो साल पहले कार दुर्घटना में श्रेयसी मर गई थी, जिसकी वजह से उसे दौरे और दुःस्वप्न आते हैं। थेरैपिस्ट उसको इसके विपरीत बताएगा और उसे इन बातों से छुटकारा दिलाएगा।" सुमित ने बताया।

"लेकिन इस बार अब एक अनजान अदृश्य श्रेयसी है।" अवनि बुदबुदाई, "अब, जब वह यह विश्वास करने लगेगा कि श्रेयसी जीवित है तो क्या वह उसी श्रेयसी के बारे में नहीं सोचेगा और उसी के पास जाना भी चाहेगा। है कि नहीं?"

"हो सकता है।"

"क्या गोवा ट्रिप की यादें उसे वापस आ जाएँगी? क्या इस बात की संभावना है कि वास्तविक श्रेयसी की शक्ल उसकी याद में ताजा हो जाए? और यदि ऐसा होता है तो वह जान जाएगा कि यह श्रेयसी नकली है।"

"नहीं, वे यादें नहीं लौटेंगी। वह उन यादों को खो चुका है।"

□

40

अवनि ने ऑफिस वापस जाने के लिए कैब बुला ली। पिछले तीन दिनों में उसने काफी समय अस्पताल में ही गुजारा था। "तुम्हारे यहाँ रुकने से कोई फर्क नहीं पड़ेगा।" सुमित ने कहा था और उसे जाने दिया, जबकि वह खुद ऑफिस से छुट्टी लिये हुए था। कार की पिछली सीट पर बैठते हुए उसने अपना छोटा सा पैड निकाला और उस पर कुछ लिखने लगी। उसने श्रेयसी का नाम लिखा, एक वो श्रेयसी, जो कार दुर्घटना में मर चुकी थी और दूसरी वो, जिसे सुमित ने नकली बताया था। वह दोनों के बीच के अंतर को समझने की कोशिश कर रही थी। यदि उस नकलीवाली पर विश्वास किया जाए तो वह लगभग तीन साल से अस्तित्व में है, यानी दुर्घटना के एक साल पहले से, जब दमन असली श्रेयसी को जानता भी नहीं था, जो कि उस दुर्घटना में मर चुकी थी और उसने यह भी साबित कर दिया कि वह भी उस समय गोवा में थी। अवनि ने अपनी आँखें बंद कीं और कनपटी पर हलकी-हलकी मालिश की। तभी उसका फोन बज उठा। ऑफिस से करण का फोन था। जिस प्रेजेंटेशन पर उन्हें काम करना था, उसके लिए वह लेट हो रही थी। कल ही करण ने उसे लेट-लतीफी के बारे में टोका भी था। उसने पलटकर कुछ भी नहीं कहा था, क्योंकि वह ठीक कह रहा था। जब से उसकी बारक्ले डील असफल हुई है, तब से उसका मिजाज ठीक नहीं था। देर से ऑफिस आना, जल्दी चले जाना, घंटों तक कंप्यूटर स्क्रीन को ताकते रहना इत्यादि। कोई भी उससे अब उस वायरल वीडियो के बारे में बात तो नहीं करता था, लेकिन फिर भी उसकी वजह से उसका वहाँ जीना मुश्किल हो गया था। वह वहाँ से निकलना चाहती थी; लेकिन उसने जहाँ भी अपना बायोडाटा भेजा, कहीं से कोई जवाब नहीं आया था। उसने उस कागज पर फिर निगाह डाली, जहाँ उसने लिखा था—यह सबकुछ इस नकली श्रेयसी की वजह से है।

कार रुक गई।

"कार क्यों रोक रहे हो ?" अवनि ने पूछा।

"कोई और भी आ रहा है इस कार में। आपने कार पूल कैब बुक की थी।" ड्राइवर बोला।

"क्या हम अभी नहीं चल सकते? मैं एक्स्ट्रा चार्ज दे दूँगी।"

"मैम, यह कंपनी के नियम के खिलाफ होगा।" ड्राइवर बोला।

अवनि ने गहरी साँस ली। कुछ मिनट गुजर गए, लेकिन ऐसा कोई नहीं आया, जिसने कैब बुक की हो।

"अब तुम क्या पूरे दिन यहीं इंतजार करते रहोगे?" अवनि ने पूछा।

"मैम, बस, कुछ मिनट और।" वह बोला।

जैसे ही उसने यह कहा, तभी कार का दरवाजा खुला और एक लड़की अवनि के बगल में आकर बैठ गई।

"हाय!" श्रेयसी बोली और अवनि को देखकर मुसकरा दी।

अवनि उसे देखकर घबरा गई। "तुम यहाँ क्या कर रही हो?" घबराहट में उसने अपने हैंड बैग में हाथ डाला और 20 रुपए निकालकर ड्राइवर की सीट पर फेंकती हुई बोली, "मैं उतर रही हूँ।"

उसने दरवाजा खोला। लेकिन श्रेयसी ने उसका हाथ पकड़ लिया। अवनि ने बुरा सा मुँह बनाया। श्रेयसी की पकड़ मजबूत थी।

"छोड़ो मुझे।" अवनि ने कहा।

"हमें बात करने की जरूरत है।"

"कोई जरूरत नहीं है!" और अवनि ने हाथ झटक दिया।

"मैं जानती हूँ कि तुम्हें पता है कि श्रेयसी मर चुकी है।" श्रेयसी बोली, "दमन के लिए हमें बात करने की जरूरत है। इसी में हम दोनों की भलाई है।"

अवनि ने हाथ छुड़ा लिया और कार के बाहर निकल आई। वह कार से अलग चल रही थी और कार उसका पीछा कर रही थी।

अवनि चिल्ला पड़ी, "चले जाओ!" लेकिन कार अब भी पीछा कर रही थी। अवनि चलकर कार के पास गई, "क्या चाहती हो तुम? तुम्हारे पास सबकुछ तो है! अब चली जाओ!"

कार फिर भी पीछा कर रही थी।

"मैं बात करना चाहती हूँ।" श्रेयसी बोली। उसने दरवाजा खोला, "मान भी जाओ—दमन के लिए।"

कुछ देर विरोध करने के बाद अवनि राजी हो गई और कार में बैठ गई।

"मैं उसे मार दूँगी, बस, यही कहना बाकी है। रोओ मत, रोओ मत!"

अवनि की तरफ टिशू पेपर बढ़ाती हुई श्रेयसी ने पूछा, "अब वह कैसा है?"

अवनि ने उपेक्षा से हाथ हिलाते हुए मना कर दिया।

"मैं उससे मिल लेती, लेकिन सुमित कुत्ते की तरह उसकी निगरानी कर रहा था।"

अवनि तुरंत बोली, "उसे तुमसे बचाना बहुत जरूरी है।"

बनावटी मुसकान के साथ श्रेयसी बोली, "बल्कि इसका उलटा है। उसे मेरी जरूरत है, अपनी श्रेयसी की जरूरत है।"

"तू श्रेयसी नहीं है!" अवनि गुर्राते हुए बोली। उसकी मुट्ठियाँ भिंच गई थीं।

श्रेयसी ठठाकर हँस पड़ी—"अरे, मैं ही उसकी श्रेयसी हूँ। ठीक है, मैं वो श्रेयसी नहीं हूँ, जो दुर्घटना में मर चुकी है, यह बात मैं जानती हूँ; लेकिन मैं श्रेयसी हूँ। वो लड़की, जिससे उसने हमेशा प्यार किया और जब कभी वह होश में आएगा, मुझे ही याद करेगा।"

"तुम धोखेबाज हो, और कुछ नहीं। तुम सिर्फ श्रेयसी होने का नाटक कर रही हो, जबकि श्रेयसी हो नहीं। कोई भी किताब या पोस्ट लिखते समय तुम उसके जेहन में नहीं थीं। जिस लड़की के बारे में सोचते हुए उसने लिखा था, वह मर चुकी है। तुम उसके लिए कुछ भी नहीं हो।" अवनि भड़क गई।

"ये वो कह रही है, जिसे उसके साथ रहते अभी एक साल ही हुआ है। मैं उसके साथ तीन साल से रह रही हूँ।" उसने अपने हाथ को उठाकर तीन उँगलियाँ दिखाते हुए कहा, "उससे बात करने के लिए मैंने एक साल इंतजार किया है, तुम्हारी तरह नहीं कि देखते ही बात करने लगी। उसके लिए मेरी भावनाओं का कोई मुकाबला नहीं है।"

"तुम मुझे बस, यही बताना चाहती थीं?"

"मैं अपना आपा नहीं खोना चाहती थी।" श्रेयसी ने बड़ी नरमी से कहा, "मैं माफी चाहती हूँ। वास्तव में मैं तुम्हें कुछ देना चाहती हूँ।"

"और तुमने सोच कैसे लिया कि तुम कुछ भी दोगी और मैं ले लूँगी? तुम कितनी नीच हो! तुम्हें बस, दूसरों का जीवन बरबाद करना आता है।"

"मैंने किसी का जीवन बरबाद नहीं किया। मैंने तो बस, प्यार करना चाहा। और अब वह मेरे पास है और यदि सुमित ने दमन को श्रेयसी की मौत के बारे में न बताया होता तो आज दमन अस्पताल के उस कमरे में न होता।" श्रेयसी बोली, "लेकिन थेरैपिस्ट उसे यह मनवाकर धोखा दे रहा है कि श्रेयसी जिंदा है। लेकिन उस पर यही इलाज कारगर है। रिट्रीवल-इंड्यूस्ड फॉरगेटिंग—यही नाम है न थेरैपी का? और जब उसे विश्वास हो जाएगा कि श्रेयसी उस एक्सीडेंट में बच गई थी तो वह मुझे याद करेगा—अपनी गार्जियन, अपनी श्रेयसी, अपनी जिंदगी को। वह सभी बिंदुओं का मिलान करेगा। यादें तेजी से लौटेंगी और वह फिर मेरी बाँहों में होगा।"

अवनि ने उससे वह बात पूछ ली, जो उसे बहुत समय से कचोट रही थी।

"अगर तुम नहीं थीं; उस दिन कार में, तो कौन था?"

"श्रेयसी।" उसने जवाब दिया।

"हाँ-हाँ, मुझे मालूम है; लेकिन⋯"

"उस लड़की का नाम श्रेयसी था।" श्रेयसी बोली। वह मुसकरा रही थी।

"बड़ा अजीब लग रहा है उसका नाम लेना। फिलहाल उसने मुझे उससे अलग करने की कोशिश की और देखो न, क्या नतीजा निकला! बेचारी! उसकी हड्डियाँ चकनाचूर हो गईं, जल गई और मर गई।" श्रेयसी अवनि को देख रही थी।

"अरे, तुम परेशान लग रही हो। ऑ⋯सो स्वीट।" वह जोर से हँस दी।

"उस दिन कॉफी शॉप में तुमने जो भी सुना, सब सही था। मुझे उससे प्यार हो गया था। मैं उसकी मेल्स चेक कर रही थी और मैंने उस पर लगभग साल भर नजर रखी। मुझे पता था कि वह गोवा जा रहा है। मैंने भी अपनी ट्रिप प्लान कर ली। मैं उसको वह प्रेम-कहानी देने जा रही थी, जिसकी वह हमेशा कल्पना किया करता था। मैंने भी उसी होटल में बुकिंग की, जिसमें उसकी थी। उसके बीच में आने के पहले सबकुछ सही चल रहा था।" उसकी आवाज धीमी पड़ गई।

"अच्छा?"

"⋯मेरे नाम वाली वह लड़की श्रेयसी बीच में आ गई।" श्रेयसी बोली। उसने एक जैसे नाम का फायदा उठाते हुए कमरा बदल लिया। अब उसका कमरा दमन के कमरे के ठीक सामने था और मेरा कमरा अगले फ्लोर पर। इससे पहले कि मुझे मालूम चलता, उनकी बातचीत शुरू हो गई। रंडी कहीं की! मैं वही कमरा पाने की कोशिश में लगी थी और वे दोनों बातचीत में। मैंने पूरा एक साल इंतजार किया और वो⋯ठीक मेरी ही आँखों के सामने। विश्वास होगा तुम्हें? वे आपस में हँस रहे थे, मुसकरा रहे थे, आपस में ऐसे बातें कर रहे थे जैसे पुराने दोस्त हों। जी कर रहा था कि उस लड़की का गला घोंट दूँ और दमन को बताऊँ कि उसे यहाँ मुझसे मिलना था, न कि बैंगलोर से आई उस दो कौड़ी की वेश्या से। मैं टूट चुकी थी, अवनि, मैं⋯। अगले तीन दिन तक मैं गलत श्रेयसी को दमन के साथ फ्लर्ट करते हुए देखती रही और वह भी पूरी गुस्ताखी और निर्लज्जता से प्रतिक्रिया दे रहा था। मेरी नजरों के सामने ही दोनों रोज बाहर जाया करते थे। मैं वहाँ थी, पर⋯मैंने उसके लिए इतना किया, लेकिन⋯। वह गलत श्रेयसी के साथ था।" उसने अवनि का हाथ पकड़ा और मरोड़ दिया, "तुम्हीं बताओ, क्या यह सही था? क्या उसे मेरे साथ नहीं होना चाहिए था? होना चाहिए था, उसे मेरे साथ ही होना चाहिए था; लेकिन वह उसके साथ था—पूरे समय।" उसने अपना हाथ अवनि के हाथ से अलग कर लिया और उसकी उँगलियों को गौर से देखने लगी।

"उस एक्सीडेंट ने मुझे बहुत डरा दिया था; लेकिन वह मर गई।" वह अवनि को घूरे जा रही थी। "ठीक हुआ, उसके साथ यही होना चाहिए था।"

"तुम चाहती थीं कि वह मर जाए?" अवनि ने पूछा।

"बिल्कुल! लेकिन उस एक्सीडेंट···" उसने आह भरी। एक लंबी साँस लेते हुए वह बोली, "मैंने तो सोचा था कि वह कभी होश में नहीं आएगा, इसलिए मैंने शादी कर ली। मैंने सोचा था कि मैं यह शादी निभा लूँगी, लेकिन ऐसा नहीं हो सका। मैं दमन के बारे में ही सोचती रहती थी, भगवान् से उसकी कुशल मनाती रहती थी। और तीन महीने बाद वह होश में आ गया। उसका शरीर बुरी तरह से टूट-फूट चुका था, दिमाग काम नहीं कर रहा था; लेकिन वह जिंदा था।" वह मुसकरा दी, "फिर उसने उसे याद किया, दूसरी श्रेयसी को।"

वह पागल है। इस कार से निकल जाओ। जितना हो सके उतनी दूर हो जाओ। अवनि बोली, "लेकिन तुमने तो बताया कि तुम उसकी पोस्ट से ईजाद की गई एक पात्र हो। तुमने तो बिल्कुल वही किया, जैसा उसने किया था। तुमने बताया था कि ये सब तुमसे ही प्रेरित है और इसी वजह से तुम उससे बेहद खफा हो कि उसने अपनी उस किताब में तुम्हारे पात्र को सही तरह से चित्रित नहीं किया है। लेकिन तुम तो वह पोस्टवाली लड़की नहीं हो! वह तो तुम्हें जानता नहीं था।"

"हाँ, मैं वो पोस्टवाली लड़की नहीं थी, लेकिन मैं वो बन गई हूँ। मैं वो पोस्टवाली लड़की बन गई हूँ। वो मैं थी और मैं वो थी। कोई अलग नहीं था! मैं वो श्रेयसी बन गई, जिसे वह प्यार करता था, जिसके बारे में वह लिखा करता था। मैं वो पोस्टवाली लड़की बन गई, उसकी तरह बात करने लगी, उसी की तरह कपड़े पहनने लगी, उसी की तरह बाल बढ़ा लिये और वैसे ही टैटू बनवा लिये। मैंने सबकुछ वैसा ही किया जैसा उसने लिखा है। मैं बिल्कुल वैसी ही बन गई, जिसे संभवत: वह प्यार कर सके, जिसके बारे में वह लिख सके···और फिर, उसने मुझे धोखा दे दिया। मैंने उस किताब का लंबे समय तक इंतजार किया। मैंने उस किताब के विमोचन की कल्पना की थी।···मैं कल्पना करती थी कि दमन की उस किताब का हर पाठक यह पूछेगा उससे कि कहाँ है वो श्रेयसी, जो मैंने अपने आपको बना लिया था? और फिर आहिस्ता-आहिस्ता मैं अपने आपको उसके सामने लाती··· वह मुझमें हू-ब-हू श्रेयसी को पाता···मुझे देखकर वह रोता, मुझसे प्यार करता···मुझे गले लगाता और सारी दुनिया को अपनी श्रेयसी के बारे में बताता··· लेकिन, मेरे सपनों की लड़की' क्या बकवास लिखी है उसने। उस किताब में मेरी सारी बातों, सारी भावनाओं का मजाक उड़ाया है उसने! बहुत हो गया। मुझे उससे मिलना है, सारी बात साफ करनी है। क्या हुआ, यदि उसने ऐसा किसी और के बारे में लिखा है। मैंने उसके लिए जो किया, उसकी कोई कीमत नहीं? भले ही उसके ख्वाबों की श्रेयसी, जिसे वह प्यार करता था, मर गई हो, लेकिन उसके लिए उसका प्यार मेरे जरिए जीवित रह सकता था। वह मुझे प्यार कर सकता था।"

"तुम्हें किसी सहारे की जरूरत है। तुम बहक रही हो।" अवनि बोली।

"इसलिए, क्योंकि मैंने प्यार किया?"

"इसलिए कि तुम बहक रही हो। मैं इस सब में नहीं पड़ना चाहती। मैं जा रही हूँ।" उसने ड्राइवर के कंधे पर हाथ रखा और अगले सिग्नल पर कार रोकने के लिए कहा।

"फिर भी तुम दमन के साथ रह सकती हो।"

अवनि त्योरियाँ चढ़ाकर बोली, "क्या?"

"मैं शादीशुदा जरूर हूँ, लेकिन दमन से प्यार करने से मुझे कोई नहीं रोक सकता। दमन और मुझे अपनी अपनी प्रेम-कहानी जारी रखने के लिए शादी जैसे प्रमाण-पत्र की कोई जरूरत नहीं है।"

"हम इस बारे में पहले ही बात कर चुके हैं।"

"और दमन राजी हो गया?" आश्चर्य से अवनि ने पूछा।

श्रेयसी ने 'हाँ' में सिर हिला दिया—"और तुम?"

"और तुम चाहती हो कि मैं वैसा ही रिश्ता रखूँ, जैसा तुम्हारा तुम्हारे पति के साथ है? तुम्हारा दिमाग तो नहीं फिर गया है?"

"मैं पूरी गंभीरता से कहा रही हूँ।"

"मुझे विश्वास नहीं होता! तुम मुझे···"

"नहीं, मैं तो बस···"

"इसमें बहुत फर्क है। तुम्हारा पति न तो दमन के बारे में जानता है, न तुम्हारी जैसी बेवफा औरत के बारे में; लेकिन मैं जानती हूँ। मैं जानती हूँ कि तुम दोनों एक-दूसरे से मिलते हो।" अवनि ने भड़ास निकालते हुए कहा।

श्रेयसी उसकी तरफ देखते हुए मुसकरा रही थी।

"क्या?" अवनि ने पूछा।

श्रेयसी ने अपने कुरते की बाँह खींची। उसकी सीधी बाँह पर लाल-नीली धारियों के तीन निशान पड़े हुए थे। किसी ने बहुत कसकर वहाँ उसकी बाँह पकड़ी होगी। उसने फिर उन्हें ढक लिया।

"उसने तुम्हें मारा? तुम्हें···"

श्रेयसी ने एक बनावटी मुसकान के साथ अवनि से कहा, "वह बड़ा धूर्त है। मैंने उसे ऐसा करने दिया; लेकिन यह सब तब हुआ, जब मैंने उसे दमन के बारे में बताया भी नहीं था।" वह मुसकराई और आगे बोली, "अवनि, शादियों में भी चालबाजी होती है। तुम जानती हो कि आकाश ने भी मुझसे वफादारी नहीं की है। तुम अंदाजा लगा सकती हो कि उसने किसके साथ रातें बिताई हैं! यह सबकुछ एक बुरी फिल्म की तरह है।"

"किसके साथ?"

"मैं हमेशा जानती थी कि वह मुझे धोखा दे रहा है। इस दौरान वह मुझसे चालाकी

करता रहा। वह तुम सबसे ज्यादा सावधान था। वह लड़की सामने होते हुए भी नजर नहीं आ रही थी।" श्रेयसी रोते हुए बोली। उसने अपना मोबाइल खोला और अवनि को उस लड़की की तसवीर दिखाई और बोली, "जानती हो, यह कौन है? कुछ पहचानी-सी दिख रही है? नहीं? यह मेरी बड़ी बहन है और यह भी बता दूँ कि शादीशुदा है। अब समझ में आया कि उसकी डायल्ड लिस्ट में मुझे कोई डाउटफुल नाम क्यों नहीं मिला? क्योंकि मैं अपनी बहन को संदेह की निगाह से देख ही नहीं रही थी।" श्रेयसी हँसी—"मेरी शादी हमेशा एक झूठ थी और वो अब भी उसके साथ सोता है। अभी कुछ दिन पहले ही मेरी निजता भंग करने के लिए उसने मुझे तमाम गालियाँ दीं, और भी न जाने क्या-क्या कहा! नीच कहीं का! उसे इस बारे में जरा भी खबर नहीं है कि मैंने सबकुछ रिकॉर्ड कर लिया है।" आँख मिचकाते हुए श्रेयसी ने कहा, "यह होने के बाद मैंने उसे दमन के बारे में बताया। कुछ नहीं कर सकता, बस, डरे हुए पिल्ले की तरह सब सुनता रहा।"

"वह तुम्हें छोड़ क्यों नहीं देता?"

"वह न तो छोड़ सकता है और न वह छोड़ेगा। उसके घरवाले उसे उधेड़ देंगे। वह इतना डरपोक जो है। अपनी माँ से बुरी तरह डरता है और सोचो, जब तलाक की प्रक्रिया चल रही हो और मैं यह वीडियो दिखा दूँ तो क्या होगा? वह कहीं नहीं जाएगा। मेरे इस प्यारे पति की लगाम मेरे हाथ में होगी। अभी उसे बहुत कुछ भोगना है। अपनी शादी की सीमा के बाहर उसे जो करना है, करे, मैं उसके साथ अब कभी नहीं सोने वाली। मेरी बहन ही उसे भोगती रहे।"

"लेकिन तुम उसे छोड़कर दमन के साथ क्यों नहीं चली गईं?" अवनि ने पूछा।

"यह बात कुछ ऐसी है, जो तुम नहीं समझोगी।" श्रेयसी बोली।

"एक पत्नी और प्रेयसी में बहुत अंतर होता है। मैं दमन की प्रेयसी हूँ। जब वह मेरे बारे में लिखेगा तो हमें अमर कर देगा। एक पत्नी को क्या चाहिए होता है? शादी के कुछ अच्छे वर्ष, कुछ बच्चे, थोड़ी सुरक्षा! उससे क्या भला होना है? लेखक कभी अपनी पत्नियों के बारे में नहीं लिखते। वे अपनी प्रेयसी के बारे में लिखते हैं। उनके जीवन में पत्नियाँ एक सुविधा से ज्यादा कुछ नहीं होतीं। पत्नियाँ उन्हें जो सिखाती रहती हैं, वही वे करते रहते हैं। उसने क्यों तुम्हारे बारे में कुछ नहीं लिखा, बावजूद इसके कि तुम इतनी सीधी हो?"

अवनि चुप रही।

"क्योंकि तुम उसके लिए सहज उपलब्ध हो। वह तुम्हें रोज देखता है। तुमसे रोज बात करता है। तुम रोज उसके साथ हमबिस्तर होती हो। यदि तुम बहुत शृंगार करनेवाली होतीं तो भी कुछ दिनों बाद वह तुम्हारे आगे-पीछे घूमना बंद कर देता। तुम उस गीत की

तरह हो, जिसे कई बार सुन लिया जाए तो वह अप्रिय हो जाता है। पत्नियों का छोटा सा जीवन बहुत नीरस होता है। प्रेयसी हमेशा बनी रहती है। वह मुझे हमेशा ही चाहेगा। जब तक वह मुझे पूर्णतः पा नहीं लेगा, मुझे ही प्यार करता रहेगा, मेरे लिए ही तड़पेगा, मुझे ही चाहेगा।"

"मैं सोचती हूँ⋯"

"तुम उसकी पत्नी बन सकती हो।"

अवनि फीकी हँसी हँस देती है, "बड़ी मेहरबानी है तुम्हारी, भैया! मुझे अगले मेट्रो स्टेशन पर उतार देना और इस औरत को यहाँ से जितना दूर हो सके, ले जाओ।" पत्नी होते हुए भी वह प्रेमिका का गुलाम रहेगा, अवनि ने सोचा।

"अवनि!" श्रेयसी बोली और अपनी ओर उसके देखने का इंतजार करने लगी। वह काफी घातक नजरों से देख रही थी, "तुम दमन को मेरे पति के बारे में या जो ऑफर मैंने तुम्हें दिया है, उसके बारे में कुछ भी नहीं बताओगी। हाँ, अगर तुमने ऐसा किया तो मुझे बताने की जरूरत नहीं है कि फिर क्या होगा!"

अवनि तुरंत बोली, "मैं तुम्हारी धमकियों से डरने वाली नहीं हूँ।"

"तुम्हें डरना पड़ेगा। यदि तुम यह नहीं चाहती हो कि दमन फिर से अस्पताल के बेड पर पहुँच जाए और जंजीरों से जकड़ जाए और तुम जेल पहुँच जाओ! इतनी मत चौंको। मेरे पास तुम्हारा एक वीडियो है—सीढ़ियों से कार्तिक को धक्का देनेवाला। फुल एच.डी. है। मुझे तुमको वह वीडियो भी दिखा देना चाहिए था, लेकिन ऐसा लगता है कि अब हम दोस्त नहीं हैं।"

"तुम्हारे पास ऐसा कुछ नहीं है।"

"है, और दमन ने भी देखा है। और यह लगातार उसे इस बात की याद दिलाता रहता है कि उसे तुमसे क्यों बात नहीं करनी है!" यह कहकर श्रेयसी मुसकरा दी।

"नीच औरत!" अवनि ने कड़े लहजे में जवाब दिया। फिर अपने आपको शांत करते हुए बोली, "ठीक है, तुम जीतीं। मैं ऐसा नहीं करूँगी; लेकिन इससे पहले कि मैं जाऊँ, तुम्हें बता दूँ श्रेयसी, कि एक छोटी सी समस्या है।"

"क्या?"

"हालाँकि मनोचिकित्सक ने उसे विश्वास दिला दिया है कि श्रेयसी जिंदा है, और वो पहले से ठीक भी हो गया है, लेकिन वो हमेशा याद रखेगा कि तुम दबे पाँव पीछा करनेवाली औरत हो और यह कि तुमने गोवा में स्टेज शो किया था। जैसा तुम चाह रही हो, उस तरह से वह तुम्हें नहीं चाहेगा।" अवनि ने तर्क दिया।

"ओह, अवनि! तुम कितनी बेवकूफ हो। तुम्हें अभी भी यह लगता है कि ये छोटी-छोटी बातें मुझे और दमन को अलग कर पाएँगी? प्यार क्या होता है, तुम उसके बारे में

कुछ भी नहीं जानतीं।" कहकर श्रेयसी मुसकरा दी।

अगले मेट्रो स्टेशन पर अवनि उतर गई। उतरने से पहले उसने श्रेयसी से एक सवाल किया, "क्या तुम्हीं ने एक्सीडेंट किया था?"

"नहीं।" श्रेयसी ने जवाब दिया, "मैं उसका जीवन कभी खतरे में नहीं डाल सकती।"

कैब चली गई।

□

41

दमन को देखते हुए श्रेयसी मन-ही-मन सोच रही थी, कितना सुंदर है यह!

"तुम मुझसे मिलने पहले क्यों नहीं आईं?" दमन ने पूछा।

श्रेयसी मन-ही-मन में बोली—मैं तुमसे मिलना चाहती थी, तुम्हें बाँहों में भरना चाहती थी, चूमना चाहती थी, प्यार करना चाहती थी, तुम्हारे साथ रहना चाहती थी बेबी; लेकिन तुम्हारे बेवकूफ माता-पिता···। श्रेयसी ने उसके सामने केक सरका दिया, जिस पर लाल रंग से लिखा हुआ था—'वेलकम बैक'। अस्पताल से छुट्टी हुए दमन को तीन हफ्ते हो चुके थे और पहले दो हफ्ते वह अपने माता-पिता के पास रहा।

"तुम्हें लगता है कि मैं नहीं आना चाहती थी? तुम्हारे माता-पिता मुझसे नफरत करते हैं। मैं बात को और नहीं बिगाड़ना चाहती थी।" ऐसा कहते हुए श्रेयसी ने अपने आँसू रोक लिये।

दो सप्ताह तक, जब दमन अपने माता-पिता के पास था और उससे दूर था, श्रेयसी उसके मेसेज और कॉल्स से ही तृप्त होती रहती थी। वह उसे बताता रहता था कि वह उससे मिलना चाहता है, उससे बातें करना चाहता है और उसकी कमी महसूस करता है। उसके मेसेज की भाषा न किसी दोस्त जैसी थी, न किसी दुश्मन जैसी, बल्कि एक बिछड़े हुए प्रेमी की तरह थी, जिसे अपने प्यार से अलग कर दिया गया हो। श्रेयसी उन संदेशों को अनगिनत बार पढ़ती। उसने उन संदेशों के स्क्रीनशॉट लेकर उनके प्रिंटआउट भी निकलवा लिये थे, उनके चारों ओर दिल बना दिए थे और अपने क्यूबिकल के पिन बोर्ड में लगा लिये थे। जब समय मिलता, वह उन्हें पढ़ती रहती और नवविवाहिता पत्नी की तरह शरमा जाती।

"मुझे लगा कि तुम अपनी जगह कभी वापस नहीं आओगे।" श्रेयसी बोली।

दमन ने श्रेयसी का हाथ घुमाते हुए कहा, "माँ नहीं आने देना चाहती थीं; लेकिन मैंने उन्हें बताया कि मुझे किताब पूरी करनी है और मैं उस घर में यह नहीं कर सकता। मैं सिर्फ तुमसे मिलने के लिए ही यहाँ आया हूँ। मैं और इंतजार नहीं कर सकता था।" यह कहते हुए दमन ने धीरे से उसका हाथ दबा दिया।

वह मुझसे प्यार करता है!

"क्यों?" श्रेयसी ने पूछा।

"मैं···मैं बस, तुम्हें थामना चाहता था। मैं यह महसूस करना चाहता था।" ये कहते हुए उसने श्रेयसी के हाथ को कसकर पकड़ लिया—"मैं तुम्हें अपने पास महसूस करना चाहता था। इलाज के दौरान मैं पागल हुआ जा रहा था···वो सपने···"

श्रेयसी दमन के आगे झुक गई और उसके कंधे पर अपना सिर रख दिया। इसमें वसंत की महक है। "क्या अब भी मैं उन सपनों में मरती हूँ?"

दमन ने श्रेयसी को अपनी बाँहों में भर लिया और उसका माथा चूम लिया।

"तुम्हें याद है, कि तुम्हें पहला दौरा कैसे पड़ा था?" श्रेयसी ने पूछा।

"अब मैं वो सब याद नहीं करना चहता। मैं अब तुम्हारे और अपने बारे में बात करना चाहता हूँ।" उसने जवाब दिया।

"दमन, मैं बहुत सावधान रहना चाहती हूँ। मैं पी.एस.टी.डी. के बारे में पढ़ती रहती हूँ। कुछ ऐसी खास बातें होती हैं, जो पैनिक अटैक का कारण बनती हैं। मैं तुम्हें फिर से अस्पताल में नहीं देखना चाहती।" श्रेयसी बोली।

"बड़ी अच्छी बात है; लेकिन मुझे कुछ भी याद नहीं। मुझे जो आखिरी बात याद है, वो ये है कि सुमित मुझसे बातें कर रहा था।"

"वो तुमसे कुछ कह रहा था?" श्रेयसी ने पूछा।

"हम केक काटें? बड़ा स्वादिष्ट लग रहा है। अस्पताल के खाने से तो मुझे आत्महत्या करने की इच्छा होती थी।"

"जरा ठहरो। पहले बताओ।"

"नहीं, मुझे कुछ याद नहीं सिवाय सुमित के। उसके बाद की सारी बातें छोटी-छोटी झलकियों में याद हैं। मुझे याद है कि मुझे बिस्तर पर डाल दिया था। मुझे माँ का रोना सुनाई दे रहा था, वार्ड ब्वॉय की तेज आवाजें। मुझे सुमित का सुबकता हुआ चेहरा याद है, मेरे पिता का डॉक्टर से लड़ना याद है और हाँ, साइकेट्रिस्ट के सामने बैठकर मुझे अपना रोना याद है। मुझे याद है कि कैसे मैं उन्हें बता रहा था कि मुझे लगता है कि मैंने तुम्हें मारा है कि तुम उस कार दुर्घटना में मर गई हो। मुझे याद है कि साइकेट्रिस्ट ने मुझे बताया कि तुम मरी नहीं हो और फिर भी मेरे आँसू रुक नहीं रहे थे। मुझे मालूम था कि तुम नहीं मरी हो, क्योंकि मुझे दोनों की याद थी, क्योंकि मुझे तुम्हारा चेहरा याद था···फिर भी, अहसास इतना जबरदस्त था कि मैं बस, यही सोचे जा रहा था कि तुम मर चुकी हो। मैं तुम्हें किसी भी तरह देखने के लिए परेशान था; लेकिन इधर मेरे माता-पिता···मैं बड़ी उलझन में था···तुम जिंदा थीं, क्योंकि मुझे तुम्हारा चेहरा याद था और वह सबकुछ याद था, जो हमारे-तुम्हारे और अवनि के बीच हुआ था; लेकिन सपनों में तुम मुझे मरी

दिखाई देती थीं। डॉक्टर मुझे कुछ और ही बताता था। वह बताता था कि तुम जीवित हो। मैं जानता था कि यह सही है, क्योंकि दुर्घटना के बाद मैं तुमसे मिला था। मुझे याद है। मुझे डॉक्टर को तुम्हारे बारे में बताना याद है, किस अप्रत्याशित रूप में तुम मेरे जीवन में वापस आईं। इस बारे में भी बताया कि किस तरह तुम एक साल तक चुपचाप मेरा पीछा करती रहीं।"

"तुमने डॉक्टर को सबकुछ बता दिया?"

"मरीज और डॉक्टर के बीच गोपनीयता नहीं होती है। मेरा पीछा करने के लिए वो तुमसे कुछ नहीं कहने वाले।" ऐसा कहकर दमन मुसकरा दिया।

"तुम्हें उस ट्रिप के बारे में कुछ भी याद नहीं?"

"नहीं, सब भूल गया।"

श्रेयसी मुसकरा दी।

"लेकिन मुझे उस बारे में तुम्हें सबकुछ बताना है।"

"तुम बदल गए हो।" अपने आँसुओं को जबरदस्ती छिपाते हुए श्रेयसी बोली।

इसे मेरी जरूरत है। यह मुझे प्यार करता है, मुझे चाहता है।

"मुझे लगा कि मैंने तुम्हें खो दिया है।" दमन बोला और उसकी तरफ से नजरें हटा लीं—"अब हम केक काटें?"

उसने सिर हिला दिया। यह बहुत कोशिश कर रहा है न रोने की। यह मुझे कितना प्यार करता है?

दमन चाकू उठाता है और एक छोटा सा टुकड़ा काटकर उसे खिला देता है। उसके बाद एक बड़ा सा टुकड़ा काटकर खुद निगल जाता है।

"मुझे गोवा के बारे में बताओ।" दमन ने अपनी उँगलियाँ चाटते हुए कहा।

अगले आधे घंटे तक श्रेयसी वहाँ की कहानियाँ सुनाती रही कि उन्होंने वहाँ क्या किया, कहाँ गए, पहली बार कहाँ चुंबन लिया, कहाँ एक साथ ड्रिंक किया...वह पूरे ध्यान से सुन रहा था और पूरी कोशिश कर रहा था याद करने की।

"कुछ याद आया?"

"सब खाली है। लेकिन कोई फर्क नहीं पड़ता। मैं वहाँ अपनी मौजूदगी की कल्पना कर सकता हूँ।" दमन बोला।

तभी श्रेयसी की आँखें घड़ी की तरफ गईं—"मुझे घर जाना चाहिए। वह एक घंटे में वापस आ जाएगा।"

"मैं तुम्हें घर तक छोड़ सकता हूँ।" दमन बोला। कुछ क्षण के लिए उन दोनों के बीच अजीब सी चुप्पी छा गई।

"मेरा मतलब—कैब से छोड़ दूँगा।"

"सॉरी!"

"मैंने तुम्हें पहले ही माफ कर दिया है।"

श्रेयसी ने अपना हैंडबैग खँगाला और उसमें से रिबन बँधा हुआ एक लिफाफा निकाला।

"यह क्या है?"

"इंश्योरेंस के कागज। इसे वेलकम बैक गिफ्ट मान लो। मैंने तुमसे वादा किया था कि यदि तुम अवनि को छोड़ दोगे तो मैं तुम्हें यह दूँगी।"

"मैंने तो अवनि को कल ही छोड़ दिया था, तो यह गिफ्ट आज क्यों?" दमन ने सवाल किया।

"पहले मैं आश्वस्त नहीं थी, पर अब हूँ। उम्मीद है कि तुम पैसे का सही इस्तेमाल करोगे।"

दमन ने उसे धन्यवाद दिया। उसने लिफाफा एक तरफ रख दिया और श्रेयसी के लिए कैब कॉल करने लगा। जब कैब आ गई तो दोनों हाथों में हाथ डाले सीढ़ियों से उतरने लगे।

जैसे ही श्रेयसी कार में बैठी, दमन ने पूछा, "मैं भी आ जाऊँ तुम्हारे साथ?''

वह मुसकराई और दरवाजे से थोड़ा सा सरककर बैठ गई।

"ग्रेटर कैलाश।" श्रेयसी ने ड्राइवर को निर्देश दिया।

वे ऑफिस की ओर जा रहे थे। रास्ते में ट्रैफिक था। मेट्रो का काम चलने के कारण कनॉट प्लेस के गोल चक्कर पर ट्रैफिक जाम था। श्रेयसी के घर तक की यह मुश्किल भरी ड्राइव दमन की अचानक चुप्पी से और ज्यादा बोझिल हो गई थी।

"क्या हुआ?" श्रेयसी ने पूछा।

"कुछ नहीं।" वह बोला।

"बताओ मुझे?"

"मैंने कहा न, कुछ नहीं।"

"दमन, हम एक-दूसरे से कुछ भी नहीं छिपा सकते।" श्रेयसी ने मिन्नत की।

"मैं तुम्हें तुम्हारे पति के पास छोड़ने जा रहा हूँ, कम-से-कम इस समय मेरे खुश होने और चेहरे पर मुसकराहट होने की उम्मीद मत करो। कुछ ज्यादा उम्मीद कर ली तुमने।"

श्रेयसी ने लंबी साँस भरते हुए कहा, "आकाश और मैंने एक पेपर पर हस्ताक्षर किए हैं और अग्नि के चारों तरफ कुछ चक्कर लगाए हैं। हमारी शादी के नाम पर बस, इतना ही है।"

"तुम लोग एक साथ सोते हो, एक बिस्तर साझा करते हो, एक घर साझा करते हो,

एक ही अलमारी साझा करते हो। ये सब उस पेपर पर लिखा था या नहीं?"

"तुम ऐसा क्यों कह रहे हो?" श्रेयसी ने पूछा, "पहले तो..."

"पहले चीजें अलग थीं! मैं तुम्हें पीछा करनेवाली लड़की समझता था, जो बुरी तरह से मेरी जिंदगी बरबाद करने पर उतारू थी; लेकिन अब मुझे सब साफ दिखाई दे रहा है। मैं अपने थेरैपिस्ट से सिर्फ यही पूछता रहता था कि तुम कहाँ हो, कैसी हो? मेरे बारे में पूछती हो या नहीं? तुम नहीं जानतीं कि जब तक उन लोगों ने मुझे यह नहीं बताया कि तुम कहाँ हो, कैसी भयंकर चिंता मुझे घेरे रहती थी!...मैं बस, यही सोचता रहता था कि तुम मर चुकी हो, मैंने तुम्हें मार डाला है। मैं तुम्हें देखने के लिए पागल हो जाता था, जिससे कि इस सपने से छुटकारा मिल सके। मुझे लगता था कि तुम वास्तविक नहीं हो।...तुम नहीं जानतीं श्रेयसी कि उस हॉस्पिटल में मैं किस दौर से गुजरा हूँ!...सपनों में मैं तुम्हारा निर्जीव चेहरा ही देखा करता था...लेकिन तब मुझे तुम्हारा मेरे पास वापस आना याद आया, जो वास्तविक था। मुझे वह सब याद हो आया, जो तुम्हारे और अवनि के बीच हुआ था। तो मुझे लगा कि तुम मरी नहीं हो! मैं तुमसे मिलना चाहता था। मैं तुमसे अलग रहना बरदाश्त नहीं कर सकता था। जब रोज पसीने से तर-ब-तर तुम्हारा नाम बड़बड़ाते हुए मैं सोकर उठा करता था तो मुझे इस बात का अहसास हुआ...श्रेयसी, मुझे अहसास हुआ।..."

"क्या?"

"कि हम दोनों एक-दूसरे के लिए बने हैं! कि तुमने जो भी किया, अपने प्यार को जीवित रखने के लिए किया।" दमन जल्दी से बोला। फिर उसने गहरी साँस ली—"पहले जो हुआ, उसे पीछे छोड़कर हमें नई शुरुआत करनी चाहिए।"

"दमन, मैं..."

"तुम अपने पति को छोड़ दो।" दमन के कहने में निर्णायक अंदाज था।

"मैं ऐसा नहीं कर सकती।"

"तुम ऐसा क्यों नहीं कर सकतीं? तुम तो उससे प्यार नहीं करतीं! तुम मुझसे प्यार करती हो। तुमने मुझे पाने के लिए ही इतना सफर तय किया है। मैं अपना जीवन स्वयं तुम्हें सौंप रहा हूँ। तुम स्वीकार क्यों नहीं करतीं?"

"जितना तुम्हें लग रहा है, यह उतना आसान नहीं है।"

"मैंने अवनि को छोड़ दिया, छोड़ा कि नहीं?"

"हाँ, लेकिन तुम लोग शादीशुदा नहीं थे। मैं शादीशुदा हूँ। उसका और मेरा परिवार जुड़ा है इस रिश्ते से। मेरे माता-पिता टूट जाएँगे।"

"लेकिन देर-सबेर..."

"लेकिन मैं तुम्हारे साथ हूँ। मैं और मेरा पति आपस में कुछ भी शेयर नहीं करते

और तुम्हें जिस बात की चिंता है, वह भी बता दूँ कि हमारे बीच शारीरिक संबंध भी नहीं हैं। बस, ये मान लो कि वह मेरा मकान मालिक है, जो मेरे साथ रह रहा है। मेरी और तुम्हारी रिलेशनशिप की बस यह शुरुआत है, जिसे मैं बिगाड़ना नहीं चाहती। इसके लिए मैंने तीन साल का इंतजार किया है।"

"और मैंने जीवन भर का।"

"तुम कितने अच्छे हो; लेकिन मुझमें अभी इतनी हिम्मत नहीं है कि तलाक की प्रक्रिया के पचड़े में पड़ूँ। तुम नहीं जानते कि आकाश किस कदर प्रतिशोधी स्वभाव का है। मैं इस सब में नहीं पड़ना चाहती।"

"और अगर मैं उससे अलग हो भी जाऊँ और तुमसे शादी कर लूँ तो क्या फर्क पड़ जाएगा? कुछ भी नहीं! पूरे समय अपने आसपास देखकर तुम मुझसे बोर हो जाओगे। इससे तो यही स्थिति बेहतर है। चोरी से आना, तुमसे मिलना, इसी में ज्यादा मजा है।" वह बोली।

"मेरे लिए तो नहीं; लेकिन ठीक है, तुम नहीं मानतीं तो मैं तुम्हें वक्त देता हूँ।"

"हाँ।"

□

42

रात के 2 बजे थे। दमन अपने अपार्टमेंट के ताले को जबरदस्ती खोलने की कोशिश कर रहा था। श्रेयसी ने दमन की मदद की और ताला खुल गया। उसने दमन के साथ समर हाउस में रात का एक खुशनुमा हिस्सा बिताया था, जहाँ वह उसे एक के बाद एक शॉट पीते हुए निहार रही थी, अपनी हर बात पर उसे ठहाका लगाते हुए देख रही थी। वह पीने के बाद कितना खुश है!

"तो तुम रात में मेरे पास नहीं रुकोगी?" अपार्टमेंट में घुसते हुए दमन ने उससे पूछा। उसके बेचैन हाथ श्रेयसी की कमर को घेरे हुए थे।

"हाँ, नहीं रुक सकती। मुझे तुरंत ही जाना है। आकाश मेरा इंतजार कर रहा है।" वह बोली।

"हाँ-हाँ, तुम्हारा प्यारा पति!" व्यंग्य करते हुए दमन बोला और अपना हाथ हटा लिया।

"मेरे खयाल से, हम यह तय कर चुके हैं कि इस बारे में बात नहीं करेंगे।" श्रेयसी बोली।

"ठीक है।"

उन्होंने अभी तक शारीरिक संबंध नहीं बनाए थे। हो सकता है, आज रात—श्रेयसी ने सोचा। पिछले कई हफ्तों से उन्होंने जो समय साथ बिताया, वह अधिकतर श्रेयसी के लंच ब्रेक का समय होता था। दमन मेट्रो से उसके ऑफिस तक जाता, दोनों साथ खाते, फिर वह वापस चला जाता। कई बार वह श्रेयसी के लिए कुछ पकाने की कोशिश भी करता; श्रेयसी को भी अच्छा लगता। उसने इसी वजह से सिंगल प्लेट इंडक्शन कुकर भी ले लिया था। श्रेयसी ने पहली बार खाना बनाने पर उसे टिसो घड़ी उपहार में दी थी—जली हुई दाल और बेकार सी बनी रोटियों के लिए।

अब तो वो काफी अच्छा बना लेता है।

"किताब का काम कैसा चल रहा है?" जब श्रेयसी ने लैपटॉप स्क्रीन पर स्क्रीन सेवर को नाचते हुए देखा तो पूछा।

"लिखना तब बड़ा कठिन हो जाता है, जब आपको मालूम हो कि आपका लेखन प्रकाशित नहीं होने वाला।"

'मैं इस बारे में कोशिश तो कर रही हूँ, लेकिन जयंती रघुनाथ आसानी से मानने वाली कहाँ है।' श्रेयसी ने सोचा। श्रेयसी ने पूछा, "तुमने जयंती को कॉल की?"

"उसने न तो मेरी कॉल रिसीव की और न मेरे टेक्स्ट का कोई जवाब दिया।"

"परेशान मत हो, मैं सब ठीक कर दूँगी। आई लव यू!" कहकर श्रेयसी ने उसे गले लगा लिया।

ठीक तभी दमन का फोन चमका और उस पर अवनि का नाम आ गया। दमन अपने फोन को घूरने लगा।

"क्या तुम फोन उठाओगे?" श्रेयसी ने पूछा।

"नहीं।" झुँझलाते हुए दमन बोला और कॉल काट दी। उसने अपना फोन ही स्विच ऑफ कर दिया।

जब से दमन इस अपार्टमेंट में शिफ्ट हुआ है, अवनि उसके चारों तरफ भूत की तरह लगी हुई है। वह लगातार दमन को कॉल और टेक्स्ट करके एक ही बात की याचना कर रही थी कि वह श्रेयसी को छोड़ दे और उसे वापस अपना ले। पिछले हफ्ते ही उसने श्रेयसी को अवनि के कॉल से जोड़ लिया था, ताकि वह श्रेयसी को बता सके कि किस कदर अवनि उसके लिए परेशानी का कारण बन गई है। अवनि बदली हुई थी। श्रेयसी ने अवनि को एक मरते हुए जानवर की तरह चीखते हुए सुना, दमन को तांत्रिक की तरह मरने की बद्दुआ देते हुए सुना। 'दमन, तुम्हें मर जाना चाहिए था।' अवनि फोन पर चीख रही थी, 'श्रेयसी नीच है, उसे छोड़ दो।' वो बार-बार यही चीखे जा रही थी। दमन अपने आपको बहुत काबू में किए हुए था, फिर भी उसके प्रति कठोर था और अब सब्र खोता जा रहा था। अवनि अब सीमा लाँघ रही थी और उसे गुस्सा दिला रही थी। वह काफी समय से दमन और श्रेयसी का पीछा कर रही थी। दमन को अनजान नंबरों से टेक्स्ट मिल रहे थे, बिना किसी तसवीरवाले एकाउंट से फ्रैंड रिक्वेस्ट आ रही थी और कभी-कभी वे दोनों अवनि को अपने से कुछ दूरी पर ही चलते हुए देखते, जैसे कि आज। पूरे समय जब दमन और श्रेयसी समर हाउस में थे, अवनि उनसे तीन टेबल दूर एक कपल के साथ बैठी हुई थी और उन्हें एकटक देखे जा रही थी। पहले श्रेयसी ने उसे देखा, लेकिन उसने दमन को नहीं बताया, क्योंकि वह अपनी डेट बरबाद नहीं करना चाहती थी; लेकिन जल्दी ही दमन ने भी उसे देख लिया, हालाँकि उसने अवनि की तरफ से निगाह ऐसे हटा ली थी, मानो वह कुछ न हो।

"तुम उसके पास जाकर 'हैलो' नहीं बोलोगे?" श्रेयसी ने पूछा।

"नहीं।" दमन ने झुँझलाते हुए जवाब दिया। श्रेयसी और दमन ने गौर किया कि

उस टेबल पर एक के बाद एक पिंट (शराब का माप) का ऑर्डर दिया जा रहा था। अवनि के प्रति उदासीन होने के बावजूद उसके होने का अहसास बासी खाने की बदबू की तरह उन पर हावी था।

"वह आज ठीक नहीं लग रही है।" श्रेयसी बोली।

"मुझे इसके लिए कोई अपराध-बोध नहीं है। मैंने उसके मेसेज और रोना बहुत झेला है।"

"अब तो मुझे उसके लिए बुरा भी नहीं लगता, बस, झुँझलाहट होती है। मैं चाहता हूँ कि वो यहाँ से चली जाए। जब मैं अपने माँ-बाप के यहाँ था, वहाँ भी उसने लैंडलाइन पर फोन लगा दिया था। बताओ, मेरे माँ-बाप क्या सोच रहे होंगे? कितने शर्म वाली बात है। भगवान् जाने, ये क्या करती, अगर रिलेशनशिप तोड़ने में मुझे और देर हो गई होती तो।"

"वॉव, तुम गुस्सा लग रहे हो।"

"पहले वो अच्छी थी। ऐसी बेहूदगी मैं और बरदाश्त नहीं कर सकता। अभी हाल में मैंने सुना है कि उसने अपनी जॉब छोड़ दी। अब मैं इस पर क्या प्रतिक्रिया दूँ?"

"जॉब छोड़ दी उसने?"

"हाँ, लेकिन उसे दूसरी मिल जाएगी। मूर्खता में छोड़ दी।" दमन बोला, "सुमित ने इस बात से जोड़ने की कोशिश की कि उस वीडियो ने उसे बेरोजगार कर दिया। तुमसे डेटिंग करने के लिए वह मुझे दोषी मानता है।"

"तो क्या तुम दोषी हो?"

"सब बकवास है। वायरल वीडियो का असर कुछ समय तक ही रहता है, बाद में सब उसे भूल जाते हैं। अगले दिन किसी को याद नहीं रहता। तुमसे डेटिंग करने का मुझे कोई अफसोस नहीं है। समर हाउस में अवनि का कोई काम नहीं था। वह दुनिया में अकेली नहीं है, जिसका ब्रेकअप समर हाउस में हुआ हो।" दमन बोला। उसने अपना फ्रिज टटोला—"मेरे पास वोदका है, लोगी थोड़ी सी?"

"मैं नहीं ले रही हूँ।"

"हाँ, एक विश्वस्त पत्नी होने का दिखावा होते रहना चाहिए।" दमन तुरंत बोला, "बधाई हो।"

दमन ने अपने लिए एक बड़ा पैग तैयार किया। उसने प्याला अपने होंठों से लगाया ही था कि दरवाजे पर खट-खट हुई। दोनों ने एक-दूसरे को देखा कि तभी दोबारा आवाज आई।

"कौन हो सकता है?" धीरे से श्रेयसी ने पूछा।

तभी बाहर खड़े व्यक्ति ने जोर-जोर से दरवाजा भड़भड़ाना शुरू कर दिया।

"पता नहीं।" दमन बोला।

मानो संकेत देने के लिए बाहर से जोर की आवाज आई, "दरवाजा खोलो।"

दमन काँप गया। "यह अवनि है। रहने दो उसे वहीं। चीखेगी-चिल्लाएगी, फिर थोड़ी देर में चली जाएगी। पिछले हफ्ते से उसकी यह हरकत तीसरी बार है। सोसाइटी का सेक्रेटरी हमारे मकान मालिक से पहले भी शिकायत कर चुका है। थोड़ी देर रुकी रहो, 20 मिनट बाद दरवाजे बजा-बजा के चली जाएगी।" दमन दरवाजे की तरफ देखकर चिल्लाया, "चली जाओ यहाँ से।"

अवनि फिर चिल्लाई। इस बार उसकी आवाज टूट गई थी। ऐसा लग रहा था जैसे वह रो रही हो।

"दरवाजा···खोल···दो।"

"खोल दो।" श्रेयसी बोली।

"बिल्कुल नहीं।" बेड पर पीछे टिकते हुए दमन बोला, "मैं उसे बिल्कुल मौका नहीं दे रहा हूँ।" वह फिर चिल्लाया, "अवनि, चली जाओ यहाँ से।"

"ऐसा मत करो, दमन।" श्रेयसी बोली।

"क्यों नहीं करूँ? वो तमाशा बना रही है। उसका यहाँ कोई काम नहीं है।"

श्रेयसी आकर दमन के पास बैठ गई। वे खामोश बैठे रहे। दस मिनट बीत गए।

"वो चली गई होगी?" श्रेयसी ने पूछा।

दमन ने कंधे सिकोड़ते हुए अनभिज्ञता जताई। ठीक तभी अवनि फिर चिल्लाई। इस बार उसके शब्द उसके आँसुओं में विलीन हो गए थे—"दरवाजा खोलो। प्लीज··· प्लीज···प्लीज···"

"दमन, दरवाजा खोल दो, अभी वह यहीं है।" श्रेयसी बोली।

"बिल्कुल नहीं।" दमन बोला।

अवनि ने फिर से दरवाजा पीटना शुरू कर दिया। इस बार श्रेयसी बेड से उठी और दरवाजे की तरफ गई।

"दरवाजा मत खोलना।···" दमन बोला।

श्रेयसी ने दरवाजा खोल दिया। अवनि फर्श पर अपनी ही उलटी से सनी पड़ी थी। उसने श्रेयसी की तरफ मुँह उठाकर देखा और बोली, "प्लीज।"

श्रेयसी उसे सहारा देकर अपार्टमेंट के अंदर तक लाई। दमन ने अपनी आँखें घुमाईं, बदबू की वजह से मुँह सिकोड़ लिया और उन दोनों से दूर हट गया। श्रेयसी ने अवनि को बेड पर बिठा दिया।

"तुम ठीक तो हो?" श्रेयसी ने पूछा।

उसकी ठोढ़ी पर अभी भी उलटी लगी हुई थी। श्रेयसी ने दमन से नैपकिन देने को

कहा, बड़ी मुश्किल से उसने नैपकिन दिया। अवनि को नैपकिन देते हुए श्रेयसी बोली, "मैं तुम्हारे लिए कैब बुला देती हूँ। तुम्हें घर जाना चाहिए।"

"मैं नहीं जा सकती!" अवनि बोली।

"यह यहाँ नहीं रुक सकती!" दमन बड़बड़ाया।

"पानी पियोगी?" श्रेयसी ने पूछा।

अवनि ने 'हाँ' में सिर हिला दिया।

"मैंने अपने माँ-पापा को बताया है कि मैं आज बाहर ही रहूँगी...मैं इस नशे की हालत में घर नहीं जा सकती।" और उसने सुबकना चालू कर दिया।

"होटल चली जाओ।" दमन बोल पड़ा, "मैं बुक कर देता हूँ। अपनी आई.डी. दो।"

"मेरे पास आई.डी. नहीं है।...मेरा पर्स खो गया है।" अवनि रोते-रोते बोली।

श्रेयसी उसकी तरफ पानी का गिलास बढ़ाते हुए बोली, "अवनि, मेरी तरफ देखो!" उसने अवनि का ध्यान अपनी ओर करने के लिए उसके गालों को थपथपाया— "तुम वहाँ समर हाउस में क्यों थीं? हम लोगों का पीछा कर रही थीं?"

"और क्या?" दमन गुस्से से बोला, "देखो अवनि, हम इस बारे में बात कर चुके हैं और लगता था कि तुम समझ गई हो। तुमने अपना सिर भी हिला दिया था। तुमने कहा था कि अब तुम मुझे टेक्स्ट नहीं करोगी; लेकिन तुम अब तक कर रही हो। तुम्हें मुझको छोड़ देना चाहिए।"

"नहीं, मैं तुम्हारे बिना नहीं रह सकती।"

"बिल्कुल रह सकती हो।" दमन ने कहा और अवनि के बिल्कुल करीब आ गया। "तुम्हें रहना होगा। और कोई चारा नहीं है।"

अवनि रोने लगी।

दमन ने फिर अपनी आँखें घुमाईं और बोला, "रोना किसी समस्या का हल नहीं है। श्रेयसी अब मेरे साथ है। इसको स्वीकार कर लो और आगे बढ़ो।"

"दमन, मेरी जॉब चली गई है।...अब मैं तुम्हें नहीं खोना चाहती।" अवनि भीख-सी माँगने लगी।

दमन ने अपने हाथों को उठाते हुए कहा, "तो मेरी इसमें क्या गलती है?"

श्रेयसी ने दमन को शांत होने का इशारा किया। लेकिन दमन बोलता गया, "तुम होशियार हो, चाहोगी तो दूसरी जॉब मिल जाएगी।"

"लेकिन मैं तुम्हें पाना चाहती हूँ।"

"ये अब नहीं हो सकता।"

"लेकिन..." वह दमन के पास गई और उसका हाथ पकड़ लिया।

दमन ने अपना हाथ छुड़ा लिया।

आँखों से आँसू बहाते हुए अवनि बोली, "तुम मेरे साथ ऐसा क्यों कर रहे हो? क्यों?"

"तुम्हारे साथ जो भी हो रहा है, वह तुम्हारा अपना किया हुआ है। मुझ पर तोहमत लगाने की कोशिश मत करो। मेरा ध्यान और दया पाने के लिए तुमने जॉब छोड़ दी और इसका दोष मुझ पर लगा रही हो!" दमन झट से बोला।

अवनि सुबकते हुए बोली, "मैंने जो भी किया, उसका यही सिला है। मैंने सिर्फ तुमसे प्यार किया है, बहुत प्यार किया है।"

"तुम ऐसे नहीं मानोगी। अब बहुत हो गया। औरतों के झगड़े निपटाने के अलावा मुझे जीवन में और भी काम करने हैं। मैं अभी तुम्हारे पैरेंट्स को फोन करता हूँ।" दमन बोला और अपना फोन निकाल लिया। वह डायल करने ही वाला था कि अवनि ने उससे फोन छीन लिया।

"नहीं···फोन मत करो!" वह चिल्लाई। अवनि ने उससे फोन छीनकर दूसरी तरफ फेंक दिया।

फोन दीवार से टकराया और टूट गया। दमन ने उग्र होकर अवनि को एक तरफ धक्का दिया और उसे मारने के लिए हाथ उठाया। अवनि अपने को बचाने के लिए झुक गई। दमन ने भी समय रहते अपने आपको रोक लिया। अवनि ने और जोर से रोना चालू कर दिया।

"नीच कहीं की!" वह बड़बड़ाया। वह उस तरफ बढ़ा, जहाँ फोन पड़ा था। उसने फोन उठाया और श्रेयसी की तरफ देखा।

"श्रेयसी, इसे भेजो यहाँ से। इसके लिए होटल और कैब बुक कर दो।"

श्रेयसी ने अवनि को बेड पर बिठाया। रोने की वजह से अवनि का सारा शरीर हिल रहा था।

"अवनि! इधर देखो, मेरी बात सुनो।" अवनि रोती जा रही थी। श्रेयसी ने उसका चेहरा हथेलियों से कसकर पकड़ लिया। अवनि डर-सी गई।

"मेरी तरफ देखो, रोना बंद करो और मेरी बात सुनो।" श्रेयसी बोली, "हम तुम्हें होटल छोड़कर आ जाएँगे, फिर उसके बाद खबरदार, जो तुमने दमन को फोन किया, समझ रही हो न?"

अवनि ने सिर हिला दिया। श्रेयसी ने कैब और होटल बुक कर दिया। जब कैब दमन के अपार्टमेंट के सामने पहुँची, श्रेयसी ने अवनि का सामान समेटा और उसे उठने में मदद की।

"तुम आ रहे हो?" श्रेयसी ने पूछा।

"नहीं, मैं उसके लिए नहीं आ सकता।" दमन ने जवाब दिया।

"उसे छोड़ते हुए मैं कैब से घर चली जाऊँगी।" श्रेयसी बोली। उसने दमन को गले लगाया और चूमा। दमन ने गौर किया कि अवनि अब और भी ज्यादा रो रही है।

"टेक केयर।" उसने श्रेयसी से कहा।

जैसे ही श्रेयसी और अवनि दरवाजे की ओर बढ़े, दमन ने अवनि को आवाज दी और कहा, "आज के बाद फिर यहाँ दिखाई मत पड़ना।"

अवनि ने बच्चे की तरह सिर हिला दिया और श्रेयसी के पीछे-पीछे सीढ़ियों की तरफ चली गई। कार में बैठते ही श्रेयसी अवनि से बोल पड़ी, "क्या था ये सब? क्या तमाशा किया तुमने?"

"मुझे उसकी जरूरत है।" वह बुदबुदाई।

"नहीं, ऐसा कुछ नहीं है। मैंने तुम्हें एक ऑप्शन दिया था, उसके बाद भी तुम उसे परेशान कर रही हो। क्या सोचा था तुमने, क्या हो जाएगा? तुम उससे एक दोस्त की तरह बात कर सकती थीं। तुम तो रोते हुए एक वेश्या की तरह पीछे पड़ गई थीं।"

"मैं ऐसा नहीं कर पाती···बिल्कुल नहीं। मैंने सोचा, मैं बहुत बहादुर हूँ।" अवनि ने कहा और फिर रो पड़ी।

"अब बहुत देर हो चुकी है, अब तुम उसकी जिंदगी से निकल जाओ। उसे परेशान मत करो। उसे किताब लिखने में ध्यान लगाने दो। उसे अपनी सामान्य जिंदगी में लौटने दो।"

"और मेरी जिंदगी का क्या? तुमने बरबाद कर दी!" अवनि चिल्लाई, "अब मेरे पास बचा ही क्या है?"

"कमर कसके तैयार हो जाओ और अपने आपको बिजी करने का उपाय सोचो। अपने लिए जॉब ढूँढ़ो।"

"श्रेयसी, मेरी मदद करो।" अवनि बोली।

श्रेयसी हँस पड़ी, "मुझ पर तुम्हारी कोई उधारी थोड़े ही है।"

"मैंने जिससे प्यार किया, तुम उसी शख्स से प्यार कर रही हो और इसकी वजह से मैंने सबकुछ खो दिया। मुझे उससे प्यार नहीं करना था।" अवनि फिर रोने लगी।

"मैं मानती हूँ।"

"जैसा व्यवहार आज उसने मुझसे किया है, मुझसे कहता था कि मुझे प्यार करता है और मुझे इतनी देर तक खटखटाना पड़ा। मुझसे निकल जाने के लिए कहा, मैं तो बस, थोड़ी देर उससे बात करना चाहती थी। भले ही वह प्यार नहीं करता, लेकिन उसने जैसा···"

उसकी आवाज सुबकियों में बदल गई।

"मैं कोई आरोप नहीं लगा रही···"

"अगर वह तुम्हारे साथ ऐसा व्यवहार करता तो तुम्हें कैसा लगता?"

"वह मुझसे प्यार करता है, मेरे साथ ऐसा नहीं करता।" श्रेयसी बोली।

अवनि ने अपने आँसू पोंछ लिये। श्रेयसी से नजर हटाकर वह कार की खिड़की से बाहर देखने लगी। कुछ देर बाद अवनि बोली, "कभी मुझसे उसने 'आई लव यू' बोला था। वह लेखक है। वह ऐसा ही करता है, झूठ बोलता है।"

श्रेयसी ने कोई जवाब नहीं दिया।

अवनी बुदबुदा रही थी, "उसके बारे में मैंने जो भी सोचा, भ्रम था। मैंने उसकी और तुम्हारी वजह से अपना सबकुछ खो दिया। मेरी क्या गलती थी? मैं एक साधारण लड़की थी, जिसने प्यार करने की जुर्रत की। ऐसा मैंने क्या गलत किया, जो मुझे ये मिला? जैसा तुम दोनों ने मेरे साथ किया, मैं इसी लायक थी। तुम लोगों ने मेरा जीवन बरबाद कर दिया।"

खामोशी के साथ उसके गालों पर आँसू बह रहे थे। इसके बाद होटल पहुँचने तक अवनि कुछ नहीं बोली।

जैसे ही कार से उतरकर वह होटल की तरफ बढ़ी, श्रेयसी ने आवाज लगाई, "अवनि!"

अवनि मुड़ी और बोली, "सॉरी, आज जो भी हुआ। आगे से मैं कोई संपर्क नहीं करूँगी।"

"एक शर्त पर मैं तुम्हारी मदद कर सकती हूँ।" श्रेयसी बोली।

"······"

"तुम आगे से कभी दमन से बात नहीं करोगी।"

□

43

दमन एक झटके के साथ अपने दु:स्वप्न से जागा। वह बुरी तरह से पसीना-पसीना हो रहा था, हाँफ रहा था और श्रेयसी का नाम लेकर चिल्ला रहा था। उसने देखा कि श्रेयसी सामने ही कुरसी पर बैठी लैपटॉप पर झुकी हुई थी।

"सपना?"

"बहुत बुरा। मैंने तुम्हें जलकर मरते हुए देखा और इसके साथ ही मेरी हफ्ते भर की नींद गायब हो गई है। ये सपने बंद क्यों नहीं होते? खैर, तुम यहाँ कब आईं?" दमन ने अपनी साँस नियंत्रित करते हुए कहा, "मैं तुम्हें बहुत मिस कर रहा था।"

श्रेयसी ने लैपटॉप बंद किया और उसके लिए पानी की बोतल लेकर आई।

"ये लो, पियो।"

"मुझे तुम्हारे सारे मेसेज मिल रहे थे, 34 मेसेज। बड़े अच्छे थे।" वह बोली।

'बेचारा!' श्रेयसी उसके बारे में सोच रही थी और जब वह पानी पी रहा था तो उसके बालों को सहला रही थी। दिन का यह हिस्सा उसके लिए सबसे अच्छा होता है—ऑफिस के बाद उसके घर आना और उसे अपना इंतजार करते हुए पाना। ज्यादातर शामों को वह जागते हुए उसका इंतजार करते हुए मिलता। वह दौड़कर उसे रिसीव करता, अपनी बाँहों में भरता और उसे बताता कि वह उसे कितना मिस कर रहा था। अधिकतर शाम में वह खाना बाहर से ऑर्डर कर मँगवा लेता, टी.वी. का कोई खास शो डिसाइड करता, यहाँ तक कि श्रेयसी के लिए महँगी शराब भी लाकर रखता। कभी-कभी वह अपनी पसंदीदा किताबों के कुछ अंश उसको पढ़कर सुनाता। शाम साथ में गुजारने के लिए वह सारी योजनाएँ निर्धारित करता। वह हर बार के मिलने को एक खास अंदाज देता। ऐसा लगता, मानो वह अपनी पूरी रिलेशनशिप की सूची बना रहा हो और हर शाम जब श्रेयसी का अपने पति के पास जाने और उसकी पत्नी की भूमिका निभाने का समय आता तो दमन की आँखों में दर्द उतर आता। मेरा दमन भले ही लिखना भूल गया हो, लेकिन प्यार करना नहीं भूला। उसने अपनी रिलेशनशिप की कुछ ऐसी ही कल्पना की थी। वह और एक लड़का दमन, जो उसका दीवाना हो, जिसका जीवन

उसी से शुरू होता हो और उसी पर खत्म होता हो और जिसे सिर्फ उसी की जरूरत हो।

"एक घंटा हो गया है। तुम सो रहे थे, इसलिए मैंने तुम्हें नहीं जगाया। तब तक मैंने अपना कुछ काम निपटा लिया।" ऐसा कहते हुए उसने दमन के चेहरे पर अपने हाथ से प्यार भरा स्पर्श किया। "मैंने देखा कि तुमने फिर से लिखना शुरू कर दिया है।"

"तुमने पढ़ा क्या?"

"हाँ।" वह अपनी भावनाओं को छिपाते हुए बोली।

"तुम्हें पसंद आया?"

थोड़ा सा ठहरकर श्रेयसी बोली, "मैं झूठ तो नहीं बोलना चाहती, लेकिन मुझे लगता है कि तुम कुछ और बेहतर कर सकते हो। मतलब, अच्छा है, लेकिन बहुत अच्छा नहीं है। तुम इससे कहीं अच्छा कर सकते हो।"

"बेकार है, न?"

"मैंने यह तो नहीं कहा,"

दमन हँसा, "अरे, मैं तो जानता हूँ कि बिल्कुल बेकार लिखा है। थैंक्यू, कि तुमने सीधे-सीधे बोल दिया, घुमा-फिरा के नहीं बोला।" दमन ने कहा और निराशा से सिर झटक दिया।

"मुझे नहीं लगता कि मैं इसे ठीक कर पाऊँगा। हर बार, जब लिखने बैठता हूँ तो जयंती के शब्द दिमाग में तीर की तरह लगते हैं।"

"तुम्हें और ध्यान केंद्रित करने की जरूरत है।"

"कितनी आसानी से हम कुछ चीजों के आदी हो जाते हैं, है न? जैसे कि यह उम्मीद, कि कोई मेरी किताब प्रकाशित करवा देगा और अब···"

"सॉरी, तुम जानते हो न···"

"हाँ, जानता हूँ, जानता हूँ। तुम्हें यह करना था। मैं ये सब पहले भी सुन चुका हूँ। तुम्हें मेरी चाहत थी और मुझे यह जानना था कि तुम मुझे कितना प्यार करती हो! और यह मुझे पता लग गया है; लेकिन फिर भी, जितनी तुम मेरी जिंदगी का हिस्सा हो, उतना ही लेखन मेरे जीवन का हिस्सा था। उसके बिना मैं नहीं रह सकता।" दमन बोला।

"लेकिन उस वेबसाइट के लिए तुमने जो लेख लिखा था, उसे 3,000 व्यूज एक सप्ताह में मिले।" श्रेयसी ने तर्क दिया।

"व्यूज की परवाह कौन करता है? मैंने व्यूज लिखना कभी पसंद ही नहीं किया। लैपटॉप है तो कोई भी लिख सकता है। पैसे के लिए···"

दमन ने देखा कि श्रेयसी के चेहरे का रंग उड़ रहा है।

"सॉरी, श्रेयसी!" ये कहते हुए उसने श्रेयसी की गोदी में सिर रख दिया—"मैं नहीं

चाहता था कि तुम्हें बुरा लगे या तुम अपने आपको दोषी समझो। तुम मेरे लिए सबकुछ हो; लेकिन मेरा ध्यान वहाँ चला ही जाता है। खैर…कोशिश करूँगा कि अब उस बारे में न सोचूँ, ठीक है?"

"सब ठीक हो जाएगा।"

"हाँ।" दमन मुसकराकर बोला, "बाहर चलें? पंजाबी बाग में नई पेस्ट्री शॉप खुली है।"

"मुझे जल्दी ही घर पहुँचना है।"

"तुम्हें कब घर नहीं जाना होता है? हर समय…"

"दमन!"

"अच्छा, ठीक है, इस बारे में बात नहीं करूँगा।" दमन झुँझलाकर बोला, "तुम अपने घर लाड़ले पति के पास जा सकती हो। मैं यहाँ सड़ता रहूँगा, अपनी सड़ी-सी किताब लिखता रहूँगा और तुम्हें याद करता रहूँगा।"

"तुम बहुत बेवकूफ हो!" श्रेयसी मुसकराते हुए बोली।

"वो तो मैं हूँ ही, और लगता है, बहुत समय तक बना रहूँगा।"

"मैं तुम्हारे लिए कोई पब्लिशर तलाशती हूँ।"

"फिंगर्स क्रास्ड।" दमन बोला, "गेम ऑफ थ्रोन्स का नया एपिसोड देखना है?"

"मैं देख चुकी हूँ।"

"यह अच्छी बात नहीं है!" दमन ने ठुनकते हुए कहा, "मैं तो तुम्हारे साथ देखने का इंतजार कर रहा था।"

"कोई बात नहीं, मैं दुबारा भी देख लूँगी।" वह बोली और उसके गले लग गई। "अगर तुम चाहते हो तो मैं पूरे छह सीजन तुम्हारे साथ देख लूँगी।"

उन्होंने सारे सीजन साथ बैठकर देखे और जैसे ही वे खत्म हुए, श्रेयसी के जाने का समय हो गया। उसने अपने लिए कैब बुला ली। दमन उसे घर तक छोड़ने की जिद करने लगा।

"इंश्योरेंस के पैसे से तुम कार लेने वाले थे?" श्रेयसी ने पूछा।

"मुझे नहीं लगता कि मैं कभी कार चलाऊँगा। वो सपने…"

"अभी भी बार-बार आते हैं?"

दमन ने हामी में सिर हिला दिया। "हालाँकि कोई बचानेवाला भी है। मैं अपने साथ तुम्हें बैठे हुए देखता हूँ। उसका अंत बड़ा डरावना होता है। तुम मर जाती हो और मैं बच जाता हूँ।"

"ह्मममम…।"

"पता नहीं, बार-बार मैं ऐसा क्यों देखता हूँ?"

"शायद इसलिए कि तुम मुझे खोने से डरते हो!" कुछ नर्वस होते हुए वह बोली।

"मैं तुम्हें खोने से डरता हूँ।" दमन उसका हाथ थामते हुए बोला, "लेकिन जानती हो, कुछ और भी नया है इस सपने में!"

"वह क्या है।"

"तुम्हें याद है, मैंने तुम्हें बताया था कि एक्सीडेंट कैसे हुआ था? एक टैक्सी गलत साइड से आ गई थी।"

"हाँ, याद है, तो?"

"ऊम्म···कुछ नहीं।" दमन बोला, "फालतू की बात है।"

"बताओ भी?"

"अरे, कुछ नहीं।" दमन जोर देते हुए बोला।

"दमन, हमने यह तय किया था कि हम दोनों एक-दूसरे से कुछ भी नहीं छिपाएँगे, खासकर उन सपनों के बारे में और उस दुर्घटना के बारे में। तुम जानते हो कि इसका तुम पर असर पड़ता है। मुझे बताओ कि तुमने क्या देखा?" श्रेयसी बोली।

"हम्म्म्म। टैक्सी ड्राइवर···"

"उसके बारे में क्या?" श्रेयसी ने पूछा।

"पहले मैं बस, उसे देख पा रहा था। फिर मैंने और गौर से झाँका।"

"गौर से अपने सपने में झाँका?" श्रेयसी ने मुसकराते हुए पूछा।

"तुम्हें मेरी बात सुननी है या नहीं?" दमन बीच में ही बोला, "इसीलिए मैं तुम्हें नहीं बता रहा था। शायद मुझे नहीं बताना चाहिए।"

"अरे, मैं तो बस, मजाक कर रही थी। हाँ, तो तुमने ड्राइवर को गौर से देखा! क्या देखा?"

"टैक्सी की पिछली सीट पर एक लड़की बैठी थी।"

"क्या?"

"हाँ, एक लड़की। पहले तो मैं उसे देख नहीं पाया। बस, मैं यह देख पाया कि वह है। वह ड्राइवर के कंधे पर हाथ रखकर शायद तेज चलाने के लिए कह रही थी। मैं पक्के तौर पर नहीं कह सकता, बस, अंदाज लगा रहा हूँ, क्योंकि ड्राइवर कुछ घबराया हुआ-सा लग रहा था।" दमन बोला, "लेकिन, फिर धीरे-धीरे एक चेहरा उभरा। एक गोरी सी लड़की, जिसके बाल खुले हुए थे। पिछले कुछ दिनों से चेहरा भी ज्यादा स्पष्ट होता जा रहा है।"

"कौन है वो?"

"उम्मम…"

"अरे, कौन है वो? बोलो भी!"

"वो तुम हो, श्रेयसी। उस ड्राइवर के पीछे तुम बैठी हुई हो।" वह बोला और श्रेयसी को देखने के लिए मुड़ा।

"क्या? क्या बकवास है? क्या मैं तुम्हारे साथ कार में नहीं हूँ? अभी-अभी तुमने कहा नहीं कि मैं उस दुर्घटना में मर गई थी?" उसने पूछा।

दमन जोर से हँस पड़ा, "लेकिन तुम भी बच जाती हो। बस, स्ट्रेचर पर बाँधकर मुझे ले जाया जा रहा था, तब एक क्षण को मुझे होश आता है। मैं तहस-नहस टैक्सी में से एक लड़की को निकलते हुए देखता हूँ, वो तुम हो।"

"ये…ये तो सरासर बकवास है!"

दमन हँसा—"बिल्कुल, बकवास है। इसीलिए तो मैं तुम्हें बता नहीं रहा था।"

"सही कहा।" श्रेयसी बुदबुदाई।

दमन ने फिर उसे टकटकी लगाकर देखा और आँखों में शरारती चमक के साथ पूछा, "लेकिन क्या यह अजीब बात नहीं होगी, अगर दो-दो श्रेयसी हों? कितना विचित्र होगा यह, है न? एक श्रेयसी को तुम्हारा पति रखता है और एक श्रेयसी को मैं रखता।"

"मैं तुम्हें किसी और के साथ नहीं बाँटूँगी।"

"इन सपनों के अब कोई खास मायने नहीं हैं। मुझे मालूम है कि हो सकता है, अगली बार सपने में मैं तुम्हें कार की ड्राइविंग सीट पर बैठे हुए देखूँ। इन ऊल-जलूल सपनों से बचने के लिए अपने दिमाग को व्यस्त रखना जरूरी हो गया है। अब तो अवनि ने भी मुझे कॉल करना बंद कर दिया है, तो मेरे पास समय-ही-समय है। तुम्हें पता है, उसे बारक्ले में वही जॉब मिल गई है, जो वह चाहती थी।"

"अच्छा, वाकई!" श्रेयसी बोली।

"मैंने तुम्हें कहा था न कि इन वायरल वीडियो पर महीने-दो महीने से ज्यादा कोई ध्यान नहीं देता।" दमन बोला।

"सही कहा था।" श्रेयसी बोली।

"उसके लिए मुझे खुशी है। अब लगता है, मैं ही एक अकेला बेरोजगार हूँ और ऐसे ऊटपटाँग सपने देखता रहता हूँ।"

बाहर बारिश शुरू हो चुकी थी।

"तुम ठीक कह रहे हो। तुम्हें चाहिए कि तुम अपने आपको व्यस्त रखो। ये बेकार के सपने दिखना बंद होना चाहिए।" श्रेयसी बुदबुदाई। "एक अच्छी सी किताब लिखो, दमन। हम देख लेंगे कि हमें कैसे छपवाना है।"

"ठीक है।"

"तुमने वो नींद की गोली ली, जो डॉक्टर ने लिखी थी?"

"नहीं।" दमन ने कहा, "तुम चाहती हो कि मैं वे नींद की गोलियाँ खाऊँ और उन सपनों से वंचित रहूँ?"

श्रेयसी कुछ घबराए हुए अंदाज में मुसकरा दी।

□

44

श्रेयसी दमन के अपार्टमेंट में चार घंटे से उसका इंतजार कर रही थी कि तभी वह लड़खड़ाते हुए आ गया। श्रेयसी उसकी तरफ दौड़ी कि तभी वह लड़खड़ाकर फर्श पर गिर पड़ा। उसकी आँखें चढ़ी हुई थीं। वह अपने ही पेशाब और वमन में सना हुआ था।

"दमन, क्या हुआ तुम्हें?" श्रेयसी ने पूछा।

दमन कुछ अस्पष्ट शब्दों में बड़बड़ाया। उसके होंठ कटे हुए थे, जिसमें से खून टपककर उसकी शर्ट पर गिर रहा था। उसकी उँगलियाँ जख्मी थीं और उसकी एक आँख के चारों तरफ कालापन था। वह बेहोश हो गया। श्रेयसी ने तुरंत टैक्सी मँगाई और उसे पास के एक नर्सिंग होम में ले गई। उसके जख्मों की मरहम-पट्टी की गई और बताया गया कि उसकी नाक टूट गई है और इस बात की संभावना भी जताई कि सिर में भी चोट आई है। वह किसी तरह भी इस कोशिश में कामयाब नहीं हो पाई कि वह दमन से जान सके कि यह सब कैसे हुआ? अभी दमन की सर्जरी चल ही रही थी कि तभी सुमित का टेक्स्ट आ गया, जिसमें लिखा हुआ था कि 'अपने ब्वॉयफ्रेंड पर जरा लगाम लगाकर रखो।'

श्रेयसी ने सुमित को फोन लगाकर पूछा, "यह सब क्या है?"

"क्या दमन ने तुम्हें नहीं बताया?"

"मुझे बताओ, क्या हुआ?"

"हमारे बारे में?"

"क्या हमारे बारे में?"

"मेरे और अवनि के बारे में। मैं उसके साथ डेट कर रहा हूँ। वह दारू पीकर नशे की हालत में हमारे पास आया और धमकाने लगा। हमें किसी तरह पंगा नहीं करना है। तुम्हें जो चाहिए था, मिल गया। अब बस, हमें अकेला छोड़ दो।"

"तुमने उसके साथ मार-पीट की?"

"बाउंसरों ने की। वह हम लोगों की टेबल से जा ही नहीं रहा था।"

"वह वहाँ क्या कर रहा था?"

"यह तो तुम्हीं उससे पूछना। वह अवनि को वहाँ से खींचकर रेस्त्राँ के बाहर ले जाना चाहता था। उसने तो अवनि को अपनी जिंदगी से निकाल बाहर कर दिया है। अब वह किसी के साथ भी मिले, उसे क्या मतलब? अब वह अवनि को धमका रहा है कि वो उसका वीडियो रिलीज कर देगा, अगर उसने मुझे न छोड़ा तो।"

"उसने ऐसा कुछ नहीं किया···"

"पूछो उससे। बताएगा वो तुम्हें। श्रेयसी, मैं तुमसे रिक्वेस्ट कर रहा हूँ। प्लीज, हम लोगों की जिंदगी से दूर रहना। मुझे अब कहीं जाना है।" यह कहकर सुमित ने फोन काट दिया। अगले दिन दमन को डिस्चार्ज कर दिया गया। जब वे लोग घर पहुँचे तो श्रेयसी ने दमन से पूछा कि उसे कल रात के बारे में कुछ याद है।

"मैं सुमित से भिड़ गया था। उसने मुझसे तुम्हारे बारे में कुछ कहा तो मैंने उसे पीट दिया। स्थिति बेकाबू हो गई। लेकिन सब ठीक है, तुम चिंता मत करो।" दमन ने समझाया।

"उसका फोन आया था मेरे पास। उसने मुझे बताया कि तुमने उससे अवनि के कारण लड़ाई की है।"

"मैं उसे लेकर क्यों लड़ूँगा?" श्रेयसी से नजरें चुराते हुए दमन बोला।

झूठ बोल रहा है। "सच्चाई बताओ, दमन। क्या तुमने मुझे अपनी एक्स गर्लफ्रैंड और अपने दोस्त के बीच शर्मिंदा नहीं किया है?"

दमन ने अपनी नजरें फेर लीं और उपहास करते हुए बोला, "वह उसके साथ डेटिंग कर रहा है। वे लोग किसी के साथ भी डेट करते, पर वे तो आपस में ही डेट कर रहे हैं। मुझे दिख रहा है कि वे क्या कर रहे हैं। वे हमारी उपलब्धि का मजा खराब करना चाहते हैं। वे हममें ईर्ष्या और क्रोध पैदा करना चाहते हैं।"

"यह कारगर भी हो रहा है। तुममें ईर्ष्या और गुस्सा साफ दिख रहा है।" श्रेयसी बोली।

"मुझे गुस्सा इस बात का है कि वे दोनों ही हमारे दोस्त थे। इसके बाद भी एक-दूसरे से प्रेमलीला···"

"मुझे अब घर चलना चाहिए। कल पूरी रात मैं नर्सिंग होम में थी।" श्रेयसी बोली और उठ खड़ी हुई।

जैसे ही वह जाने को हुई, दमन ने उसका हाथ पकड़ लिया।

"क्या?"

"माफ कर दो मुझे। प्लीज, मत जाओ।" दमन घिघियाया और उससे लिपट गया। इससे पहले कि श्रेयसी कुछ समझ पाती, वह उसकी बाँहों में सुबकने लगा।

"मुझे तुम्हारी बहुत जरूरत है। मैं तुमसे बहुत प्यार करता हूँ। तुम्हारे बिना मैं बहुत अकेला हो जाता हूँ।"

श्रेयसी ने दमन को बेड पर बिठाया और शांत किया। उसने उसका चेहरा हाथों में लेकर चूम लिया और कहा कि यदि वह उसे अब भी प्यार करता है तो सब ठीक है। दमन ने वादा किया कि अब वह उन दोनों को कभी टेक्स्ट नहीं करेगा। जब श्रेयसी ने बहुत जोर डाला, तब उसने यह वादा किया कि वह अपनी शराब कम करने की कोशिश करेगा।

वह कुछ ज्यादा ही पी रहा था और सोने के लिए नींद की गोलियों पर उसकी निर्भरता बढ़ती जा रही थी। उन सपनों से दूर रहने की उन दोनों को ही कुछ ज्यादा कीमत चुकानी पड़ रही थी। कई दिनों से उसने अपनी किताब के लिए एक शब्द भी नहीं लिखा था। लिखने के लिए जिन पत्रिकाओं के इ-मेल्स आ रहे थे, यहाँ तक कि दमन ने वे मेल्स तक चेक नहीं किए थे। वह बिना नहाए और बिना दाढ़ी बनाए दिन भर बिस्तर में पड़ा रहता, टी.वी. सीरियल देखता, श्रेयसी को मेसेज करता कि उसे बहुत मिस कर रहा है और उसके आने का इंतजार कर रहा है। उनकी शाम की मुलाकातें कम हो गईं। वे बस, बैठे रहते और दमन हतोत्साहित-सा श्रेयसी के इर्द-गिर्द चक्कर काटता और फिर कुछ समय बाद श्रेयसी के जाने का समय हो जाता। कभी-कभी तो वह पाजामा पहने हुए ही लंच टाइम में श्रेयसी के ऑफिस पहुँच जाता और बीस मिनट की मुलाकात के लिए रिसेप्शन पर घंटों उसके काम खत्म होने का इंतजार करता। श्रेयसी को उसके बारे में बहुत बुरा लगता।

"मेरे खयाल से तुम्हें लिखना चाहिए।" श्रेयसी ने उसकी हौसला-अफजाई करते हुए कहा। लेकिन दमन ने उसकी बात को ऐसे उड़ा दिया मानो वह लेखक ही न हो।

"मैं अभी और किसी बात के बारे में नहीं सोच रहा हूँ। मैं अभी अगले साल कैट की परीक्षा देने के बारे में सोच रहा हूँ और तुम्हारी तरह एक अच्छी नौकरी पाने की सोच रहा हूँ। फिलहाल तो तुम मेरे पास हो, इसलिए लिखने की क्या जरूरत!"

उसने श्रेयसी को आलिंगन में लेना चाहा, लेकिन श्रेयसी ने अपने आपको छुड़ा लिया।

"तुम अपनी काबिलियत को यूँ ही नहीं गँवाओगे।"

"मैं तुम्हारे प्यार में पड़ गया और मैंने उसी के बारे में लिखा है। उसमें किसी काबिलीयत की जरूरत ही कहाँ है!" उसने बात मजाक में उड़ा दी।

"अब इसके बाद यह बात मत कहना। अब मैं तुमसे तब तक नहीं मिलूँगी, जब तक तुम कुछ नए अध्याय नहीं लिख लेते।" लगभग निकलते हुए श्रेयसी बोली।

"नए अध्याय लिखूँ! कैसे?"

"सब हो जाएगा दमन, थोड़ा धीरज रखो। बस, किताब लिखो। जब अगली बार मैं मिलूँ तो कुछ नया लिखा हुआ पाऊँ।"

"लेकिन…"

"दमन, इस बात पर हमें और बहस नहीं करनी। अगर तुम लेखक नहीं होते तो क्या होते?"

"मैंने सोचा था कि मैंने प्यार…"

वह अभी अपना वाक्य पूरा भी नहीं कर पाया था कि श्रेयसी अपार्टमेंट छोड़कर चली गई।

□

45

अगले दो हफ्ते तक दमन श्रेयसी को मिलने आने के लिए मनाता रहा, लेकिन श्रेयसी नहीं मानी। वह सुबह श्रेयसी के ऑफिस पहुँच जाता और देर शाम तक वहीं डटा रहता। वह रिसेप्शनिस्ट से श्रेयसी को बुलाने के लिए कहता। दो दिन श्रेयसी के ऑफिस के बाहर गुजारने के बाद सिक्योरिटी ने उसे ऑफिस बिल्डिंग के बाहर ही रोक दिया। उसने फिर भी हार नहीं मानी।

"मुझे एक बार तो बात करने दो।" उसने मिन्नत की।

"जब तक मैं कुछ नए अध्याय नहीं पढ़ लेती, तब तक नहीं।" श्रेयसी ने जवाब दिया। उसके साथ इस तरह का बरताव करने से श्रेयसी को बहुत तकलीफ हो रही थी, लेकिन कोई चारा भी तो नहीं था। वह अजीब कशमकश में थी। दमन उसकी मुट्ठी में था, लेकिन ये वो दमन नहीं था, जिसे उसने प्यार किया था। वह हमेशा एक ऐसा उत्साही लड़का था, जो नई-नई कहानियाँ सुनाता और असफल होने पर फिर प्रयास करता। वह उसे फिर से वही बनाना चाहती थी; लेकिन कहना आसान था, करना कठिन। सिक्योरिटी को मना करने के बाद वह बिल्डिंग के बाहर बैठकर इंतजार करता और ऑफिस छूटने के समय ऑफिस बिल्डिंग से बाहर निकलनेवाली सभी टैक्सियों में झाँककर देखता। वह श्रेयसी की कैब के पीछे भागता। श्रेयसी रोती जाती, लेकिन ड्राइवर से कैब रोकने के लिए मना करती। श्रेयसी उसे घुटनों पर हाथ रखे, हाँफते हुए, चिल्लाते हुए, मिन्नतें करते हुए देखती।

वह उसे टेक्स्ट करती—'किताब लिखो।'

'मैं नहीं लिख सकता। मुझे तुमसे मिलना है। आई लव यू।' वह उसे वापस टेक्स्ट करता।

अगले दो दिन दमन ने अपने आपको कमरे में बंद कर लिया और टाइपिंग करता रहा; लेकिन तीसरे दिन श्रेयसी के घर पहुँच गया। उसने गार्ड रूम के इंटरकॉम से फोन लगाया।

"प्लीज, दस मिनट के लिए मुझे आकर मिलो। मिलना जरूरी है। वादा करता हूँ

कि चला जाऊँगा। मैं लिख भी रहा हूँ, मेरा विश्वास करो।"

श्रेयसी ने उसे खिड़की से देखा। चाहती तो उसे घर पर भी बुला सकती थी, लेकिन यदि एक बार बुला लिया तो आएदिन आया करेगा।

"मेरे पति घर पर हैं।" वह बोली।

"तो नीचे आ जाओ, एक मिनट के लिए।"

"हम लोग अभी डिनर कर रहे हैं।"

"मैं इंतजार कर लूँगा।"

"दमन, तुम घर चले जाओ। तुम यहाँ नहीं आ सकते। समझे!"

"लेकिन…"

"घर जाओ।"

"मैं नहीं जा सकता।"

"अपनी किताब लिखो, दमन!"

और उसने कॉल काट दी। फिर उसने गार्ड को निर्देश दिया कि उसे अंदर न आने दे। श्रेयसी ने देखा कि बाकी पूरी रात दमन गार्ड रूम के इर्द-गिर्द चक्कर काटता रहा और उसकी खिड़की की तरफ ताकता रहा। सुबह होने के पहले फुटपाथ पर ही सो गया।

सुबह हुई तो श्रेयसी ने देखा कि वह अपने फोन को टटोल रहा था, जो अब तक डेड हो चुका था। वह गार्ड से गिड़गिड़ाया कि एक बार वह श्रेयसी को बुला दे, लेकिन उसने मना कर दिया। तब दमन ने एक ऑटो किया और घर चला गया।

"तुम और कितनी जिंदगियाँ बरबाद करोगी?" खिड़की पर खड़ी हुई श्रेयसी से उसके पति ने पूछा।

"मैंने तुमसे कहा कुछ बोलने को?"

"वह रात भर यहीं मँडरा रहा था।"

"उसे कुछ अच्छा करना है। उसे मेरे बारे में लिखना है। जब तक वह नहीं लिख लेता, मैं उसे बरबाद नहीं होने दूँगी। नाश्ता तैयार है?"

दमन ने पूरे दिन उसे कोई टेक्स्ट नहीं किया। शाम को श्रेयसी दमन के बारे में जानने के लिए चली गई। गार्ड ने बताया कि वह दिन भर से बिल्डिंग से नहीं निकला है। शायद लिख रहा होगा, श्रेयसी ने सोचा और मुसकराई। अगले हफ्ते दमन अपनी बिल्डिंग में ही रहा। किताब लिखता रहा और श्रेयसी को अजीब-अजीब मेसेज करता रहा। वह उससे भीख-सी माँगता रहा कि वह उसे फोन करे और बताए कि उससे प्यार करती है। श्रेयसी ने कोई ध्यान नहीं दिया। इसे इंतजार करने दो, श्रेयसी ने सोचा।

एक हफ्ते बाद उसने कुछ अध्याय लिखकर तैयार कर लिये और श्रेयसी को पढ़ने के लिए घर बुलाया।

"तुम्हें ठीक लगे?" दमन ने पूछा।

श्रेयसी उसे खाली नजरों से देख रही थी। "ये तो···कुछ अलग हैं। मैं इसे घर ले जाऊँगी, दोबारा पढ़ूँगी, फिर तुम्हें बताऊँगी।"

दमन मुसकराया।

"थैंक यू!" श्रेयसी बोली।

"तो, अब हम बाहर चलें? मैंने 'ऑरिस' में एक टेबल बुक करवाई है। तुम घर जाकर यदि चेंज करना चाहो तो करके आ सकती हो। वैसे तुम बिल्कुल ठीक लग रही हो। तुम मुझे ऐसे क्या देख रही हो? तुम कहो तो खाना यहीं मँगवा लें?" दमन ने पूछा।

"मुझे घर जाना है। मुझे कुछ काम है और मेरे पति मेरा इंतजार कर रहे होंगे।"

"लेकिन तुमने तो मुझसे कहा था···"

"मुझे जाना है।"

"तुम चिल्ला क्यों रही हो?"

श्रेयसी ने अपने आपको शांत कर लिया—"मुझे बस, कुछ समय का एकांत चाहिए।"

"क्या मैंने कुछ किया है?"

"नहीं-नहीं, ऐसी कोई बात नहीं है। वो ऑफिस का कुछ स्ट्रेस है।" उसने समझाया।

वह जल्दबाजी में दमन के अपार्टमेंट से निकल गई। दमन शाम को जो वाइन की बोतल लाया था, उसे वे खोल तक नहीं पाए। वह पास की एक बुकशॉप में गई और कथा साहित्य के सेक्शन में जाकर अंधाधुंध तरीके से किताबें पलटने लगी। मैंने ये शब्द कहीं पढ़े हैं। ये दमन के शब्द नहीं हैं। उसने खोजबीन में एक घंटा बिता दिया और अपना पूरा दिमाग यह याद करने में खपा दिया कि उसने ये शब्द कहाँ पढ़े हैं? मिल गया। वे तीन अध्याय, जो दमन ने लिखे हैं, आश्चर्यजनक रूप से कार्तिक अय्यर की किताब से मेल खाते हैं, जो उसने सालों पहले लिखी थी। उसे पढ़कर निराश और गुस्से से भरी हुई श्रेयसी ने जमीन पर पैर पटके। वह दमन के अपार्टमेंट में पहुँची और कार्तिक की किताब उसके मुँह पर मारते हुए बोली कि वह दो कौड़ी का साहित्य चोर है।

"मैंने तुमसे यह अपेक्षा कभी नहीं की थी!" श्रेयसी चीख पड़ी।

दमन ने अपने लेखन के लिए बचाव करना चाहा, लेकिन श्रेयसी के गुस्से के आगे बेबस साबित हुआ। वह तब तक चिल्लाती और गुर्राती रही, जब तक दमन ने मान नहीं लिया कि उसने कार्तिक की नकल की है।

"आखिर क्यों किया ऐसा?" श्रेयसी चिल्लाई, "तुम्हें हमारी प्रेम-कहानी लिखनी थी। हमारी, उसकी नहीं! हमारी दमन, हमारी!"

दमन शर्मिंदा होकर इधर-उधर देखने लगा।

"बोलो, कुछ तो बताओ, नहीं तो मैं तुम्हें बरबाद कर दूँगी।"

दमन के चेहरे पर उदास मुसकराहट फैल गई। वह आँखों में आँसू भरे श्रेयसी की तरफ देखने लगा। "क्या बचा है बरबाद करने को? जयंती रघुनाथ न तो मेरी किताब प्रकाशित करेगी और न होने देगी। मैंने तो बस, इसलिए लिखा था, क्योंकि मैं तुमसे मिलना चाहता था।"

श्रेयसी में कोई दया भाव नहीं आया, बस, गुस्सा फूट रहा था—"फिर लिखने का क्या लोगे?"

"मैं लिखना नहीं चाहता। मैं तो बस..."

"शिकायतें करना बंद करो, दमन।" वह गुर्राई, "मैंने इसके लिए तुमसे प्यार नहीं किया था!"

उसने टेबल पर रखी वाइन की बोतल उठाई और उस पर फेंक दी। ऐन वक्त पर दमन ने अपने आपको झुककर बचा लिया। बोतल सामने की दीवार से टकराई और टूटकर बिखर गई।

श्रेयसी आँधी की तरह वहाँ से निकल गई। घर पहुँचकर उसने हॉट बाथ लिया और तब तक नहाती रही, जब तक उसकी खाल में सिलवटें नहीं पड़ गईं। दमन के टेक्स्ट पढ़कर वह दिल से रो पड़ी।

दमन—*आई लव यू*

दमन—*मुझे अब लिखने की क्या जरूरत? आई लव यू।*

दमन—*मैं अपना सी.वी. तैयार करके इंजीनियरिंग नौकरी के लिए आवेदन करूँगा। मुझे लगता है कि अभी कुछ देर नहीं हुई है।*

श्रेयसी ने उसके सारे टेक्स्ट मिटा दिए। मैंने उसकी लिखने की इच्छा को ही मार दिया। वह बाथरूम से निकली और तौलिये से अपना शरीर सुखाया। उसने अपने फोन पर जयंती का नंबर निकाला; लेकिन उससे बात करने का कोई मतलब नहीं था, सिवाय लेखकों की आलोचना सुनने के। उसे किसी और प्रकाशक को तलाशना पड़ेगा। उस रात वह सो नहीं पाई। वह बस, यही सोच रही थी कि कहीं दमन का दिमाग फिर से खराब न हो जाए! अगले कुछ दिनों तक वह बार-बार यही सपना देखती रही कि दमन चेन से बँधा हुआ साइकेट्रिस्ट के पास है, दीवारें खरोंच रहा है और उसका नाम लेकर चिल्ला रहा है कि वह उसे कितना प्यार करता है।

□

46

मुंबई के 'साहित्य महोत्सव' का यह दूसरा वर्ष था और इसकी स्थिति लड़खड़ा रही थी। धन की कमी के चलते संगठन पैसे एकत्रित करने के लिए कुछ और रास्ते तलाश रहा था। उनमें से एक तरीका था—लेखकों के साथ डिनर करने के लिए टिकट लगाना और इच्छुक पाठकों से धन वसूलना। उन्होंने इसकी दर 3,000 रुपए प्रति पाठक रखी थी। लेकिन श्रेयसी के लिए इसमें कोई परेशानी नहीं थी। उस हफ्ते की शुरुआत में श्रेयसी ने दमन को 'साहित्य उत्सव' में चलने, वहाँ लोगों से मिलने और प्रकाशक को तलाशने के लिए काफी मनाया था; लेकिन उसने उसकी बात को हँसी में उड़ा दिया था।

"वे लोग मेरा मजाक उड़ाएँगे।" उसने कहा था।

उसकी सारी मिन्नतें अनसुनी कर दी गईं। और तो और, दमन ने उसे नीमराणा घूमने की सलाह और दे डाली। श्रेयसी को इतनी जोर का गुस्सा आया कि वह उसके मुँह पर मारे बिना नहीं रह सकी। स्थितियाँ बद से बदतर हो गईं। श्रेयसी के लिए लिखने की कोशिश में उसे साहित्य चोरी करते हुए पकड़ लिया गया था, जिससे वह हँसी का पात्र बन चुका था।

दमन चिड़चिड़ा, आलसी और निष्क्रिय हो चुका था। पागलपन की ओर बढ़ने की उसकी प्रक्रिया इतनी ठंडी और धीमी थी कि श्रेयसी पहली बार में इसे समझ ही नहीं पाई। वह या तो उसके पति को लेकर झगड़ता या उसे पकड़कर रोने लगता। उसकी श्रेयसी की अनुपस्थिति को लेकर शिकायतें लगातार बढ़ती जा रही थीं। उसकी इस शिकायत को दूर करने के लिए श्रेयसी को दमन के अपार्टमेंट में दो बार आना पड़ा था। वह हफ्ते भर में दो बार अपना लैपटॉप तोड़ चुका था। 'नए लैपटॉप पर मैं ज्यादा अच्छा लिख पाऊँगा।' उसने कहा था। श्रेयसी ने जो नया लैपटॉप लाकर दिया, उसका भी यही हाल हुआ था। एक दोषी कुत्ते की तरह वह उसके पैरों पर गिर-गिरकर गिड़गिड़ा रहा था। दमन जितना ज्यादा खिजाऊ हो रहा था, श्रेयसी का अपराध-बोध उतना ही अधिक गहराता जा रहा था। उसे सबकुछ ठीक करना ही था।

डिनर बस एक ढोंग, एक दिखावा था। सारे पाठक, जिन्होंने एक अच्छी रकम

अदा की थी, एक कोने में झुंड बनाए खड़े हुए थे और लेखक लाउंज में एक-दूसरे से मिल रहे थे। हर थोड़ी देर में कोई एक पाठक बड़ी हिम्मत करके अपने किसी चहेते लेखक से कुछ मिनट बात करता और एक किताब पर उसके हस्ताक्षर ले लेता। वह लेखक भी बड़े अनमने और उदासीन भाव से उनके सवालों के जवाब देते और फिर लेखकों के समूह में चले जाते। उन्हीं लेखकों में एक था कार्तिक। भले ही उतना प्रखर न हो, लेकिन था सबसे सुदर्शन। यहाँ तक कि उसने जो छड़ी थाम रखी थी, वह भी उसकी खूबसूरती में चार चाँद लगा रही थी। बगल में ही उसकी बाँह के घेरे में उसकी सुंदर सी गर्लफ्रेंड थी—वर्णिका। श्रेयसी एक सही मौके की तलाश में थी। श्रेयसी उस समय का इंतजार कर रही थी, जब वर्णिका मुफ्त में परोसी जा रही शराब गले से उतार ले। वह वर्णिका से डिनर बुफे में टकराई।

"हाय!" श्रेयसी बोली।

"हाय!" वर्णिका अपने सुंदर सफेद दाँतों का प्रदर्शन करते हुए बोली।

"दावत शानदार है न?"

"हाँ।"

"आप लेखिका हैं?"

"नहीं, मैं यहाँ अपने मंगेतर के साथ आई हूँ। वो लेखक हैं।" अपनी चमकती हुई अँगूठी की तरफ इशारा करते हुए वर्णिका बोली।

"अरे, यह तो बहुत ही खूबसूरत है! कौन है वो?"

वर्णिका ने थोड़ा शरमाते हुए कार्तिक की तरफ इशारा किया।

"तुम दोनों की जोड़ी बहुत सही है।" खुश होते हुए श्रेयसी बोली, "मैं श्रेयसी।"

"मैं वर्णिका।"

"मैं तुम्हें उनसे ज्यादा देर के लिए अलग नहीं रखूँगी। तुमसे मिलकर अच्छा लगा। मेरी तरफ से उन्हें बहुत सा सम्मान।" श्रेयसी बोली।

श्रेयसी ने अपनी प्लेट में खाना लिया, शराब का गिलास लिया और खाली जगह तलाशने के लिए मेजों के आसपास चक्कर काटने लगी।

तभी वर्णिका ने उसे आवाज लगाई।

"हमारे पास आ जाओ।" वह बोली।

श्रेयसी ने मना करने के लहजे में हाथ लहराया, लेकिन उसने काफी जिद की तो श्रेयसी उनकी मेज के पास अपनी कुरसी ले गई।

"यह श्रेयसी है।" वर्णिका ने परिचय करवाया।

"हाय कार्तिक।"

"मैं हाथ मिलाता, लेकिन···" कार्तिक बोला।

श्रेयसी ने बदले में मुसकरा दिया, "आपकी गर्लफ्रैंड ने बताया कि आप लेखक हैं।"

"मैंने भी कुछ किताबें लिख ली हैं। मैं अभी इस फील्ड में नया हूँ।" एक शरारती मुसकान के साथ वह बोला।

वर्णिका जोर से हँसी और एक झोंके में बोली, "बहुत लोकप्रिय लेखक हैं ये। गूगल करो तो पता चलेगा।"

"अपने बचाव में मैं यह कहूँगी कि मैं भारतीय लेखकों को उतना नहीं पढ़ती।" श्रेयसी बोली।

कार्तिक की भौहों में बल पड़ गए। शायद उसे अच्छा नहीं लगा।

इस बात को गौर करते हुए श्रेयसी बोली, "लेकिन अभी हाल में ही मैंने एक रोमांटिक नॉवेल पढ़ा था, किसी दमन रॉय का। मन किया कि अपनी आँखें नोच के फेंक दूँ।"

वर्णिका मुसकराई।

"छिह! तुम्हारा दोस्त तो नहीं?" श्रेयसी बोली।

एक बनावटी मुसकान के साथ कार्तिक बोला, "मेरा दोस्त तो नहीं, लेकिन उसे जानता हूँ। वह···"

वर्णिका बीच में ही बोल उठी, "मैं एक मजेदार बात बताती हूँ तुम्हें। कार्तिक को लगता है कि वो अच्छा लेखक है, उससे भी अच्छा। लेकिन मैं उससे हमेशा यही कहती हूँ कि वह बिल्कुल बकवास लिखता है।" उसने कार्तिक की तरफ देखते हुए कहा, "हम इसे एक किताब देते हैं, फिर इससे जानते हैं कि कौन बेहतर है?"

"हमें यह सब करने की जरूरत नहीं है। अरे, तुम्हारा ड्रिंक खत्म हो गया है।" वह बोला और ड्रिंक मँगाने के लिए वेटर को हाथ हिलाकर इशारा कर दिया।

कुछ देर बाद वर्णिका वॉशरूम जाने के लिए उठी और लौटते समय कार्तिक की किताब की एक प्रति लेते हुए लौटी। उसने कार्तिक से उस पर हस्ताक्षर करवाए और श्रेयसी को वह किताब दे दी।

"थैंक यू! वैसे मैं इसे खरीद भी लेती।"

"इसको एक तोहफा मान लो। जब पढ़ लो, तब बताना कि कौन बेहतर है, कार्तिक या दमन?"

"हमें यह करने की जरूरत नहीं।" कुछ विरोध-सा करते हुए कार्तिक बोला।

"उसे लगता है कि मैं उसकी प्रेमिका होने के कारण उसे ही बेहतर लेखक मानती

हूँ, इसलिए तुम्हारा सेकंड ओपिनियन जरूरी है।" वर्णिका बोली, "और जब से इसके संपादक ने यह बताया है कि यह दमन नाम का व्यक्ति काफी अच्छा है, तब से इसे लगता है कि अब इसका समय खत्म हो गया है।"

"मुझे अब अपने कमरे में जाना चाहिए। मैं पढ़कर तुम लोगों को बताऊँगी।" किताब लहराते हुए श्रेयसी बोली।

"तुम यहीं रुकी हो?" कार्तिक ने सवाल किया।

"308 में। तुम लोग भी यहीं रुके हो?"

"304 में।" कार्तिक ने हामी भरते हुए कहा।

"अगर आज मैं इस किताब को पढ़ लेती हूँ तो मेसेज कर दूँगी।"

वर्णिका के होंठ मद भरी मुसकान से टेढ़े हो गए, "हम लोग इंतजार करेंगे।"

कमरे में वापस आकर श्रेयसी तीन घंटे रुकी। वह हर आधे घंटे में कॉरीडोर में बाहर निकलकर यह देख रही थी कि रूम नंबर 304 की बत्तियाँ बुझीं या नहीं। रात 1 बजे के तुरंत बाद उसने रूम नंबर 304 के लैंडलाइन पर एक वॉइस मेल डाल दिया—'मैंने किताब पढ़ ली है, लेकिन इस बारे में ज्यादा कुछ नहीं कह सकती।' उसके चेहरे पर उस समय एक लंबी मुसकान तैर गई, जब उसने देखा कि कार्तिक अय्यर उसके कमरे के दरवाजे की घंटी दबाने ही वाला है। असुरक्षा की भावना और धैर्यहीनता उसे श्रेयसी के दरवाजे तक ले आई थी। श्रेयसी ने एक लंबी सी टीशर्ट ही पहनी हुई थी, जो बमुश्किल उसके नितंबों तक पहुँच रही थी। उसने टीशर्ट के नीचे कोई ब्रा नहीं पहन रखी थी। कार्तिक को अपनी छड़ी के सहारे उसके दरवाजे की ओर बढ़ते देखकर वह आश्चर्य से भर गई। उसने अपने कमरे में उसका स्वागत किया और जान-बूझकर इस अदा से उसके सामने चली, ताकि वह उसे अच्छी तरह से निहार सके। उसने कार्तिक से कॉफी के लिए पूछा, पर उसने इनकार कर दिया।

"तो तुम्हें पुस्तक कैसी लगी?"

"मैंने कभी नहीं सोचा था कि तुम आधी रात को मेरे कमरे में यह पूछने के लिए आओगे।"

"मुझे नींद नहीं आ रही थी।"

"मेरी राय कौन सी बड़ी महत्त्वपूर्ण है!" श्रेयसी बोली।

"तुमने हम दोनों की किताबें पढ़ी हैं, इसलिए तुम्हारी राय महत्त्वपूर्ण है।"

"पर किसी और से अपनी तुलना क्यों करना? दो किताबें एक साथ भी बाजार में रह सकती हैं।" श्रेयसी ने कहा।

"बेस्टसेलर किताबों की सूची यह नहीं बताती कि कौन सी किताब बेहतर है। वह

यह बताती है कि कौन सी किताब ज्यादा बिक रही है और ये दोनों ही अलग बातें हैं।" वह बोला, "बताओ मुझे, तुम क्या सोचती हो?"

"दमन औसत लेखक है, पर वह तुमसे बेहतर है।" श्रेयसी बोली।

"ऐसा क्या?" कार्तिक ने बड़ी विनम्रता के साथ कहा। पर श्रेयसी को उसकी आवाज में रोष साफ नजर आ गया था।

वह उसके मन में उठ रहे विचारों को पढ़ पा रही थी, 'इसकी हिम्मत कैसे हुई ऐसा कहने की? यह जानती ही क्या है? रंडी कहीं की!'

"मुझे नहीं लगता कि भारतीय लेखकों को न पढ़कर मैंने कोई भूल की है।" उसने कहा, साथ ही उसने यथासंभव शांत बने रहने की कोशिश की, क्योंकि वह अच्छे से जानती थी कि वह कार्तिक को जितना भड़काएगी, उतना वह किसी आम पुरुष की तरह उसे हराने और उस पर आधिपत्य जमाने की कोशिश करेगा। वह उसकी आँखों में क्रोध को पढ़ पा रही थी।

"ओके।"

"मुझे तुम्हारी कहानी थोड़ी घटिया लगी।"

"क्या तुम सनकी हो?"

"बहुत खूब! पाठक पर सारा दोष मढ़कर अपने को श्रेष्ठ साबित करो!" अब उसके उद्वेलित होने का समय था। उसने अपनी नजरें कॉफी के मग पर जमा दीं और फिर उठाईं।

"प्यार के मामले में मैं सनकी हूँ।"

"क्यों? क्या तुम्हारा दिल भी टूटा है?"

"मैं इस बारे में बात नहीं करना चाहती। मुझे लगता है कि तुम्हारी किताब उन लोगों के लिए ही है, जो प्यार में यकीन करते हैं; जैसे तुम और तुम्हारी गर्लफ्रैंड वर्णिका। मेरे लिए यह किसी काम की नहीं। हो सकता है, किसी दिन यह मेरे काम आए, पर आज नहीं।"

इन शब्दों से कार्तिक को राहत मिली। अगर श्रेयसी को उसकी किताब पसंद नहीं आई तो यह उसकी नहीं, बल्कि श्रेयसी की गलती है।

"ओह, जब तुम्हें भी कोई चाहनेवाला मिल जाएगा तो मैं तुम्हें एक और किताब दे दूँगा।" कहते हुए उसके चेहरे पर एक मुसकराहट तैर गई।

"सभी सज्जन लोगों का स्वागत है और तुम्हारा भी।"

कार्तिक ने थोड़ा नर्वस महसूस करते हुए आँखें मिचकाईं। वह बिस्तर से उठी और अपने लिए एक और कॉफी तैयार की। उसने महसूस किया कि कार्तिक की नजरें

उस पर ही टिकी थीं और उसके बाद जान-बूझकर वह बिस्तर की ओर लौटी।

"...और तुम तो जानते ही हो कि दिल्ली के पुरुष कैसे होते हैं।" श्रेयसी ने कहा।

"मैं दिल्ली से हूँ।"

"वही रटी-रटाई-सी बात—मैं दिल्ली से हूँ।"

"और इसीलिए तुम दूसरे लेखकों के साथ गलाकाट प्रतिस्पर्धा में हो कि किसका लिंग ज्यादा लंबा है?"

कार्तिक एकदम से शरमा जाता है।

श्रेयसी चुहल करते हुए बोली, "आई एम सॉरी। मुझे लगता है कि मुझे अभी भी चढ़ी हुई है। मैं अपने शब्द वापस लेती हूँ।"

"मैं इस मामले में आगे रहूँगा।" उसने कहा और आँखें मटकाईं।

"हाँ, किसी अन्य दिल्लीवाले लड़के की ही तरह।" कहते हुए वह खाँसती है।

"तुम्हें पानी चाहिए?"

वह सहमति में अपनी गरदन हिलाती है। कार्तिक अपनी कुरसी से उठकर उसके लिए बोतल ले आता है। वह बिस्तर की ओर बढ़ता है और बोतल देने के लिए हाथ बढ़ाता है। श्रेयसी उसके हाथ से बोतल ले लेती है और अपना हाथ इस तरह से लहराती है कि कार्तिक के लिंग को स्पर्श करे। कार्तिक पीछे की ओर हटता है और उसके चेहरे की ओर देखता है।

श्रेयसी हँसते हुए पलटती है—"जरा अपने आपको देखो, कैसे शरमा रहे हो!"

कार्तिक को समझ ही नहीं आया कि वह क्या कहे!

"तुम्हें पीछे छोड़ने के लिए दमन का और बड़ा होना चाहिए।" कहते हुए उसने अपने होंठों पर हाथ रखा—"मुझे ऐसा नहीं कहना चाहिए।"

कार्तिक का दिमाग घूम गया। उसके लिंग और अभिमान दोनों में हलचल हुई।

"मैंने तुमसे कहा न!"

"हे, उसे देखो।" कहते हुए उसने कार्तिक के उत्तेजित हो रहे लिंग की ओर इशारा किया—"इसीलिए मैं कह रही हूँ कि तुम्हारा सच में बड़ा है।" कहते हुए वह खिलखिलाती है।

कार्तिक असहज होते हुए मुसकराता है—"नहीं...मैं नहीं..."

"मैंने सोचा था कि लेखक अच्छा झूठ बोल लेते हैं, कार्तिक। तुम मुझे निराश कर रहे हो।"

"मैं झूठ नहीं बोल रहा।" कार्तिक ने इतराते हुए कहा।

"नहीं, ऐसा नहीं है। मैं शर्त लगा सकती हूँ।"

"मैं···नहीं···"

"आओ, शर्त लगाते हैं। दिखाओ मुझे।"

"क्या?"

"दिखाओ मुझे।"

"अगर मैं शर्त हार गया तो?"

श्रेयसी बिस्तर से उठी और उसके नजदीक जाकर बोली, "शर्तें हम बाद में तय कर लेंगे।"

कार्तिक मुसकराता है। कमरे के एक कोने में रखे फोन पर सारी बातचीत रिकॉर्ड हो रही थी।

□

47

श्रेयसी तीन घंटे से उसकी राह देख रही थी और सोच रही थी कि उससे किन शब्दों में बात करेगी। दमन ने अपने अपार्टमेंट में दाखिल होते हुए श्रेयसी की तरफ बढ़कर उसे चूम लिया, मानो इसमें कुछ गलत न हो। उसने श्रेयसी से दीपिका पादुकोण की नई फिल्म देखने के बारे में पूछा। उसने अपने जूते उतारे और एक कोने में फेंक दिए। वह अपनी स्टडी टेबल पर बैठा और अपने मेल्स चेक करने लगा।

"तुमने देखा, मैंने तीन चैप्टर्स लिखे हैं? मैं फिर से लिखने की गति पकड़ रहा हूँ। लगता है, सब चीजें वापस अपनी जगह पर आ रही हैं।" श्रेयसी की तरफ घूमते हुए दमन बोला।

"तुम थे कहाँ?" श्रेयसी ने पूछा।

"ब्रिटिश काउंसिल। क्यों?"

"किसके साथ?"

"अवनि।" उसने जवाब दिया।

"तुम इस बात को छुपाने की कोशिश भी नहीं कर रहे!"

दमन ने अपनी शर्ट उतारी और अपना पसीना पोंछा। वह अलमारी में एक धुली टी-शर्ट ढूँढ़ने लगा और एक घिसी-पिटी ग्रे कलर की टी-शर्ट पहन ली।

"क्यों करूँ छुपाने की कोशिश? हम बस, मिले और बैठकर कुछ देर बातें कीं।"

श्रेयसी बौखला गई। "कुछ हफ्तों पहले यहीं, इस कुरसी पर बैठे हुए तुम चिल्ला-चिल्लाकर उससे यहाँ से चले जाने को कह रहे थे और वह दरवाजे के उस तरफ खड़ी होकर रो-रोकर तुम्हारा नाम ले रही थी। उसके बाद तुम सुमित से पिटे…।"

"मुझे बाउंसरों ने मारा था, सुमित ने नहीं।"

"दैट्स नॉट द पॉइंट।"

"वाह श्रेयसी, तुम कुछ ज्यादा ही रिएक्ट कर रही हो। अवनि और मैं आगे बढ़ चुके हैं, बस, दोस्त हैं।" दमन बोला।

"क्या उसने तुम्हें बताया कि उसे आगे बढ़ने में किसने मदद की है?" श्रेयसी दहाड़ी।

"हाँ, तुमने कुछ ऐसा ताना-बाना बुना कि बारक्ले वालों ने उसे नौकरी पर वापस रख लिया। उसने मुझे तुमसे 'थैंक्स' बोलने को कहा था; लेकिन ईमानदारी से कहा जाए तो उसे पुरानी नौकरी से निकलवाने का काम भी पहले तुम्हीं ने किया था। उस वीडियो की वजह से···"

"चुप हो जाओ, दमन!" वह चिल्लाई, "अब तुम मुझे सजा देना बंद भी करोगे? तुम्हें जो कहना है, वह एक बार में कहकर बात खत्म क्यों नहीं कर देते? किसी-न-किसी बहाने से मुझसे रोज ही झगड़ा करते हो!"

"मैं तुमसे नहीं झगड़ रहा हूँ, बल्कि तुम मुझसे झगड़ रही हो। देखो, मैं तुमसे कितना प्यार करता हूँ! हम दोनों का मैच एकदम परफेक्ट है। मुझे कोई कमी या गलती नहीं दिखाई देती। बावजूद इसके कि तुम एक ऐसे आदमी को अपनी कामुकता में फँसा रही थी, जिसे मैं सख्त नापसंद करता हूँ।"

"यह मैंने हम दोनों की खुशी के लिए किया। इस दिन का मैंने लंबे समय तक इंतजार किया। जो किया, वह तुम्हारी खातिर किया। उसको मैंने छुआ तक नहीं। और तुम्हें कांट्रेक्ट मिल गया, मिला कि नहीं? तुम ऐसे क्यों कह रहे हो?"

"तुम वाकई मुझसे यह पूछ रही हो। कार्तिक को तुम्हीं ने अपने कमरे में बुलाया था न? अगर वर्णिका बीच में न आती तो तुम क्या करने जा रही थीं कार्तिक के साथ?" दमन दहाड़ा।

"कुछ नहीं। मुझे जो चाहिए था, मिल गया था।" श्रेयसी बोली, "वर्णिका न भी आती तो भी मैं आगे कुछ नहीं करने वाली थी।"

"मैं क्या जानूँ?" दमन चिल्लाया।

"दमन, क्योंकि मैं तुम्हें चाहती हूँ, तुमसे प्यार करती हूँ। कुछ हफ्तों पहले तुम अपने आपको बरबाद करने पर तुले हुए थे। मुझे ऐसा करना पड़ा। जरा अब अपने आपको देखो! अब तुम तीन अध्याय लिख चुके हो।"

उसकी बात काटकर दमन बीच में ही बोला, "ऐसा है तो ले जाओ ये तीनों अध्याय!" कहते हुए उसने उन्हें फेंक दिया।

"मुझसे इस तरह से बात करने की हिम्मत मत करो!" श्रेयसी पलटकर बोली।

दमन ने आँखें तरेरीं और जेब से मोबाइल निकालकर श्रेयसी को कार्तिक अय्यर का मेसेज दिखाया।

"अब बताओ, मैं इसका क्या जवाब दूँ?"

"मैं देख लूँगी।"

"उसे फिर से धमकी देकर? लेकिन मैं उसके उन शब्दों से कैसे छुटकारा पाऊँगा, जो मेरे दिमाग में हलचल पैदा कर रहे हैं?"

"यह तुम्हारे लिए नहीं, उसके लिए शर्म की बात है। तुम तो इस सारी बात से फायदा उठाने के लिए तैयार रहो।"

"वाह, कितना अच्छा फायदा सोचा तुमने! मुझसे मेरी गर्लफ्रैंड को दूर करने का तोहफा है यह बुक कॉण्ट्रैक्ट?" मुसकराते हुए दमन बोला।

"तुम कुछ ज्यादा ही बोल···"

"तुम्हारे पति से तुम्हें दूर रखने के एवज में मुझे दलाली में क्या मिलने वाला है? भुगतान साप्ताहिक होगा, मासिक होगा, अर्धवार्षिक होगा या वार्षिक? मैं तो कहूँगा कि हर महीने के महीने में भुगतान ही ठीक···"

"दमन, तुम कितने गंदे हो!" श्रेयसी चीखी और उसे एक तमाचा जड़ दिया।

दमन फर्श पर थू करते हुए बोला, "देखो तो जरा, कौन बोल रहा है!"

"मैंने तुम्हें अपने जीवन के तीन साल दिए हैं, तीन साल।"

"उसके लिए मैं तुम्हारा एहसान मानूँ, हाँ? तुमने जो भी किया, सिर्फ इसलिए, क्योंकि तुम ऐसा चाहती थीं। तुम ही हो, जिसने मेरा पीछा किया! तुम ही हो, जो गोवा तक आईं! तो तुमने ऐसा इसलिए किया, क्योंकि तुम मुझे चाहती थीं। समझीं? क्योंकि तुम मुझे चाहती थीं।"

"तुम तो ऐसे जता रहे हो, जैसे कोई गलती हो गई!" श्रेयसी बुदबुदाई।

"हाँ, शायद। तुम्हारे सामने यह खुलासा करते हुए बड़ा अफसोस हो रहा है कि मैं वो नहीं हूँ, जो तुम मुझे समझ रही हो। लेकिन लगता है कि तुम्हारी रिलेशनशिप की खासियत है—धोखाधड़ी, एक-दूसरे को धोखा देना, क्योंकि वास्तव में तुम वह नहीं हो, जिसे मैं समझ रहा था। कम-से-कम अवनि के पास जाकर तुम्हारी तरह छिछोरी बातें तो नहीं करता। लेकिन शायद अब करूँगा, ध्यान रखना।" दमन ने उसका उपहास उड़ाते हुए कहा।

"यह ठीक नहीं है। मैं इस व्यवहार के लायक तो नहीं हूँ।"

"कम-से-कम यहाँ हम दोनों की सोच एक जैसी है।"

श्रेयसी ने अपना बैग उठाया और तेजी से दमन के अपार्टमेंट से निकल गई। उसने एक कैब रोकी और बैठकर सीधे घर चली गई, गुस्से में। उसकी नींद उड़ गई थी। जैसा कि पहले भी कई बार हो चुका था, दमन कुछ ही घंटों में शांत हो गया और माफी माँगने लगा। उसने श्रेयसी का फोन कॉल्स और टेक्स्ट से भर दिया। उसे धमकी देने लगा कि वह उसके घर पहुँच जाएगा, दरवाजे भड़भड़ाएगा और सुबह तक उसके अपार्टमेंट के बाहर पड़ा रहेगा।···पहले की तरह ही श्रेयसी ने भी उसे माफ कर दिया, गले लगा लिया और कार्तिक के साथ जो हुआ, उसे पीछे छोड़ दिया। दमन ने अपने किए गलत व्यवहार की माफी माँगी और दोबारा ऐसा न करने की कसम खाई। श्रेयसी ने हर बार की तरह

इस बार भी उस पर विश्वास कर लिया। वह भी उसे इतनी जल्दी छोड़ने वाली नहीं थी। इतना कुछ करने के बाद उसने जो यह संबंध बनाया था, उसे बरकरार रखना चाहती थी।

"तुम जैसा चाहती हो, वैसा ही करूँगा।" कहते हुए उसने श्रेयसी को गले लगा लिया और रोने लगा। "जहाँ तक हो सकेगा, मैं एक बेहतरीन किताब लिखने की कोशिश करूँगा। हमारे प्यार को कोई भुला नहीं पाएगा। मैं वादा करता हूँ तुमसे।"

अगली रात श्रेयसी शांति से सो सकी।

□

48

इससे पहले कि श्रेयसी जान पाती, दमन ने उसे अपने जीवन से बाहर कर दिया, यह कहकर कि मुझे अपनी किताब पर काम करना है और जब तुम आसपास होती हो तो मेरा ध्यान भटकता है। उसे अपनी अगली किताब के अध्यायों पर ध्यान केंद्रित करना है। पहले तो श्रेयसी को इस बात पर शंका हुई और दो श्रेयसियों के बार-बार आनेवाले सपनों के बारे में डर व चिंता सताने लगी। वे दो श्रेयसियाँ, जिनमें से एक टैक्सी की पिछली सीट पर बैठी थी और एक वह, जो उसके बगल में बैठी थी। यद्यपि दमन ने अपने आपको सँभाल लिया था और लिखने में अपना ध्यान लगा लिया था। वह एक के बाद एक अध्याय लिखे जा रहा था, वह भी ऐसी तन्मयता के साथ, जैसी उसने पहले कभी नहीं देखी थी। दुःस्वप्न बद से बदतर होते गए।

उसने नींद की गोली खाने से इनकार कर दिया। मैं एकाग्र नहीं हो पाता हूँ। उसने कहा था। श्रेयसी पहले कुछ दिनों तक उसके पीछे-पीछे घूमती रही। दमन लाइब्रेरी जाता, कैफे में अकेला बैठा रहता, अपने अपार्टमेंट के कमरे को लॉक कर लेता और पागलों की तरह लिखने में जुट जाता। इससे श्रेयसी के साथ होनेवाली बातों से भी पहले की स्मृतियाँ जाग्रत् होने लगीं। उस समय जब एक अनकहा आकर्षण इस मासूम-से चेहरेवाले, चमकदार आँखोंवाले लड़के की तरफ श्रेयसी को खींच लाया था, जिसके मन में तमाम बातें भरी थीं, जिन्हें सुननेवाला भी कोई जरूरी था। वही उसकी पहली और सच्ची मुरीद थी। फिर भी, आज उसके दिमाग में एक सवाल घुमड़ रहा था। वही क्यों? मैं उसके पीछे क्यों लगी हूँ? इससे मुझे मिल क्या रहा है? मैं उसे क्यों चाहती हूँ? उसे इन सवालों का जवाब उसे कभी नहीं मिला और वे सारे सवाल फिर मन के किसी अँधेरे कोने में चले गए। कभी-कभी देर रात को वह उसे फोन करता और छोटे बच्चे की तरह फूट-फूटकर रोता। 'क्या हुआ?' वह पूछा करती। 'मैंने कुछ लिखा है और तुमसे बात करना चाहता हूँ।' वह कहा करता और इस तरह से वह रात में आराम का समय उसके साथ बातों में निकाल देता। मैं कब पढ़ूँ, वह पूछा करती। 'जब मैं इसके अंत पर आ जाऊँगा।' वह उसे बताता। फिर वह दिन आ गया। वह वापस आ

चुका है। दमन की अगली किताब के पचास पन्नों का प्रारूप श्रेयसी अपने हाथ में लिये खड़ी-खड़ी सोच रही थी।

"तो?" एक आत्म-संतुष्टि से भरी मुसकान के साथ दमन ने पूछा।

उसे पता था कि उसने क्या किया है। वह श्रेयसी के चेहरे पर आई भावुकता को पढ़ चुका था।

"बहुत सुंदर···यह बहुत ही सुंदर है।" वह बोली।

"उसमें कुछ चीजें हैं, जिनमें मुझे बदलाव करना है। कुछ अध्याय ऐसे हैं, जिनका दोहराव हो रहा है। किताब का दूसरा प्रारूप बनाते समय मैं यह काम करूँगा। जो अध्याय तुम्हें ठीक न लग रहे हों, उनमें तुम निशान लगा देना।" वह बोला और श्रेयसी को एक पेन पकड़ा दिया।

"मुझे लगता बिल्कुल ठीक है। तुमने जयंती को मेल कर दिया?"

"अभी तक तो नहीं। मैं इसे ठीक करना चाहता हूँ। कार्तिक ने उसे मुझे संपर्क न करने के लिए धमकाया होगा, लेकिन फिर भी वह मेरी किताब छपवाएगी।"

"वह नहीं छपवाएगी।" श्रेयसी बीच में ही बोली।

"अब तुमने क्या कर दिया?" दमन ने पूछा, "बस, मैं पूछ रहा हूँ, इससे पहले कि तुम मुझे फिर गुस्सा दिलाओ, बल्कि इससे अच्छा है कि मत ही बताओ।"

श्रेयसी हँसी और बोली, "तुम कितने प्यारे हो!"

दमन ने दाँत निपोर दिए और कुरसी पर टिककर बैठ गया।

"मैं इस किताब के प्रकाशित होने का और इंतजार नहीं कर सकती।" श्रेयसी बोली, "इसको जल्दी खत्म करो।"

दमन ने लंबी साँस भरी और गौर से अपने हाथ देखने लगा।

"क्या हुआ?" श्रेयसी न पूछा।

"श्रेयसी, वो सपने, मैं उन्हें रोज देखता हूँ। मुझे उनमें कुछ संदेश दिखाई देता है।" वह बोला। उसकी आँखों में पागलपन की चमक थी।

"तुम अपनी दवाइयाँ ले रहे हो···?"

"श्रेयसी, मुझे और दवाई खाने की जरूरत नहीं है।" वह बोला।

"यह तुम क्या कह रहे हो?"

"तुमने यह आखिर तक पढ़ा है?"

"यह तो अभी अध्यायों की रूपरेखा भर है, लिखना तो अभी बाकी है न? या तुम लिख चुके हो? तो दिखाओ मुझे!" श्रेयसी ने खुश होते हुए पूछा।

"मैंने अभी लिखा नहीं है, पर यह जरूर जानता हूँ कि खत्म कहाँ करना है।" दमन ने कहा।

"कहाँ?"

"एक्सीडेंट पर। वो एक्सीडेंट, जिसमें श्रेयसी मर जाती है।" उसने जवाब दिया।

श्रेयसी की भौंह चढ़ गई—"लेकिन···"

वह आगे बोला, "बस, यह दमन-श्रेयसी की आखिरी किताब है। इसके बाद श्रेयसी मरने वाली है।"

"क्या यह जरूरी है?"

"इस किताब को लिखने का बस, यही तरीका है। उनकी प्रेम-कहानी का यही सबसे सही अंत है। तुम क्या कहती हो? अपनी रिलेशनशिप की तरह छोटी और जोशीली।" वह उसे एकटक देखते हुए बोला।

"मैं नहीं मानती।"

"तुम मानती हो, श्रेयसी।" दमन बुदबुदाया।

"क्या मतलब है तुम्हारा?"

"तुम अच्छी तरह से जानती हो।" उसने उसका हाथ पकड़ लिया। उसकी आँखों में एक पागलपन था।

"नहीं।"

"क्या यही वह कारण नहीं है, जिसकी वजह से तुम अपने पति को छोड़ नहीं रही हो? तुम्हें लगता है कि हमारा प्यार खत्म हो जाएगा। कुछ समय बाद उसमें कुछ खास नहीं रह जाएगा, है न?"

"नहीं, मैं···"

"ऐसा ही है।" वह बोला और उसका हाथ छोड़ दिया, "मैं तुम्हारे ऊपर कोई आरोप नहीं लगा रहा हूँ। तुम सही हो! हमारा प्यार ठप हो जाएगा। यही कारण है कि इस किताब में श्रेयसी का मरना जरूरी है।"

"लेकिन···अगली किताब में तुम क्या लिखोगे?" श्रेयसी की आवाज में सख्ती थी।

"फिलहाल उसके बारे में मैंने सोचा नहीं है।"

"कोई नई लड़की होगी, दमन? वो इसका हिस्सा होगी?"

"उस समय वो शॉक में होगा। सोचो, कैसे होगा?"

श्रेयसी ने इस बारे में सोचा—एक असहाय प्रेमी, जो अपने मृत प्रेम को याद करते हुए अपना जीवन बिता रहा है। यह तो एक प्रेमकथा होगी। बड़े लेखक अमर प्रेमकथाओं के लिए मृत्यु को एक अचूक हथियार मानते हैं। वह बोली, "यह तो एक अच्छी कहानी साबित हो सकती है।"

"या यह भी हो सकता है कि कोई और लड़की उसके जीवन में आ जाए! यह तो मैंने सोचा ही नहीं।" दमन बोला।

"मैं ऐसा नहीं होने दूँगी।" श्रेयसी तपाक से बोल उठी।

"श्रेयसी, मुझे तो यही एक रास्ता दिखाई दे रहा है।"

"तुम किसी और के बारे में कुछ नहीं लिखोगे!" श्रेयसी लगभग चीख पड़ी।

दाँत निकालते हुए दमन आगे कई तरफ झुका और बोला, "मैं तुमसे यही सुनना चाहता था।" और उसने अपनी मुट्ठियाँ भींच लीं। वह मुसकराया और उसके बालों को उँगलियों से सहलाने लगा।

"आई लव यू!" वह बोला।

"तुम क्या कर रहे हो?"

"यही कि अगर दमन को तीसरी किताब में नहीं रहना है तो दूसरी किताब में उसको मरना ही होगा। उनकी प्रेमकथा का अंत होना ही है। है कि नहीं?"

"तुम मुझे गुस्सा दिला रहे हो। तुम्हें हो क्या गया है?"

"तुम्हें यह दिखाई नहीं दे रहा, श्रेयसी?" उसने पूछा, यही तो मुझे ये सपने हमेशा संकेत देते हैं। तुम्हें नहीं दिख रहा? तुम्हें महसूस नहीं हो रहा कि हमारा भाग्य हमें कहाँ ले जा रहा है!" आँखों में आँसू भरे हुए दमन ने पूछा।

"मैं क्या देख रही हूँ?"

"अब हमें यह सब खत्म करना होगा—अपनी रिलेशनशिप। यदि हम चाहते हैं कि यह एक बड़ी प्रेम-कहानी बने, एक ऐसी कहानी, जिसे लोग याद रखें तो हमें इसे अमर बनाना होगा।"

"वो तो तुमने पहले ही कर दिया है। ये किताबें···"

"अरे, इन किताबों में नहीं, वास्तविकता में। जानती हो, मुझे वे सपने बार-बार क्यों आते हैं, क्योंकि वे इस बात का संकेत हैं कि ऐसा होने वाला है!" उसने कहा, उसकी आँखों में दीवानों जैसी चमक थी।

"मुझे तो फिलहाल समझ में नहीं आ रहा है कि तुम क्या बोल रहे हो।" श्रेयसी बुदबुदाई।

"तुम फिर से उस दुर्घटना की कल्पना करो। लेकिन इस बार हम दोनों ही नहीं बचते हैं। तुमने खुद ही कहा था, यदि श्रेयसी मर जाती है तो दमन को भी मरना होगा और हम दोनों के मरने के बाद ही किताब छपेगी···।"

"क्या बकवास कर रहे हो तुम?"

"मैं बकवास नहीं कर रहा हूँ! तुम हमारी कहानी अमर करना चाहती थीं न! फिर इससे अच्छा और कौन सा तरीका होगा? हम लोग एक बार लगभग मर ही चुके थे, अब फिर से वही दोहरा लेते हैं। हम ऐसी कहानी बनाएँ, जो अमर हो जाए, जिसे सब याद रखें।"

"देखो दमन, यह मजाक नहीं है।"

दमन की भौंहों में बल पड़ गए—"बिल्कुल नहीं है, लेकिन अपनी कहानी के अंत का यही एक सही तरीका है।" उसने कमरे के कोने की तरफ इशारा किया।

"वो क्या है?" श्रेयसी ने पूछा।

"अत्यधिक ज्वलनशील ईंधन। जब हम अपनी कार टकराएँगे तो तुरंत लपटें उठने लगेंगी। कोई दर्द नहीं होगा, बस, जलने से एक सुंदर मौत! बस, जलता हुआ आग का एक गोला और यही हमारे जीवन का सूर्यास्त होगा। शायद यही सबसे बढ़िया तरीका होगा। यही तो मुझे रोज सपने में दिखाई देता है…।"

श्रेयसी बीच में ही बात काटकर बोली, "दमन, तुम्हें आराम की जरूरत है। हमें इस बारे में…"

"नहीं, मैंने तय कर लिया है!" दमन चीखा।

श्रेयसी ने अपनी आवाज को लगभग फुसफुसाहट तक धीमा कर लिया और बोली, "देखो दमन, मैं जानती हूँ कि तुम कुछ ज्यादा भावुक हो रहे हो। तुम हफ्तों से इस किताब को लिख रहे हो, इसलिए शायद भावनाओं में बह गए हो। जरा तसल्ली से सोचो। तुम जो भी कह रहे हो, उस सबकी कोई जरूरत नहीं है। मेरे पास कुछ थैरेपिस्ट के नाम हैं, जिनके पास हम जा सकते हैं। तुम्हारे मिथ्या भ्रम का उपचार हो जाएगा। तुम्हें डॉक्टर से मिलने की जरूरत है। मैं शाम को तुमसे मिलती हूँ, फिर डॉक्टर के बारे में डिसाइड करेंगे। ठीक है? मैं तुम्हारे साथ चलूँगी, ठीक? हम तुम्हारी इस समस्या को खत्म करेंगे।"

वह उठी और दमन के गाल पर एक चुंबन दिया। वह चुप खड़ा था।

जैसे ही वह मुड़ी, दमन बोला। उसकी आँखें खून-सी लाल थीं और आँसू भरे हुए थे। "और कोई रास्ता नहीं है। हम यही करने जा रहे हैं। मैंने इस बारे में हफ्तों सोचा है। यदि तुम्हें मुझसे वाकई प्यार है तो तुम मेरे साथ कार में आओगी।"

वह दमन की ओर देखने को मुड़ी। वह बुदबुदाया, "नहीं तो मैं किताब में लड़की का नाम बदल दूँगा। 'श्रेयसी' की जगह 'अवनि' लिख दूँगा।"

"लेकिन तुम ऐसा क्यों करोगे?"

"क्योंकि अवनि मेरे साथ उस अंत के लिए तैयार है। मेरे साथ लपटों में जलने को तैयार है, अपना प्रेम अमर करने को तैयार है। बस, यही एक तरीका है।" वह बोला।

"तुमने उससे बोला है?"

"अगर तुम पीछे हटती हो तो! और जो तुम कर चुकी हो श्रेयसी, शायद वो सही थी। वह मुझे तुमसे ज्यादा प्यार करती है और मरने के लिए भी तैयार है।"

"सुनो…।"

"तुम उसे अपने उस वीडियो के जरिए धमकाने वाली हो!" वह बनावटी हँसी हँसा, "तुम अब ऐसा नहीं कर सकतीं! मैंने तुम्हारे फोन से उसे डिलीट कर दिया है और मैं जानता हूँ कि तुम बैकअप नहीं रखतीं।"

"क्या?"

"हाँ, मैंने ऐसा ही किया है।" दमन उठते हुए बोला।

वह श्रेयसी के पास आया और गाल पर चुंबन देते हुए बोला, "बताओ, तुम अंत में मेरा साथ दोगी या तुम्हारी जगह वो? तुम मेरे साथ मरने को तैयार हो?"

श्रेयसी ने कोई जवाब नहीं दिया।

"मैं अगले महीने के अंत तक अपनी किताब का प्रारूप पूरा करूँगा। तब तक तुम्हारे जवाब का इंतजार करूँगा।" वह बोला।

□

49

चीजें बिखर रही थीं, लेकिन दमन का उन्माद कम नहीं हो रहा था। श्रेयसी जिसे एक क्षण का पागलपन समझ रही थी, वह उससे कहीं अधिक था। कुछ दिन बाद श्रेयसी जब घर लौटी तो पाती है कि दमन उसके पति के सामने बैठा हुआ है और उसका पति जमीन पर अपने ही पेशाब में सना बैठा है। उसका बायाँ गाल चोट से लाल-नीला हो रहा था और होंठों से खून बह रहा था। दमन एक हाथ से दूसरे हाथ में चाकू उछाल रहा था।

"तुम यहाँ क्या कर रहे हो?" श्रेयसी ने पूछा।

"तुम्हारे पति से एक अच्छी चर्चा कर रहा हूँ। लेकिन यह बोलता कम है।"

"दमन, ये चाकू अलग रखो।"

"ठीक है, बेबी।"

उसने श्रेयसी को अपने पास बैठने के लिए कहा, उसका पति श्रेयसी द्वारा उसकी बहन के साथ अनैतिक संबंध को लेकर की गई ब्लैकमेलिंग, उस पर किए गए हमले और वीडियो आदि के बारे में सबकुछ उगल चुका था।

"तो मैं सही था कि नहीं? हमारी प्रेमकथा का यही चरम है, जहाँ इसे खत्म होना है। अन्यथा तुम्हें हमारा क्या भविष्य दिखाई दे रहा है? क्या हम शादी करके बच्चे पैदा करेंगे? क्या मैं उसकी तरह बन जाऊँ? नहीं श्रेयसी, हम वो नहीं हैं। तुम अच्छी तरह से जानती हो। क्या यही कारण नहीं है कि तुमने अपने पति को छोड़ा, जबकि तुम ऐसा कर सकती थीं? क्या यही कारण नहीं है कि तुमने अवनि को मेरे साथ रहने का मौका दिया और तुम मेरी प्रेमिका बनी रहीं?" दमन बोला और श्रेयसी को चूम लिया।

श्रेयसी का पति मूर्ख बना देख रहा था। वह इस सबसे स्वयं को दूर रखने की भीख माँग रहा था। दमन श्रेयसी से यह कहकर वहाँ से चला आया कि वह उसके निर्णय का इंतजार करेगा।

श्रेयसी के रोने-चिल्लाने और गिड़गिड़ाने के बावजूद उसने अपना फैसला नहीं बदला और अगले कुछ दिनों तक इंतजार किया। दमन को उसके पागलपन से बाहर

लाने के लिए श्रेयसी ने जो प्रयास किए थे, उसने उसका भी कोई खयाल नहीं रखा। उसने श्रेयसी को ऐसे लेख, पुस्तकें और उदाहरण भेजने शुरू कर दिए, जिनमें यह लिखा था कि किस प्रकार मृत्यु प्रेम को अमर कर देती है। किस प्रकार मृत्यु इस सबको खत्म करने का एकमात्र जरिया है। उसके दिमाग में दो ही बातें भरी थीं—मौत और प्यार, प्यार और मौत। यहाँ तक कि रात में उनकी फोन पर बातें भी इसी तरह की होतीं। वह उसे बताया करता कि वह उसे कितना प्यार करता है, लेकिन साथ में मरने की बात भी करता।

"अगर यह प्यार नहीं तो क्या है, श्रेयसी? अपनी प्रेमकथा के लिए हमारा एक-दूसरे के लिए यह त्याग! हम दोनों हमेशा एक ऐसे जोड़े के रूप में याद किए जाएँगे, जिसने एक-दूसरे से हमेशा प्यार किया और प्यार की खातिर ही मृत्यु को गले लगा लिया।" वह कहता।

"लेकिन···"

"क्या तुम मुझे इतना प्यार नहीं करतीं? मुझे उस योग्य नहीं समझतीं?" वह पूछा करता और श्रेयसी चुप रह जाती।

श्रेयसी परेशान हो चुकी थी। उसने एक मनोचिकित्सक की व्यवस्था की, जो दमन के घर पर आकर ही उसे देखे और उसे पागलपन से बाहर लाने की कोशिश करे। लेकिन दमन ने उसकी ऐसी पिटाई की कि वह मरते-मरते बचा और उसे घसीटकर अपने घर से बाहर निकाल दिया। साथ ही चीखता-चिल्लाता जा रहा था कि वह पागल नहीं है, वह पागल नहीं है। जल्दी ही दमन अपने सपनों से घबराया हुआ और पसीने से लथपथ होकर नहीं जागता, बल्कि हँसते-मुसकराते उठता। वह अपनी किताब लिखने में खोया रहता। घंटों अपने लैपटॉप से सिर नहीं उठाता। जब वह अपने बिस्तर पर सोने जाता, उसकी आँखों से पानी निकलने लगता और वे दर्द करने लगतीं। वह अपने लिखे हुए वे अध्याय श्रेयसी को भेजता, जिन्हें बार-बार पढ़कर वह खूब रोती। उसके लिखे वे शब्द अब तक के सर्वश्रेष्ठ शब्द थे। लेकिन···।

फिर कुछ दिनों बाद अपने प्रेम की अंतिम अभिव्यक्ति के लिए दमन ने श्रेयसी से अपने पति को तलाक देने के लिए कहा।

"मैं नहीं चाहता कि तुम मेरे साथ किसी और की पत्नी की हैसियत से मरो।" वह उसका हाथ थामे हुए बोला।

श्रेयसी को बाहर निकालने का यह तरीका था। तलाक की प्रक्रिया लंबी चली और उसने महीनों का समय लिया। वह उसे एक तलाक करवानेवाले वकील के पास ले गया। श्रेयसी ने गौर किया कि जब वकील ने इस प्रक्रिया में लगनेवाला समय बताया तो दमन का मुँह कैसे लटक गया था। जैसे ही श्रेयसी को लगा कि अभी उसके पास दमन के निर्णय को बदलवाने के लिए समय है, वह दमन से बोली, "मैं इतने लंबे समय तक

इंतजार नहीं कर सकती। छोड़ो तलाक का विचार।"

श्रेयसी ने उसे बहुत समझाने की कोशिश की कि इस दिशा में यदि वह आगे बढ़ा तो उसके माँ-बाप किस कदर टूट जाएँगे, लेकिन वह टस-से-मस नहीं हुआ।

"वे पहले ही इस अनुभव से गुजर चुके हैं।" उसने तर्क दिया।

विकल्प के तौर पर श्रेयसी ने सुमित को मिलने के लिए बुलाया। सुमित ने पहले तो आना-कानी की, लेकिन श्रेयसी ने जब दमन का वास्ता दिया तो वह तैयार हो गया।

"यहाँ आने के लिए धन्यवाद!" यह कहते हुए श्रेयसी ने सुमित से हाथ मिलाया।

"क्या चाहती हो?" सुमित ने पूछा।

"जरा बैठ तो जाओ—अपने दोस्त के लिए!" श्रेयसी ने उससे मिन्नत करते हुए कहा।

वह हिचकिचाते हुए बैठ गया—"हाँ, बताओ।"

"वह अपने आपको मारने की योजना बना रहा है। वह उस दुर्घटनावाले दिन को फिर दोहराना चाहता है और वह चाहता है कि कार के अंदर मैं भी उसके साथ रहूँ। वह अपना दिमाग खो चुका है।" वह बोली।

"यह तो बेवकूफी है।" सुमित उदासीन भाव से बोला, "क्या खाना यहीं मँगाओगे? मुझे कुछ भूख लग रही है। कोई कम शोरगुल वाली जगह नहीं ढूँढ़ सकते थे तुम लोग?"

"मैं चाहती हूँ कि तुम मेरी बातों को जरा गंभीरता से लो। मैं यहाँ तुम्हारे दोस्त के बारे में बात कर रही हूँ।" वह बोली।

"मुझे लगा कि हम तुम्हारे ब्वॉयफ्रेंड के बारे में बात कर रहे हैं। उसने जो किया है, उसके बाद मैं उसकी परवाह क्यों करूँ?"

"देखो सुमित, जो हो गया, सो हो गया। हमें उसे पीछे छोड़ देना चाहिए। तुम्हें मेरी बातों पर विश्वास करना होगा।"

"तुम्हारा चेहरा देखकर मैं वह याद करता हूँ, जब तुम मेरे साथ डेट पर आई थीं।"

"सुनो, हमें वे सब बातें भूल जानी चाहिए। इस समय हम दमन के बारे में बात कर रहे हैं। हमें उसे बचाना है।" श्रेयसी ने उसकी बात पर अपना विरोध दर्ज करते हुए मेज पर जोर से हाथ मारते हुए कहा।

"मैं अमेरिकन चॉप ऑर्डर कर रहा हूँ अपने लिए, तुम बताओ?"

सुमित ने इशारे से वेटर को बुलाया। उसने अपना ऑर्डर लिखवाया और श्रेयसी से एक बार फिर पूछा। जब श्रेयसी कुछ नहीं बोली तो उसने वेटर से बस, उतना ही लाने के लिए कह दिया।

"क्या तुम्हें मुझ पर विश्वास नहीं हो रहा है?"

"मैं क्यों करूँ तुम्हारी बातों पर विश्वास, श्रेयसी?"

"वह वाकई में ऐसा ही करने जा रहा है!" श्रेयसी चीख पड़ी।

"मैं ट्विटर पर उससे बात करता हूँ। मुझे तो सब ठीक-ठाक लग रहा है।"

"तुम्हें लगता है कि मैं मजाक कर रही हूँ?"

"हाँ! तो क्या मैं कुछ अलग सोचूँ? और क्या है ये सब? तुम्हारी कोई सोची-समझी नई चाल! अब बंद भी करो ये सब बकवास। अवनि और मैं आपस में बहुत खुश हैं, इसलिए हम लोगों के बीच आने और इस खुशी को बरबाद करने की कोशिश भी मत करना, ठीक है?" सुमित ने चेतावनी देते हुए कहा।

"वह इस मामले में वास्तव में गंभीर लग रहा है।"

"बक-बक मत करो।"

"सुमित, मेरी बात सुनो। वह एक किताब लिख रहा है, जिसमें अंत में दमन और श्रेयसी दोनों मर जाते हैं। वह किताबों के जरिए अपने वास्तविक जीवन की नकल को जीना चाहता है। उसे मौत का चस्का लग गया है।" उसने समझाया और दमन के भेजे हुए मेल्स उसे दिखाए।

"मेरी बात मानो, ये लेखक बड़े मजेदार होते हैं। लेकिन मुझे विश्वास है कि वह ऐसा कुछ भी नहीं करने वाला है, जैसा तुम बता रही हो।" वह बोला।

"वह ऐसा ही करने वाला है।" श्रेयसी ने उसका विरोध करते हुए कहा।

"अगर अब तुमने एक बार और चिल्लाकर बात की तो मैं यहाँ से चला जाऊँगा। ये लो, खाना आ गया। तुम्हें कुछ खाना है?" उसने पूछा।

"नो, थैंक्स।" और श्रेयसी उठ खड़ी हुई। "तुम्हारी गर्लफ्रेंड इसके लिए राजी थी।"

"गर्लफ्रेंड? कौन किस बात के लिए राजी है? तुम कोई ढंग की बात करोगी आज या हम कल मिलें? मुझे लगता है कि तुम भी मेरे साथ कुछ खा लो।" उसने कटोरे की तरफ इशारा करते हुए कहा, "थोड़ा खा लोगी तो अच्छी तरह से सोच पाओगी।"

"अवनि, तुम्हारी गर्लफ्रेंड, उसके साथ कार में बैठने को राजी हो गई थी। दमन ने मेरी जगह उसका नाम भी किताब में लिखने का ऑफर उसे दिया था।" श्रेयसी बोली।

सुमित हँसा, "अवनि? अरे, रहने भी दो। अवनि इन सबसे दूर है और इन सब बातों में वह कहीं ज्यादा प्रैक्टिकल है। लाखों वर्षों में भी वह ऐसा नहीं करेगी। वह मुझे चाहती है। वह उस घटिया इनसान को बखूबी पहचान चुकी है।"

"दमन ने मुझे बताया था।"

"दमन तुम्हारे साथ गेम खेल रहा है। शायद वह तुम्हें परख रहा हो। शायद वह यह देख रहा हो कि तुम उसे कितना चाहती हो और अगर वह अवनि से पूछ रहा है तो यह तुम्हारी घोर असफलता है।"

"यह कोई परीक्षा नहीं है!" वह भुनभुनाई।

"अगर ऐसा नहीं है तो जरूर अवनि कोई चाल चल रही है। हो सकता है कि वह तुम दोनों के पिछले हिसाब को चुकता करना चाह रही हो। और अगर वह ऐसा कर रही है तो उसके ब्वॉयफ्रेंड के नाते मैं उसकी मदद करूँगा। भाड़ में जाओ तुम लोग।"

"लेकिन वो इस बात के लिए राजी ही क्यों होगी? वह जानती नहीं है कि दमन कितना उन्मादी हो गया है!"

"पक्का है न कि तुम्हें मेरे साथ कुछ नहीं खाना है?" सुमित ने पूछा और चम्मच अपने सामने रखे खाने में गड़ा दिया।

श्रेयसी उठी और तेजी से वहाँ से चली गई।

□

50

बारक्लेज ऑफिस की लॉबी में इंतजार करते-करते श्रेयसी को अब तक दो घंटे हो चुके थे। रिसेप्शनिस्ट ने अवनि को तीन बार कॉल की और हर बार उसने 15 मिनट में आने की बात कही। श्रेयसी सोच रही थी कि वह ऐसा जान-बूझकर कर रही थी। अगर दमन ने वह वीडियो डिलीट नहीं किया होता तो अवनि उसे इस तरह इंतजार कराने की हिमाकत न कर पाती, या उसके पीछे किसी का सहारा है। लेकिन इस तरह का सहारा श्रेयसी के नियमों में नहीं है। आपका डाटा जितनी ज्यादा मशीनों पर होगा, आप उतने ही ज्यादा संदेहास्पद हो जाएँगे। अगले आधे घंटे में अवनि अपने चौकस बिजनेस सूट में उसके सामने आई और उसे देखकर मुसकराई।

"हाय! आई एम सॉरी। जरा एक मीटिंग में फँस गई थी। बहुत देर से इंतजार कर रही हो?"

"ज्यादा विनम्रता का दिखावा मत करो।"

"सच कहूँ तो सी.सी.टी.वी. में तुम्हें परेशान होकर इधर-उधर हैंडलेस चिकन की तरह भागते हुए देखने में मजा आ रहा था। अब ऐसा क्या है, जिसके बारे में तुम्हें बात करनी है?"

"हमें दमन के माता-पिता से बात करनी होगी। हमें उसे रोकना होगा। वह अपने आपको मारने पर उतारू है।" श्रेयसी बोली।

"तुम कुछ ज्यादा ही सोच रही हो।"

"वह सच में ऐसा करने वाला है।"

"मैंने हमेशा उसके बारे में यही सोचा कि वह थोड़ा खिसका हुआ है; लेकिन वह ऐसा पागलपन नहीं करेगा। यह तो सिर्फ तुम्हें परखने के लिए था, आई एम श्योर। अगर वह गंभीर भी है तो भी डेटिंग तो तुमसे ही कर रहा है, राइट? उसका इकलौता सच्चा प्यार? मैं इस सब में क्यों पड़ूँ? मैं सुमित के साथ और तुमसे दूर होकर बहुत खुश हूँ।" अवनि ने उसका उपहास-सा करते हुए कहा।

"मैं सिर्फ ये कह रही हूँ कि उसके माता-पिता को यह बता देना चाहिए।" श्रेयसी बोली।

"जो करना है, तुम्हीं करो। मुझे अब उससे या उसके परिवार से कोई लेना-देना नहीं है।"

"……"

अवनि हँसी। "अरे, रुको। तुम वहाँ नहीं जा सकतीं। तुम क्या बताओगी, कौन हो तुम, श्रेयसी? लेकिन श्रेयसी तो मर चुकी है!"

"अवनि…"

"जब तुमने सुमित को दमन के इस इरादे के बारे में बताया तो उसने विश्वास किया?"

"नहीं। उसने भी वही कहा, जो तुम कह रही हो, कि वह मुझे परख रहा है।" अवनि मुसकरा दी।

"क्या? मुसकरा क्यों रही हो तुम?" श्रेयसी ने पूछा।

"वो ऐसा ही करने वाला है।" वह बोली।

श्रेयसी की त्योरी चढ़ गई। "तो तुम्हें भी यही लग रहा है कि वह वही करने जा रहा है, जो उसने मुझे बताया है?"

"बिल्कुल, वह यही कोशिश करने वाला है। वह यही करेगा।" अवनि बोली।

"और?"

"और क्या?"

"तुम्हें कुछ करना नहीं चाहिए?" श्रेयसी बुदबुदाई।

"मैं जो कर सकती हूँ, कर रही हूँ। अगर तुम उसके साथ कार में नहीं गईं तो मैं जाऊँगी। इससे ज्यादा और क्या कर सकती हूँ मैं उसके लिए?" अवनि ने पूछा।

"क्या तुम्हारा दिमाग भी खराब हो गया है? उसके साथ कार में जाओगी? क्या हो गया है तुम्हें? मर जाओगी! वो कार का एक्सीडेंट करने वाला है। तुम ऐसा क्यों करोगी भला?"

"क्योंकि मैं तुम्हें बरबाद करना चाहती हूँ, श्रेयसी।" अवनि ठंडे अंदाज में बोली।

"बदला लेने के लिए तुम मरोगी?"

"और तुम प्यार के लिए भी नहीं मरोगी! वह प्यार, जिसके पीछे तुम तीन साल से हो। जिसके लिए तुमने मेरी और उसकी जिंदगी को लगभग बरबाद कर दिया। तुम उस प्यार के लिए नहीं मरोगी? कितनी छिछली सोच है तुम्हारी!"

श्रेयसी गुर्राई—"तो तुम उसके साथ बैठोगी कार में? मरोगी तुम उसके साथ? सिर्फ मुझसे बदला लेने के लिए?"

"मैं सुमित के साथ ही होती, लेकिन मैं भी उसे चाहती हूँ।"

"उसके साथ तुम्हारा कौन सा हिस्सा मरेगा, तुम्हें दिखाई नहीं देता?"

अवनि हँसी—"अरे, तुम्हें वाकई यह नहीं दिखता है न?"

"क्या?"

"मुझे मरना नहीं है, श्रेयसी। बस, मुझे उसके साथ कार में बैठना है।" अवनि बोली।

"क्या मतलब है तुम्हारा?"

"आखिरी क्षण में मैं डर जाऊँगी, चिल्लाऊँगी, रोऊँगी। मैं उससे रुकने के लिए कहूँगी। मैं उससे कहूँगी कि मैं मरना नहीं चाहती और मैं आखिरी समय में कमजोर पड़ जाऊँगी। वह पूरे जोर से ब्रेक पर पैर रख देगा। मैं उसे बताऊँगी कि मुझे लगता था कि प्यार में मैं उसके लिए जान भी दे दूँगी, लेकिन…"

"वह तुमसे नफरत करेगा।" बीच में ही श्रेयसी बोली।

"वह मेरी कोशिश की वजह से मुझे चाहेगा। उसे लगेगा कि मैं कम-से-कम तुमसे बेहतर तो हूँ। कम-से-कम मैं कार में बैठ तो गई। तुम जानती हो, मुझे इससे और क्या मिलेगा? वह किताब में मेरा नाम लिखेगा और मुझे इसके लिए मरना भी नहीं पड़ेगा!" अवनि चहककर बोली।

"लेकिन…"

"उसे एक बात तो समझ में आ ही जाएगी कि मैं उसे तुमसे ज्यादा प्यार करती हूँ, श्रेयसी, क्योंकि उसके साथ मरने के लिए तैयार होने वाली मैं ही थी। न जाने वह तुम्हारे बारे में क्या सोचता होगा? कि तुम डरपोक हो कि तुमने कोशिश तक नहीं की!"

"तुम नहीं…"

"मुझे पूरा यकीन है, इसके बाद वह तुम्हें पहले जैसा नहीं चाहेगा। किताब में तुम्हारा नाम नहीं होगा। वह सब, जो तुमने चाहा, तुमसे छिन जाएगा। यह सब देखने में मुझे बड़ा मजा आएगा।" अवनि बोली।

श्रेयसी मुसकरा दी।

"ओह, तुम मुसकरा रही हो, हाँ? रुको। तुम भी अब वही करने की सोच रही हो, है न?" अवनि ने पूछा।

"और उसके लिए मैं तुम्हें ही धन्यवाद कहना चाहूँगी।" कुटिल मुसकान के साथ श्रेयसी बोली।

"लेकिन यह योजना तुम्हारे साथ कारगर नहीं होगी।" अवनि बोली।

"होगी।"

"श्रेयसी, मैं तो तुम्हें काफी होशियार समझती थी।" अवनि बोली, "तुम भूल रही हो कि मैं दमन का प्रस्ताव पहले ही स्वीकार कर चुकी हूँ। अब, अगर तुम कार में बैठना तय कर लेती हो तो शायद मेरी जगह वह तुम्हें चुन ले; लेकिन यदि तुम पीछे हटती हो

तो वह यही सोचता रहेगा कि उसने तुम्हारी जगह मुझे मौका दिया होता। वह सोचेगा कि उसने गलत चुनाव किया। यह बात पूरे समय उसे खाती रहेगी। तुम्हें तो पता ही है कि वह किस तरह का है, है न?"

"लेकिन…"

"अगर अब भी तुम मना करती हो तो वह फिर मेरे पास आएगा। लेकिन यह बात थोड़ी सी असंभव लगती है, यदि तुम ऐन वक्त पर उसे मना कर दो। उसके पागलपन को देखकर मैं उस पर शर्त लगा सकती हूँ और अगर वह ऐसा नहीं भी करता है और मेरे पास इस बात के लिए आता है तो मैं उसे मना कर दूँगी।"

"और फिर वह तुम्हें छोड़ देगा।" श्रेयसी बोली।

"अन्यथा? अगर मैं गुस्सा करूँ तो क्या होगा? और अगर मैं उसे बता दूँ कि तुम्हारा चुनाव करने के बाद भी मैं उसके साथ मरने के लिए तैयार थी, तो क्या होगा? मैं उससे कह कह दूँगी कि मैं उसे अपने प्यार के साथ खेलने की और इजाजत नहीं दे सकती। मैं उसे मना कर दूँगी, उसका दिल तोड़ दूँगी। फिर, तुम्हें क्या लगता है, वह क्या करेगा? तुमसे प्यार बनाए रखेगा या मुझसे?"

"क्या अब कहने के लिए कुछ बाकी है!" अवनि मुसकराई, "हमेशा से तुम वो कार वाली लड़की बनना चाहती थीं न? तो लो, अब पूरा मौका है।"

□

51

कार में बैठने, उस दिन की घटना को फिर से दोहराने और अपनी प्रेम-कहानी को अमर बनाने के लिए श्रेयसी के राजी हो जाने के बाद इस विषय पर फिर कोई बातचीत नहीं हुई।

किताब खत्म करने के लिए दमन दिन-रात, रात-दिन काम करने लगा। जब वह किताब को अंतिम स्वरूप दे रहा था, तभी उसने अपार्टमेंट खाली करने का नोटिस दे दिया और किराए पर लिया हुआ सारा सामान वापस कर दिया। उसने अपनी ज्यादातर चीजें क्विकर, ई-बे आदि वेबसाइट्स पर बेच दीं। वह अपना ज्यादातर समय अपने माता-पिता के घर में बिताने लगा। श्रेयसी हर रोज उन्हें दमन के उस प्लान के बारे में बताने के लिए सोचती, लेकिन फिर सोचती कि उसके माँ-बाप उसकी बात पर क्यों विश्वास करेंगे? यही नहीं, इससे इस बात का अंदेशा और बढ़ जाता कि दमन के साथ उसकी जगह अवनि बैठी होगी। इससे बचने का एक ही तरीका है, उसने निश्चय कर लिया था। अब कार में वही बैठेगी और वैसा ही करेगी, जैसा अवनि करने वाली थी। मैं गिड़गिड़ाऊँगी, रोऊँगी और आखिरी क्षण में कमजोर पड़ जाऊँगी। उसे मौके का उपयोग करना था। जैसे-जैसे दिन पास आ रहा था, श्रेयसी की घबराहट बढ़ रही थी।

दो महीने बाद दमन ने अपनी किताब पूरी कर ली। उसने अपनी दाढ़ी बनाई। हफ्तों बाद श्रेयसी ने उसे क्लीन शेव, नहाया-धोया और सजा-सँवरा देखा था। वह बहुत सुंदर दिख रहा था। उस दुर्भाग्यपूर्ण दिन उसने श्रेयसी को उसके घर से लिया। उसने उस दिन के लिए जो कार किराए पर ली थी, उसमें फूल लेकर आया था। यह उसी मॉडल की कार थी, जो पहले एक्सीडेंट के समय थी। श्रेयसी का एक मन कर रहा था कि वहाँ से, उसके पागलपन से भाग जाए और पीछे मुड़कर कभी न देखे। मुझे जरा अपने को सँभालकर रखना होगा, बस, ऐन मौके पर उसे रोक दूँगी।

"आई लव यू!" वह बोला।

उसको एक नजर देखते ही वह भीतर-ही-भीतर पिघल-सी गई। उसकी आँखों की नरमी, उसका प्यार भरा स्पर्श, उसके बोलने में जो ईमानदारी थी, उसके कारण ही उसने

अपनी प्रकृति के विरुद्ध जाकर मुझसे प्यार किया था।

"आज हमारे बाकी जीवन का पहला दिन है।" दमन बोला। उसकी आँखों में चमक थी।

"आई लव यू!"

"तुम्हें डर लग रहा है?"

"नहीं।" वह बोली।

"तुम हमेशा ही बहादुर रही हो। मैं ही डर रहा हूँ, हालाँकि मैं जानता हूँ कि बहुत अच्छा लगेगा।" बोलते समय उसकी मुसकराहट में पागलपन साफ दिख रहा था।

"पहले वे बुकहाउंड पब्लिशर्स के ऑफिस गए और अनुबंध पर हस्ताक्षर करके किताब सुपुर्द की। जयंती को किताब बहुत पसंद आई, हालाँकि किताब में उसके पसंद की कुछ बात नहीं थी, फिर भी वह कुछ नहीं बोली। उसने उन लोगों से कह दिया कि किताब जैसी है, वैसी ही छप जाएगी। उन लोगों ने काफी देर बाद लंच किया। उसने अपनी कुछ पसंदीदा किताबें खरीदीं और शाम को उनके कुछ पसंदीदा हिस्से श्रेयसी को पढ़कर सुनाए। सबसे अंत में उसने अल्बर्ट कैमस की पुस्तक 'द मिथ ऑफ सिसिफस' के कुछ अंश पढ़कर सुनाए, जो इस तरह से थे—'सिर्फ एक ही सबसे गंभीर मनोवैज्ञानिक समस्या है और वह है आत्महत्या।' जब-तब वह सुमित को फोन लगाकर उससे आने और दमन को रोकने की बात करती; लेकिन सुमित उसकी बात को ऐसे झाड़ देता, मानो वह कुछ भी न हो। वे उस रेस्त्राँ से रात 1 बजे बाहर निकले, जब वह बंद हुआ।

"हम जो करने जा रहे हैं, उससे मैं बहुत ही खुश हूँ।" उसने श्रेयसी के लिए कार का दरवाजा खोलते हुए कहा। लेकिन कार के अंदर कदम रखते हुए उसका शरीर बगावत कर रहा था। दूसरी ओर से दमन अंदर बैठ गया। उसने श्रेयसी का हाथ थामा।

"तुम बहुत सुंदर लग रही हो।"

वह धीमे से मुसकरा दी—"दमन…।"

"मेरे पास वोदका है।" वह बोला और ग्लोब कंपार्टमेंट खोला। उसने एक छोटी सी बोतल निकाली और श्रेयसी को थमा दी।

"इसको खोलो।"

दमन ने गाड़ी स्टार्ट की। श्रेयसी का दिल मानो उछल पड़ा। वह कार सड़क पर ले आया।

"पियो।" उसने उससे कहा।

श्रेयसी ने थोड़ी सी ली, लेकिन दमन को ऑफर नहीं किया। दमन ने भी अपने आप नहीं पी। श्रेयसी को स्थिति नियंत्रण में लानी थी।

"मैं नहीं पियूँगा।" दमन बोला, "मुझे अपना दिमाग फिलहाल होश में रखना है।" उसे देख वह मुसकरा दिया।

"ठीक है।"

"उस दिन के बारे में बताओ, जब हम दोनों लगभग मर ही गए थे।" वह बोला।

"दमन, मैं सोच रही थी…"

"हाँ, बताओ? मैं तुम्हारी और अपनी याद को विचारों में रखते हुए मरना चाहता हूँ।"

श्रेयसी ने वह सबकुछ बताया, जो वह जानती थी, जो उसने उन्हें करते हुए देखा था, ठीक उस समय से, जब वे लोग कार में सवार हुए थे और चले गए थे।

दमन ने उसकी बातों को पूरे ध्यान से सुना और ऐसे मुसकराया जैसे सबकुछ अच्छी तरह से समझ रहा हो।

"काश, मैं सबकुछ याद कर पाता!" दमन बोला, "लेकिन श्रेयसी, थैंक्स टू टेल दिस लव स्टोरी।"

"इसके यहाँ खत्म होने की जरूरत नहीं है।" वह बोली।

"लेकिन यह होगी, खत्म होगी। तुम खुद भी देख सकती हो, है न? यह हमारी प्रेम-कहानी का शीर्ष है। यह हम दोनों का क्षण है। इसके लिए हम हमेशा याद किए जाते रहेंगे।"

"दमन…।"

कार के इंजन की आवाज की वजह से और ऊँची आवाज में चिल्लाते हुए कुछ दूरी पर इशारा करते हुए वह बोला, "वहाँ।"

स्ट्रीट लाइट में चमकती हुई नोएडा के फ्लाईओवर्स की भूलभुलैया, मोटर चालकों के लिए मौत का जाल। श्रेयसी धीरे से अपना हाथ हैंडब्रेक की तरफ ले गई। इससे पहले कि वह कार को डिवाइडर से टकराता और कार पलटा खाती, वह हैंडब्रेक खींच देती; लेकिन तभी दमन ने उसका हाथ पकड़ा और कसकर पकड़े रहा। श्रेयसी जानती थी कि दूसरे हाथ से वह ब्रेक तक नहीं पहुँच पाती। वह जानती थी कि पाँच मिनट में वे फ्लाईओवर पर पहुँचने वाले हैं। वह खौफजदा होकर दमन को देख रही थी और दमन मुसकरा रहा था।

"तुम्हें कोई तकलीफ नहीं होगी, निश्चिंत रहो।" उसने उसे आश्वस्त किया, "हम इससे पहले भी इस घटना से गुजर चुके हैं। बिना किसी दर्द के अहसास के झटपट काम हो जाएगा।"

"लेकिन…"

"इस बार हम बचेंगे नहीं। गाड़ी में पेट्रोल के तीन डिब्बे भरे रखे हैं। चंद सेकंड

में सब काम हो जाएगा। हम हाथ में हाथ लिये आग का एक गोला बन जाएँगे!" वह चिल्लाया।

"दमन..."

"आई लव यू!" वह बोला और उसने पैडल पर पैर रख दिया।

श्रेयसी की साँस गले में अटक गई।

"दमन..."

"अजीब होगा न, कि टकराने के पहले मुझे सबकुछ याद आ जाए?"

"दमन, तुम गाड़ी थोड़ी धीमी करोगे..."

"अच्छा होता कि मैं तुम्हें अपने साथ बैठे देखता! इसे दिन के उजाले की तरह याद रखो।"

कार ने 70 की गति पकड़ ली थी।

"दमन, मैं..."

"जानता हूँ कि तुम्हारे लिए यह कठिन है, फिर भी मेरी तरफ देखकर वैसे ही मुसकराओ, जैसे तुम मेरे सपनों में मुसकराती हो! एक बार मेरी तरफ देखो। सड़क पर ध्यान देना बंद करो, बेबी।"

80 कि.मी. की रफ्तार।

"मैं..."

श्रेयसी ने अपना हाथ छुड़ाने की कोशिश की, लेकिन उसकी पकड़ बहुत मजबूत थी। दमन की निगाहें उसकी निगाहों में अटकी थीं। वह अब रो रहा था। उसके मुँह से झाग निकल रहा था।

"देखो मेरी तरफ और पहले की तरह हँसो! हँसो, मेरे लिए, माय डियर।"

"दमन, हम..."

"बातें मत करो। बस, मुझे यह बताओ कि तुम मुझे प्यार करती हो, ठीक है? हमारे अंतिम शब्द पूर्ण होने चाहिए, है न?"

"दमन, मैं..."

"बोलो! वैसे ही बोलो, जैसे तुमने उस दिन बोले थे वे शब्द।" वह बोला।

"दमन, रोको!"

"क्यों? अब हम काफी नजदीक हैं। ठीक उस दिन जैसा ही होगा।" वह बोला।

श्रेयसी ने दूसरे हाथ से हैंडब्रेक तक पहुँचने की कोशिश की, लेकिन दमन ने गाड़ी लहरा दी, जिससे श्रेयसी का सिर खिड़की से टकरा गया।

"हम वही करने जा रहे हैं।" वह गुनगुनाया और पैडल पर पैर रख दिया। "आई लव यू! यही हमारी नियति है!"

"नहीं!" श्रेयसी चीखी।

100 कि.मी. की रफ्तार। गाड़ी की चेसिस थरथराने लगी थी।

"क्यों नहीं? क्या तुम मुझे प्यार नहीं करतीं? तुम्हें याद नहीं? वह दिन भी आज के दिन की तरह ही था, था कि नहीं?"

उसने गाड़ी लास्ट गियर में डाल दी। कार ने और रफ्तार पकड़ ली। श्रेयसी का दिल उछल पड़ा था। 120 की रफ्तार। श्रेयसी के चेहरे पर आँसू की धार बह रही थी।

"रोक दो, प्लीज!"

"क्यों?" दमन चीखा।

"प्लीज, दमन। मुझे जाने दो! रोक दो!" वह चीखी।

"क्यों, क्यों रोक दूँ? आखिर क्यों रोक दूँ मैं?"

"प्लीज!" वह गिड़गिड़ा रही थी और आँसू उसके चेहरे पर लगातार बहे जा रहे थे।

"क्यों?" दमन दहाड़ा।

उसने उसका हाथ छोड़ दिया। कार तीखे हेयरपिन मोड़ पर। वैसा ही हो रहा था। श्रेयसी ने दमन की तरफ देखा और फिर डिवाइडर की तरफ। वह चिल्लाई। दमन पलटकर उस पर चिल्लाया।

"क्यों?"

"क्योंकि मैं वो श्रेयसी नहीं हूँ, जो उस कार में थी।"

दमन ने ब्रेक दबा दिए। चिंचियाने की आवाज गूँज गई।

रगड़ से टायरों में जलांध आ गई। इंजन घरघराने लगा, कार पलटी और रुक गई। उनके चारों तरफ धुआँ-ही-धुआँ था।

"बाहर निकल जाओ।" दमन धीरे से बोला। वह अपनी शर्ट की स्लीव से अपने आँसू पोंछता जा रहा था।

"दमन!"

"निकल बाहर, रंडी कहीं की!" दमन चिल्लाया और दरवाजा खोल दिया।

श्रेयसी कार से बाहर लुढ़क गई और जमीन पर गिर पड़ी। दमन कार से बाहर निकला और उसके सामने खड़ा हो गया। वह उसके चारों तरफ चहलकदमी कर रहा था। उसके हाथों में टायर चढ़ानेवाला लोहे का औजार था। उसने उससे श्रेयसी पर वार करने के लिए हाथ उठाया, फिर अपने आपको रोक लिया। श्रेयसी को उसकी आँखों में मौत दिखाई दे रही थी—यह मुझे मार देगा। श्रेयसी एक तरफ कोने में दुबक गई।

"तुमने उसे मारा! तुमने ही श्रेयसी की हत्या की।"

"क्या?"

"तुम्हीं उस टैक्सी में थीं, जो दूसरी तरफ से आ रही थी। तुम्हारी ही टैक्सी थी, जिसे मैंने बचाने की कोशिश की थी। तुम्हारे कारण ही वह एक्सिडेंट हुआ था। तुम्हीं हो, जिसके कारण श्रेयसी की मौत हुई। तुम्हीं वो हो, जो उस टैक्सी से बिना किसी घाव और चोट के बच निकली थीं। तुम्हीं हो, जिसने उस टैक्सी ड्राइवर को रॉन्ग साइड पर गाड़ी चलाने के लिए मजबूर किया था। वही लड़की, जिसे मैं अपने सपनों में देखता था। वही हो न तुम?"

"नहीं!" श्रेयसी खौफ से चिल्लाई, "मैं वो नहीं हूँ।"

"बहुत हो गया, श्रेयसी। अब अपनी झूठी बकवास बंद करो!" वह गुर्राया।

उसने उसकी गरदन को पकड़कर उठाया। उसकी खुरदुरी उँगलियों ने जोर से उसके गले पर दबाव बनाया। श्रेयसी को लगा कि उसका गला कुचल गया है। उसकी साँस बंद हो गई है। सारे शरीर में तीखा दर्द उठा। तभी दमन ने उसे छोड़ दिया और वह जमीन पर ढेर होकर गिर पड़ी।

"तुम गोवा आई थीं, तुमने मेरा पीछा किया; लेकिन मेरी मुलाकात अचानक दूसरी लड़की से हो गई, जिसका नाम भी तुम्हारी तरह श्रेयसी था।"

"लेकिन..."

"और, मुझे उसके साथ देखना तुम सहन नहीं कर पाईं और तुमने सबकुछ खत्म करने की योजना बना ली। तुमने ऐसा किया कि नहीं? तुमने उसे मार डाला!"

"ये सब झूठ है!"

"झूठ? ये सब झूठ है?" दमन ने पूछा, "रुको।"

"क्या कर रहे हो तुम?"

दमन ने जेब से अपना फोन निकाला। उसने एक ऑडियो चालू किया।

"सुनो।"

"क्या?"

दमन करीब से उसके चेहरे पर झुका—"ये तुम्हारी ही आवाज है। सुन रही हो, बेवकूफ रंडी? ये तुम ही हो, जो अवनि को गोवा के बारे में सबकुछ बता रही हो। तुमने उससे एक्सिडेंट के बारे में सबकुछ कबूला है!"

अवनि—'तुम चाहती थीं कि वो मर जाए?'

श्रेयसी—'बिल्कुल! लेकिन उस एक्सिडेंट...'

"मेरी बात सुनो!"

"श्रेयसी, तुम कितनी टेढ़ी हो, मक्कार हो!"

"दमन, मेरी बात सुनो। मैं..."

“क्या, क्या, क्या कहना है तुम्हें? कि तुम्हारा अब कोई प्रभाव बचा है? कुछ नहीं बचा। अवनि के खिलाफ जो वीडियो था, वह डिलीट हो गया है। किताब के अनुबंध पर हस्ताक्षर हो चुके हैं और अपना फोन तो देखो, कहाँ है?” अपनी जेब से श्रेयसी का फोन निकालते हुए दमन ने पूछा।

वह उठी। उसने मुश्किल से एक कदम बढ़ाया था कि दमन ने उसका फोन बीच सड़क पर फेंक दिया। एक ट्रक उसको रौंदता हुआ गुजर गया।

“हो सकता है कि तुमने कोई बैकअप रखा हो, दुष्ट।”

“दमन…।”

“अब सबकुछ खत्म!” वह बोला, “तुम मेरे किसी भी दोस्त या पारिवारिक सदस्य के करीब आईं तो मैं खुद तुम्हें मार डालूँगा।”

“तुम…”

“भाड़ में जाओ श्रेयसी, तुम बरबाद हो जाओ!” दमन बोला। उसकी भी आँखों से आँसू बह रहे थे। “एक लड़की की जान तुम्हारी वजह से गई और शर्म की बात है कि तुम अब भी जिंदा हो।”

“तुम्हें कब मालूम हुआ ये सब?”

“ये सब झूठ था!” दमन बोला, “तुमने क्या सोचा था कि मैं तुम्हारे साथ वाकई प्यार में पड़ जाऊँगा, श्रेयसी? मैंने अस्पताल से डिस्चार्ज होने के बाद तुमसे जो भी कहा, तुम्हारे साथ जो भी किया, तुम्हें जो भी बताया, वह सब झूठ था। मैं कभी भी तुम्हारे प्यार में नहीं पड़ा। मुझे तुमसे कभी कोई लगाव नहीं हुआ। सुमित ने कभी अवनि को डेट नहीं किया। वो कभी ऐसी हिमाकत नहीं कर सकता। हम लोगों ने तुम्हें यूज किया था, श्रेयसी। अवनि, सुमित और मैंने। हम लोगों ने तुमसे वो सबकुछ वापस ले लिया, जो तुमने मुझसे लिया था। दुष्ट! मैं तुमसे सिर्फ सच उगलवाना चाहता था। तुम्हें इस बात से अचंभा हो रहा है? तुम क्या सोचती हो, तुम्हारे जैसे लोगों के साथ और क्या होना चाहिए? और अब, हमारे बीच सब खत्म हो चुका है।”

दमन उसके पास से पलटकर चला गया। वह अपनी कार में बैठा और अवनि से मिलने चला गया। अब तक उसने उसकी काफी कमी महसूस की थी।

□

52

श्रेयसी जिस होटल में ठहरी थी, उसकी लॉबी में उसने सुमित को बैठे हुए देखा। दमन को उसका दिल दुखाए तीन हफ्ते हो चुके थे। तीन साल तक मेहनत करके उसने जो कुछ हासिल किया था, सब बेकार हो गया था। वह न अपने घर में रुक पा रही थी, न अपने पति के पास। तलाक की प्रक्रिया पहले से ही चल रही थी। फोन न होने के कारण वह बेचारगी की स्थिति में थी। वह अकेले रहना चाहती थी। वह कुछ दिन का ब्रेक चाह रही थी, लेकिन ये दिन हफ्तों में बदल गए थे और उसका दिल अब भी वापस जाने को नहीं कर रहा था।

"तुम यहाँ क्या कर रहे हो?" श्रेयसी ने पूछा।

"तुम बहुत बेकार लग रही हो।" सुमित बोला।

"मैं तुमसे बात नहीं करना चाहती।"

"हाँ, बिल्कुल, क्यों होगी!" वह बोला।

"तुमने उससे झूठ बोला! तुमने उसे बताया कि मैंने श्रेयसी को मारा, जबकि ऐसा नहीं है! और वह सोच रहा है कि मैं ही हत्यारी हूँ।"

"अरे, धीरे, पागल। लोग देख रहे हैं।" सुमित बोला। ''और क्या हमने उससे झूठ नहीं बोला, हमेशा? मैंने? तुमने? उसके परिवार ने? श्रेयसी मर चुकी है। ओह, मरी नहीं है। दूसरी श्रेयसी ने असली श्रेयसी को मारा है। सच हमेशा सापेक्ष होता है, है न?"

"तुमने यह कैसे किया?" उसने पूछा।

"मुझे लगा, तुम्हें मुझसे बात नहीं करनी है।" सुमित बोला, "कॉफी पियोगी? कितने हफ्तों से हो यहाँ, दो हफ्ते, तीन हफ्ते?"

उसने एक वेटर को हाथ हिलाकर बताया और दो कॉफी का ऑर्डर दे दिया।

"उसने तुम्हारी बात पर विश्वास कैसे कर लिया?" श्रेयसी ने पूछा।

"तुम्हें पता है, जब भी उसे यह बताया जाता था कि श्रेयसी मर चुकी है तो वो दौरे का शिकार और असंतुलित क्यों हो जाता था, क्योंकि उस दिन वह ड्राइव कर रहा था और इस बात को स्वीकार नहीं कर पा रहा था कि वो खुद उस लड़की की हत्या का

जिम्मेदार है, जिसे वह बेहद चाहता था।" सुमित ने विस्तार से बताया। "लेकिन इस बार हमने कुछ अलग ही किया।"

"क्या?"

"जिस दिन तुमने अवनि को ऑफर दिया था, वह मेरे पास आई और हम दोनों थेरैपिस्ट के पास गए। परिस्थितियाँ गड्ड-मड्ड थीं। हम उसे सामान्य करना चाहते थे, विश्वास दिलाना चाहते थे कि श्रेयसी अब भी जिंदा है, जिससे कि वह दिमागी असंतुलन और असंतुलित व्यवहार से बचे; लेकिन ये सब तब तक संभव नहीं था, जब तक तुम पागलों जैसा व्यवहार न करतीं। इसलिए हम लोगों ने कुछ अलग करने का निश्चय किया।" वह बोला।

वेटर उनकी कॉफी ले आया। सुमित ने दोनों में दो-दो क्यूब चीनी मिलाई और अपनी कॉफी सिप करने लगा। श्रेयसी की कॉफी अनछुई रखी रही।

"रिट्रीवल-इंड्यूस्ड फॉरगेटिंग। पिछली बार भी हमने यही किया था। पिछली बार हम लोगों ने उसे इस बात का विश्वास दिलाया था कि श्रेयसी जीवित है, क्योंकि वो उसकी मृत्यु के दोष को झेलने की स्थिति में नहीं था। इस बार हमने उसे बताया कि श्रेयसी मर चुकी है, क्योंकि हम उसे यह विश्वास नहीं दिला सकते थे कि श्रेयसी वापस आ चुकी थी या श्रेयसी हमेशा उसके आसपास मौजूद थी—पहले एक जासूस, फिर एक प्रेमिका के रूप में" सुमित बोला।

"लेकिन उसने कैसे विश्वास किया? कैसे मान गया?"

"हमने उसे अलग ही कहानी बताई, ऐसी कहानी, जो पिछली कहानी से कहीं ज्यादा कठिन थी। जब उसे होश आया तो उसने तुम्हें याद किया। हर बार जब उसे होश आया, वह उस दुर्घटना को याद करता और जो श्रेयसी को हुआ, उससे घबरा जाता। और फिर वह तुम्हें, पीछा करनेवाली गार्जियन एंजल के रूप में याद करता। जो भी तुमने किया, उन सब बातों को याद करता। वह याद करता कि श्रेयसी वापस आ गई है। उसे पूरा विश्वास हो गया था कि तुम्हीं कार वाली श्रेयसी हो। वह तुम्हारे बारे में पूछा करता; लेकिन हमें उसे सच के करीब लाना था, इसलिए हर बार जब वह होश में आता, हमने यह कहना शुरू कर दिया कि श्रेयसी मर चुकी है। हर बार हमने उसे तुम्हारी सच्चाई बतानी शुरू कर दी कि तुम वह खतरनाक श्रेयसी हो, जो पीछा करके असली श्रेयसी की जगह लेना चाहती थी। इससे वह उलटी प्रतिक्रिया देता। हम लोग उसे यह बताते रहे कि असली श्रेयसी मर चुकी है, लेकिन वो मानने को तैयार नहीं होता। इसलिए हम लोगों ने अपनी बात में थोड़ा सा झूठ शामिल किया। बस, अपनी बात का स्वाद बढ़ाने के लिए, जिससे उसे वह सच अच्छा लगने लगे, कड़वा न लगे।" सुमित ने आँख मिचकाते हुए कहा, "ऐसा कहा जाता है कि सर्वाधिक प्रभावशाली झूठ वही होता है, जो 95 प्रतिशत सत्य हो।"

"तो तुमने उसे ये बताया कि टैक्सी में मैं थी कि वो एक्सिडेंट मैंने करवाया? यह दिखाने के लिए कि मैं हत्यारी हूँ?"

"बिल्कुल। जिससे उसे लगे कि श्रेयसी मर चुकी है और कोई दूसरी श्रेयसी जिंदा है और ये वो है, जिसने मृतक श्रेयसी को मारा है। जिसके खून का आरोप तुम्हारे और दमन के हाथ में है।" सुमित बोला।

"तुम पहले ही अपने आपको एक खतरनाक पीछा करनेवाली साबित कर चुकी हो। उसे उस दुर्घटना में श्रेयसी के खत्म होने की आशंका पहले से ही थी। हमने तो बस, तुम्हें उस टैक्सी ड्राइवर की पृष्ठभूमि में रख दिया था। अव्वल तो उस पर यह कहानी थोपना मुश्किल था, लेकिन हम डटे रहे। हम जानते भी नहीं थे कि ये कहानी काम कर जाएगी, लेकिन यह जानते थे कि हमें कोशिश करनी है।" सुमित बोला, "और धीरे-धीरे वह तुम्हें सपनों में देखने लगा। हमने उसे बताया कि तुमने ही उस टैक्सी ड्राइवर को गाड़ी तेज चलाने के लिए उकसाया था और जल्दी ही वह इस बात को अपने सपनों में देखने लगा। उसने बेहिचक इसी को सत्य मान लिया कि तुमने श्रेयसी को मारा है।"

"मैंने नहीं मारा।"

"यही बात बताने के लिए तुमने उसे कितने टेक्स्ट भेजे हैं?"

"किसी-न-किसी दिन उसे मुझ पर विश्वास हो जाएगा।"

"ओफ्फो, कितनी बुद्धू हो!" सुमित बोला, "वो नहीं करेगा विश्वास। झगड़ना बंद करो, श्रेयसी। तुम्हारी कॉफी ठंडी हो रही है।"

उपसंहार

दमन की दूसरी किताब 'द गर्ल हूँ लव्ड', जिसमें लड़का अपने जीवन में फिर से प्यार ढूँढ़ता है, नए और पुराने पाठकों द्वारा एकमत से पसंद की गई। मुख्य पात्र दमन-अवनि पर प्रशंसकों ने कई पत्र लिखे। इस किताब की सफलता के लिए एक पार्टी का आयोजन हुआ। उन सभी लोगों के लिए, जिन्होंने इस किताब के लिए काम किया था और जिन्हें इस किताब की सफलता का श्रेय था। पार्टी पूरे शबाब पर थी। दमन ने भी पी हुई थी।

"और!" उसने अवनि की कमर में हाथ डालकर कहा।

"हाँ!"

"अवनि, तुम्हें किताब पसंद आई?"

"मैंने अभी तक पढ़ी नहीं है।"

"अच्छा? शायद। मैंने एक ऐसी लड़की के बारे में लिखा है, जो कुछ-कुछ तुमसे मिलती है।" वह बोला।

"ऐसा?"

"हाँ, वो बिल्कुल तुम्हारे जैसी है, मुझे लगता है। हालाँकि मैं उसे बिल्कुल तुम्हारे जैसा नहीं बना पाया शायद," वह बोला।

"तुम बहुत पिए हुए हो। मुझे लगता है कि मुझे तुम्हें घर ले जाना चाहिए।"

"और फिर तुम रुकोगी?"

"बिल्कुल। आखिर तुमने मेरे बारे में किताब लिखी है।"

"तो, अब हम रिलेशनशिप में हैं?" लड़खड़ाती आवाज में दमन ने पूछा।

"हाँ, जिससे अब तुम बचकर नहीं निकल पाओगे। अब तुम्हारी सारी किताबों की मुख्य पात्र मैं ही रहूँगी।" वह बोली।

"अगर मैं ऐसा न करूँ तो?"

"वो मैं देख लूँगी और अगर तुमने ज्यादा होशियारी दिखाने की कोशिश की तो तुम्हें इसका नतीजा भुगतना पड़ेगा।"

"नहीं करूँगा।" दमन लड़खडाकर बोला और अवनि को चूम लिया—"मैंने तुम्हें कुछ बताया था? इस बात के अलावा कि मैं तुम्हें बहुत-बहुत-बहुत प्यार करता हूँ!"

"क्या?"

"जयंती के पास उन लोगों का फोन आया था, जो बेस्टसेलर किताबों की लिस्ट तैयार करते हैं। उन लोगों ने बताया कि ये किताब कल लिस्ट में नंबर वन होने वाली है।"

"अरे वाह!" अवनि ने भी पलटकर उसे चूम लिया और गले लगा लिया।

"मैं बहुत खुश हूँ, तुम्हारे लिए।"

अभी काफी रात थी और घर पहुँचते-पहुँचते सुबह के 4 बज गए थे। किताब को बेस्ट सेलर की लिस्ट में सबसे ऊपर आने की खुशी में अवनि को नींद नहीं आई। सुबह 6 बजे उठकर उसने दमन के पड़ोसी से अखबार लिया। अखबार में उसने सीधे वही पन्ना खोला, जिसमें नई प्रकाशित पुस्तकों का विवरण होता है। और उसमें 'द गर्ल हू लव्ड' पहले नंबर पर थी। उसने सोते हुए दमन को गौर से देखा और दूर से ही एक हवाई चुंबन दे दिया। जब वह बेड पर बैठी हुई अखबार के शेष पन्ने पढ़ रही थी, उसने चौथे पन्ने पर एक छोटा सा लेख देखा। केंद्रीय दिल्ली के एक होटल के कमरे में श्रेयसी नाम की लड़की ने जरूरत से ज्यादा नींद की गोलियाँ खा ली थीं।

"क्या है?" नींद से जागते हुए दमन ने पूछा।

"कुछ नहीं।" अवनि बोली और अखबार को कूड़ेदान में फेंक दिया—"तुम्हारी किताब नंबर वन पर है।"

"सिर्फ तुम्हारी वजह से।"

"मैं जानती हूँ।" वह बोली।

"आई लव यू!"

"आई लव यू टू, बेबी।"

□□□